（第十二辑）

文学地理学

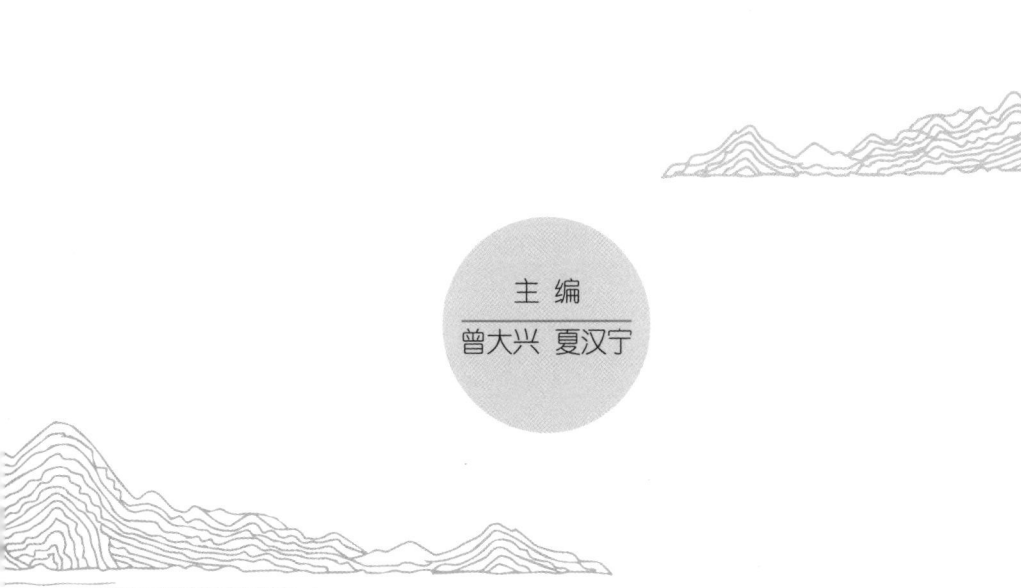

主 编
曾大兴 夏汉宁

中国社会科学出版社

图书在版编目（CIP）数据

文学地理学. 第 12 辑/曾大兴,夏汉宁主编. —北京：中国社会科学出版社，2023.11
ISBN 978-7-5227-2227-6

Ⅰ.①文⋯ Ⅱ.①曾⋯②夏⋯ Ⅲ.①中国文学—地理学—文集 Ⅳ.①I206-53

中国国家版本馆 CIP 数据核字（2023）第 127339 号

出 版 人	赵剑英
责任编辑	郭晓鸿
特约编辑	杜若佳
责任校对	师敏革
责任印制	戴 宽

出　　版	中国社会科学出版社
社　　址	北京鼓楼西大街甲 158 号
邮　　编	100720
网　　址	http://www.csspw.cn
发 行 部	010-84083685
门 市 部	010-84029450
经　　销	新华书店及其他书店

印　　刷	北京明恒达印务有限公司
装　　订	廊坊市广阳区广增装订厂
版　　次	2023 年 11 月第 1 版
印　　次	2023 年 11 月第 1 次印刷

开　　本	710×1000　1/16
印　　张	21.75
插　　页	2
字　　数	325 千字
定　　价	109.00 元

凡购买中国社会科学出版社图书，如有质量问题请与本社营销中心联系调换
电话：010-84083683
版权所有　侵权必究

《文学地理学》编委会

顾　　　　问：袁行霈　杨　义　蒋　凡
编委会主任：曾大兴
编委会副主任：王建国
编　　　　委：（以姓氏笔画为序）
　　　　　　　王兆鹏　刘跃进　刘川鄂　纪德君
　　　　　　　李　浩　李仲凡　杜华平　邹建军
　　　　　　　郑羽洛（韩国）　周尚意　高人雄
　　　　　　　夏汉宁　陶礼天　海村惟一（日本）
　　　　　　　崔泽铿　曾大兴　戴伟华
主　　　　编：曾大兴　夏汉宁
编辑部主任：刘双琴　黎　清
办公室主任：陈嘉政　吕慧敏

目　录

文学地理学基本理论

当前文学地理学研究中的几个问题 …………………… 陶礼天（3）

文学地理学之空间文体学刍论 …………………………… 李志艳（8）

论诗纬对《诗经》文学地理学的发展 …………………… 殷虹刚（25）

空间、地方与文学

罗浮山文学空间形象的历史建构与意义叠加 …………… 蒋艳萍（49）

"古迹灵奇，莫可究竟"
　　——敦煌与唐代"丝绸之路" ……………………… 高建新（60）

文学地理学空间视角下唐诗中"商山"的建构及成因 …… 任梦池（72）

论唐传奇对地理空间叙事功能的强化与弱化 …………… 侯晓晨（90）

论奥华作家方丽娜小说中的"故乡"与"异乡" ……… 曾小月　卢依依（106）

制度与文学地理

文官避籍制与清代西南边省文学论纲 …………………… 方丽萍（117）

宫观官制度与北宋后期颖昌诗人群体 …………………… 张振谦（130）

城市与文学地理

京西北路:宋调初盛期的"次中心" ………………………… 韩　凯(155)

汉魏之际洛阳都邑书写方式的转捩 ………………………… 郁冲聪(172)

文学景观研究

文学景观的"地象"与"心象"关系论 ………………………… 陈一军(193)

唐宋城市转型进程中城市声音景观的文学书写 …… 蔡　燕　李　艳(204)

命名与书写:牛首山文学景观的生成机制与地理的关系 ……… 韩明亮(223)

净慈景观的佛教阐释与文学书写 …………………………… 张子川(247)

文学地理考证

北宋著名词人柳永葬地之考辨 ……………………………… 曾大兴(271)

文人流动与文学

汉唐丝路纪行文学的动态书写与空间表达 ………………… 唐　星(285)

舟行的修辞:范成大出蜀返吴的江行体验与人生隐喻 ……… 杨　挺(305)

林则徐《回疆竹枝词》的南疆形象书写研究 ………… 杨　波　崔佳敏(332)

文学地理学基本理论

当前文学地理学研究中的几个问题

陶礼天*

近年来，不少学者认为随着城市化的提速发展，城市文学研究将成为文学研究的主流，而乡村文学研究似乎要退居其次，可能事实会是这样或已经如此。不过，我以为我们的新农村建设也将日新月异，新乡村文学也会日益繁荣。无论是现代化的城市文学还是新的乡村文学，都是文学地理学研究的对象。

最近读到《新京报书评周刊》的一篇文章，是关于作家马鸣谦刚出版的著作《唐诗洛阳记——千年古都的文学史话》的评介[①]。其中，我比较赞同这样一句话："曾在洛阳住过的诗人，几乎构成了整个唐代文学史。"（原文的标题）虽然这句话从学术研究的眼光看，也不无夸饰之情，并不完全符合唐代"文学事实"。马鸣谦提到"文学地理"的概念，提到他读过中文译本《伦敦文学地图》《巴黎文学地图》《唐诗的风土》《唐诗岁时记》等，但好像没有关注到我们文学研究界关于文学地理学的研究盛况，至少这篇具有报道性质的文章中没有提及。我还发现一些不专门研究文学地理学的学者，对文学地理学还是有些误解或存疑的态度；同时，我以为我们一些从事文学地理学研究的学者，包括外国学者，对文学地理学诸多重大问题也存在一些不同的理解，当然这是很正常的事；另外，我们在具体的研究之中，也

---

* 陶礼天，首都师范大学文学院教授。
① 文章的作者为张进。该文载《新京报书评周刊》2022 年 9 月 22 日。

存在一些平面化的现象。

我这里扼要谈谈当前文学地理学研究中存在的一些比较重要的问题。我想用"加强""深化""开展""推进"这四个动词，谈谈如下四个问题（重点讲讲第一个问题）。

第一，要加强文学地理学的理论依据即"人地关系"的研究，尤其是从文学地理学的视域注重创作主体（作家）的研究，因为文学是人学。时光飞逝，大约三十年前，我们在初步思考如何建构文学地理学的理论与批评体系的时候，从人文地理学特别是其分支学科文化地理学的学科依据出发，确立了"人地关系"原理，也是把文学地理学建设成为一门学科的理论依据。这里所谓学科，主要是指把文学地理学建构成为一门科学的系统的文学研究的学问。我们当时认识到，有了"人地关系"这条科学原理作为理论基础，文学地理学就能够建成，就能够为研究者所接受，就不会是伪科学，就能够立于不败之地！其后直至今天，文学地理学研究的蓬勃发展，也证明了这一点。但有一点特别值得注意的是，文学地理学的"人地关系"又有其特殊性，我们应该加强理论与批评实践的探索，更好地予以阐释。

希望大家都来进一步探讨一下文学地理学的人地关系论问题。无论是这里的"人"还是"地"都要向深度开掘。从"人"的角度说，那就是要牢牢把握文学是人学这一"文学事实"，才不至于把文学地理学的"文学"等同于"地理文学"，不能满足于把论文写得犹如旅游指南，或者把文学地理学的研究停留在对文学作品中自然的与人文的景观（风景）说明的水平上。显然，文学地理学研究要包括文学作品的地理知识研究，尽管文学知识学也是一门文学研究的专门之学。文学作品的地理知识自然应该包括地点、景观、气候、动植物等，就中国古代诗歌而言，这种研究当然重要，因为这是"诗家之景"（司空图语）。文学地理学的人地关系论，就文学创作过程与作品诠释而言，应该注重审美关系的深入探讨。我们就此可以分析其审美意象、审美经验、审美心理、诗歌情景交融的境界等，但还要进一步思考，如何由此突进文学是人学的研究之中去。我们这里说的文学是人学，是从最一般意义上说的，主要就是指文学是人（作家）的创作，是表达人（人类）的社会生活、人的思想情感和对存在意义的思考等。中国古代儒家诗学讲"诗言志""诗缘情""吟咏情性"等，从文学是人学的基本立场出发，才能予以深切理解。凡是以人和社会为研究对象者，概而言之，都可以说是人学，是社会学，而文学、哲学、伦理学等，亦被称为人文学科，但显然文学与其他人文学科或者社会学科不一样，读先秦诸子百家的著作，我们无法了解那个时代人们具体是怎么恋爱的，如何劳作的，但通过《诗经》就会把我们带进那个时代的人们生活之中，所以说文学史是人类的精神史、心灵史，同时也是社会生活史。我在这里就是说几句大白话，不是严密的理论界定，如果要科学地把这个问题讲清楚，还是很不容易的事。总之，我的意思是说，文学地理学研究，要注意文学是人学的意义，要注意从文学地理学的研究向度，去开掘深度的人的思想性灵的研究，注意与文学社会学的研究相结合，不能平面化乃至平庸化。

　　文学地理学的人地关系论，显然具有其独特的与人文地理学的人地关系论有所不同之处，在其"人"与"地"的相互关系中，就其审美过程、创作过程而言，恰恰是"存在即是被感知"（借用英国贝格莱主教的名言）的过程，恰恰是一种王阳明看花的心理认知活动，所谓"你未看此花时，此花与汝同归于寂；你来看此花时，则此花颜色一时明白起来，便知此花不在你的心外。"① 所谓"一切景语皆情语"，"情语"可以扩展到"人学"的广阔内涵上去理解。无论是"写实"的文学还是"理想"的文学（借用王国维的说法），其表现在作品中的地理，就会带有作家主体的认知与情感，常常是蕴含着诗性的、想象的内涵与意义，是一种审美的表现。《文心雕龙·辨骚》篇赞云："不有屈原，岂见《离骚》？惊才风逸，壮采烟（云）高。山川无极，情理实劳。金相玉式，艳溢锱毫。"其《物色》篇赞云："山沓水匝，树杂云合。目既往还，心亦吐纳。春日迟迟，秋风飒飒；情往似赠，兴来如答。"②

---

① （明）王守仁：《传习录校释》，萧无陂校释，岳麓书社2012年版，第159页。
② （南朝梁）刘勰著，范文澜注：《文心雕龙注》，人民文学出版社1958年版，第48、695页。

如果我们忽略了创作主体的思想世界、性灵深处的探究，我们就很难理解《离骚》这部伟大的作品，也难以切实地把握"文学空间"的意义，不能满足于刘勰所批评的"吟讽者衔其山川，童蒙者拾其香草"，那就只能是很浅层次的文学地理学的研究。唐代陆玑《毛诗草木鸟兽虫鱼疏》、宋代吴仁杰《离骚草木疏》等这样的著作，汉代郑玄《诗谱》、宋代王应麟《诗地理考》等，其所研究的问题与内容，也是文学地理学要研究的内容，但这些著作还不能等同文学地理学，尽管其中包含有重要的文学地理批评思想。

第二，要深化文学地理学的理论批评体系的研究。我非常赞同曾大兴教授多次说过的一个观点，就是我们中国的文学地理学研究以及关于中国文学的文学地理学研究，主要是产生于我们中国的本土，尽管我们也借鉴了一些西方学者特别是西方的文化地理学和文学地理学的理论资源。何以如此说呢？据我的了解，我们所说的文学地理学，与他们所说的文学地理学有诸多不同。不仅在于他们并没有特别强调并研究文学地理学的人地关系原理，还在于他们把文学地理学更偏向于理解为"地理诗学"，把文学地理学的批评理解为具有地理书写内容或元素的"地理批评"。例如，英国的迈克·克朗《文化地理学》说："文学地理学应该被认为是文学与地理的融合，而不是一面单独的透视或镜子折射或反映的外部世界。同样，文学作品不只是简单地对地理景观进行深情的描写，也提供了认识世界的不同方法，揭示了一个包含地理意义、地理经历和地理知识的广泛领域。"① 在我们看来，这种解释虽力图全面但仍然存在一些逻辑上的问题，因为较为忽略创作主体的审美活动的分析概括。再如，法国的米歇尔·柯罗，他的《文学地理学》新著已有中译本②，他在《文学地理学、地理批评与地理诗学》一文中，"提议把对空间的文学再现的分析称作'地理批评'"，而且说：这才"属于在严格意义上的文学地理学需要承担的任务"。因而，按照他的这一思路，自然

---

① [英]迈克·克朗：《文化地理学》，杨淑华、宋慧译，南京大学出版社2003年版，第72页。
② [法]米歇尔·柯罗：《文学地理学》，袁莉译，福建教育出版社2021年版。

就逻辑地得出这是"通向一种地理诗学"①。我以为，他们这种理论分析确实属于文学地理学的研究，但似乎不能涵盖全部的文学地理学的内容，因为这实际上是偏向于把文学地理学等同于"地理文学"（特别是创作论）的研究，而"地理文学"显然只是文学地理学要研究的其中一类。

第三，要开展文体文学地理学的研究。诗歌、散文、小说、影视文学等，在具体文学地理学的研究内容上，有诸多的独特性，是否也可以分为叙事的、抒情的与戏剧的文学三大类别进行分别研究。今天正在繁荣兴盛的网络文学，也值得从文学地理学的视域予以诠释。

第四，要推进文学空间研究。文学地理学的文学空间研究，包括"在文学中的空间"和"空间中的文学"研究，而更重要的是文学作品所创作的整个的"艺术世界"及其体现出的精神境界的研究。特别要注意的是文学的"空间描写"，不等于文学空间，法国加斯东·巴什拉的《空间的诗学》，似乎探讨的主要是文学的空间书写问题，并由此探究"内心视觉""灵魂的现象学"意义②。这与法国另一位思想家莫里斯·布朗肖所著的《文学空间》一书所言③，有一定贯通之处。这与我们所说的文学空间都有所区别。

今天，在我看来，文学理论研究的最大发展，就是文学空间理论和文学空间批评的整体性介入，它已经形成了文学研究的新的理论与批评范式，而文学地理学在某种意义上说，实际就是一种文学空间理论与批评。因为文学空间，离不开人的地理空间经验的表现。

2022 年 11 月 19 日
（本文为作者在中国文学地理学会第 12 届年会开幕式上的讲话，
发表时略有删节）

---

① 文载北京师范大学文艺学研究中心编《文化与诗学》2014 年第 2 辑（总第 19 辑），生活·读书·新知三联书店 2016 年版，第 229—248 页。
② ［法］加斯东·巴什拉：《空间的诗学》，张逸婧译，上海译文出版社 2009 年版，第 6、7 页。
③ ［法］莫里斯·布朗肖：《文学空间》，顾嘉琛译，商务印书馆 2003 年版。

文学地理学之空间文体学刍论

李志艳*

　　文体学研究一直是个常论常新的问题，中西方的文体学研究成果也比较丰富。但就中国的研究成果而言，主要集中在两个方面：其一是对中国古代、近现代以来的文体学思想进行系统性研究；其二是在对西方文体学成果进行学习和借鉴的基础上，融汇中国传统的文体学思想资源，以此来推动文体学研究的当代发展。诚如吴承学所言，"中国古代文体学研究的百年之路，是从衰落到复兴的过程，但本质则是从中国传统文体学向现代意义、现代形态的中国文体学转型的过程。此过程有两个重要节点：新文化运动与改革开放。百年来，外来文化与新文化在解构中国传统文体学的过程中又有所建构，而近几十年的中国文体学研究则是在世界文学大格局中更高层次的回归传统。这也是传统中国学术在现代中国命运的一个缩影"[①]。文学地理学从文学地理出发，对文学本质论、文学创作论、文学批评论、文学史等领域都提出了独创性见解，以此为基础，结合中西方理论思想资源，着眼于文学的基本属性和当代文学创作新动向，从空间的角度，提出空间文体学，或能在解决当代文学批评新问题的同时推动文体学研究的发展，进而完善文学地理学的理论体系，实现中国当代文论的自我建构。

---

　　* 李志艳，广西大学文学院教授，博士生导师。本文为国家社会科学基金一般项目"壮族文学的文学地理学研究"（项目编号：16BZW189）阶段性成果。
　　① 吴承学：《中国文体学研究的百年之路》，《华东师范大学学报》2019 年第 4 期。

一 文体学研究的基本问题、研究路径以及对文学地理学研究的启示

首先是文体学研究的基本问题。文体学研究的基本问题在其词源学意义上就能看出端倪，在西方"有两个词汇概念与文体相对应，一个是'Style'，另一个是'Genre'"。"Style"源于希腊文，原指"古希腊掌管英雄史诗的卡利俄佩手中的铁笔，铁笔在蜡板上书写而凸显出来的风格和文体"。"Genre"（文类）"源自拉丁文'genus'，它本来是指事物的品种或种类"①。张德禄总结了"文体"的10个意义："（1）文体是附加在思想上的外衣；（2）文体是恰当的表达方式；（3）文体是以最有效的方式讲适当的话；（4）文体是个人的语言特点；（5）文体是集合特点的总合；（6）文体是超出句子以外的语言单位之间的关系；（7）文体是对常规的偏离；（8）文体是选择；（9）文体是意义；（10）文体是语言的不同功能的表现。"进而指出："当今最有影响的文体理论是：（1）把文体视为选择，即包括选择意义，也包括选择适当的语言形式；（2）把文体视为'偏离'，即在常规的基础上产生的意义即形式变化；（3）把文体视为功能，即在特定情景语境中所起的作用。"②这10种意义呈现出某种一致性，文体关涉的基本问题是语言符号及其表意问题，将之置于话语论域，可以发现，文体是以文学文本为内容的对话形式。它关涉到几个基本维度，即作家（说话者）、文本（话语内容与形式）、受众（受话者/话语），以及以此枢纽所建构的社会文化机制。文体学是以生活话语为比照对象，以话语为基本问题所产生的相关论域及其关系的研究思考。童庆炳在中西文体学比较中指出："中国古代的'体'、'文体'既指文类，也指语体、风格等。西方的 style 一词可以翻译为文体、语体、风格、文笔、笔性等。"文体大致可以形成一个初步的界定，"文体是指一定的话语秩序所形成的文本体式，它折射出作家、批评

---

① 王士军：《中国近代文学的文体变革》，博士学位论文，哈尔滨师范大学，2017年，第17页。
② 张德禄：《功能文体学》，山东教育出版社1998年版，第39—40页。

家独特的精神结构、体验方式、思维方式和其他社会、文化精神"。可以分作两个层面来理解,"从表层看,文体是作品的语言秩序、语言体式,从里层看,文体负载着社会的文化精神和作家、批评家的个体的人格内涵"①。文体的研究主要关涉到"体裁""语体""风格"三个方面,这和大多数学者的看法是一致的,如罗宗强就认为:"文体的定名涉及体裁和体貌两大类。"② 陶东风则更为明确地提出:"文体学(stylistics)作为一门严格意义上的独立学科,却产生于二十世纪西方语言学突飞猛进的背景之下。"在此条件之下,"文学研究者的兴趣已日益从'文学'这一空泛的概念转向更加实在的'文本'(text)概念,而'文体'作为标示文本的组织特征的术语,也已越来越频繁地出现于诗学、文学批评与文学史的研究实践中"。以语言学为依据,以文本为承载和集中研究对象,文体的概念显得更加明确,"文体就是文学作品的话语体式,是文本的结构方式。如果说,文本是一种特殊的符号结构,那么,文体就是符号的编码方式,'体式'一词在此意在突出这种结构和编码方式具有模型、范型的意味。因此,文体是一个揭示作品形式特征的概念"③。于此可见,文体学研究的问题起源是语言符号与所指对象之间的关系问题,它延伸为三个基本的研究向度,即"体裁""语体""风格",由此显现为文学文本的内在构成方式。以此为枢纽,文体学又进一步拓展为文学性、文学功能、文学史等相关问题的研究。

其次是研究路径。文体学研究路径是在以特定思想为依据的前提下发生的文学性认知,比如亚里士多德的诗学思想就是在以"摹仿"为媒介和中轴贯连起文学与理性哲学之间的关系,或者说是在理性哲学统筹之下对文学文本的结构思考,"史诗、喜剧和酒神颂以及大部分双管箫乐和竖琴乐——

---

① 童庆炳:《文体与文体的创造·导言》,云南人民出版社1994年版,第1页。
② 罗宗强:《我国古代文体定名的若干问题》,吴承学、何诗海编:《中国文体学与文体史研究》,凤凰出版社2011年版,第1页。
③ 陶东风:《文体演变及其文化意味》,云南人民出版社1994年版,"导言"第1—2页。

这一切实际上是模仿，只是有三点差别，即模仿所用的媒介不同，所取的对象不同，所采的方式不同"①。托多罗夫的文体学思想则是以阐释学为契机，希冀打破阐释学与科学之间的森严壁垒，但其核心的思想依据还是以语言学为基础对社会学、心理学、人类学等多种学科知识的综合运用。"文学作品是对于'某种东西'的表达，而研究的目的就是借助于诗学编码来达到这种'东西'"，"诗学所探讨的是文学话语的各种特性"②。巴什拉《空间的诗学》则力图避开语言学的思想先在性，将诗学研究复归于传统，故而以"形象"为核心问题，以现象学为哲理依据，以"想象力"问题为纽带，力图建构他的空间诗学大厦，空间诗学是"到场"的诗学，先要尽量摆脱研究者的前定性认知与理解，"他应该做的是到场，在形象出现的那一刻来到形象面前"，进而通过"想象力"途径，切入"诗歌形象"，完成诗歌文本的整体性研究，"我们把想象的现象学理解为对诗歌形象这一现象的研究：当形象在意识中复现，作为心灵、灵魂、人的存在的直接产物，在它的现实性中被把握"，进而确定诗歌文体的核心思想。形象即语言，"形象是新生的语言。由于诗人所创造的形象的新颖性，诗人永远是语言的源泉"③。我国古代诗学总纲《诗大序》中的依持思想似乎不愿意将诗学置于单一的知识视域之下，"它不仅把《诗经》当做某个历史时期的作品来研究，说明了它们的类别和表现方法；而且还通过对作品的诠释，对诗歌的社会作用、思想内容和艺术特色都提出了具体标准"④。当然，这篇序言"是先秦至西汉儒家诗论的总结，既涉及诗之内容，又涉及诗之功用、体裁、风格"⑤。《诗大序》之所以如此，实则是中国古人天地人一统思想在文学探索上的延续与实践。于此可见，文体学理论思想具有历史发展的连续性，表现为文体学

---

① ［古希腊］亚里士多德：《诗学》，罗念生译；［古罗马］贺拉斯：《诗艺》，杨周翰译，人民文学出版社1984年版，第1页。
② ［法］茨维坦·托多罗夫：《诗学》，怀宇译，商务印书馆2016年版，第4—5页。
③ ［法］加斯东·巴什拉：《空间的诗学》，张逸婧译，上海译文出版社2009年版，第1—5页。
④ 王运熙、顾易生：《中国文学批评通史（先秦两汉卷）》，上海古籍出版社1996年版，第416页。
⑤ 曾枣庄：《中国古代文体学史》，上海世纪出版集团2012年版，第29页。

基本问题研究的稳定性。而动态性在于，由于文学创作方式、文学文本呈现的变化，文学新问题的产生与问解诉求，导致了依据已有的自然科学、人文科学所提供的知识体系，文体学研究产生了不同的研究视角、研究路径以及对文学问题解决的差异，文体学研究的历史连续性依据的是文学创作的时代迭变具有一致性。当下林林总总的文体学思想，如功能文体学、语用文体学、认知文体学、生态文体学、女性主义文体学、叙事文体学、语料库文体学、多模态文体学、翻译文体学、机器人文体学、国别（英语、法语、德语等）文体学、语言文体学、小说文体学、历史文体学、生态文体学、理论文体学等大抵如此。

再次是文学地理学文体学研究的困境与诉求。这主要表现在三个方面，其一是在文学作品的相互转换性，在数字化技术的支持下，文学、影视、网游、装置艺术、VR 艺术等之间存在着可即时性转化的可能性。其二是在文学创作领域，互文性书写、跨界书写、跨文体书写、百科全书式书写已经显示出文学创作的强大生命力与必然性发展远景。其三是文学艺术的空间批评也已成为热点和新趋势，安德鲁·萨克也说过："在过去十年中，在文学和文化批评领域，对空间的文本性和文本的空间性的研究兴趣已经发展为一种较为明确的策略。"① 就文学地理学研究而言，它具有"三个主要特征，具有学科建设的自觉意识与理论建构上的开拓创新，着重以文学文本为主要的研究对象，开展多维度的文学地理学批评实践"②。但针对文学地理学已有的理论研究成果来看，文体学研究还处于空白阶段。因此，结合上述文学生存语境，如何进一步开展文学地理学研究就有了清晰的思路，即在文学地理学视域下进行文体学研究是其理论建设的必然要求，这一要求必然坚持文体学基本问题的研究，它的理论价值指向是在解决文学问题的基础之上提出新的文体学思想，实现文学地理学理论的中国

---

① ［英］安德鲁·萨克：《批判性文学地理学》，王冬青译，《文化研究》2019 年第 2 期。
② 王金黄：《学科建设、文本主体与比较视域——邹建军的文学地理学批评》，《社会科学动态》2017 年第 8 期。

建设与世界共享。

二 空间作为文学话语与空间文体学的初生

文学地理学视域下的文体学研究必然不能脱离其理论元点，即文学是基于"人—地"关系之后的审美化文字实践。梅新林、葛永海曾说道："人类与地理的天然亲缘关系，不仅激发和塑铸了人类的空间意识，而且也为文学与地理学之间的有机融合提供了潜在的可能，因而以文学空间形态为重心的文学地理研究，实为一种回归这一天然亲缘关系之本原的学术行为。"① 以此为视角来看待文学，可以发现文学是在立足于以自然、社会人文环境为基础的空间世界再造。如壮族作家陆地曾说过要想写出好的艺术作品来："正确的道路在哪里呢？我以为当我们到人民群众生活中去的时候，就必须是同回到自己的家一样：那里所发生的一切好的或坏的大小事情，都应该看成同自己家里所发生的一样，感到与自己有切身的荣辱关系。"② 也就是说，文学创作要以内在于某个空间的亲身体验为中心，在此之前要抛弃一切知识前见，在"家"的空间世界里解放自己，回归自己的本源与初心，在体验空间的基础上创造新的空间。基于文学创作，莫言就曾经说过他只是"一个从农村出来的，至今身上还带着很土的泥巴味的这么一个会写点小说、会讲点故事的农民作家"，③ 强调作家的农村出身其实是要明确文学前身的空间始源，在这个维度上，作为空间的活动主体——人依然是文学创作的核心，"用语言的方式来写人，表达人的情感，塑造人物形象，表现人物命运，由此来提高人们情感的广度、深度，我想这是必须永远记住的"④。所以，"任何一种艺术的产生，都离不开特定的生活环境"，也就是具体空间存在。也因为这点，艺术在本质上是内在沟通的，彼此之间可以相互学习，"学习本

---

① 梅新林、葛永海：《文学地理学原理》，中国社会科学出版社2017年版，第3页。
② 陆地：《创作余谈》，广西人民出版社1982年版，第7页。
③ 莫言：《好的艺术应该有怎么样的品质》，《北方人（悦读）》2020年第2期。
④ 莫言、温晨：《文学好像不在，但又无处不在——中央电视台〈花城〉访谈实录》，《花城》2020年第2期。

行当里面前辈的东西，也要向其他的艺术行当来学习"①。可见文学是基于空间的以文字为载体的审美化社会实践，它存在着系统内在的沟通性事实与外在的可通约性，这为空间文体学的提出奠定了事实依据。

　　文学空间并非复制，它是作家体验过的世界，也是作家想借此传达的媒介和话语形式。地理空间环境与人类的情感思想意志存在着一致性，或者说，在文学地理学看来，这些都是以空间为基础和承载的层次性显现，但文学创作的逻辑在于通过文学文本空间世界与现实空间世界的对比发生意义。在文体学上，空间已然演变为文学的话语方式，这一点也直接受益于中国古代文论思想，是中国古代文论的当代发展。在文本表达上，中国古代文论对此阐述大体有两个途径：其一是志—情—文；其二是象—境—文。当然，这两者又相互缠绕、紧密关联。对于第一种途径，《诗大序》中云："诗者，志之所之也。在心为志，发言为诗，情动于中而形于言。"这几乎是中国诗学的总纲，也是中国诗学史一以贯之的核心思想。只不过关于志、情的理解存在着偏差，或者说存在着历史发展的阶段性。晋代挚虞《文章流别论》中载："《书云》：'诗言志，歌永言。'言其志谓之诗。"晋代陆机在《文赋》中亦有"诗缘情而绮靡"的名句。只不过由于对志、情的理解不同，而对诗歌话语传达对象的认知有不同。唐宋之际，便有了柳宗元的"文以明道"，"及长，乃知文者以明道，是固不苟为炳炳烺烺、务采色、夸声而以为能也"（柳宗元《答韦中立论师道书》）。欧阳修的"道胜文至"论，"圣人之文，虽不可及，然大抵道胜者文不难而自至也。……若道之充焉，虽行乎天地，入于渊泉，无不之也"（欧阳修《答吴充秀才书》）。但不管如何，诗歌传达情感，显示与之关联的思想意义是确定延续的传统。对于第二种途径，魏之王弼在《周易略例·明象》中云："夫象，出意者也。……象生于意，故可寻象以观意。……触类可为其象，合意可为其征。"这是象、意关系的直接论证，到了梁代刘勰就形成了更为系统的论证，在《文心雕

---

　　① 莫言：《传统与创新——在第十三届亚洲艺术节和第二届亚洲文化论坛的演讲》，《文艺研究》2013年第12期。

龙·神思》中就有了根据文学创作经验、文本结构构成分析之后的总结性论证，"神用象通，情变所孕。物以貌求，心以理应"。唐代殷璠在《河岳英灵集》中提出了"兴象"论，"评陶翰'既多兴象，复备风骨'，评孟浩然'无论兴象，兼复故实'"。司空图在《与极浦书》中又提出了"象外之象，景外之景，岂容易可谭哉！"元代杨载在《诗法家数》中有云："诗有内外意，内意欲尽其理，外意欲尽其象，内外意含蓄，方妙。"对于意境，王昌龄《诗格》中的说法最具有结构主义特色："诗有三境：一曰物境。欲为山水诗，则张泉石云峰之境，极丽绝秀者，神之于心，处身于境，视境于心，莹然掌中，然后用思，了然境象，故得形似。二曰情境。娱乐愁怨，皆张于意而处于身，然后驰思，深得其情。三曰意境。亦张之于意而思之于心，则得其真矣。"直至后来王国维在《人间词话》提出的"有我之境""无我之境"，意境是意象群之空间构制之后的意义表现。在文体表达上，二者自然又是内在沟通的，于此刘勰的论述极具代表性，他在《文心雕龙·物色》中说道："写气图貌，既随物以婉转；属采附声，亦与心而徘徊。""吟咏所发，志惟深远，体物为妙，功在密附。故巧言切状，如印之印泥，不加雕削，而曲写毫芥。故能瞻言而见貌，印字而知时也"。刘勰的"密附"论一则是阐明了文学书写的方式，强调书写中的"物""情""采"的肖似性，以及各个书写部分之间的紧密联系；一则是潜在地阐明了一个思想，即任何书写方式只要存在与书写对象的适配性与优化性，都可能融通使用。

这种思想，结合前人乃至后代的一些观念，集中表现了中国文体学的几个融合思想。一是哲学上的融合，万事万物都本源于道，并按照阴阳的基本规律化生演变，如《老子·四十二章》中云："道生一，一生二，二生三，三生万物。万物负阴而抱阳，冲气以为和。"《周易·系辞上》中云："一阴一阳之谓道。继之者善也，成之者性也。仁者见之谓之仁，知者见之谓之知。百姓日用而不知，故君子之道鲜矣。"这种融合对文学来说，意味着文学与他物一样，在哲学上具有本体的同质性与运行规律的同一性，是以文学本身就是生活的构成，进入文学自然能够进入生活、反观生活，是以"诗可以兴,可以观,可以群,可以怨"(《论语·阳货》)。在这个基础上就可以理解中国传统文化中的"逍遥"一说,因为天地万物的本体的同质论和运行规律的同一性,故而"逍遥"就是一种常态性的发生而已,当然也就能昭示中国日常、日用精神的诗化、美化这一维度。二是文体上的融合,学术界注意得比较多的是文体之间的区别性,而中国古代文论往往是在融通的基础上来讨论区别性的。在这方面,代表理论家是曹丕,他的文气说中的"气"虽有三个基本的指涉维度,即人之先天的生理属性、人之后学储养、艺术上的美学质素。但就文体本身来说却具是统一的,即气是各种文学的本质构成,文学的运动走势内在于气,天地、作者、文学创作显示出"气"的统一性。至于文体的差别,则本源于气的征象表现差别,且受制于作家以及文学的功用目的。以前两者融合为基础,才有了书写上的融通,故《礼记·乐记》中有云:"凡音之起,由人心生也。人心之动,物使之然也。感于物而动,故形于声。声相应,故生变。"刘勰在《文心雕龙·物色》篇中云:"春秋代序,阴阳惨舒,物色之动,心亦摇焉。……岁有其物,物有其容;情以物迁,辞以情发。"如此便形成了中国艺术的交感发生学原理,以及艺术想象的类比规律。

  以融通为前提,能够形成文学文本直接融通的根本要素还在于"象"。在中国"天地人"三才一统的眼里,应该万事万物均可为象,人自然也不例外。然而"象"的意义绝非仅仅如此,"在天成象,在地成形,变化见矣"(《周易·系辞上》),"易者,象也;象也者,像也"(《周易·系辞下》),说明象是道的显现。进一步来说,道和象的产生运动是同步的,不存在先在的道或是象的先在性本质观念,二者的显现都要借助象及象的运动。故老子有云:"道之为物,惟恍惟惚。惚兮恍兮,其中有象;恍兮惚兮,其中有物。"(《道德经·二十一章》)可见,象是本体论的直接征象,与西方先在的逻各斯理念不同,它与它的存在现象、运动状态始终是同一的,并且在内涵指涉上,也常常变动不居,非要说存在统一性,也只能是它的包含力上面。不仅如此,"圣人有以见天下之赜,而拟诸其形容,象其物宜,是故谓之象"

（《周易·系辞上》）。此处象又是中国传统的认知方式，由象以及象的类别性来推衍认知大千宇宙是中国传统的认知论特点。以此为基础，中国文学艺术的书写以象为核心就具有发展的必然性了。是以抒情文学中，以象为核心构成意象、意境来结构文本，而叙事文学中，则以象及象的连续性运动变化来结构文本，在此情形之下，象又是一种言说方式，也正是以"象"为核心的言说方式，中国的文体沟通才在实践上有了可能性。

然而，文学创作毕竟是语言文字的结构组合，如何实现文字、象、大千世界之间的密附性呢？与西方相比，中国传统的文字有两个大的特点，其一是文字本身，基源于六书构字法，汉字本身就具有强象形性，有学者指出汉字属于"视觉符号系统"，具有"空间性特质"，"汉字具有平视、仰视、俯视、流观、复合等多元视角取象特征"，"汉字多元视角取象特征的形成与人类在自然界中所处的位置、观物取象的视觉经验、视觉符号的创造、表达意义的需要等因素直接相关"[①]。其二是文字的感受力。中国传统书写似乎极不愿意运用文字来做一种逻辑性意义的直接陈述，而偏重于将文字的意义与文字的元指涉对象紧密结合在一起，利用在场性/空间在场性进行表意的确定。主要包括三个维度：一是文字与文字指涉对象的关系；一是文本的上下文语境；一是文本的内外部语境。这都具有空间性特征。比如说《文心雕龙·原道》篇中"道"一共出现了7次，这7次"道"的意义总括起来大体有三个方面：一是儒家之道；二是道家之道；三是艺术之道。而"道"的意义到底何解，则是三个维度合作用力的结果。《文心雕龙》是较为纯粹的理论著作，其文字表述尚且如此，更遑论文学文体了。因为文字本身的强象形性，间接决定了文字表述的规律与习惯，是以比较西方的表音字母，中国古代的汉语语法束缚显得薄弱得多，用字、用语灵动流转、圆润玲珑，充满着弹性空间。但不论如何，总要表现出"象"之呈现的主要特点。也唯有这样才会出现如"古藤老树昏鸦/小桥流水人家"（马致远《天净沙·秋

[①] 张晓梅、谭中华：《汉字多元视角取象特征分析：基于手语与汉字的比较》，《新疆师范大学学报》2020年第6期。

思》），"鸡声茅店月/人迹板桥霜"（温庭筠《商山早行》）纯粹意象语句的诗行。不仅如此，文字符号与文字对象缺少了语法习惯的束缚，反而能够增强它们之间关系的天然亲近性。也就是说，文字符号与文字对象之间的距离被极大限度消解了。这一点在一些民族文字的发展过程中也有鲜明的案例，比如说云南壮族的《坡芽歌书》，"《坡芽歌书》是一部用原始的图画文字将壮族民歌记录于土布上的民歌集，歌书由 81 个图画文字构成，每一个图画文字代表一首情歌，反映的是壮族人民的劳动生活和多姿多彩的民风民俗"①。《坡芽歌书》的形成和云南省文山州富宁县剥隘镇坡芽村的自然环境、人文环境紧密关联，尤其是在符号构成上有三个维度：一是"观物：观法天地以识万物之文"；二是"取象：格析万物以达物我相和"；三是"构形：构画成形以显人文之理"②。如此产生的文字符号，不仅是生态环境、社会人文环境的空间综合关系的产物，更为难得的是符号的产生，将人类与自然环境、人类自身的情感意志、对外界的认知和沟通融合为统一体，符号本身就始终携带了浓厚丰韵的生命属性，而并非冰冷的能指与所指的二元媾和，符号自身的感知力不言而喻。如此，文字、象、大千世界之间的关系就非常清楚了，即文字是象性，它取法于大千世界，反之亦是认知大千世界的窗口与路径，回归文字的象性本身，就是回归于文字的源生状态，复现文字的元指涉场域，自然也就再现了世界。所以，文字、象、大千世界三位一体，文字是象性的，象性是大千世界性的，而大千世界就是空间，就是文学地理，这为文学地理学之空间文体学提供了强有力的理论依据。

三　文学空间话语的构成、表达与空间文体学的完形

对于空间文体学的研究还是要回到文体学的基本问题，即文学传达，也就是文学文本的话语方式、文本结构，在中国古代或可称为"语体"。文本

---

① 王志芬：《云南壮族坡芽歌书符号意义解读》，云南大学出版社 2010 年版，第 37 页。
② 权迎：《云南壮族〈坡芽歌书〉符号创生与传承的教育人类阐释》，博士学位论文，西南大学，2013 年，第 71—83 页。

的话语方式在思想上显现为书写创作理念，它在一定程度上受制于文字传统及其相应的语言习惯与语法观念。很明显的是，文学是语言文字的程序化实践，要想建构空间文体学理论，必然就要回答语言文字与艺术表达在空间上是如何实现统一的。

作家的思想更为直接地传达了这种统一性，李洱曾经说过，"现代写作努力在词与物之间建立最直接的联系"，这种直接性显现在"我们常常用一个字来指称我们的日常之物"，比如说"桃、杏、谷"等。也就是，语言文字作为一种物和符号的多维存在，它通过指涉实在之物的方式构成艺术世界，反映艺术与生活之间的关系，这是我们民族传统的"再造和延续"①。物是地理空间性存在，文学创作对物的回归，也就是对地理空间的贴近密合，在本质上显现的是空间向语体形式的转化。不仅如此，绝大多数文学家都认为生活是文学的土壤，如麦家认为，"生活是有形的，有一张由时间和空间编织的网"，而"好的小说家，从来不是抽象的写一种生活"，而是通过"器物、风景、习俗"②等这些具象性的、物的细节来呈现生活。在这里，空间通过语言对物的指涉来构成文学文本，进而传达对生活的体验与认知，于此空间是生活向艺术递变的内在支撑。空间—语言—物的传达并非冰冷的，而是充盈着滚烫的生命意志与情感，张炜曾经说过："我不止一次描述和记录那片小平原上的葱郁，已经是心头永远的绿荫，当它失去的时候，我的人生似乎就没有了遮罩和爱护。"③这个"小平原"就是张炜生长的故乡胶莱河东部半岛。可以说，物—空间成了文学艺术构成元素与内在结构的关系，反过来，空间作为文学的语体形态就是一种实证性存在。

在空间文体学中，空间是文学创作的话语方式。文学地理学之所以不再重提文学创作是一种语言方式，原因在于：第一，在整个文学发展史，语言并非文学表意的唯一符号，文学表意不仅内生于自身的语言系统，更获益于

---

① 格非、李洱、吕约：《现代写作与中国传统》，《文艺争鸣》2017 年第 12 期。
② 麦家：《好小说永远在讲好人的故事》，《中国文学批评》2020 年第 2 期。
③ 张炜：《张炜文学随笔（辑录之三）》，《文艺争鸣》2021 年第 5 期。

文学的存在环境以及运动过程；第二，数字化时代的到来，文学的边界更加模糊，并且文学在各个门类（包括艺术与非艺术）之间的转换更为快捷频繁，文学的生命活性更为突出；第三，当代已有的文学理论难以实现文学表意符号研究之间的沟通与流转。诺拉·克劳索瓦（Nora Krausova）的思想对于上述问题的解决提供了契机，也为文学地理学之空间文体学的建立奠定了基础，他认为："对于意义而言，重要的不是客体和它反映的关系，而是图像与它后来的功能之间产生的关系。"这虽然是一个心理运动的过程，但在认识论上，信息的生成与输送是必然的，而"信息是从所认识的客体传输到主体，在主体中创造出客体的'图像—反映'"。[①] 这和中国古典文论思想、作家创作的实践操作与体验认知是吻合的。然而空间并不能自我表征，空间必须通过空间内存物，以及内存物的运动来显现和确定边界。在文学界域中，空间内存物就是图像。文学地理学缘何将以图像为核心的表意形式发展为空间文体学呢？原因在于图像本源于物，它是一个立体空间性构成，具有可视性与客观性，其存在方式并不是孤立的显现，物与物的联系构成空间边界与空间关系，在发展过程中，物的运动显现为空间状态与空间关系的改变。文学中的图像是物的空间运动发展史，其附生意义来源于物所处空间中他者与自我的共建关系。换句话讲，就是空间关系构建了图像意义，并且以时间的方式表现出信息携带与输出的稳定性，而时间又是空间的第四维度。图像是空间的物化显现，空间是图像的存在机制，时间是图像作为空间具体形式的连动性运动过程与发展趋向。

以上述为基础，文学话语的第一层次是空间赋形，或称之为空间显像，它标志着空间的具体化存在与物性显现。从已有的文学文本来看，主要有三种形态，即直观性空间、意指性空间与共建性空间。所谓直观性空间，指的是文学的表意符号、排列方式、装饰设计、存在环境等形成的可视性空间。这里需要强调的是，随着数字化时代的来临，文学副文本（复合文本）概

---

① ［捷克］诺拉·克劳索瓦：《符号系统理论与文学反映的过程》，陆优然译，傅其林校，《符号与传媒》2018 年第 1 辑。

念的提出，文学表意符号从单纯的文字符号发展为以文字符号为主，一切能够参与文学表意的元素都可作为文学的话语形式，比如绘画、声乐以及文学文本存在的环境，如网络、餐饮、器物等。所谓意指性空间是指文学表意符号塑造出来的空间，比如《红楼梦》所塑造的"大观园"、《神曲》中塑造的"地狱"等。所谓共建性空间是指直观性空间与意指性空间协同共建的空间，比如说钟鼎文、题壁诗、题画诗、图画诗，运用书法、当代数字化技术所书写出来的文学作品等都属于此类。

当然，在文学作品中，空间赋形/空间显像并非均质化呈现，它总是以空间主体与空间辅助显现为一种结构方式。所谓空间主体是指空间赋形/空间显像的主要介质与实体形式；所谓空间辅助是指以文学修辞为表现形式所产生的对空间主体的限定，或是某些性质特点的强化与突出。比如说在直观性空间，材质的颜色与形状、符号的形体状态与书写形式等都会对空间产生影响。在意指性空间，空间辅助的呈现、作用方式往往和文学符号的语法学结构存在着对应性关系。如诗句"大漠孤烟直，长河落日圆"（王维《使至塞上》），其中"孤烟"就是以偏正式短语结构，呈现了以"烟"为主体的空间形象，是为空间主体；"孤"和"直"都是以修饰的方式来确定"烟"的数量与形态，是为空间辅助。"大漠"的情况则稍微复杂一些，它一方面具有自成空间的属性和能力；另一方面又能作为空间辅助来进一步确定"烟"所形成的空间形态。空间辅助与空间主体的显现及其关系在共建性空间依然存在，只不过是构成空间主体与空间辅助的元素更为多样化了。

在文学地理学看来，文学文本中的空间占有即为最小空间显像，这就包括文本符号的空间占有，如文字的字体构成与形式；文字符号的元指涉对象，如前文所提到的"烟""日"等；而共建形态则需要读者的参与，读者的选择性与审美心理反应是最小空间显像的基础和前提。作为文学形式而言，直观性空间有赖于符号的书写形式、排列结构、色彩线条、符号间的构成关系等，它是进入文本世界的首要路径，也是文学文本融洽所处环境，勾连文学与非文学之间的纽带。

在符号意指性空间中，文本是通过叙述来构成空间关系、空间运动以及层级性的空间形态的。所谓空间关系，是指以最小空间显像为基础所构成的复数性空间群之间的存在状态与结构关系。在文学文本中，空间运动的呈现主要有三个。其一是指以人物形象行为动作（包括对话行为）的活动过程所显现出来的空间联动显像，可称为行为动作联动空间。叙事文学的主要构成要素之一是故事，而故事构成的核心单位又是人物及其行为动作单元，故而行为动作联动空间是叙事文学的主要构成形式。其二是叙述者叙述出来的场景性空间联动显像，可称之为物象场景联动空间。在中国传统文学看来，托物言志、借景抒情是抒情文学的比兴式言说范式，而西方通过语言聚合关系的裂变来产生转喻和隐喻，同样也是以物象为主体来承载语言方式的，故而物象场景联动空间是抒情文学的主要构成形式。其三是以人物形象的心理活动过程所显现出来的空间联动显像，可称为心理意识联动空间。此种空间联动形态在文学艺术中是常见形态，在意识流小说中尤为明显突出，如詹姆斯·乔伊斯（James Joyce）的《尤利西斯》中的第18章（最后一章），全文都是无标点的心理意识活动就是典型案例。心理意识联动空间虽是自指性的内倾式空间形态，但从艺术表现形式而言，其载体形式依然不脱离前面两种形态，即文学艺术中的心理意识活动不是逻辑的判断与确切的概念，而是以人物行为动作或物象为对象所传达出来的情感流转与审美觉知，觉知后的对象差异性是文学书写的核心维度。故而心理意识联动空间是以行为动作联动空间、物象场景联动空间为对象的美学性空间再创造。

文学空间话语方式完成形态是通过空间显像、空间联动结合话语叙述来实现的。在文学地理学的空间文体学视域之下，叙述作为一种话语形式，包括两种基本形式，即作家叙述和故事人叙述，虽然以此构成了受话人不同，以及对话结构的差异，但最终都可归结为作家在叙述。包含三个基本层次。其一是话语叙述依然是语言符号的程序性显现，它本身就是直观性空间显像。其二是话语叙述是一种言说行为，有两种基本方式，即作家在言说和文本内叙述者在言说，当然这两者也能统一重合，如以第一人称写成的自传体文学就是典型案例。在这个意义上，话语叙述是以言说行为的联动性来实现空间形态与空间方式的。其三是在文学地理空间的视野下，话语叙述不仅以言说主体、言说行为的具体化来确定文本内空间状态，同时间接指向文本外的文化地理与自然地理。以《红楼梦》第三回中的一段描写为例，（黛玉）"因此步步留心，时时在意，不肯轻易多说一句话，多行一步路，生恐被人耻笑了他去。自上了轿，进入城中，从纱窗内往外瞧了一瞧，其街市之繁华，人烟之阜盛，自与别处不同"①。前面第一句话是第三人称全知视角，它注重人物外在的形象动作描写，从步伐，到眼神，到话语，再到心理，以人物形象及其动作行为为核心，呈现了一系列的空间变化。后一句话转变为第三人称限知视角，即以故事主人公为视角，以目光的移动依次呈现出空间运动变化，最后还实现了不同空间之间的比较。并且由于小说《红楼梦》的自传性质，文本内部有关空间的描写与实际地域的紧密关联，不仅意味着小说文本内外部空间场域的有效存在，反过来更是以自然地理、文化地理和文本空间书写的机制性关联确定了文本的艺术意义。是以在文学地理学空间文体学看来，叙述是一套自身蕴含空间形式的空间技术系统，它控制、生产、组建空间显像，确定空间关系，显现空间联动。叙述亦是文本空间自成一体的保障制度与理念形式，叙述和空间存在着深度交互关系，从叙述来看空间，意味着空间是被表征的，它是以运动性为基础的容易新生、异变的话语共建性产物，并以这样一种生产形式体现出伦理学意义与时间走向；从空间来看叙述，叙述是话语行为的空间形式，语言符号及其符号规则背后无不体现以话语者为枢纽的复合空间景象。

因此，所谓空间文体学，在文学传达上，文学符号既是空间的，又是为塑造空间服务的。它以空间占位为最小单位，以空间赋形为显像方式，以空间主体和空间辅助为结构元素与结构方式，以叙述来完成空间关系、运动方式、空间结构的层次性发展与整体构成，进而以审美信息携带与信息输出实

---

① 曹雪芹：《红楼梦》，周汝昌汇校，人民出版社2006年版，第24页。

现文学的话语方式与话语形态，以读者/受众为关联点实现文学空间传达的途径目标与价值意义。在这个意义上，文学—读者所构成的话语行为式空间，或者说文学的空间文体学的完形制式意味着文学社会空间化的初步完成，继而以读者为中心和纽带或反馈文学创作，或实现文学对社会全空间化的美学建构。

综上所述，文学地理学是对中国古代文体学思想的传承与发展，这在象与空间的关系上就可以得到明证，结合上文论证主要包括：首先，象是空间的产物，从发生学来说，象取自于自然以及人类社会，即使是在文本之中，象的表意机制也不能脱离文本的外部自然、文化语境的支撑；其次是存在方式，象是内存于特定空间世界之中，不存在脱离空间的象；再次，空间的显像、结构、运动是以象为载体的，象反过来表征空间，显现出象与空间的一体性关系。因此，在文体学领域内，文学地理学提出空间是文学的话语方式，在一定程度上是对象的本源性追问。当然，这种追问也就必然携带了与之相关的理论思想意义。表现为：文学是空间艺术，它联通着哲学思考和科学探索，同时又交融着文献学、社会学、心理学、历史学、审美学等的诸多沉思。以此为本体论思想，空间是文学的话语方式，文学是在自然空间、人类社会空间的基础上，通过重新创造新空间以形成对位式、烛照式、超越式等系列思考，进而显示文学价值和意义。这是文学地理学之空间文体学思想的基本内核。在拓展性上，文学地理学的文体学思想展现两个维度的融通性，一是文学之外的艺术门类，诸如绘画、建筑、雕塑、舞蹈、影视等，以空间为思想为纽带，这些艺术存在着内在的沟通性，只不过因为媒介材质的差异而在空间塑造上存在差异而已；一是文学之外的知识世界。文学地理学强调人—地及其关系的空间性研究，在深层次上就显出方法论意义与认知论价值。也就是说，文学地理学建基于人—地及其关系，本质上就是对世界的一种认知途径与方式，它贯穿人类社会始终，并以此为角度可以思考人类社会、自然界方方面面的问题。如此，不仅能够重新探索文学史的问题，而且能够反哺人类学、社会学甚至是自然科学等。

论诗纬对《诗经》文学地理学的发展

殷虹刚[*]

《诗经》是我国第一部诗歌总集，其诞生即打上了鲜明的文学地理烙印，"《诗三百》'十五国风'的搜集、整理和编选工作，就是最早的文学地理学实践"，而《左传》所记载的鲁襄公二十九年（公元前544年）季札观乐是我国"最早的文学地理学批评"[①]。学者夏汉宁进而认为："季札之后的《诗经》研究中，地域的观照尤为显著，并由此形成了一个极为重要的研究传统，即《诗经》地理学的构建和确立，且在历代学者的不懈努力下，其基本已经构建形成，由此形成了具有中国古代文论特色的《诗经》地理学。"[②]此言甚是。不过《诗经》地理学的内容十分丰富，涉及地理学的诸多领域，例如"在历史地名学，历史自然地理学如地貌、水文、植被和动物、气候，历史人文地理学如国土结构、生产配制、民族分布、水陆交通、文化发展等方面具有重要历史价值"[③]。为表达更准确，笔者曾将历代学者对《诗经》所蕴含的文学地理价值的研究称为"《诗经》文学地理学"[④]。

---

[*] 殷虹刚，苏州城市学院城市文化与传播学院副教授。
[①] 曾大兴：《文学地理学学术史略》，曾大兴《文学地理学概论》附录，商务印书馆2017年版，第368—369页。
[②] 夏汉宁：《〈诗经〉：中国诗歌地理源头及其对文学批评的影响》，《江西社会科学》2021年第12期。
[③] 周书灿：《〈诗经〉的历史地理学价值新论》，《河南大学学报》（社会科学版）2001年第4期。
[④] 殷虹刚：《论朱熹〈诗集传〉对〈诗经〉文学地理学的发展》，《常熟理工学院学报》2021年第4期。

秦汉时期，谶纬流行，"特别是在汉代，谶纬之风可以说几乎笼罩半个思想世界"①。在此时代文化背景下，将谶纬与《诗经》结合的纬书——诗纬兴起。诗纬作为纬书体系的一部分，"形成于我国西汉的哀帝、平帝时期，到东汉则基本完备"②。今天可见的诗纬有四种③，即《含神雾》、《推度灾》、《氾历枢》和《诗纬》，以日本学者安居香山和中村璋八所辑《纬书集成》搜罗最为全面。诗纬虽然主要以谶纬思想附会《诗经》，多言阴阳灾异、天人感应，但也包含相当多的天文与地理知识，代表当时人们对天地万物的理解，今天看来依然有其合理之处。刘师培即云谶纬有"五善"，其中便有"考地"和"测天"④。

学术界已注意到诗纬的文学地理价值，对之有所论述，不过都不是从文学地理学视域进行的专门研究。本文拟阐述诗纬的文学地理学思想，探讨其对《诗经》文学地理学的发展及其成因，以期有助于文学地理学的学术史拓展和理论深化。

一 诗纬的文学地理学思想

（一）对《诗经·国风》十五国地理差异的认识

《诗经·国风》十五国的地理差异是诗经学的经典研究命题，诗纬中已包含对此的丰富认识。其中《含神雾》"致力于地理、感生等"⑤，尤其值得注意。

《含神雾》在天人感应思想的指导下，把目光从地面转向星空，再从星

---

① 葛兆光：《中国思想史》第 1 卷，复旦大学出版社 2001 年版，第 277 页。
② 孙蓉蓉：《〈诗纬〉考论》，《中国文化研究》2006 年第 4 期。
③ 关于诗纬的篇目数量，学界有三种和四种之说，《纬书集成·解说》之"关于诗纬"部分对此问题已有讨论。因《纬书集成》所辑为四种，本文所引诗纬文字均出自此书，现从其说。故本文所言"诗纬"指《含神雾》、《推度灾》、《氾历枢》和《诗纬》的总称，而所言"《诗纬》"则专指《纬书集成》所辑诗纬之一种。
④ 刘师培：《谶纬论》，邬国义、吴修艺编校：《刘师培史学论著选集》，上海古籍出版社 2006 年版，第 211、212 页。
⑤ 戴维：《诗经研究史》，湖南教育出版社 2001 年版，第 165 页。

空回到地面，将天上星宿与地上诗国对应起来，同时结合四时、五音、十二律、地理条件等，以解释各国不同音乐、不同风俗。学者陈叙对《含神雾》原文进行了列表整理①，兹录于下②（见表1）：

表1

各地	天象	地理位置	自然条件	音乐	风俗
齐地	孟春之位	海岱之间	土地污泥，流之所归，利之所聚	律中太族，音中宫角	
陈地	季春之位		土地平夷，无有山谷	律中姑洗，音中宫徵	
曹地	季夏之位		土地劲急	音中徵，其声清以急	
秦地	仲秋之位			音中商，其言舌举而仰，声清而扬	男懦弱，女高膫，白色秀身
唐地	孟冬之位	常山太岳之风	其地硗确而收	音中羽	故其民俭而好畜
魏地	季冬之位		土地平夷		
邶鄘卫王郑		千里之城，处州之中，名曰"地轴"			
郑	代己之地位在中宫	治四方，参连相错，八风气通			

根据表1，我们可以得到以下三点认识。

1. 《含神雾》高度重视《诗经·国风》各国的地理位置

首先，在纬书的阴阳五行学说系统中，东南西北四方与春夏秋冬四季相配，例如说"齐地处孟春之位"即指齐国在东方，所以《含神雾》实际已确认了所列十一国的方位③。

---

① 陈叙：《试论〈诗〉地理学在汉代的发生》，《南京社会科学》2006年第8期。
② 本文根据《纬书集成》对原表作了五处校改：原表"土地泥"改为"土地污泥"；原表"其声清急"改为"其声清以急"；原表"代己之位"改为"代己之地"；原表言"邶鄘卫王郑"者在末行，言"郑"者在上一行，现将两者位置上下互换；原表中"治四方，参连相错，八风气通"归入"自然条件"列，但笔者认为此句是在讲郑国当时地处各国的中心，故将其移入"地理位置"列。
③ 十一国方位与四时、十二律、五音、星宿之间的具体对应关系可参见刘毓庆《由人学到天学的〈诗〉学诠释——〈诗纬〉诗学研究》一文中所列表格，《文学评论》2005年第6期。

其次，《含神雾》还注意到"邶鄘卫王郑"处于各国中心的特殊地理位置，指出"此五国者，千里之城，处州之中，名曰地轴"①。接着进一步指出，郑又处于"邶鄘卫王郑"五国的中心，"郑，代己之地②也，位在中宫，治四方，参连相错，八风气通"③。

高度重视《诗经·国风》各国地理位置这一点在《推度灾》中也有体现。《推度灾》将《诗经·国风》的十一国与天上的星宿进行对照：

> 邶国结蝓之宿，鄘国天汉之宿，卫国天宿斗衡，王国天宿箕斗，郑国天宿斗衡，魏国天宿牵牛，唐国天宿奎娄，秦国天宿白虎，气生玄武，陈国天宿大角，桧国天宿招摇，曹国天宿张弧④。

这种"将《诗经》中所涉及的地上方国与天上的星宿完全对应起来"的做法，并非"纬书对诗篇分属于世界不同地域的想象性描述，对《诗》篇的实际理解并没有什么意义"⑤，而是当时诗纬著者在"天人合一"思想指导下形成的分野思想，代表着他们对《诗经》十五国地理方位的认识，进而影响到从自然地理、人文地理的区域差异角度来理解十五国风。

2. 《含神雾》关注到《诗经·国风》各国自然地理对人文地理的影响

《含神雾》中叙述了齐、陈、曹、唐、魏五国的自然地理情况，在观察这五国的自然地理时，关注点无一例外都是土地。对于齐，《含神雾》说"土地污泥，流之所归，利之所聚"⑥，指出齐国地处海滨、众流所归的自然地理优势对经济发展（"利"）的促进。对于唐，《含神雾》说："其地硗确

---

① ［日］安居香山、中村璋八辑：《纬书集成》上册，河北人民出版社1994年版，第461页。
② 曹建国《纬书研究的一些思考》认为："'代己之地'当为'戊己之地'，'代''戊'形近而讹。天干配五方，中央土为戊己，而郑位处中宫，正是土位，故曰'戊己之地'"，《渤海大学学报》（哲学社会科学版）2019年第2期。
③ ［日］安居香山、中村璋八辑：《纬书集成》上册，河北人民出版社1994年版，第461页。
④ ［日］安居香山、中村璋八辑：《纬书集成》上册，河北人民出版社1994年版，第472页。
⑤ 毛宣国：《纬书的〈诗经〉阐释与诗学理论》，《中国文学研究》2013年第1期。
⑥ ［日］安居香山、中村璋八辑：《纬书集成》上册，河北人民出版社1994年版，第460页。

而收,故其民俭而好畜"①,进一步指明土地坚硬贫瘠造成歉收,从而影响经济,经济再影响地方风俗,唐地百姓于是养成节俭的生活习惯。由此可见《含神雾》已经认识到土地等自然地理影响经济、民俗等人文地理的规律。

3.《含神雾》明确指出《诗经·国风》各国的音乐不同

季札观乐时用"渊乎""泱泱乎""荡乎"等词形容不同地区不同的音乐风格,表现出高超的音乐鉴赏力,但这终究只是个人印象式的点评。而在《含神雾》中,除"其声清以急""声清而扬"这种对音乐特色的形容描写外,还用更加客观的五音、十二律来对应各地区的音乐。这些都说明《含神雾》对音乐的区域差异性有了更深刻的理解。另外,《含神雾》说秦"其言舌举而仰",这是在描述秦国人发音时的舌位特征,对照今天的陕西方言,能发现这种描述很准确生动。姜亮夫的《中国声韵学》在阐述语音与地理之间的关系时,就引用《含神雾》中关于秦、曹的叙述作为佐证材料②。

(二)从物候角度解读《诗经》

诗纬表示出对《诗经》中所写物候的关注,撇去谶纬思想的荒诞之说,其中有些是对《诗经》的正确解读。现根据诗纬中物候解读内容的先后顺序将其罗列于下,然后逐句分析:

> 1. 鹊以复至之月,始作室家,鸤鸠因成事,天性如此也。③(《推度灾》)
>
> 2. 关雎恶露,乘精随阳而施,必下就九渊,以复至之月,鸣求雄雌。④(《推度灾》)
>
> 3.《四牡》,草木萌生,发春近气,役动下民。⑤(《推度灾》)

---

① [日]安居香山、中村璋八辑:《纬书集成》上册,河北人民出版社1994年版,第460页。
② 姜亮夫:《姜亮夫全集》第15册,云南人民出版社2002年版,第23页。
③ [日]安居香山、中村璋八辑:《纬书集成》上册,河北人民出版社1994年版,第470页。
④ [日]安居香山、中村璋八辑:《纬书集成》上册,河北人民出版社1994年版,第471页。
⑤ [日]安居香山、中村璋八辑:《纬书集成》上册,河北人民出版社1994年版,第477页。

4. "彼茁者葭,一发五豝。"孟春,兽肥草短之候也。①(《汜历枢》)
5. 天霜树落叶,而鸿雁南飞。②(《汜历枢》)
6. "蟋蟀在堂",流火西也。③(《汜历枢》)
7. 立秋促织鸣,女工急促之候也。④(《汜历枢》)
8. 蒹葭秋水,其思凉,犹秦西气之变乎?⑤(《汜历枢》)
9. 杨柳惊春,牛羊来暮。⑥(《汜历枢》)

  第一句是对《国风·召南·鹊巢》中"维鹊有巢,维鸠居之"的解读。《毛诗序》从政教化的角度出发,认为《鹊巢》是写"夫人之德",《推度灾》并没有作如此的引申和发挥,而是从鸟类习性的角度"对《鹊巢》作了名物常识性的解释"⑦,这种解释更客观符合实际,"丰富了《毛诗》对于名物训解方面的不足,使得整首诗的诗意更加明确"⑧。

  第二句是对《国风·周南·关雎》中"关关雎鸠,在河之洲"的解读。所谓"恶露"是"称赏关雎能求偶于隐蔽处"⑨,有学者进而指出:"这是对雎鸠习性的一种解释。此种解释更可见其明显的物候观,是典型的纬学说《诗》。"⑩诗纬如此解读,有助于我们理解这首写男子热恋采荇女子的情诗,为何以关雎起兴。

  第三句是对《小雅·四牡》主题的解读。《四牡》写道:"翩翩者鵻,载飞载下,集于苞栩""翩翩者鵻,载飞载止,集于苞杞",栩树和杞树枝

---

① [日]安居香山、中村璋八辑:《纬书集成》上册,河北人民出版社1994年版,第481页。
② [日]安居香山、中村璋八辑:《纬书集成》上册,河北人民出版社1994年版,第481页。
③ [日]安居香山、中村璋八辑:《纬书集成》上册,河北人民出版社1994年版,第481页。
④ [日]安居香山、中村璋八辑:《纬书集成》上册,河北人民出版社1994年版,第481页。
⑤ [日]安居香山、中村璋八辑:《纬书集成》上册,河北人民出版社1994年版,第481页。
⑥ [日]安居香山、中村璋八辑:《纬书集成》上册,河北人民出版社1994年版,第481页。据(清)秦蕙田撰《五礼通考》卷200,此句当作"梅柳惊春,羊牛来暮",清光绪六年九月江苏书局重刊。
⑦ 孙蓉蓉:《论〈诗纬〉对〈诗经〉的阐释》,《求是学刊》2011年第1期。
⑧ 刘明:《郑玄〈诗纬〉学论略》,《河北师范大学学报》(哲学社会科学版)2012年第3期。
⑨ 曹建国:《〈诗纬〉二题》,《文学遗产》2010年第5期。
⑩ 刘明:《郑玄〈诗纬〉学论略》,《河北师范大学学报》(哲学社会科学版)2012年第3期。

叶茂密的景象确实是春天的景色，《推度灾》准确地抓住了这一物候特征来解诗。

第四句是对《国风·召南·驺虞》中"彼茁者葭，一发五豝"的解读，《氾历枢》看到了"孟春"时节"兽肥草短"的物候特点，为诗句所写围猎场景提供了季节背景，不仅符合实际情况，也丰富了对诗意的理解。清（陈）乔枞《诗纬集证》即云："《说文》：'茁，草初生出地貌。'孟春之月百草□萌芽始出，故云草短之候。"①

第五句是对《小雅·鸿雁》中"鸿雁于飞，肃肃其羽"的解读。有学者认为："《诗纬》以《鸿雁》配申，可能是基于物候的考虑。从自然界看，秋风起，大雁南飞，渐至萧条肃杀的严冬。所以《诗·推度灾》：'申者，伸也。伸犹引也，长也，衰老引长。'又说'金立于鸿雁，阴气杀，草木改。'故《诗纬》系之于申。"② 撇去其中的阴阳五行思想，不得不说诗纬这是从物候角度对《鸿雁》的专门解读。

第六句是对《国风·唐风·蟋蟀》中"蟋蟀在堂，岁聿其莫"的解读。有学者指出："'蟋蟀'云云，也是解释季候的，所述'流火西也'，为指出秋天星象"③。《氾历枢》点明"蟋蟀在堂"是大火星偏西，到了秋天才有的现象，这是将火星在不同季节的位置与物候结合起来，"这大概就是古代所谓的'物候'知识与'物验'技术"④，反映了《诗经》时代人们的一种普遍认识，有助于对诗歌的理解。

第七句是对《国风·豳风·七月》中"六月莎鸡振羽，七月在野""八月载绩""九月授衣"的解读。《氾历枢》所说"立秋促织鸣，女工急促之候也"是对此的生动解释，说立秋过后，蟋蟀开始鸣叫，天气渐渐转寒，

---

① （清）陈乔枞：《诗纬集证》，《续修四库全书》第 77 册，上海古籍出版社 2003 年版，第 794 页。
② 曹建国：《类比、还原与谶纬之〈诗〉学——纬书的情性〈诗〉学观谫论》，《中南民族大学学报》（人文社会科学版）2017 年第 4 期。
③ 徐公持：《论诗纬》，《求是学刊》2003 年第 3 期。
④ 葛兆光：《中国思想史》第 1 卷，复旦大学出版社 2001 年版，第 280 页。

女工忙着织麻布，准备过冬的衣服，将物候与民间制寒衣的劳作习俗明确联系在一起。

第八句是对《国风·秦风·蒹葭》中"蒹葭苍苍，白露为霜"的解读。有学者指出："《诗》纬是本物候、卦气说诗。……尤其值得注意的是'其思凉'，点出了诗歌本身蕴含的悲怆凄凉之情感色彩，体味颇为精微。"[1]

第九句是对《国风·王风·君子于役》中"日之夕矣，羊牛下来"的解读。清人陈乔枞《诗纬集证》评析道："梅柳先春而发，故言惊春。牛羊已暮而归，故言来暮。《诗》云：'昔我往矣，杨柳依依'，又云：'日之夕矣，牛羊来下'，皆感物候之变而吟咏性情也。"[2]

二 诗纬对《诗经》文学地理学的发展

南朝孝武帝禁谶，至隋炀帝，又下令焚毁谶纬之书，诗纬原书已亡佚。"《隋书·经籍志》与其他纬书一起，记有'诗纬十八卷，魏博士宋均注，梁有十卷'。这一诗纬十八卷具有怎样的内容，现在完全无法把握，但它与其他纬书相比卷数极多"[3]，由此可以推测，今所见诗纬与原书相比不及什一，在诗纬原书中，对于《诗经·国风》各国的地理位置、物候等自然地理，音乐和风俗等人文地理应当有更丰富的叙述。虽然文献有限，但仍能从中考察出诗纬对《诗经》文学地理学的发展。

（一）开启对《诗经·国风》十五国地理方位的研究

诗纬重视对《诗经·国风》各国地理位置的描述，与春秋时期的季札观乐相比，这是一种进步，是从地理方位角度解诗的肇始。

---

[1] 张玖青、曹建国：《〈诗〉纬论〈诗〉》，《中南民族大学学报》（人文社会科学版）2007年第4期。

[2] （清）陈乔枞：《诗纬集证》，《续修四库全书》第77册，上海古籍出版社2003年版，第795页。

[3] ［日］安居香山、中村璋八辑：《纬书集成·解说》上册，河北人民出版社1994年版，第45页。

季札观乐时，只言国名，并未言及各国的地理位置，他在评论"王""豳"二风时所说的"周之东""周公之东"① 是周室东迁、周公东征之意，评论齐风时所说的"表东海者"②，是齐国可做东海一带诸侯国的表率之意。季札是以周室为中心，评论不同国家的"王化"情况，其着眼点是政治，"表面上评的是乐，但内里是史"③，最多只能算言及这三国的大致方位。而《含神雾》在叙述各国方位时，没有季札观乐评论各国风时政教化的特色，纯粹是从地理出发。尤其值得注意的是，在季札观乐的评论体系中，他从"王化"的角度出发，对邶鄘卫和郑风的评价都不是很高，尤其是对郑风，季札说"其细已甚，民弗堪也，是其先亡乎"④，甚至认为郑风是亡国之音。《论语》中，孔子也有"郑声淫"⑤ 的评价。但《含神雾》中，邶鄘卫王郑却一度变为各地区的中心，郑更是中心的中心。《含神雾》的这种观点是建立在对《诗经·国风》各国地理位置的准确掌握基础上的，符合客观情况。有学者从军事地理角度指出，在当时各国中，"郑国处于东西、南北陆路干线汇合的十字路口，属于交通枢纽"⑥，具有重要的战略意义。后来学者杨洁在研究《诗经》郑、卫诗歌时也注意到："郑国还有着便利的交通，联通各诸侯国。郑国位于各诸侯国的中心地，距周王朝的统治中心洛邑不远，占据要道，交通便利，四通八达"，"郑国东与宋、陈、曹相接，南与楚国毗连，西临东周国都洛邑，北部为卫国，西北部与晋国隔周都、卫相望，东北部与鲁、齐隔卫相望；处于楚、齐、晋、宋等国家的包围之中，位于各诸侯国的中心和枢纽地带，地理位置特殊"⑦。故可以说诗纬开此研究之先河。

据此甚至可以认为，《含神雾》已初步具备现代地理学中区位的概念，

---

① （春秋）左丘明撰，杜预集解：《左传》，上海古籍出版社1997年版，第1121页。
② （春秋）左丘明撰，杜预集解：《左传》，上海古籍出版社1997年版，第1121页。
③ 徐定懿：《汉代〈诗经〉经学诠释学研究》，博士学位论文，复旦大学，2012年，第53页。
④ （春秋）左丘明撰，杜预集解：《左传》，上海古籍出版社1997年版，第1121页。
⑤ 杨伯峻：《论语译注》，中华书局2006年版，第185页。
⑥ 宋杰：《中国古代战争的地利枢纽》，中国社会科学出版社2009年版，第50页。
⑦ 杨洁：《〈诗经〉郑、卫诗歌研究》，中国社会科学出版社2016年版，第58、69页。

把握到了不同诸侯国地理位置的比较优势，所以才有郑地"代己之地，位在中宫，治四方，参连相错，八风气通"的说法。虽然这种对《诗经·国风》各国地理位置的表述是围绕阴阳五行原理展开，但今天从《诗经》文学地理学视角来考察，应该承认这确实促进了对《诗经·国风》各国自然地理和人文地理区域差异的认识，从而丰富和加深了对具体诗篇的理解，具有积极意义。有学者认为："以各国之地域，与季候节气方位相对应，又与音律相对应，舆论其民风习气，同样是典型的天人合德思维方式。至于说邶、鄘、卫、王、郑五国为'地轴'，确是一种全新提法。……上述五国地域，皆在黄河中游两岸，汉代属河南、河内郡，确实'处'于'禹贡九州'之中央部位。……诗纬的这些说法，包含了若干对于各地山川地理民风艺文实际情况的描述。"[①]

（二）开启"以地证诗"的《诗经》文学地理学研究

如前所述，诗纬在前人的基础上，构建了一个以《诗经·国风》地理为中心的完整系统，其考察涵盖了地理方位、土地、音乐、风俗等多个方面，并且第一次注意到《诗经》中的物候现象。尽管诗纬最终要实现的是"推得失，考天心，以言王道之安危"[②]的政治目的，但它在当时尊《诗》为经的基础上，提出"诗者，天地之心，君德之祖，百福之宗，万物之户也"[③]的观点，将《诗经》推崇到至高地位，于是《诗经》也就处于各种解读的核心。因此可以说，诗纬真正开启了"以地证诗"的《诗经》文学地理学研究。学者陈叙即认为："从经学时代开始，《诗》地理学就已发生。汉代的《诗纬含神雾》、《汉书·地理志》、郑玄《毛诗谱》等都对《诗》地理进行了描述与考证，开启后世《诗》地理学之先河。"[④] 具体来说，诗

---

① 徐公持：《论诗纬》，《求是学刊》2003 年第 3 期。
② （汉）班固撰，（唐）颜师古注：《汉书》卷 75《翼奉传》第 10 册，中华书局 2013 年版，第 3172 页。
③ ［日］安居香山、中村璋八辑：《纬书集成》上册，河北人民出版社 1994 年版，第 464 页。
④ 陈叙：《试论〈诗〉地理学在汉代的发生》，《南京社会科学》2006 年第 8 期。

纬"以地证诗"的《诗经》文学地理学研究主要表现在两个方面。

第一，通过辨析《诗经·国风》各国的地理位置，"以此试图说明国风中不同的诗歌风格产生的原因"①。从前引诗纬中对唐、秦等国的评论可以看出，诗纬敏锐地抓住了地理位置不同的诸侯国在山川地形等自然地理方面的差别，进而影响到音乐、语言、风俗、经济等人文地理，最终影响到诗歌创作。而这些解读正是以《诗经》十五国风的诗歌为中心的。清人陈乔枞《诗纬集证》对《推度灾》中"邶结输之宿"句的疏解云："营室、东壁皆卫星分。《汉书·地理志》言河内本殷之旧都，分为三国，故《邶》《鄘》《卫》之诗相与同风"②，已指出诗纬言分野实际是言地理，《诗经》十五国地理位置与诗歌之间存在紧密的内在联系。学者张峰屹即敏锐地指出诗纬的这种思想与唐初魏徵《隋书·文学传序》、清末民初刘师培论文强调地域差异之间的源流关系，并与19世纪法国学者丹纳以家族（种族）、时代风俗、地理环境三大因素来解释文学艺术特征的学说进行了比较，认为"在我国两千年前的谶纬思潮中已有类似见解，不能不看作是文学思想史上的重大贡献"③。学者王洪军则认为"星土分野影响下的地理区域、地理空间的划分以及不同地理空间所造成的整体性格、风俗习惯、文学修养、文学表现则是传统地理诗学建立的一个可以参考的逻辑起点"④。

第二，从《诗经》文学地理学视角来看，诗纬从物候角度对《诗经》中相关诗句的解读是一种重要发展。《论语》中记载孔子认为学《诗》可以"多识于鸟兽草木之名"（《论语·阳货》），只是一句简单的话，而在诗纬中，则演变成对于《诗经》中所言鸟兽草木变化的细致观察。诗纬中常有假托为孔子的言论，其对物候的重视似乎也有意贯注了孔子的这个主张。物候是当代文学地理学研究的一个关注重点，因为物候能触发文学家的生命意

---

① 孙蓉蓉：《〈诗纬〉考论》，《中国文化研究》2006年第4期。
② （清）陈乔枞：《诗纬集证》，《续修四库全书》第77册，上海古籍出版社2003年版，第774页。
③ 张峰屹：《谶纬佚文的文艺观念》，《文学遗产》2014年第6期。
④ 王洪军：《天文分野：文学地理学的思想来源及意义》，《文学评论》2022年第2期。

识，进而影响文学创作①，从现有文献来看，从物候角度解诗的源头在诗纬，是属于"利用阴阳五行，物候占验等知识对诗篇或诗句进行解释"仅见于诗纬的"独享资源"②。

诗纬"以地证诗"的《诗经》文学地理学研究直接影响了后来的《汉书·地理志》和《诗谱》。总体来说，"后人对《诗纬》在阴阳五行与《诗》地理之间建立的联系进行了扬弃。《汉志》保留了对分野与风俗的描述，开始考证《诗》地理的历史渊源；《诗谱》则不采录有关天象、音乐的资料，偏重从风土与沿革的角度描述《诗》地理"③。分言之，则"《汉书·地理志》可谓对……《诗纬》文字的最好印证"④，而《诗谱》"从整体出发，着眼于以环境、风俗特点来推求诗歌风格的解诗思想是来源于《诗纬》的"⑤。至宋末，终于出现了王应麟的《诗地理考》，这是第一部考证《诗经》中地名、山川及风俗方面的地理学专著，而"王应麟认为人心是受天地山川的影响的，所谓钟天地山川之灵气就是这样，而《诗经》是人心之感发，所以地理对《诗经》也是甚有影响的，他这种观点是直接从朱熹以及《诗纬》那里继承来的"⑥。

（三）注重从文本出发解读《诗经》中的文学地理

诗纬是与《诗经》相配的纬书，虽然附会了大量天人感应、阴阳五行等内容，但阐述《诗经》的篇章字句是其主体。因此，诗纬表现出从文本出发解诗的明显特征。具体而言有以下两点。

---

① 曾大兴《气候、物候与文学——以文学家生命意识为路径》（商务印书馆2016年版）一书对此有系统深刻的阐述。
② 张玖青、曹建国：《〈诗〉纬论〈诗〉》，《中南民族大学学报》（人文社会科学版）2007年第4期。
③ 陈叙：《试论〈诗〉地理学在汉代的发生》，《南京社会科学》2006年第8期。
④ 徐兴无：《"王者之迹"与"天地之心"——汉代〈诗经〉学中的两种文化阐释倾向》，徐兴无：《经纬成文：汉代经学的思想与制度》，凤凰出版社2015年版，第58页。
⑤ 刘明：《郑玄〈诗纬〉学论略》，《河北师范大学学报》（哲学社会科学版）2012年第3期。
⑥ 戴维：《诗经研究史》，湖南教育出版社2001年版，第391页。

1. 对《诗经》中的某句诗专门作具体阐释。如前所引，《推度灾》中"鹊以复至之月，始作室家，鸤鸠因成事，天性如此也"一句，虽然前后文阙如，但依然能看出这显然是对《鹊巢》中"维鹊有巢，维鸠居之"的解读。更典型的如前所述《氾历枢》中"'彼茁者葭，一发五豝。'孟春，兽肥草短之候也"和"'蟋蟀在堂'，流火西也"两句，这种"《诗经》文本+具体阐释"的表达似乎是《氾历枢》中一种固定且常见的句式，这更能说明诗纬解诗注重从文本出发。

2. 对《诗经》中不同诗篇的相关诗句进行联系辨析，从而发掘出诗句文学地理上的内在共通性。典型者如前所引《氾历枢》中"梅柳惊春，羊牛来暮"一句，分别是对《采薇》中"昔我往矣，杨柳依依"和《君子于役》中"日之夕矣，牛羊下来"的解读，因这两首诗内容都写行役盼归，因此《氾历枢》创造性地将其放在一起阐释，可谓独具只眼。对此学者徐公持叹赏道：

> 这里的特点倒不在于阴阳五行思想，而是其文笔之精致优美。"梅柳惊春"四字所包含的意蕴相当丰富，一个"惊"字，更是关键，它不单是写景，而且将人的主观感受写了出来：看到梅树发芽，柳枝飘荡，惊奇于春天到来之快，亦惊奇于春天之美好。此相当于后世诗话家所谓"诗眼"。"羊牛来暮"，也很好地概括了原诗中的意境，写出了农家晚景，生活气息甚浓。更令人惊异者，此二句声调，竟暗合于后世的平仄对偶规律，显得节奏铿锵，音调和谐。要之，诗纬文字中竟有此绝佳之句，实出意料之外。①

诗纬解诗时注重从文本出发的源头似乎可以追溯到战国楚地竹简《孔子诗论》。有学者指出《孔子诗论》"主要是从《诗经》文本出发，将《诗

---

① 徐公持：《论诗纬》，《求是学刊》2003年第3期。

经》文本作为观照的主体,虽然有历史化、政治化的表现,但都不占主导地位"①。诗纬上承其源,影响了《诗经》文学地理学的发展,至朱熹终于明确提出"唯本文本意是求"的主张,为后来从文学地理视域解读《诗经》文本打开了巨大的空间②。

三 诗纬文学地理学思想成因分析

"纬书不仅仅是政治与经学的综合体,更是知识与技术、文化与信仰、社会与制度的多元融合物"③,所以诗纬的文学地理学思想的形成也受到前代和同时代社会思想文化的复杂影响。接下来本文尝试从两个方面分析其成因。

(一)传统天文分野知识和大一统时代地理认知的影响

诗纬对《诗经·国风》中十五国地理方位、自然地理和人文地理差别的准确认知和表达,主要受到传统天文分野知识和大一统时代地理认知这两方面的影响。

1. 传统天文分野知识的影响

诗纬将《诗经·国风》十五国与星宿相对应,显然是受到天文分野知识的影响。天文分野在中国具有悠久的历史传统,"古代中国以北极为天中,天道左旋,地道右行,四象八方、二十八宿环绕的天文知识与地分九州,对应上天,各有分野的地理知识也早已给它预设了一个空间与时间的框架,而古代中国十分流行"④。西周时期已有官员专门负责观测天象,以占卜对应地上诸侯国的吉凶,《周礼·春官宗伯第三》"保章氏"即云:"以星土辨九州之地,所封封域皆有分星,以观妖祥。"⑤ 纬书《春秋元命苞》亦云:"王

---

① 朱金发:《先秦诗经学》,学苑出版社2007年版,第253页。
② 见殷虹刚《论朱熹〈诗集传〉对〈诗经〉文学地理学的发展》,《常熟理工学院学报》2021年第4期。
③ 曹建国:《纬书研究的一些思考》,《渤海大学学报》(哲学社会科学版)2019年第2期。
④ 葛兆光:《中国思想史》第1卷,复旦大学出版社2001年版,第283页。
⑤ 杨天宇:《周礼译注》,上海古籍出版社2004年版,第380页。

者封国，上应列宿之位。其余小国不中星辰者，以为附庸"，"国君王者封，上应列星之位"①。纬书《春秋说题辞》进而云："诗者，天文之精，星辰之度"②，已将诗国与天文分野联系起来。陈乔枞《诗纬集证》综而言之："盖九州之地，诸侯所封各有封域，即各有分星，察星分之变动，辨其吉凶，所以诏救政、访序事也，故诗纬于列国备言之，以著终始际会之义。"③

虽然诗纬的最终目的是为言灾异祥瑞，但客观上促进了对于《诗经》十五国地理方位的辨析。刘师培称汉代谶纬有"考地"之善时即云："州土则域区内外……既辨方而正位。"④ 学者邱靖嘉对其间具体关系阐释道：

> 这种带有浓厚星占数术色彩的分野之说实质上反映的是古人"在天成象，在地成形"的传统宇宙观。……而分野学说则是将这种天地相通、天地相应的思想具象化，使得周天星宿具体落实于某一地理区域。在这一过程中，人们选择多大范围的一片地理区域来与天文系统相对应，这就必然牵涉到当时人对地理世界的认知问题，换言之，它体现的是古代中国人的世界观。⑤

于是，"在天成象，在地成形"的中国传统天文分野所构建出来的一套天地对应学说，为诗纬提供了认识《诗经》十五国地理方位的知识基础。

2. 大一统时代地理认知的影响

诗纬对《诗经》十五国自然地理和人文地理差异所表现出的深入细致的认识，有两个来源。

---

① ［日］安居香山、中村璋八辑：《纬书集成》中册，河北人民出版社1994年版，第617页。
② ［日］安居香山、中村璋八辑：《纬书集成》中册，河北人民出版社1994年版，第856页。
③ （清）陈乔枞：《诗纬集证》，《续修四库全书》第77册，上海古籍出版社2003年版，第776页。
④ 刘师培：《谶纬论》，邬国义、吴修艺编校：《刘师培史学论著选集》，上海古籍出版社2006年版，第211页。
⑤ 邱靖嘉：《"普天之下"：传统天文分野说中的世界图景与政治涵义》，《中国史研究》2017年第3期。

一方面来源于先秦既有的地理观念。例如《诗经·大雅·公刘》中记载："既景乃冈，相其阴阳，观其流泉。其军三单，度其隰原，彻田为粮"，说明周人先祖早已经在农业实践中认识到土地差异，懂得因地制宜。《管子·度地》也说："圣人之处国者，必于不倾之地，而择地形之肥饶者。乡山，左右经水若泽。内为落渠之写，因大川而注焉。乃以其天材、地之所生，利养其人，以育六畜。"① 这些前代流传下来的地理知识当然会被诗纬所继承。

另一方面，更重要的是，与汉代地理学的发展有关。汉代承秦郡县制，兼先秦分封制，疆域辽阔，注重对外交流。司马迁《史记·货殖列传》写道："汉兴，海内为一，开关梁，弛山泽之禁，是以富商大贾周流天下，交易之物莫不通"②，这种大一统的王朝促进了不同地区之间人员，尤其是商人的流动，人们通过比较，深化了对区域差异的认识和理解。司马迁在《货殖列传》中就已经详细叙述了四大区、十一亚区的政教、区位、交通、土地、人口等因素对经济、民俗的影响。

以上所述两个方面，共同促进了诗纬中《诗经》文学地理学思想的发展。传统天文分野知识促进了诗纬对于不同诗国地理方位的认识，同时，大一统时代的地理认知让诗纬深化了对于各国自然地理差异的认识，进而把握到自然地理影响人文地理，并影响《诗经》十五国风的规律。正如有学者所言："分野学说同文学的联系，实质上是地缘和文学的联系。汉代人已经注意到地缘对于人文风俗以及文学的影响。"③ 后来班固著《汉书·地理志》，终于把《诗经》和地理明确联系在一起，并首次对"风俗"这个概念进行界定，"客观地、不自觉地揭示了人文地理环境影响文学的途径问题"④。

（二）天人感应思想下《周易》"察地理"的影响

学界普遍认为"《诗纬》解《诗》重物候重天人感应"⑤ 是其突出特点

---

① 李山译注：《管子》，中华书局2009年版，第313页。
② （汉）司马迁：《史记》，中华书局1982年版，第3261页。
③ 王洪军：《天文分野：文学地理学的思想来源及意义》，《文学评论》2022年第2期。
④ 曾大兴：《文学地理学概论》，商务印书馆2017年版，第374页。
⑤ 刘明：《郑玄〈诗纬〉学论略》，《河北师范大学学报》（哲学社会科学版）2012年第3期。

之一，可以进一步追问的是：诗纬解诗为何会"重物候"？"重物候"与"重天人感应"之间是否存在某种关系？

先来讨论"重天人感应"。对天人关系的探究是中国古代哲学的一个核心命题，至西汉董仲舒创造性地提出了著名的天人感应思想。就本文所论，需要关注两个问题。

其一，天人感应说并非董仲舒的独创，"在古代中国一直存在着一个十分强大而且久远的传统观念系统，即宇宙与社会、人类同源同构互感，它是几乎所有思想学说及知识技术的一个总体背景与产生土壤"①。也就是说，天人感应说其实古已有之，是当时诗纬著者们普遍的底层认知。

其二，董仲舒将当时粗糙、零散的天人感应说理论化、系统化，"他利用传统的神权观念，吸纳阴阳家的理论，第一次使儒学与阴阳学说融合，将阴阳、五行、四时、四方与儒家王道政治理论相联系，使天、人、社会构成一个动态的平衡系统，为其天人感应论张目"，并且"由于天、人、社会都分具阴阳，从而使彼此在内在构成上逻辑地联系起来，成为'物以类动'相互感应的基础"②。也就是说，是董仲舒在"阴阳、五行、四时、四方与儒家王道政治理论相联系"之间建立了确定的联系。对此也有学者专门从阴阳家的角度指出："阴阳家观察世界的切入点便是阴阳，他们将阴阳及其变化赋予分类功能，将大自然和人类世界之中发现的实体、过程和现象进行分类，发现或找到其背后的类比意义，并在大自然和人类世界之间建立对应的和'匹配'的关系。"③虽然董仲舒设计的天人关系，是为其"以人随君，以君随天"④的政治构想服务的，但其中隐含的阴阳消长、五行运转和王道兴衰都会在四时、四方中体现的逻辑关系，客观上势必会强调对四时和四方的观察。这一点在《春秋繁露》中就有频繁而明确的体现。例如其

---

① 葛兆光：《中国思想史》第1卷，复旦大学出版社2001年版，第266—267页。
② 李宗桂：《论董仲舒的天人思想及其文化史意义》，《天津社会科学》1990年第5期。
③ 曹建国：《类比、还原与谶纬之〈诗〉学——纬书的情性〈诗〉学观谫论》，《中南民族大学学报》(人文社会科学版) 2017年第4期。
④ 赖炎元注译：《春秋繁露今注今译》，台湾商务印书馆1984年版，第21页。

《五行顺逆》中屡屡通过"恩及草木，则树木华美，而朱草生""恩及羽虫，则飞鸟大为，黄鹄出现""恩及于水，则醴泉出"①等描写，来表达五行顺逆对自然现象的影响。在言语表述中，推理过程是五行运转影响自然现象，但实际操作过程应该是，也只能是：先观察到种种外在的自然现象，然后推导出内隐的所谓五行顺逆。汉武帝"罢黜百家，独尊儒术"后，董仲舒的天人感应思想成为国家意识形态，对汉代及以后中国古代思想的发展产生深远影响。结合此史实，再综合以上两点分析，就可以理解，为何形成于西汉哀、平时期的诗纬解诗会"重天人感应"了，因为：一方面，天人感应说在原来作为底层认知的基础上，已发展为成熟、严密和精巧的理论体系，具有了更强大的影响力；另一方面，诗纬要想实现"推得失，考天心，以言王道之安危"的政治目的，就只能通过对四时和四方的观察来实现，"重物候"于是也就成为"重天人感应"的题中应有之义。

诗纬解诗"重物候"，还受到《周易》的影响。汉代谶纬与《周易》存在着思想上的深刻联系。"汉代以董仲舒为首，包括谶纬学者在内的'推阴阳言灾异者'，将《易》道的阴阳观念与商周以来的天命思想糅合在经学阐释中，形成了'天人一也'的经学理论"②，诗纬自然也不例外。事实上，《含神雾》假托孔子所言的"诗者，天地之心"中"天地之心"的说法即始见于《复》卦象辞："复，其见天地之心乎。"③

《周易·系辞上》开篇即云："在天成象，在地成形，变化见矣"，此处"形"孔疏为"山川草木"④。《系辞上》又云："《易》与天地准，故能弥纶天地之道。仰以观于天文，俯以察于地理，是故知幽明之故"⑤，此处"天

---

① 赖炎元注译：《春秋繁露今注今译》，台湾商务印书馆1984年版，第347、348、352页。
② 王洪军：《"天地之心"与谶纬〈诗〉学理论的会通》，《文学遗产》2015年第6期。
③ （魏）王弼注，（唐）孔颖达疏，李申、卢光明整理，吕绍纲审定：《周易正义》，北京大学出版社1999年版，第112页。
④ （魏）王弼注，（唐）孔颖达疏，李申、卢光明整理，吕绍纲审定：《周易正义》，北京大学出版社1999年版，第258页。
⑤ （魏）王弼注，（唐）孔颖达疏，李申、卢光明整理，吕绍纲审定：《周易正义》，北京大学出版社1999年版，第266页。

文""地理"即之前所言"在天成象，在地成形"，"地理"即"地貌，如山泽动植"①。可见《周易》中包含着一种观念，即阴阳变化本来幽微隐秘，但可以通过观察日月星辰等天象和山泽动植等地貌来参悟。《周易·系辞下》更云："包牺氏之王天下也，仰则观象于天，俯则观法于地，观鸟兽之文与地之宜"，此处"地之宜"孔疏为"动物植物各有所宜是也"②。由此可知在《周易》的思想中，地貌具有与天象同等的高度，因为二者都直接关系到阴阳之道。而地貌的涵盖范围极广，不仅包括山川，还包括草木鸟兽等动植物。

如此，《周易》中通过"察地理"以"知幽明之故"，不仅与前述董仲舒天人感应思想中通过观察四时、四方以知阴阳、五行和王道，于内在逻辑上一致，而且更进一步直接明确了观察对象。在董仲舒的思想中，四时是时间概念，四方是空间概念，而在《周易》中，这种抽象的时空概念就在日月星辰等天象和山泽动植等地貌中得到了具体落实。而联结两者的正是汉代儒生普遍接受的阴阳学说。学者王洪军就直接把阴阳和元气作为汉代谶纬诗学阐释的理论核心，由此导致对天象和自然物象的观察：

> 在阴阳以及元气理论的整体观照下，阴阳交错、元气激荡所表现的形式必然落在象上，象成为汉代诗学理论无法回避的问题。从传统文化的角度看，构象是中国文化以及文学的主要特点。象之所来在于观物，高天厚地、近身远物都是古人取象的对象，所以探索《易》象的深刻内涵，必须了解象的结构方式。《易》取象首先仰望天空，即"观象于天"……其次，就是自然的物象。由于自然的千变万化，出现了非正常的景象，在汉代人的观念里，这些景象是有着深刻含义的，是上天富

---

① 陈鼓应、赵建伟注译：《周易今注今译》，商务印书馆2005年版，第594页。
② （魏）王弼注，（唐）孔颖达疏，李申、卢光明整理，吕绍纲审定：《周易正义》，北京大学出版社1999年版，第298页。

含深意的言说，即汉人所谓的象告。①

其实，对此清人陈乔枞在《诗纬集证·序言》中已有所发现："夫顺阴阳以承天道，原性情以正人伦……经穷其理，纬究其象。"② 他已经敏锐地看到诗纬"顺阴阳"与"究其象"之间的联系。

此外，也许更重要的是，诗纬解诗这种"重天人感应""重物候"的方法在《诗经》文本内部得到了某种明确支持。目前学界一般认为诗纬源自翼奉《齐诗》学③，《汉书·翼奉传》记载了一段翼奉在元帝时奏对地震等灾事的言论：

> 臣奉窃学《齐诗》，闻五际之要《十月之交》篇，知日蚀地震之效昭然可明，犹巢居知风，穴处知雨，亦不足多，适所习耳。臣闻人气内逆，则感动天地；天变见于星气日蚀，地变见于奇物震动。所以然者，阳用其精，阴用其形。④

这段话中，阴阳、天人感应、观天、察地等内容融合无间，其证明是经典《诗经》中的诗篇《十月之交》，其中"日月告凶，不用其行。四国无政，不用其良"⑤ 等诗句也确实可为其注脚。

综上所述，天人感应作为一种古老而普遍的观念，在《诗经·小雅·十月之交》等诗篇中已有体现，西汉董仲舒集其大成，并与阴阳学说融合，强调对四时、四方的观察。而其后诗纬又结合《周易》"察地理"的观念，故导致其解诗时"重物候"的显著特征。想来诗纬中应有大量如前所述依据《诗

---

① 王洪军：《阴阳与元气：汉代谶纬诗学阐释的理论核心》，《求是学刊》2018 年第 2 期。
② （清）陈乔枞：《诗纬集证》，《续修四库全书》第 77 册，上海古籍出版社 2003 年版，第 761 页。
③ 王长华、刘明：《〈诗纬〉与〈齐诗〉关系考论》，《文学评论》2009 年第 2 期。
④ （汉）班固撰，（唐）颜师古注：《汉书》卷 75《翼奉传》第 10 册，中华书局 2013 年版，第 3173 页。
⑤ 程俊英：《诗经译注》，上海古籍出版社 2004 年版，第 314—315 页。

经》诗句从物候角度的解读，虽然现存文献严重不足，不过从中也能窥一斑而知全豹。

四　结论

诗纬中的灾异祥瑞等内容在今天看来似乎荒诞不经，但总体上诗纬并未脱离经学范畴。学者徐兴无在讨论谶纬与经学的关系时认为：

> 经学将谶纬移入自身学术范围的方法，是吸收谶纬中有关天文、地理、礼仪制度、古史传说等方面的知识，以纬学注解经典。这样的移植带有零散吸收和学术引征的色彩。……这不仅是由于谶纬思想笼罩了当时的政治和文化，也是由于纬学确实弥补了经学的缺陷，给经学带来了新的内容和适应时代要求的能力。①

故诗纬也应视作诗经学在当时社会思想文化背景下的发展。当时的儒生不仅普遍接受谶纬思想，而且遍注群纬，提高了纬书的学术地位。例如东汉末年的经学大师郑玄，其《别传》云："玄少好学书数，十三诵五经，好天文占候，风角隐术。年十七，见大风起，诣县曰：'某时当有火灾。'至时果然，智者异之。年二十一，博极群书，精历数图纬之言，兼精算术"②，可见其思想中有很浓厚的谶纬色彩。此外，据考证，郑玄著述所注类31种中，除经注15种外，另有纬书注10种③，可见其学术融合经、纬。

由于东汉以后几个朝代的禁毁，曾经风行天下的谶纬逐渐消失殆尽，在唐宋以后的正统文化中再也见不到谶纬的踪迹。不过，书籍的亡佚不代表思想的销声匿迹，"两汉的文学思想与正统经学和谶纬思潮密切相关；

---

① 徐兴无：《谶纬与经学》，《中国社会科学》1992年第2期。
② 见刘义庆撰，刘孝标注，朱铸禹汇校集注《世说新语汇校集注·文学篇》注引《玄别传》，上海古籍出版社2002年版，第167页。
③ 杨天宇：《郑玄著述考》，《洛阳师范学院学报》2002年第1期。

缺少了任何一方面的考量，对汉代文学及文学思想都不大可能获得准确的认知"①，谶纬思想早已融入汉代文学与经学，其影响亦随之绵延后世。诗纬就对唐初魏徵《隋书·文学传序》、南宋王应麟《诗地理考》等产生过影响，这些著作或多或少都吸收了诗纬的解诗思想和内容。本文尝试挖掘诗纬在《诗经》文学地理学发展过程中的价值，希望能补文学地理学学术史之阙如，对文学地理学的学科建设有所助益。不当之处，敬请学术界同人批评指正。

---

① 张峰屹：《谶纬思潮与两汉文学思想》，《文学评论》2019年第2期。

空间、地方与文学

罗浮山文学空间形象的历史建构与意义叠加

蒋艳萍*

罗浮山地处广东东江之滨，是我国道教十大名山之一，历来以山体广大、奇峭峻拔称雄，以飞瀑流泉、密林薄雾称幽，有"百粤群山之祖""岭南第一山"之美称。自秦晋以来，罗浮山就成为道家羽客修行得道之圣地，更是历代文人墨客盘桓、向往之仙境，咏题佳作不胜枚举。

不同时代、不同身份和地域的人对罗浮山的书写既有意义上的承续，也存在很大差异。在历史的不断发展中，罗浮山文学空间形象也变幻着不同的面貌，其内涵和意义不断地丰富，带给人们多向度的审美体验。本文拟以秦汉魏晋—隋唐两宋—元明清为时间分段，考察罗浮山文学空间形象的不断演变和意义的不断叠加。

一 秦汉魏晋时期：罗浮仙山神圣空间书写

正如迈克·克朗所说："文学作品不能被视为地理景观的简单描述，许多时候是文学作品帮助塑造了这些景观。"[①] 在文学史上，关于岭南的文学书写较为晚近，"岭南"很长一段时间被视为蛮荒之地、未开化之地。而地处岭南腹地的罗浮山却是个例外，它很早即进入中原文化体系，在秦汉时期

---

* 蒋艳萍，广州大学人文学院副教授，广府文化研究中心研究员。此文为教育部人文社科一般项目"罗浮山文学空间书写研究"（19YJA751018）阶段性成果。

① [英]迈克·克朗：《文化地理学》，杨淑华等译，南京大学出版社2003年版，第55页。

已有盛名。罗浮山延续远古神话，被塑造为"神山仙境与蓬莱别岛"的合体，后又被道教奉为洞天福地，"仙山"逐渐凝定为罗浮山文学空间的固有属性。历代人们通过为其名称加冕、为其确立仙脉，利用文学书写极力刻画其神异面貌，来构建其作为仙山的神圣空间。

　　罗浮山之名源自神话传说，相传由浮山漂浮而附于罗山合体而成。而关于浮山到底从何处来，有两种说法。一说自会稽（位于今浙江省）流来。如西晋司马彪所著《续汉书·郡国志》南海郡下"博罗"注："有罗浮山，自会稽浮往博山，故置博罗县。"① 东晋徐道覆《罗浮山记》："旧云浮山从会稽流来，今浮山上犹有东方草木。"② 认为浮山是自会稽而来，与罗山合体，因称罗浮山。另一说法，也是流传最广的说法，认为浮山乃蓬莱之一岛或蓬莱之一阜。如晋代裴渊著《广州记》云："山之阳有一小岭，云蓬莱边山浮来著此，因合号罗浮山。"③ 南朝宋沈怀远所撰《南越志》言罗浮山："此山本名蓬莱山，一峰在海中，与罗山合，因名焉。"④ 唐李吉甫《元和郡县图志》云："罗山之西有浮山，盖蓬莱之一阜，浮海而至，与罗山并体。故曰罗浮。"⑤ 蓬莱乃上古传说中"海上三神山"（蓬莱、方丈、瀛洲）之一，自先秦时便已扬名海内外。罗浮山起源与蓬莱传说攀上关系，通过为其"正名"使其"出身不凡"，其身份自然带上了"神山"色彩。后代山志兼收并蓄，将两种传说都收入囊中，如明代陈琏《罗浮志》云："罗浮山，在惠州府博罗县西北三十里。《汉志》云，浮山自会稽来，博于罗山，故名博罗山。……《罗浮记》云，浮山乃蓬莱之一岛，尧时洪水所漂，浮海而来，与浮山合而为一。今山上犹有东方草木及翡翠。"⑥ 人们也渐渐认可此说法，据此衍生出罗浮乃"蓬莱之一股""蓬莱南移而成"的诸多传说。

---

① （晋）司马彪撰，（南朝梁）刘昭注：《后汉书·郡国志》，中华书局1965年版，第3530页。
② （宋）乐史撰：《太平寰宇记》，中华书局2007年版，第3070页。
③ （宋）李昉等编纂：《太平御览》，中华书局1960年版，第197页。
④ （宋）李昉等编纂：《太平御览》，中华书局1960年版，第197页。
⑤ （唐）李吉甫：《元和郡县图志》，贺次君注解，中华书局1983年版，第893页。
⑥ （明）陈琏：《罗浮志》，商务印书馆1936年版，第1页。

有仙名必有仙人，相传先秦时期已有浮丘公、安期生、马鸣生、阴长生等仙家在罗浮地区修道成仙。后又有朱灵芝和华子期分别治朱明洞天和泉源福地，使罗浮山成为后来道教洞天福地体系中同时拥有洞天和福地的两座仙山之一。杜光庭《历代崇道记》载有"周穆王于昆仑山、王屋山、嵩山、华山、泰山、衡山、恒山、终南山、会稽山、青城山、天台山、罗浮山、崆峒山致王母观，前后度道士五千余人"之说，《大清一统志》载周灵王时有南海仙人浮丘公，与王子晋入嵩山，后在罗浮得道的故事。可见在构建罗浮仙山的神圣空间上，人们致力于将其历史尽量往远古时代延伸。

如果这些仙人之名更多出于神话传说，现有文献很难印证其存在的真实性，那么东晋时期神仙道教的代表人物葛洪入住罗浮，并在此建庵授徒，著书立说，炼丹行医，直至仙逝，葛洪对罗浮道教乃至岭南道教的发展贡献之大，称其为岭南道教的实际创始人和灵魂人物都不为过。清宋广业《罗浮山志会编》言："自葛稚川而下成道此山者，数十家，必有以也"①，可以说葛洪奠定了罗浮山道教圣地的地位，使罗浮山为历朝历代文人墨客、修道之士所熟知。围绕着葛洪及其妻鲍姑、其祖葛玄、其师郑隐、其岳父鲍靓、其弟子黄野人等，留下很多历史遗迹，如洗药池、炼丹灶、遗履轩、双燕亭、蝴蝶洞、仙人床、野人庐等，也产生出大量神话传说，千百年来广为流传，构成罗浮仙脉不可或缺的重要部分。葛洪之后，隋朝苏元朗、唐代轩辕集、南宋陈楠、白云蟾等名道也纷纷在此留下仙迹，产生了丰富的文学作品，成为罗浮山宝贵的文化和精神财富。

正因为罗浮山在道教史上有着重要的地位，其山形奇特，水势逆流，迎合了道教的地形水脉理念，契合了道教人士山居修仙的心境，再加上雨水充沛，草木丰茂，盛产丹砂妙药，成为修道者炼丹养生的首选场所。经由葛洪、陶弘景、司马承祯、杜光庭等人的进一步宣扬，罗浮山被塑造为道教洞天福地系统中一座兼备洞天与福地的道教名山（拥有朱明洞天与泉源福地），

---

① （清）宋广业编纂：《罗浮山志会编》，《藏外道书》第19册，巴蜀书店1994年版，第225页。

十大洞天之"第七罗浮山洞：周回五百里，名曰朱明耀真之洞天。在循州博罗县，属青精先生治之"，七十二福地之"第三十四泉源，在罗浮山中，仙人华子期治之"①。罗浮山地处偏远的地理位置非但没有减弱其影响力，反而因其难以企及，引起中原士子与修真人士更强烈的向往之情，并留下大量诗词歌赋。

在历代诗词歌赋中，文人墨客极尽夸张之能事，极力渲染罗浮山的神异，仙人出没，神鸟异兽云集，瑞气环绕。为了烘托仙境的神秘，罗浮山被描写成瑞气萦绕、金碧辉煌。如江淹《罗浮》："紫烟世不睹，赤麟庖所捐……欲知清都里，乘此乃登天"；留筠《冲虚观》："金阙寥阳护九重，洞云呼吸紫霄通"；黄佐《天华宫》："危石驾紫霄，幽谷吐白雨"；陈锡《见日庵》："洞口翩翩紫气迎，洞中瑶草贴云青。金鸡唤醒游仙梦，夜半阳乌海底生"；梁柱臣《朝斗坛》："碧洞瑶坛凌紫清，真文缥缈斗边明"；等等。"紫"作为道教常用的颜色，是道教和道人的象征，也是祥瑞的象征，能传达出仙灵的美妙，渲染出仙机的玄妙高深，表达的是罗浮山与神仙世界的相联，大量"紫色"意象的运用，也是为了突出道家仙韵。而在游仙的过程，诗人也常常有云霞烟雾伴身（高骈《罗浮别墅》："为有烟霞伴此身"；李梦吕《凤皇谷》："罗浮绝顶凌苍穹，五云飞绕蓬莱宫"）；有鸾凤做导游（郑康佐《蓬莱阁》："鸾凤为我导，恍然游蓬莱"）；有仙鹤做驾乘（宋煜《遗衣坛》："驾鹤乘孪归紫府，仙凡从此不相干"），有神鸟相伴（陈琏《望罗浮二首》："奇香散仙葩，五色翔神鸟"）。② 这些瑰丽奇谲的意象相互交融，创造了神秘、缥缈、幽深、虚幻、高远的神山仙境，高峰峻岭、幽谷险壑、云雾缭绕、远离尘嚣，毫无疑问，罗浮仙境寄托了人们对神仙自由境界的极度向往，也因此引发了历代士子对这座仙家乐园的反复留情。

---

① （唐）司马承祯：《天地宫府图》，《云笈七签》，蒋力生等校注，华夏出版社1996年版，第153、156页。
② 以上引文皆出自宋广业编纂《罗浮山志会编》，《藏外道书》第19册，巴蜀书店1994年版。

罗浮在他们笔下犹如蓬莱、瀛洲，不是地理方位实实在在存在的一座山，而是一个有特殊意味的符号，是神仙洞府的代名词。经过历代累积，文学中的罗浮山被不断神化，早已脱离了其简单的地理属性，已经与特定的仙山文化联系在一起。在这场延续几千年的"造山"运动中，无论是岭外还是本土文人都倾其所能，借助神话传说、反复的文学渲染、深情地赞美，共筑罗浮仙山的神圣地位。

二 隋唐两宋时期：罗浮山隐逸空间书写

仙山往往伴随着人们的隐逸之思。罗浮山钟灵毓秀，奇峰峻拔，也是适合避世隐逸的幽居之所。隋唐之后，随着贬谪岭南的文人的增多，融游山玩水与访仙慕道于一体，罗浮山成为岭外文人南游的首选之地。人们乐于以体验的方式深入罗浮山腹地，罗浮山在文人笔下成为可登临的仙境，成为世人可进入的隐逸空间。这些文人大多由于政治失意，被贬至岭南，慕名游访罗浮山，罗浮山在他们眼里，是奇山异水与隐逸之山的合体，既有一种与自己熟悉的风景不一样的新奇感和陌生感，又有长期受道教文化滋养而焕发的隐逸美和超然美。而苏元朗、轩辕集、陈楠、白云蟾等罗浮高道声名远播，犹如一张张名片，更为罗浮山增添了现身说法的魅力。罗浮山随着文人、道士登临幽居的机会日多，神秘的面貌也被慢慢揭开，在文人书写中，罗浮不再是虚无缥缈、高不可及、只能遥遥膜拜的仙山绝境，而是可以进入和体验的人间桃源。

慕名题写罗浮的文人，表达的是隐居罗浮的夙愿，如李白、杜甫没有亲历罗浮，但却对罗浮之隐充满仰慕之情。李白直言"余欲罗浮隐，犹怀明主恩"（《同王昌龄送族弟襄归桂阳二首》）；杜甫仕途衰败之际，愿意"南为祝融客，勉强亲杖屦。结托老人星，罗浮展衰步"（《咏怀二首》），他们都将罗浮山视为远离尘世烦扰、求仙访道的绝好去处，但因为缺乏实际的登临体验，罗浮只是一个特定的代表隐逸的符号。唐宋之后，随着对外贸易需求的增加，水运逐渐发达起来，中原与岭南的交流开始频繁，慕名游罗浮山的人士络绎于途,岭外文人对罗浮山的描写不再局限于虚幻的想象,开始出现对其具体实景的描写。

如被贬连州的刘禹锡描写了夜宿罗浮山主峰飞云顶、半夜观日的奇观:"君言罗浮上,容易见九垠。渐高元气壮,汹涌来翼身。""海黑天宇旷,星辰来逼人。阴阳迭用事,乃俾夜作晨。咿喔天鸡鸣,扶桑色昕昕。赤波千万里,涌出黄金轮。"(《罗浮山夜半见日》)苏轼登临罗浮时,与刘禹锡展开了跨越时空的回应:"人间有此白玉京,罗浮见日鸡一鸣。南楼未必齐日观,郁仪自欲朝朱明。"(《同子过游罗浮》)罗浮山地处地势低平的珠江三角洲地区,又离南海较近,飞云顶一峰独高,似乎比其他地方能更早地看到太阳初升,故有罗浮凌晨三四点就能"见日"的说法。苏轼贬谪惠州期间,更是对罗浮山的景观物产进行了细致的描写,写景者如《朱明洞》《佛迹石》《白水岩》《梅花村》《飞云顶铁桥》等;写人者如《寄邓道士》《安期生》等;写物产者如《罗浮小圃五咏》,对人参、地黄、枸杞、甘菊、薏苡进行了描写,认为这些物产是岭南地区抵御瘴气的良好药材。沉醉于岭南风情之美的苏轼还写过多首荔枝诗和梅花诗,其中最著者莫若"罗浮山下四时春,卢橘杨梅次第新。日啖荔枝三百颗,不辞长作岭南人"(《惠州一绝·食荔枝》),为罗浮荔枝名扬天下做出了卓越的贡献。

贬谪文人带着心灵的创伤,借岭南风物景象来慰藉内心的痛苦与压抑,他们对罗浮山的游玩大多因游仙访道慕名而来,匆匆而来,匆匆而去,对罗浮的山水未必能长久地体悟和品味。而诗书画俱佳的道教南宗五祖白玉蟾,师从陈楠(南宗四祖,土生土长的惠州博罗人),很长一段时间跟随陈楠在罗浮山学道,在他的笔下,罗浮山一改往日游仙诗的繁复意象,充满轻盈冲淡空灵之美。如《罗浮山上过铁桥》诗云:"飞云顶下见罗浮,五色珍禽绕石楼。行过铁桥猿啸罢,稚川丹灶冷飕飕。"[1]描绘了罗浮山飞云顶、石楼、铁桥峰、丹灶等具体景观。在其对自然山水的审美观照下,又不乏道教内丹

---

[1] (宋)白玉蟾:《白玉蟾诗集新编》,盖建民辑校,社会科学文献出版社2013年版,第196页。

修炼体验的外化。如《沁园春·且说罗浮》:"且说罗浮,自从石洞,水帘已还。是向时景泰,初来卓锡,旧家勾漏,曾此修丹。药院空存,铁桥如故,上更有朱仙朝斗坛。飞云顶,在石桥高处,杳霭之间。山前。拾得清闲。也分我烟霞数亩宽。自竹桥人去,青莲馥郁,柴门闭了,绿柳回环。白酒初笃,清风徐至,有桃李时新饤几盘。仙家好,这许多快活,做甚时官。"① 由此可见,白玉蟾对诸如飞溅银珠的水帘石洞、空悬山间的铁桥、石桥、缥缈烟霞的飞云顶等山水名胜了如指掌,更有青柳、桃李等山中物产,还有道家前辈所留仙迹如:景泰悟道之所、朱真人朝斗坛、葛洪稚川丹灶等。仙人已去,然而景致犹存、仙迹仍在,山中林木环绕、烟霞袅袅、空幽寂寂,更兼有清风徐来,如仙音杳杳、仍拂我顶,如此仙家洞天福地,无怪乎白玉蟾自然生发感慨:"仙家好,这许多快活,做甚时官。"可见罗浮山之仙家气派。又如《行香子题罗浮》:"满洞苔钱,买断风烟。笑桃花流落晴川。石楼高处,夜夜啼猿。看一更云,三更月,四更天。细草如毡,独枕空拳。与山麋野鹿同眠。残霞未散,淡雾沉绵。是晋时人,唐时洞,汉时仙。"② 清丽脱俗的语言,融入罗浮的具体景观中,使罗浮隐逸空间不仅充满远离尘嚣的世外之美,而且充满清幽淡雅的自然之美。词人行走于幽然古洞之中,洞中苔痕斑驳、绿影摇晃,然而词人却并不感到幽寂落寞,反而觉得自己垄断此间风烟气息,哪怕桃花芳华零落、流水无意向东,依然笑观花落花开,夜看淡云舒月晴天。又有细草如棉毡;空拳如软枕,四野为床、苍穹为被,与山间野鹿等灵物共眠,悠然醒转时,朝霞犹存,雾霭绵绵。此时的白玉蟾更如一个幽居山中的隐士文人,虽然孑然一身,然而却更能够捕捉到山中的清净安宁,数语之间便让人如入无人之境,远离尘世喧嚣,仿佛真的走到了山林之间,内心的烦扰忧愁都在安详宁和的意境之中缓缓散去,得

---

① (宋)白玉蟾:《白玉蟾诗集新编》,盖建民辑校,社会科学文献出版社2013年版,第278页。
② (宋)白玉蟾:《白玉蟾诗集新编》,盖建民辑校,社会科学文献出版社2013年版,第317页。

以归宁。

三 元明清时期：罗浮山地方化空间书写

宋明之后，随着岭南本土文人自我意识的崛起，他们对家乡罗浮进行全方位书写，他们赋予罗浮山特殊的乡土怀想和家园情思，极大地促进了罗浮山空间形象的地方化。故乡情结的寄寓使罗浮山作为具有公共意象的符号，在明清之后从"仙山幽境"形象转化为"岭南乡愁"的代表。

这种本土文人对罗浮山文学地方空间形象的有意识建构在两宋时期初现端倪，古成之、崔与之、余靖、留正、李昴英等一批岭南士子的参与使罗浮山文学形象增添了新的色彩；明清时期，以陈白沙、湛若水、岭南三大家、南园五先生为代表，出现了大量岭南士子全方位书写罗浮山的作品，这些充满地方感和地方依恋的书写，还原了纯粹、真实的、独具岭南风味的罗浮山水的色相之美，在文化心理的意义上建构起岭南文化自我认同的自觉与自信。

这批士子大多有年少居罗浮读书或游览、壮年游宦在外乡的经历。当一个人身处异乡时，身份的归属变得尤为重要。身处异乡或宦居在外的游子更容易通过对家园的回望来确定自己的身份，表达对家乡的地方依恋和地方认同，"从人本主义的角度来看，地方暗示的是一种'家'的存在，是一种美好的回忆与重大的成就积累与沉淀，且能够给予人稳定的安全感与归属感"①。

譬如北宋岭南第一进士古成之，早年结庐罗浮山埋头苦读十余年，考取功名之后，治理四川绵竹、魏城等地有功，深受当地人爱戴，但他却时时有归里之念，如《忆罗浮》："忆昔罗浮海上峰，当年曾得寄遗踪。凭栏月色出沧海，欹枕秋声入古松。采药静临幽涧洗，寄书闲背白云封。红尘一下拘名利，不听山间午夜钟。"② 可以看出诗中描绘的罗浮山隐居读书的生活是

---

① 朱竑、刘博：《地方感、地方依恋与地方认同等概念的辨析及研究启示》，《华南师范大学学报》（自然科学版）2011 年第 1 期。
② 古小彬、古军喜编著：《北宋岭南第一进士古成之》，香港新闻出版社 2006 年版，第 63—64 页。

何等悠闲自在，一山一水、一树一花无不留下他炼药、背书、著述的身影，这种真切的山居体验在时间的积淀下内化为一种绵长的乡土情愁，时时撞击着宦游他乡有家难回的游子的心灵，最终凝结成怀乡、恋乡的动人篇章。

再如南宋岭南名臣李昴英以弱冠高中探花，跻身京都，从此宦海浮沉三十载，在复杂的政治斗争中三次大起大落，四次归返家乡。在返乡期间，李昴英乐于悠游山水，遍访周边名山，与岭南第一山——罗浮山也结下了不浅的情缘，一生创作了大量记载罗浮山事迹、描写罗浮山风貌、与罗浮友人交游的诗文。据志书记载，昴英"归乡后往来罗浮，篇咏颇出，有《文溪集》"①。他自己也曾说："某岁在甲辰，两游罗浮，至必住旬日。"② 提到曾经在淳祐四年甲辰（1244）两次游罗浮，去后必定住上十天半月。多次与罗浮山的深度接触，使他对罗浮山有一种特殊的情感，甚至在外仕宦、久不至罗浮时，做梦也会梦到罗浮，"某数年不到罗浮，梦寐见之"③，"余半生梦罗浮"④。在给好友的祭文中他会慨叹："罗浮之约付渺茫兮，冷月空山。"⑤ 当他把与罗浮山的亲密接触诉之笔端，给后人留下了丰富多彩的罗浮山文学景观。我们在其诗文中，可以体会南宋中后期罗浮山氤氲的文化氛围，可以感受他与罗浮友人的深厚友谊，可以欣赏罗浮风情万种的曼妙仙姿，可以品味仕途失意时家乡的山山水水给予他的极大心理抚慰。罗浮山于他不仅是览胜探奇的山水之地，也是其抚慰乡情的家园之山，更是寄托其高隐情怀的精神之山。

又如明代著名心学家湛若水（今广州增城人），他历任礼、吏、兵三部

---

① （清）宋广业编纂：《罗浮山志会编》，《藏外道书》第19册，巴蜀书店1994年版，第173页。
② （宋）李昴英：《与广帅徐意一荐僧祖中书》，《文溪存稿》卷10，杨芷华点校，暨南大学出版社1994年版，第105页。
③ （宋）李昴英：《与广帅徐意一荐僧祖中书》，《文溪存稿》卷10，杨芷华点校，暨南大学出版社1994年版，第105页。
④ （宋）李昴英：《罗浮飞云顶开路记》，《文溪存稿》卷2，暨南大学出版社1994年版，第28页。
⑤ （宋）李昴英：《又路祭方右史文》，《文溪存稿》卷12，暨南大学出版社1994年版，第119页。

尚书，功成名就之后亦不忘家乡的山山水水，他对罗浮尤其充满感情，七十一岁的湛若水南归到增城，于嘉靖丙申（1536）十一月二十八日来到了罗浮山，并作《罗浮四诗》以记之，其门人洪垣为其作序曰："甘泉子昔在弘治丙辛，曾两登罗浮矣。越三四十年，自落宦途，而此心念念未尝忘此山者。"① 七十五致仕后第一年即归隐罗浮，曾写下《罗浮吟赠冼奕倩》："我作罗浮吟，携子入罗浮。罗浮我罗浮，岂伊汗漫游。万物我同体，天地我同流。……罗浮如是观，君可与我不？"② 短短的一首诗，就出现了五个"罗浮"，可见先生想要回到罗浮山的迫切心情。之后十多年里，湛若水在罗浮山设馆、授徒、讲学，掀起罗浮书院讲学的热潮，罗浮山一度成为岭南地区的学术中心。他深入地感受着罗浮，也描写着罗浮。他已经把罗浮山当做自己的家，诗文中透露出强烈的主人翁意识。在其罗浮山诗作中不时会出现"我""吾"等词。如"北风吹宿雾，天宇何寥廓。罗浮众仙人，为我开云幕"③、"吾山虽小从吾爱，不向罗浮更乞灵。信息朝来先到洞，山灵拍手笑相迎"④。诗句中如"皆为我妙用""为我开""吾山""吾爱"等语，鲜明地向世人宣告此山为我所有，我是这里的主人。这种强烈的主人翁意识还体现在明末清初岭南三大家、南园五先生的罗浮书写中。以家乡标榜自己身份彰显了岭南士子对自己家乡文化的自豪感和自信心。

故乡情结的寄寓使罗浮山迅速地符号化，成为一个充满地方认同的标志性文学景观。家乡，意味着浓厚的地缘色彩。"地方（place）不仅仅是一个客体。它是某个主体的客体。它被每一个个体视为一个意义、意向或感觉价值的中心；一个动人的，有感情附着的焦点；一个令人感觉到充满意义的地

---

① （明）湛若水：《罗浮四诗》并序，《湛若水全集》第19册，黄明同主编，上海古籍出版社2020年版，第378页。
② （明）湛若水：《罗浮吟赠冼奕倩》，《湛若水全集》第20册，上海古籍出版社2020年版，第459—460页。
③ （明）湛若水：《罗浮四诗》其二，《湛若水全集》第19册，上海古籍出版社2020年版，第379页。
④ （明）湛若水：《弘治壬戌仲冬六日予与丹山赵元默归自罗浮归复有西云之行予方有事于先祖不得偕往小诗二绝奉赠》，《湛若水全集》第19册，上海古籍出版社2020年版，第311页。

方。"① 地方认同"即个人或社群以地方为媒介实现对自身的定义,并在情感上认为自己是属于地方的一份子"②。当一处景观寄寓了游子的羁旅之思时,既表明它在地域中的地理重要性:因它代替故乡,从众多场景中脱颖而出,成为一个具体的符号,是公共的;也表明它是沉重的,有着相当的文学地位和文化价值,凝聚了浓厚的人文精神,是私人的。岭南本土文人的罗浮书写不仅是对本土文学的一种丰富,也是一种文化认同。这种文化认同对岭南人来说尤为可贵,是一种精神性的建树。

综上所述,罗浮山在漫长的历史进程中几经兴衰沉浮,千百年来吸引了一大批璀璨夺目的能人志士会聚于此,他们在宗教、文学、医学等不同领域大展身手,大放光彩,为罗浮山留下极其丰厚的文化遗产,形成了独具特色的罗浮山文化,成为岭南著名的文化地标。罗浮山文学书写将自然风物与不断积淀叠加的文化内涵紧密结合,以厚重的人文感呈现出来,使其具有玩味不穷的美。罗浮山文学形象演变的过程同时也是罗浮山文化的形成过程,它的发展影响着本地百姓的风俗习惯、道德情操,为岭南文化的长远发展做出了极大的贡献。通过对罗浮山文学空间形象演变的研究,有助于我们整体掌握其深厚的人文精神内涵,加深对岭南文化的认识,重新挖掘罗浮山文学景观的价值,为今天建设岭南新文化提供客观依据,在打造罗浮山休闲空间的时候避免单调,使游客从中获得更丰富的审美体验。

---

① 夏铸九:《空间的文化形式与社会理论读本》,王志弘译,台北:明文书局1999年版,第86页。
② 朱竑、刘博:《地方感、地方依恋与地方认同等概念的辨析及研究启示》,《华南师范大学学报》(自然科学版)2011年第1期。

"古迹灵奇,莫可究竟"
——敦煌与唐代"丝绸之路"

高建新[*]

敦煌,亦作"燉煌",在四郡中声名最为显赫。《汉书·地理志下》应劭注曰:"敦,大也;煌,盛也。"[①]《元和郡县图志》卷40《陇右道下·敦煌县》:"敦,大也。以其开广西域,故以盛名。"[②] 武帝设置敦煌郡,就是要彰显汉帝国的声威。敦煌曲子《望江南·敦煌郡》:"敦煌郡,四面六蕃围。"[③] 对于唐王朝而言,敦煌郡的设置,就像插入"六蕃围"中的一个楔子,阻挡吐蕃北上、突厥南下以及其他游牧民族从四方聚拢,防止他们形成威胁唐帝国安全的有生力量。还有一个重要的目的是由此连通西域,保证"丝绸之路"的畅通。

一

敦煌历史辉煌,其盛衰与"丝绸之路"及唐王朝的国运紧密关联。《旧唐书·地理志三》:

---

[*] 高建新,内蒙古大学文学与新闻传播学院教授。本文为教育部哲学社会科学研究重大课题攻关项目"唐代丝绸之路文学文献整理与研究"(20JZD047)阶段性成果。
① (汉)班固:《汉书》第6册,中华书局1962年版,第1615页。
② (唐)李吉甫:《元和郡县图志》下册,中华书局1983年版,第1026页。
③ 任半塘编著:《敦煌歌辞总编》上册,上海古籍出版社2006年版,第445页。

敦煌，汉郡县名。月氏戎之地，秦、汉之际来属。汉武开西域，分酒泉置敦煌郡及县。周改敦煌为鸣沙县，取县界山名。隋复为敦煌。武德三年（620），置瓜州，取《春秋》"祖吾离于瓜州"之义。① 五年（622），改为西沙州。皆治于三危山，在县东南二十里。鸣沙山，一名沙角山，又名神沙山，取州名焉，在县七里。②

三危山是历代敦煌的政治文化中心，在今敦煌市东南25公里处，已成为著名景区，东西绵延数十公里，主峰隔大泉河与鸣沙山相望，其三峰耸立，如危欲坠，故云三危。"危峰东峙"，是"敦煌八景"之一。唐代佚名诗人《敦煌廿咏并序》其一《三危山咏》：

三危镇群望，岫崿凌穹苍。
万古不毛发，四时含雪霜。
岩连九陇险，地窜三苗乡。
风雨暗溪谷，令人心自伤。③

汉唐时代的三危山属于不毛之地，气候极端，四季雪霜，山连陇地，会聚了多个少数民族。鸣沙山，今天已成为敦煌必游之地，载着游人的驼队行进在沙山上，再现了当年的"丝绸之路"景象。《新唐书·地理志四》：

沙州敦煌郡，下都督府。本瓜州，武德五年（622）曰西沙州，贞观七年（633）曰沙州。土贡：棋子、黄矾、石膏。户四千二百六十

---

① 《左传·襄公十四年》："将执戎子驹支，范宣子亲数诸朝。曰：'来，姜戎氏！昔秦人迫逐乃祖吾离于瓜州，乃祖吾离被苫盖、蒙荆棘以来归我先君。我先君惠公有不腆之田，与女剖分而食之。'"杨伯峻：《春秋左传注》（三），中华书局2009年版，第1005—1006页。
② （后晋）刘昫等撰：《旧唐书》第5册，中华书局1975年版，第1644页。
③ 陈尚君辑校：《全唐诗补编》上册，中华书局1992年版，第79页。

五,口万六千二百五十。县二:敦煌、寿昌。①

四郡中,敦煌在河西走廊的最西端,有连通河西走廊与西域的阳关、玉门关。《旧唐书·地理志三》:

> 寿昌,汉龙勒县地,属敦煌郡。县南有龙勒山,后魏改为寿昌县。阳关,在县西六里。玉门关,在县西北一百一十八里。②

《通典》卷174《州郡四·敦煌郡》:"寿昌,汉龙勒县地。阳关居玉门关之南。玉门故关,汉置也。二关之西三百余里,有蒲昌海,一名盐泽,广袤三四百里,则葱岭于阗两河之所注。"③ 阳关、玉门关是汉唐帝国的国门,也是为入华的中亚、西亚外交使团、商胡发放关牒(护照)的地方,是往来东西的咽喉要地,军事战略价值不可替代。徐俊先生说:"作为大唐帝国的西陲重镇,东西方通道,吐蕃占领以前的敦煌,处于历史上的繁盛时期。"④ 20世纪初,英国探险家斯坦因在考察敦煌之后说:

> 在长达几个世纪的时间里,从"丝绸之国"——中国出产的丝绸都要经过"丝绸之路"这条贸易大动脉销往遥远的西方,而"丝绸之路"就途经敦煌,这无疑加强了中国本土对帝国西部这个要塞的控制。⑤

异常重要的战略位置决定了敦煌必然备受重视。东汉学者杜笃《论都赋》论及汉武帝的历史功绩时说:"驱骡驴,驭宛马,鞭駃騠。拓地万里,

---

① (宋)欧阳修、宋祁:《新唐书》第4册,中华书局1975年版,第1045页。
② (后晋)刘昫等撰:《旧唐书》第5册,中华书局1975年版,第1644页。
③ (唐)杜佑撰,王文锦等校点:《通典》第5册,中华书局1988年版,第4556—4557页。
④ 徐俊:《敦煌诗集残卷辑考·前言》,中华书局2000年版,第24页。
⑤ [英]奥雷尔·斯坦因:《发现藏经洞》,姜波等译,广西师范大学出版社2000年版,第245—246页。

威震八荒。肇置四郡，据守敦煌。并域属国，一郡领方。立候隅北，建护西羌。"（《后汉书·文苑传上》）① 李贤等注"一郡领方"曰："并西域，以属国都尉主之，以敦煌一郡部领西方也。"注"建护西羌"曰："扬雄《解嘲》曰：'西北一候。'孟康注云：'敦煌、玉门，关候也。'置护羌校尉，以主西羌。"宛马，汗血马，产自大宛国。駃騠（juétí），骏马名。《故训汇纂·人部》："候，望也。言开拓道路候望也。"② 关候，设立在要道上供守望用的城堡。敦煌以一郡之地，统辖率领的是整个西域地区。隆安四年（400），东晋高僧法显一行西天取经至敦煌，停留月余，《佛国记》第五：

夏坐讫，复进到敦煌，有塞，东西可八十里，南北四十里。其停一月余日。法显等五人随使先发，复与宝云等别。敦煌太守李暠供给度沙河。③

夏坐，佛教语，又称坐夏、安居、夏安居。僧徒每年在夏季三个月的雨期中不外出，坐禅静修，以免伤及草木虫豸。当年法显看到敦煌设有墙堑，东西八十里、南北四十里，规模可谓宏伟。法显等人是随着前往西域的使节一同出关西行的，费用是敦煌太守提供的。《广志绎》卷1《方舆崖略》："前代都关中，则边备在萧关、玉门急，而渔阳、辽左为缓。"④ 玉门关，始终是唐王朝西北边防的前哨和桥头堡，向西可进入西域，向东可进入河西走廊。来济《出玉关》：

敛辔遵龙汉，衔凄渡玉关。
今日流沙外，垂涕念生还。⑤

---

① （南朝宋）范晔：《后汉书》第9册，中华书局1965年版，第2600页。
② 宗福邦等主编：《故训汇纂》，商务印书馆2003年版，第134页。
③ （东晋）法显撰，吴玉贵释译：《佛国记》，东方出版社2018年版，第39页。
④ （明）王士性撰，周振鹤点校：《五岳游草·广志绎》，中华书局2006年版，第199页。
⑤ （清）彭定求等编，中华书局编辑部点校：《全唐诗》第1册，中华书局1999年版，第504页。

龙汉，当为"龙漠"之误，指玉门关外的白龙堆沙漠。① 来济（610—662），唐初政治家、史学家，曾与令狐德棻等撰《晋书》。贞观中举进士，永徽二年（651），拜中书侍郎，太宗有《饯中书侍郎来济》诗："深悲黄鹤孤舟远，独叹青山别路长。聊将分袂沾巾泪，还用持添离席觞"，可见君臣情谊深厚。高宗永徽中，拜中书令。《旧唐书·来济传》：

> 许敬宗等奏济与褚遂良朋党构扇，左授台州刺史。（显庆）五年（660），徙庭州刺史。龙朔二年（662），突厥入寇，济总兵拒之，谓其众曰："吾尝挂刑纲，蒙赦性命，当以身塞责，特报国恩。"遂不释甲胄赴贼，没于阵。时年五十三，赠楚州刺史。②

庭州，北庭都护府所在，治今新疆吉木萨尔。《敦煌诗集》残卷中有数首诗咏叹沙海围拢中的敦煌。《敦煌》："万顷平田四畔沙，汉朝城垒属蕃家。"《青海望敦煌之作》："西北指流沙，东南路转遐。"《望敦煌》："数回瞻望敦煌道，千里茫茫尽白草。"③ 一出敦煌向西，便是茫茫沙海，非有毅力者，难以穿越。法显《佛国记》第六：

> 沙河中多有恶鬼、热风，遇则皆死，无一全者。上无飞鸟，下无走兽。遍望极目，欲求度处，则莫知所拟，唯以死人枯骨为标帜耳。④

《后汉书·西域传论》引东晋释法显《游天竺记》云："西度流沙，屡有热风恶鬼，过之必死。葱岭冬夏有雪。有毒龙，若犯之，则风雨晦冥，飞砂扬砾。过此难者，万无一全也。"⑤ 就是在这样恶劣的自然环境中，汉唐

---

① 纪中元、纪永元主编：《敦煌诗选》，中国文联出版社 2008 年版，第 28 页。
② （后晋）刘昫等撰：《旧唐书》第 8 册，中华书局 1975 年版，第 2743 页。
③ 徐俊：《敦煌诗集残卷辑考》，中华书局 2000 年版，第 655、707、712 页。
④ （东晋）法显撰，吴玉贵释译：《佛国记》，东方出版社 2018 年版，第 42 页。
⑤ （南朝宋）范晔：《后汉书》第 10 册，中华书局 1965 年版，第 2932 页。

人不屈不挠，开国道，立国门，硬是把帝国的声威树立了起来，从西域一直传向广阔的世界。

二

法国学者勒内·格鲁塞（René Grousset，1885—1952）说："敦煌由于地处甘肃省极边（该省之一端已伸入戈壁沙漠腹地），一度是中亚到中国之路的最后一个绿洲，也是中国往中亚、印度和伊朗的最后一个前哨。"[①] 因此，敦煌在中西文化交流史上占有不可替代的重要地位，为东西方的文化交流发挥了重要作用。

唐代佚名诗人《敦煌廿咏并序》以"古迹灵奇，莫可究竟"[②] 赞美敦煌人文地理的灵妙新奇，难以穷尽。《敦煌廿咏》是大型组诗，由《三危山咏》《莫高窟咏》《贰师泉咏》《渥洼池天马咏》《阳关戍咏》《玉女泉咏》《李庙咏》《贞女台咏》《安城祆咏》等二十首五言律诗构成。诗中所咏，均为敦煌有代表性的景物，对此胡可先教授有精彩的解读。[③] 有学者认为，这组诗的成诗年代大致在公元764年至770年之间。[④] 根据《敦煌廿咏》诗后的写记，徐俊先生认为创作时间当在咸通十二年（871）以前。[⑤]

天宝十四载（755）"安史之乱"爆发，唐朝廷调河西军队到中原勤王。《资治通鉴·唐纪三十三》：玄宗"下制欲亲征，其朔方、河西、陇右兵留守城堡之外，皆赴行营，令节度使自将之，期二十日毕集"[⑥]。第二年（756）吐蕃占据陇右诸州，肃宗广德二年（764）又占据了凉州，"丝绸之路"被阻断，阳关废弃。这从《阳关戍咏》中描写的荒凉景象也可以看出一

---

① ［法］勒内·格鲁塞：《东方的文明》下册，常任侠、袁音译，商务印书馆2017年版，第560页。
② 陈尚君辑校：《全唐诗补编》上册，中华书局1992年版，第79页。
③ 胡可先：《唐代佚名诗人〈敦煌廿咏〉疏证》，《古典文学知识》2021年第6期。
④ 马德：《〈敦煌廿咏〉写作年代初探》，《敦煌研究》1983年第1期。
⑤ 徐俊：《敦煌诗集残卷辑考》，中华书局2000年版，第159页。
⑥ （宋）司马光：《资治通鉴》第15册，中华书局2011年版，第7056页。

些端倪：

> 万里通西域，千秋尚有名。
> 平沙迷旧路，眢井引前程。
> 马色无人问，晨鸡吏不听。
> 遥瞻废关下，昼夜复谁扃？①

眢（yuān）井，枯井。本是国门的阳关浸漫在沙漠之中，几成废墟，已无人戍守。储光羲的曾孙、宣宗朝诗人储嗣宗《随边使过五原》一诗，也描绘了阳关的荒废：

> 偶逐星车犯虏尘，故乡常恐到无因。
> 五原西去阳关废，日漫平沙不见人。

星车，即星轺（yáo），使者所乘之车。犯虏尘，指进入西北少数民族地区。由五原西行至阳关，唯有黄沙漫漫，不见人烟。佚名《冬出敦煌郡入退浑国朝发马圈之作》为阳关笼罩了一层哀伤的色彩：

> 西行过马圈，北望近阳关。
> 回首见城郭，黯然林树间。
> 野烟暝村墅，初是惨寒山。
> 步步缄愁色，迢迢惟梦还。②

此诗是被吐蕃押往青海湖东监禁的唐俘的作品。退浑，吐谷浑，西北少数民族，本居辽东，西晋时在首领吐谷浑的率领下西徙至甘肃、青海间，至

---

① 陈尚君辑校：《全唐诗补编》上册，中华书局1992年版，第80页。
② 高嵩：《敦煌唐人诗集残卷考释》，宁夏人民出版社1982年版，第1—2页。

其孙叶延时,始号其国曰吐谷浑。国朝,唐人称自己所处的朝代。马圈,圈马之地。寒山,指沙鸣山、三危山。"鍼"(zhēn),当为"缄"(jiān),义犹"含"也。诗人被迫离开敦煌,步步回头,入目皆愁,心情格外压抑和沉重。

岑参在安西期间,曾两度在敦煌阳关停留。《寄宇文判官》:"二年领公事,两度过阳关。"岑参《敦煌太守后庭歌》一诗,大约写于天宝八载(749)或九载(750),①记述了他在敦煌受到的热情招待,宴席美盛,有歌有酒,有藏钩游戏:

> 敦煌太守才且贤,郡中无事高枕眠。太守到来山出泉,黄沙碛里人种田。敦煌耆旧鬓皓然,愿留太守更五年。城头月出星满天,曲房置酒张锦筵。美人红妆色正鲜,侧垂高髻插金钿。醉坐藏钩红烛前,不知钩在若个边。为君手把珊瑚鞭,射得半段黄金钱,此中乐事亦已偏。

曲房,内室,密室。偏,同"徧"(biàn,今为"遍"),尽也。敦煌沙漠四围,因为有党河的灌溉,带来一片生机,在黄沙地里也可以种田。敦煌属暖温带极干旱气候,常有风沙席卷,夏天炎热少雨,冬天寒冷,令人生畏。因为空气干燥,少有云气聚集,故夜晚可见明亮的星空。梁简文帝萧纲《倡妇怨情诗十二韵》:"玉关驱夜雪,金气落严霜。飞狐驿使断,交河川路长。"②金气,秋气。飞狐,飞狐口,在今河北蔚县太行山的最东端,地势险要。

《元和郡县图志》卷40《陇右道下》:"阳关,在(敦煌)县西六里。以居玉门关之南,故曰阳关。本汉置也,谓之南道,西趣鄯善、莎车。"③阳关与玉门关南北呼应,是"丝绸之路"上中原通往西域与中亚的重要门户,在"万里通西域"的历史进程中声名显赫,功不可没。阳关在后代诗

---

① 廖立:《岑嘉州诗笺注》上册,中华书局2004年版,第422页。
② 逯钦立辑校:《先秦汉魏晋南北朝诗》下册,中华书局1983年版,第1941页。
③ (唐)李吉甫:《元和郡县图志》下册,中华书局1983年版,第1026页。

词、音乐、绘画中不断被吟唱、描绘,王维的《送元二使安西》(一题作《渭城曲》),是写"丝绸之路"的经典之作,家喻户晓,"劝君更尽一杯酒,西出阳关无故人",触动了人心最柔软的部分。《唐诗别裁》:"阳关在中国外,安西更在阳关外。言阳关已无故人矣,况安西乎?此意须微参。"① 出了敦煌西面的阳关,就是库木塔格沙漠和罗布泊,由此进入了茫茫的西域,此行或许是有去无回,因为穿越需要毅力也需要运气。《汉书·地理志下》:"敦煌郡,武帝后元年(前88)分酒泉置。正西关外有白龙堆沙,有蒲昌海。"② 经过从汉以来的积淀,阳关早已成为一个有深厚意蕴的文化符号,"阳关大道"也因此被喻为光明康庄之路。③ 今天的阳关遗址在敦煌市西南70公里处,唯余一座高高耸起的汉代烽燧,指示着曾经的辉煌历史。

三

敦煌又是一个文化与艺术的宝库,一个莫高窟就让敦煌名闻天下,引人无限向往。一进入莫高窟,恢宏壮阔的大唐气象已经将来者浓浓包裹。《敦煌廿咏并序》其三《莫高窟咏》咏赞莫高窟(又称"千佛洞")的宏伟壮丽:

> 雪岭干青汉,云楼架碧空。
> 重开千佛刹,旁出四天官。
> 瑞鸟含珠影,灵花吐蕙丛。
> 洗心游胜境,从此去尘蒙。④

雪岭,当指鸣沙山或三危山,在莫高窟西南。云楼,指在高耸的鸣沙山

---

① 陈伯海主编:《唐诗汇评》上册,浙江教育出版社1995年版,第352页。
② (汉)班固:《汉书》第6册,中华书局1962年版,第1612—1614、1644—1645页。
③ 高建新:《诗与音乐绘画的会通——从王维〈送元二使安西〉到〈阳关三叠〉〈阳关图〉》(上、下),《文史知识》2018年第3—4期。
④ 陈尚君辑校:《全唐诗补编》上册,中华书局1992年版,第79页。

东麓崖壁上开凿的洞窟盘空勾连如楼宇。四天宫,四大天王殿。现存于莫高窟148窟的杨绾《大唐陇西李府君修功德记》说:

> 敦煌之东南,有山曰三危。结积阴之气,坤为德;成凝质之形,艮为象。崚嶒千峰,磅礴万里。呀豁中绝,块圠相歾。凿为灵龛,上下云矗。构以飞阁,南北逶连。依然地居,杳出人境。圣灯时照,一川星悬。神钟乍鸣,四山雷发。①

呀豁(xiāhuò),山谷空深貌。块圠(yǎngyà),山势高低不平。圣灯,指佛光。三危山山高谷深,地形独特。凿壁为佛龛,直上云天;高阁凌空,与彩霞相连。莫高窟佛国气象非凡,虽居地上,却使人杳然出尘。佛光映照河川,明亮如星空。钟磬齐鸣,四遭的山中回响如雷。五代佚名《敦煌录》中有关于莫高窟的记述,亦是珍贵的史料:

> 州南有莫高窟,去州二十五里,中过石碛带山坡,至彼斗下谷中。其东即三危山,西即鸣沙山,中有自南流水。名之宕泉。古寺僧舍绝多,亦有洪钟。其谷南北两头,有天王堂及神祠,壁画吐蕃赞普部从。其山西壁南北二里,并是镌凿高大沙(砂)窟。塑画佛像,每窟动计费税百万。前设楼阁数层。有大像堂殿,其像长一百六十尺。其小龛无数,悉有虚槛通连,巡礼游览之景。②

莫高窟开凿在被古宕泉(今名大泉)泉水冲刷而成的鸣沙山崖壁上。开凿莫高窟耗费巨大。"其像长一百六十尺",指的是96窟倚坐弥勒佛像,高35.5米,是中国现存室内彩塑最大者,气势恢宏,须仰视得见,塑于武则天时期。外建五层楼窟檐,民国时期改建为九层楼(约45米),是莫高

---

① 纪中元、纪永元主编:《敦煌文选》,作家出版社2013年版,第145页。
② 纪中元、纪永元主编:《敦煌文选》,作家出版社2013年版,第106页。

窟的标志性建筑。隋唐是莫高窟的全盛时期,大规模扩建莫高窟,新开凿洞窟300余个,流行方形覆斗顶窟,大佛窟、佛坛窟、卧佛窟最为雄伟,令人叹为观止。

从现存的包括敦煌莫高窟、西千佛洞、安西榆林窟等近800个石窟中的5万多平方米的壁画、2400余尊彩塑反映的内容看,[①] 敦煌虽是西北的边城,却是国门重地,客自四方,壁画作者艺术修养深厚,见识广博,视野辽阔,内心丰富。1943年,曾任清华大学校长的罗家伦先生来河西考察,有《西北行吟》诗集,其中《游敦煌千佛洞》一诗盛赞敦煌佛教艺术在唐朝发扬光大、人才辈出:

平沙浩渺绿荫开,七宝庄严入望来。
阅尽丹青千万本,盛唐真个出人材。[②]

七宝,佛经中指七种珍贵的宝物,诗中指千佛洞。"出人材",指敦煌会聚了来自四方的艺术巨匠。敦煌莫高窟内容丰富、五彩斑斓的壁画,雕塑艺术,也得益于敦煌特殊的地理位置及艺术家身在国门所具有的宽阔视野、广博见闻。

1900年6月22日,道士王圆箓在清理积沙时,意外发现敦煌莫高窟17号洞窟中的藏经洞(亦称"敦煌石室")。藏经洞中藏有五万卷文书,后称之敦煌遗书、敦煌文献、敦煌文书、敦煌写本,成为近代学术研究的渊薮,直接促成"敦煌学"的诞生,增加了敦煌人文、历史的厚重。研究"丝绸之路"最重要的著作之一——楮纸写本《慧超往五天竺国传》即藏于洞窟中,1905年被伯希和夺去,现藏于巴黎法国国家图书馆,编号为"伯3532"。[③] 关于藏经洞中文献的具体情形,伯希和《敦煌藏经洞访

[①] 王巍总主编:《中国考古学大辞典》,上海辞书出版社2014年版,第643页。
[②] 纪中元、纪永元主编:《敦煌诗选》,中国文联出版社2008年版,第353页。
[③] (唐)慧超著,张毅笺释:《往五天竺国传笺释》,中华书局2006年版,前言。

书记》一文、①斯坦因《发现藏经洞》一书所记甚详,②可以参看。敦煌文书的时间从公元5世纪到公元11世纪,跨越600年,"真实地记录了'丝绸之路'最繁盛文化经济交流的情况。其中有大量的唐代写本,是'丝绸之路'上文学传播的真实记录"③。近代以来数万枚敦煌汉简的出土,为研究"丝绸之路"及汉代敦煌、酒泉二郡的屯戍活动提供了珍贵文献,引起了学术界的高度重视。

因为历史悠久、文化深厚,与"丝绸之路"关系密切,敦煌与河西走廊上的武威、张掖,均为国务院最早公布的中国历史文化名城,今天依旧是中国西部最耀眼的明珠,传奇般串联在河西走廊上的绿色腰带上,其不可替代的历史文化价值正被越来越多的人所认识。

---

① [法]伯希和等:《伯希和西域探险记》,耿昇译,云南人民出版社、人民出版社2011年版,第230—270页。
② [英]奥雷尔·斯坦因:《发现藏经洞》,姜波等译,广西师范大学出版社2000年版。
③ 伏俊琏:《唐代丝绸之路上的文学写本》,刘锋焘主编《丝路文学论集》,西安出版社2022年版,第21—39页。

文学地理学空间视角下唐诗中"商山"的建构及成因

任梦池[*]

商山是一个地理名词,既专指丹凤县的商镇之山,也泛指商洛延及蓝田的山脉,其虽不如泰山、华山、黄山等闻名遐迩,但胜在高峻奇美、历史积淀厚重,被列入《名山记》中,成为山岳文化的一部分。唐以前史籍和诗歌中偶有提及商山,唐代则迎来描写商山的繁盛。特别是在诗歌中,其别具风味的自然人文资源被诗人们反复书写和吟咏,从而赋予了商山抒情写志的文化符号。

"文学地理学认为,文学有三个空间。第一空间,是客观存在的自然和人文地理空间;第二空间,是文学家在自己的作品中建构的,以客观存在的自然和人文地理空间为基础,同时又融入了自己的想象、联想与创造的文学地理空间;第三空间是文学读者根据文学家所创造的文学地理空间,联系自己的生活经验与审美感受所再创造的文学审美空间。"[①] 唐代诗人从商山的自然地理空间维度出发,对景物风貌进行了描绘,同时,客观景物又触发了诗人的主观情感,在时代社会的波澜中和地域人文的因素等的作用下,形成了丰富多维的文学地理空间的建构,从而使商山从地理名词变成了具有丰厚

---

[*] 任梦池,商洛学院人文学院副教授。此文为陕西省哲学社会科学项目"明清陕南地方志文献整理与研究"(2018H11)及陕西省教育厅重点研究项目"明清商洛地方志与地方旅游资源的应用研究"(20JZ044)的阶段性成果。"王禹偁的商州诗歌研究"(17SLWH06),商洛文化暨贾平凹研究中心开放课题(重点项目)。

① 曾大兴:《文学地理学概论》,商务印书馆 2017 年版,第 45 页。

意蕴的文化之山。

一 "商山"的确立

从商山之名的由来，商山位置的界定，广狭义商山之分，到唐以前典籍对商山的记载，商山便有了自然与文学地理空间的多方面书写。

（一）商山定名及其界定

商洛素有"八山一水一分田"的说法，是个多山地区。仅商州境内，在《明清商洛地方志丛书·商州分册》中，康熙《续修商志》的山川篇中就记载了46座山。其中有一座位于今商洛市丹凤县商镇丹江南岸因形似"商"字得名风景秀丽的山——商山。对于商山的界定，历来有狭义、广义之分，既可专指也可泛指。

1. 商山定名

关于商山之名，多认为具体指商洛市丹凤县商镇之山，有两种说法：一说仓颉造"商"字而名。相传仓颉在洛南阳虚山造字后，又于丹江依据商山山势起伏，造出"商"字，人们便将仓颉留步造字之山称为商山。仓颉于洛南阳虚山造字《陕西通志》载："阳虚山在县西北一百里。河图玉版云：仓颉为帝南巡，登阳虚之山，临玄扈之水，灵龟负书以授之。"① 《明清商洛地方志丛书·商州分册》："阳虚山，在县西北百里，古云仓颉造书于此。"② 这也是说"商山"源于仓颉造"商"而名；另一说认为因此山形如"商"字，故名商山。《关中胜迹图志》中记："商山形如商字，汤以国为号，郡以国名。"③ 《明清商洛地方志丛书·商州分册》"山川篇"也说："商山，东八十里。因山形如'商'字得名。"④ 从以上可知，商山之名源

---

① （明）马理等纂，董健桥等校注：《陕西通志》，三秦出版社2006年版，第65页。
② 王培峰主编：《明清商洛地方志丛书·商州分册》，陕西人民出版社2016年版，第400页。
③ （清）毕沅撰，张沛校点：《关中胜迹图志》，三秦出版社2004年版，第8页。
④ 王培峰主编：《明清商洛地方志丛书·商州分册》，陕西人民出版社2016年版，第50页。

于其山势形貌，以此山形似"商"字而名。

2. 商山的界定

对于商山的界定自古以来有狭义和广义之分。狭义的商山专指位于商洛丹凤县商镇四皓所隐之山。《史记》中载："商阪即商山，在商洛县南一里。"① 商山还有"地肺山""楚山"之名，《通鉴地理通释》卷5载："商山在商州上洛县南十四里洛南县南一里亦名地肺山、楚山，四皓所隐。"② 余力、余方平则明确指出："商山专指丹凤境内商镇南一公里，丹江南岸，海拔1010米，与汉初四皓隐逸有直接关系的商山。"③ 等等。而广义的商山是指陕西省东南部秦岭山系中一脉。《关中胜迹图志》卷25"名山"引州志云："自乳水之南，山皆曰楚山。自流峪口以下，丹水之南，皆曰楚山。"④ 楚山即是商山，二者可互称。雷文汉在《商州四皓庙四皓墓稽考——兼论商山即楚山》中写道："商山在商州区南十华里，它西起商州区南面的流峪口，并丹江东下，止丹凤县东绵延百余里统称商山或楚山。"⑤ 文中的商山泛指丹凤县东南的连绵的山系。白居易《仙娥峰下作》："商山无数峰，最爱仙娥好。"⑥ 也即在唐代商山指的是连绵不绝的山脉。唐代诗人司空曙的《登秦岭》："汉阙青门远，商山蓝水流。"⑦ 杜牧的《入商山》："早入商山百里云，蓝溪桥下水声分。"⑧ 把商山和蓝水相连，这时的商山又是沿着商洛市到蓝田县蓝桥河两边的山脉。由此可知，商山不是某座具体的山，是一系列的山脉，文化意义上的大商山至此成了商洛境内和延展到蓝田县的山脉的统称。唐诗中的商山多不确指，因而广义的商山则是本

---

① （汉）司马迁撰：《史记》，中华书局1963年版，第53页。
② （宋）王应麟著，傅林祥点校：《通鉴地理通释》，中华书局2013年版，第21页。
③ 余力、余方平：《"商阪"地望考辨》，《商洛学院学报》2021年第1期。
④ （清）毕沅撰，张沛校点：《关中胜迹图志》，三秦出版社2004年版，第8页。
⑤ 雷文汉：《商州四皓庙四皓墓稽考——兼论商山即楚山》，《商洛师范专科学校学报》2006年第1期。
⑥ （清）彭定求等编：《全唐诗》，中华书局1999年版，第4800页。
⑦ （清）彭定求等编：《全唐诗》，中华书局1999年版，第3332页。
⑧ （清）彭定求等编：《全唐诗》，中华书局1999年版，第6034页。

文的研究对象。

(二) 唐以前"商山"书写

商山作为山名，在唐代以前人们关于它的书写并不多，大多作为一个地理名词或与四皓相关联出现在史书典籍中，都是关于地理位置、自然环境、历史的客观叙述，很少对其进行文学描述。前者如《史记》中商山的地理位置，其他有《晋书·列传第二五》《晋书·载记第二七》《魏书·列传第六七》《隋书·列传第四三》《魏书·列传第六七》《北史·魏本纪第六七》《北史·列传第二四》等都约略涉及了商山的地理自然环境；后者像《后汉书·列传第四三》《隋书·列传第四二》《北史·列传第五一》《北史·列传第七六》等提到了商山四皓的历史典故。

诗歌中关于商山的书写并不多，直接描写商山的有先秦四皓所作《采芝歌》："漠漠商山，深谷逶迤。晔晔紫芝，可以疗饥。唐虞世远，吾将何归。驷马高盖，其忧甚大。富贵之畏人，不如贫贱之肆志。"① 又曰："昊天嗟嗟，深谷逶迤。树木莫莫，高山巍巍。岩居穴处，以为幄茵。晔晔紫芝，可以疗饥。唐虞往矣，吾将安归？"② 其诗描写了归隐商山的生活，道出了归隐之因，表达了自己精神上的放意肆志。更多的诗歌是以写商山四皓为主的，一方面直接描写四皓，赞扬其高贵的品格，如建安时期曹植写《商山四皓赞》："嗟尔四皓，避秦隐形。刘项之争，养志弗营。不应朝聘，保洁全贞。应命太子，汉嗣以宁。"③ 文中对四皓的人生智慧和巨大成就进行了歌颂，赞扬了其审时度势的人生智慧和保全贞洁的高尚品格。另一方面，以商山作为四皓隐居之地来写隐逸，如东晋末陶渊明晚年所作《桃花源诗》"嬴氏乱天纪，贤者避其世。黄绮之商山，伊人亦云逝。"④ 黄绮是四皓中的

---

① 王培峰主编：《明清商洛地方志丛书·商州分册》，陕西人民出版社2016年版，第421页。
② 王培峰主编：《明清商洛地方志丛书·商州分册》，陕西人民出版社2016年版，第421页。
③ （三国魏）曹植著，赵幼文校注：《曹植集校注》，人民文学出版社1998年版，第89页。
④ （晋）陶渊明著，逯钦立校注：《陶渊明集》，中华书局1979年版，第167页。

两人,伊人代指生活在桃源中的人,作者以四皓隐逸商山,伊人避进桃源的事,表达了同四皓一样的政治理想和美好生活情趣。另一首《赠羊长史使秦经商山》也流露出对四皓隐逸的仰慕之情,文中写道:"愚生三季后,慨然念黄虞……路若经商山,为我少踌躇。多谢绮与甪,精爽今何如?紫芝谁复采,深谷久应芜。驷马无贳患,贫贱有交娱。"① 四皓安贫乐道的隐逸精神与陶渊明的生活情趣相一致,成为寄托作者情感的载体。同样以商山寄隐逸的还有南朝吴均,他在《发湘州赠亲故别诗三首·其二》中写道"问余何意别,答言倦游归。徒劳易水布,空负洛阳衣。怀金无人别,抱玉遂成非。安得久留滞,商山饶白薇。"② 道出了自己怀才被毁、归隐山林的愤恨和无奈,以四皓的归隐自我宽慰。再如江淹《感春冰遥和谢中书诗二首》③、庾信《奉报寄洛州诗》④《谨赠司寇淮南公诗》⑤皆把商山作为四皓隐居之地来歌颂。总之商山作为四皓隐居之地,与四皓一起成了文人抒情写志的媒介。

唐代以前关于商山的描写以史书为主,在曹植和陶渊明等的歌咏下,商山从史书进入诗歌,由自然地理转变为抒情写志的文学地理,人们对它的认识也由一个客观层面进入到主观情感文化意蕴层面,从而实现了商山在文学空间上的建构。

二 空间视角下唐代诗歌中的商山书写

唐代对商山的描写,达到空前的繁盛。据笔者检索《全唐诗库》得出有70余位诗人围绕"商山"展开了唐诗创作,题目和内容包含"商山"的有110多首。其中白居易最多,有19首,杜甫有8首,杜牧和元稹各有6首,王维有4首,耿沣、许浑、黄滔有3首。最少的也有一两首,如孟郊、

---

① (晋)陶渊明著,逯钦立校注:《陶渊明集》,中华书局1979年版,第65页。
② 林家骊校注:《吴均集校注》,浙江古籍出版社2005年版,第86页。
③ 俞绍初、张亚新校注:《江淹集校注》,中州古籍出版社1994年版,第173页。
④ (北周)庾信撰,许逸民校点:《庾子山集注》,中华书局1980年版,第183页。
⑤ (北周)庾信撰,许逸民校点:《庾子山集注》,中华书局1980年版,第381页。

温庭筠、李白、陈子昂、骆宾王、齐己等50余位诗人。这些诗中既有直接吟咏商山风物人情的，如杜牧《商山麻涧》中秀美的麻涧风光，惬意的农家生活，再如李白作《商山四皓》来歌咏四皓高尚的品格。也有间接涉及商山景致文化的，如白居易归隐洛阳后写《答崔十八》一诗念及的清泉白石，王维半隐终南山时引四皓典故以自喻，为商山积淀了丰厚的文化意蕴。

诗由心生，围绕商山的诗歌创作，寄托了诗人对功业、人生乃至社会的种种思考与反思。商山也由一个地理名词成为能抒情写志的文化之山，较之唐以前的史籍和诗歌，在唐代诗歌中其范围更广，内涵更加丰富。在客观自然空间的书写中，诗人们不但着意去描摹景物的清秀，而且对山形地貌的奇特也注入了大量笔墨。同时在对自然景观的塑造中，诗人们也会为自身的经历不同产生心理变化，因而商山在其笔下完成了情感营造，具有了文学地理空间的深厚内涵。

（一）自然地理空间

唐诗中的商山是秀美且奇丽的。山水胜景之美素受文人喜爱，商山位居秦岭南麓，兼具秀美奇丽之姿，对文人来说有着天然的吸引力，于是他们借着诗歌把对自然的欣赏抒发出来，既赞叹它的清新、幽静，也歌咏它的奇险、奇特。在写景时突出商山风光的主要特色，一方面描写植被葱郁、溪谷幽静下的清幽之美；另一方面叙述景致的奇险、风物的独特，呈现出不同的景观审美特征，从不同的角度展现并丰富了商山的美。《辞海》中载："商山，在陕西商洛市东南。地形险阻，景色幽胜。"①

商山之美不是一种绚丽之美，而是一种清幽之美。独特的自然气候使得商山风光秀美，环境清幽。"这里的树木皆怪、枝叶错综，白云忽聚忽散、幽幽冥冥，有水则晶莹似玻璃，清澈见底。"② 而唐人的诗作中也多展现商山的清与幽，从摄景、选词的角度，皆呈现景致的自然、清新之美。如白居

---

① 夏征农主编：《辞海》，上海辞书出版社1999年版，第973页。
② 陈俐、李家富：《贾平凹"商州小说"的地域文化特征》，《文化教育（下）》2013年第8期。

易《仙娥峰下作》写道:"参差树若插,匼匝云如抱。渴望寒玉泉,香闻紫芝草。青崖屏削碧,白石床铺缟。"① 诗人选取"绿树、白云、寒泉、芝草、青崖、白石"等富有代表性的自然景物,描绘出了一幅山清水秀、白云素石的自然美景,没有艳丽的色彩,却深入人心,而清泉白石更成了商山的地理标志。此外,诗人在描写景色时选取的都是素净、淡雅之词,多"清""白""净""碧""青""绿"等,如李端的"云中采药随青节,洞里耕田映绿树"②,李白写"云窗拂青霭,石壁横翠色"③,以展现清新之景为主。在遣词造句上,落笔于商山的幽静之态。如王维的"檀栾映空曲,青翠漾涟漪。"④ 白居易作"池色溶溶蓝染水,花光焰焰火烧春。"⑤ "漾涟漪""溶溶"二词道出了商山之水不是飞湍瀑流而是静中含动,宁静、清幽的。又因山高林深,诗人多记幽深之感,如刘禹锡说"商山夏木阴寂寂"⑥,李端也道:"南入商山松路深,石床溪水昼阴阴。"⑦ 选用"阴""寂""深"等字,虽未直言其清幽,却能从字中深切感受到林木葱郁,清泉潺潺下的幽深、幽静。景物营造的意境是清静而不空寂的,如赵嘏的"和如春色净如秋""当昼火云生不得"⑧ 写出了春夏之际天高而不空寂,云净却不单调的静态美,再如王维《送李太守赴上洛》一诗写商山路因种种景物和行客富有动态的生机美,"行客响空林"一句更是以行客的动衬得山更静。

商山之美也不是一种壮美,而是一种奇美。诗人从商山的地形、地貌入手,描写奇险景致。商山地处秦岭腹地,地形虽相对平缓开阔,但仍有艰险之处,既有南方山之秀丽又有北方山之险峻,如韩琮的"碧涧门前一条水,

---

① (清)彭定求等编:《全唐诗》,中华书局1999年版,第4800页。
② (清)彭定求等编:《全唐诗》,中华书局1999年版,第3264页。
③ (清)彭定求等编:《全唐诗》,中华书局1999年版,第1852页。
④ (清)彭定求等编:《全唐诗》,中华书局1999年版,第1300页。
⑤ (清)彭定求等编:《全唐诗》,中华书局1999年版,第5167页。
⑥ (清)彭定求等编:《全唐诗》,中华书局1999年版,第4016页。
⑦ (清)彭定求等编:《全唐诗》,中华书局1999年版,第3264页。
⑧ (清)彭定求等编:《全唐诗》,中华书局1999年版,第6424页。

岂知平地有天河"①，黄滔写"饮马高坡下，哀怨绝壁间"②，"平地""天河""高坡""绝壁"等词道出了商山的开阔、险峻。再如韩偓《商山道中》："云横峭壁水平铺，渡口人家日欲晡。"③ 绘出了峭壁野渡之奇险。地貌上以中低山为主，群山连绵、沟壑纵横，如孟郊写"商山无平路，楚水有惊潈"④ 直言商山的不平，齐己叹"叠叠叠岚寒，红尘翠里盘"⑤ 以"叠""盘"二字表明山路的蜿蜒崎岖。此外，多记特色风物，如王贞白以"昼烧笼涧黑，残雪隔林明"⑥ 写出了商雪皑皑，洁净无瑕之美，温庭筠的"槲叶落山路，枳花明驿墙"⑦ 则体现出枳花洁白繁盛的特点。贯休的《过商山》更是以天台、猿啼、仙鹤等出尘的商山美景，表达艳羡出世之情，再如苏广文"烟霞洞里无鸡犬，风雨林中有鬼神。黄公石上三芝秀，……醉卧白云闲入梦。"⑧ 同样写出世之情，这里安静闲逸、远离尘嚣，还有延年益寿的芝草，可谓人间仙境。这样富有特色的风物在唐诗中还有很多，如白居易《红鹦鹉（商山路逢）》中罕见的红鹦鹉，还有红艳的"山石榴花"，曹松写的"麝香"等。诗人在写商山时挑选的都是富有特色的事物，展现出风物的奇特。

唐人写商山时不论是择景、用词还是意境的营造都着力体现其清幽之美，而景物的选取也以奇险、奇特为主，展现它的奇丽之美。

(二) 文学地理空间

山川自然风物的形态各异，展现出不同的地理特征。诗人在对客观的自然景致进行文学再造的点染中，加入了自身的命运遭际，投射了主观情感，这时自然地理空间便在诗人的情感作用下呈现出不同的生命体验，构建成文

---

① （清）彭定求等编：《全唐诗》，中华书局1999年版，第6605页。
② （清）彭定求等编：《全唐诗》，中华书局1999年版，第8077页。
③ （清）彭定求等编：《全唐诗》，中华书局1999年版，第7893页。
④ （清）彭定求等编：《全唐诗》，中华书局1999年版，第4258页。
⑤ （清）彭定求等编：《全唐诗》，中华书局1999年版，第9551页。
⑥ （清）彭定求等编：《全唐诗》，中华书局1999年版，第8117页。
⑦ （清）彭定求等编：《全唐诗》，中华书局1999年版，第6796页。
⑧ （清）彭定求等编：《全唐诗》，中华书局1999年版，第8930页。

学的地理空间。

1. 幽静、怅惘与隐逸

唐诗中的商山是一座隐逸之山。商山静谧安宁的环境，舒适简淡的生活，在先秦时期就曾被四皓歌咏，唐人也多以这样的环境和生活可作为隐居之地来传颂，在这里往往油然而生出世之情，所谓"千万人间事，从兹不复言"①。而提及商山与隐逸，不可避免地提到"四皓"，作为隐逸的文化符号，唐人在以四皓表达隐逸之情时与商山相连，继承了魏晋以来将商山作为四皓隐居之地来代指四皓及隐逸文化的传统。

其一，环境适合隐居。因其自然环境山清水秀，宁静清幽，诗人在仕途失意时，历尽沧桑后借自然山水之美陶冶心灵，蕴藉仕心，以寄隐逸之情。元和十年（815）白居易被贬江州司马，途经仙娥峰时写道："参差树若插，匼匝云如抱。渴望寒玉泉，香闻紫芝草。青崖屏削碧，白石床铺缟。向无如此物，安足留四皓。"②道出了这里不仅有清泉白石、延年益寿的紫芝，而且山高林深，环境清雅，这样的风景抚慰了被贬的抑郁之气，让诗人获得心灵的自由与精神的超脱，成为诗人的心隐之所。这样的环境淡化了尘心，平和了心境，李廓《赠商山东于岭僧》一诗"商岭东西路欲分，两间茅屋一溪云。师言耳重知师意，人是人非不欲闻。"③在清幽、静谧的环境下诗人生出不问世事的淡泊心态。王贞白也说"我待酬恩了，来听水石声"④表达了自己对酬恩后归隐的期许。此外，商山人性淳朴，生活闲适，人们安居乐业，过着如桃源般的生活，一些诗人在仕途疲惫中艳羡这样的生活，生出归隐之情。如元稹《归田》中写道："我亦今年去，商山淅岸村。冬修方丈室，春种桔槔园。"⑤这首诗作于诗人三十七岁（公元815年）辞荆州刺史归田之时，通过描写舒适悠闲的村居生活，表达归隐的乐趣。更甚者还有将

---

① （清）彭定求等编：《全唐诗》，中华书局1999年版，第4558页。
② （清）彭定求等编：《全唐诗》，中华书局1999年版，第4800页。
③ （清）彭定求等编：《全唐诗》，中华书局1999年版，第6615页。
④ （清）彭定求等编：《全唐诗》，中华书局1999年版，第8137页。
⑤ （清）彭定求等编：《全唐诗》，中华书局1999年版，第4558页。

商山中人看作隐居之人来表达归隐的想法，天宝四载（745）李白被排挤离京时与商山中人饮酒对酌兴起作《山人劝酒歌》叙述了山人自由自在、不为功名所累的生活，因自己也有喜隐居的一面，所以文末以"意气还相倾"道出了自己与山人意气相投，表达了隐逸之乐。商山有美丽迷人的自然风光，舒适闲逸的自然生活，诗人可以于此移情换性，放逐心灵，以寄心隐之情。

其二，四皓作为中国隐逸文化的象征。部分诗人借四皓隐逸来言心隐之志。唐代文人积极入仕倾向明显，但在现实中屡次碰壁，傲世之志无法实现时，四皓便是他们的心灵归宿，诗人以四皓或与其相关的事物来表达归隐之志，如白居易在《读史五首》其二中写道："商山有黄绮，颍川有巢许。何不从之游，超然离网罟？山林少羁鞅，世路多艰阻。"[1] 此诗作于元和五年（810），诗人好友元稹因得罪权贵被贬江陵，文中司马迁、嵇康的不幸也是好友的处境，展现了官场的黑暗，表达了自己在这样的环境下要追随黄绮、巢许归隐山林，远离世俗羁绊的思想。而这种情怀在隐居洛阳后更加强烈《题岐王旧山池石壁》一诗："黄绮更归何处去，洛阳城内有商山。"[2] 表达了自己决心效仿四皓的态度，体现了由"吏隐"到"中隐"思想的转变。同样言隐逸之志的还有李德裕"遥羡商山翁，闲歌紫芝秀"[3]，许浑"更欲寻芝术，商山便寄家"[4]，这里的"商山翁、紫芝、商山"具代指四皓，诗人以瞻仰或追寻四皓来表达自己内心的隐逸之志，商山与紫芝更是成了四皓与隐逸的文化标志。也有诗人认为四皓隐逸是在傲世之志得以实现的基础上，用隐逸来抒傲世之志。如李白在唐玄宗天宝四载（745）春，离开长安拜访四皓庙时作《商山四皓》："白发四老人……功成身不居……万古仰遗则。"[5] 对于天性狂放，一生追求功名的李白来说，认为

---

[1] （清）彭定求等编：《全唐诗》，中华书局1999年版，第4800页。
[2] （清）彭定求等编：《全唐诗》，中华书局1999年版，第5122页。
[3] （清）彭定求等编：《全唐诗》，中华书局1999年版，第5431页。
[4] （清）彭定求等编：《全唐诗》，中华书局1999年版，第6092页。
[5] （清）彭定求等编：《全唐诗》，中华书局1999年版，第1852页。

四皓隐逸是在功成名就的基础上,因此他既肯定了四皓定汉的历史功绩,又赞扬了四皓功成不居,退隐山林的高尚品格,在追慕四皓隐逸的同时亦是对四皓功成名就的仰慕。再如许浑《送陆拾遗东归》中"东归自是缘清兴,莫比商山咏紫芝"①,诗人以四皓为衬托,谓陆拾遗此去并非归隐,而是建功立业。商山四皓文化内涵丰厚,诗人根据自己遭遇、心境的不同,选取不同的侧重点,以表达不同的情感倾向,但主要以其象征的隐逸精神为主。

诗人从自然、人文环境的角度道出了商山适合隐居的优势条件,当这些奔波于仕途的文人经过此地时,不免受环境影响生出隐逸之情。加之商山有象征隐逸精魂的四皓文化,唐人于傲世中受挫时,多以四皓隐逸来言心隐之志,使得商山与四皓及隐逸紧密相连。

2. 济世、恋阙与名利

唐诗中的商山是名利之山。商山可指连接秦楚之间的商山路,裴夷直《下七盘》"商山半月路漫漫,偶值新晴下七盘"②,写于作者回京过七盘岭时,据《唐代交通图考》可知七盘岭在蓝田县以南,过后便是蓝田关③,为回京必经之地,而"商山"与"半月"连一起可以明显看出是商山路,而非商山。再如齐己《过商山》"叠叠叠岚寒,红尘翠丽盘"④,诗人描写了商山路上的寒冷和艰险,《唐代交通图考》写道:"商山道自武关至蓝田,皆行山中,始出险就平,兼以山谷幽邃,而增感兴。"⑤诗中涉及的地理名词或风貌景观为商山路独有,而商山路、商山道也多次出现,如赵嘏《商山道中》、贯休《商山道者》、司空曙《望商山路》等。在唐代,这条路是南方士人求取功名或官员升迁调任、出使外放的必经之路,王贞白亦说"商山名利路",诗人也多抒发求取功名的情感体验。

---

① (清)彭定求等编:《全唐诗》,中华书局1999年版,第6161页。
② (清)彭定求等编:《全唐诗》,中华书局1999年版,第5902页。
③ 严耕望:《唐代交通图考》,上海古籍出版社2007年版,第646页。
④ (清)彭定求等编:《全唐诗》,中华书局1999年版,第9551页。
⑤ 严耕望:《唐代交通图考》,上海古籍出版社2007年版,第653页。

诗人表达求仕成功的喜悦。元和十年（815）春，元稹奉诏回京时于武关作《西归十二绝句》，其二"两纸京书临水读，小树桃花满商山"① 以满山的桃花表达被贬五年后回京时喜悦的心情。也有写应制之喜的，如王维的"商山原上碧，浐水林端素"②，刘宪的"商山积翠临城起，浐水浮光共幕连"③，皆以商山、浐水的好风光，表达仕途顺利的欢喜。还有些诗人表现出对功名的执着追求，体现精神世界的积极乐观。如王贞白《过商山》："明朝弃襦罢，步步入金门。"④ 引用汉代终军弃襦的典故，表达了自己追求功名的决心，再如司空图《商山二首》其一："国史数行犹有志，只将笑谈继英尘。"⑤ 以要步英杰之前尘，表达了誓愿建功立业，在史书上占据一方位置的高远志向，充满进取之心，少苦吟之气。

行走在这条路上有喜悦，但更多的是对仕途不顺的悲叹，像白居易、杜牧、元稹、柳宗元、韩愈等都是仕途失意者。他们在名利路上浮浮沉沉，不免发出求仕艰难的悲叹。一方面，诗人通过路途的艰险崎岖来表现求仕的艰辛。商山路崎岖难行，《唐会要》卷八十六"道路"载："商山路，七百余里皆山阻，行人苦之。"⑥ 环境恶劣，且贬谪之人还要面临"猛兽袭人、寒冷冻伤。"⑦ 冬季行旅更加困难，"商於古道的冬季山区易受积雪影响。"⑧ 唐人在诗歌中也多次展现山路的崎岖艰险。如黄滔的《过商山》："燕雁一来后，人人尽到关。如何冲腊雪，独自过商山。羸马高坡下，哀猿绝壁间。"⑨ 此诗是作者再次赴京时所写，抒发了自己功业未就，满天风雪中还需独过商山的慨叹，从"高坡、绝壁"等词足以见得道路的艰险难行。再如孟郊

---

① （清）彭定求等编：《全唐诗》，中华书局1999年版，第4594页。
② （清）彭定求等编：《全唐诗》，中华书局1999年版，第1235页。
③ （清）彭定求等编：《全唐诗》，中华书局1999年版，第780页。
④ （清）彭定求等编：《全唐诗》，中华书局1999年版，第10079页。
⑤ （清）彭定求等编：《全唐诗》，中华书局1999年版，第7316页。
⑥ （宋）王溥撰：《唐会要》，中华书局1955年版，第8页。
⑦ 余军：《唐代商州诗研究》，硕士学位论文，陕西理工学院，2015年，第41页。
⑧ 李雪峰：《汉唐时商於古道的修治研究》，《商洛学院学报》2016年第3期。
⑨ （清）彭定求等编：《全唐诗》，中华书局1999年版，第8177页。

《商州客宿》"商山风雪壮，游子衣正单。"① 诗人以"壮"来形容凛冽的风雪，道出了冬季风雪交加的行旅之苦。但行路之苦怎抵内心之悲，遭遇贬谪意味着理想破灭，政治抱负难以实现，此时诗人多痛苦、惶恐之感，杜牧于会昌二年（842）离京南下，再次踏上商山路时有感而发作《入商山》"早日商山百里云，蓝溪桥下水声分。流水旧声入旧耳，此时呜咽不堪闻。"② 旧水入旧耳，但这番听到的却是呜咽之声，悲伤的溪水是其悲苦内心的写照。漫长而孤单的路途，思乡之情油然而生，著名晚唐诗人温庭筠于大中十年（856）被贬随州途中写《商山早行》一句"客行悲故乡"点明了思乡之情，结尾更是以"因思杜陵梦，凫雁满回塘"③ 道出了无数游子的共同感受，张乔写"春去计秋期，长安在梦思"④，司空曙叹"从此思乡泪，双垂不复收"⑤ 都是贬谪之人的羁旅愁思。被贬之人行走在崎岖的道路上，路途的艰难、境况的窘迫、内心的痛苦使得诗人多叹求取名利之艰辛。另一方面，诗人通过旅途的多次往复，表现求仕之路的曲折与漫长。唐代文人多在宦海沉浮，屡次奔走于商山路已是人生常态，白居易《登商山最高顶》"七年三往复，何得笑他人"⑥ 这首诗作于开成二年（837）诗人第三次走在商山路上时，寥寥数语却道尽了求仕之路的波折与漫长，以及在宦海浮沉的辛酸苦楚，韩琮也发出了"五度经过此路驿"的悲叹。名利场中的身不由己，仕宦荣辱的瞬间，使诗人产生了前程难测的迷茫，如杜牧《除官赴阙商山道中绝句》"我来惆怅不自觉，欲去欲住终如何"⑦，这首诗作于开成四年（839）自宣州赴长安任官之时，虽是入京之作，却无喜悦之情，人生的无奈、仕途的难测皆体现在"惆怅""如何"二词中，白居易更是问及"这回归去免来无"。在这一来二去的贬谪中诗人的

---

① （清）彭定求等编：《全唐诗》，中华书局 1999 年版，第 4218 页。
② （清）彭定求等编：《全唐诗》，中华书局 1999 年版，第 6034 页。
③ （清）彭定求等编：《全唐诗》，中华书局 1999 年版，第 6796 页。
④ （清）彭定求等编：《全唐诗》，中华书局 1999 年版，第 7371 页。
⑤ （清）彭定求等编：《全唐诗》，中华书局 1999 年版，第 3332 页。
⑥ （清）彭定求等编：《全唐诗》，中华书局 1999 年版，第 4767 页。
⑦ （清）彭定求等编：《全唐诗》，中华书局 1999 年版，第 6025 页。

青春年华被蹉跎辜负，如司空曙由贬谪处返京时叹到"空残华发在，前尘不堪思"①　来往于商山，奔波于仕途，诗人在追名逐利的途中年岁渐老。而宦海的浮沉也摧残、煎熬着文人那颗仕宦之心，如黄滔的《商山赠隐者》："谁不相逢话息机，九重城里自依依。蓬莱水浅有人说，商洛山高无客归。"②　诗人以自己的人生路揭示出盛世中士人辛勤奔波的普遍现象，展现了自己漂泊的境遇和复杂的内心世界，在《过商山》中更是以"此心无处说，鬓向少年斑。"③　道出了仕心的疲倦。诗人多次奔波于仕途，汲汲于名利，内心的惆怅复杂之情如何能用只言片语道出。

商山路是名利路，诗人通过描写这条路上的名利浮沉，抒发自己对功名求取的不同体验，既有求仕成功的喜悦，也有仕途坎坷的悲叹。进出商山便意味着进出名利中心，唐代诗人创作了大量描写商山路上的名利浮沉之作，使商山成为名利之山。

总之，唐代诗人从第一空间角度对商山秀丽风景的细致描摹，到借自然和人文来抒写莫名惆怅和壮志难酬的隐逸情怀，并由此生出对名利浮沉的感慨，积淀了浓郁厚重的情感文化意蕴，成为凝结诗人情感的文学地理之山。

三　书写之因

围绕"商山"的诗歌创作，其产生不是偶然的，而是多种因素综合下的孕育，与其紧密相关的便是社会环境与地域环境，曾大兴在《文学地理学概论》中写道："文学创作与自然环境和人文环境有着密切的联系，而人文环境中又包括国家环境和地域环境。"④　商山诗歌创作的产生也是时代和地域文化的共同作用。

（一）时代社会的影响

唐代是一个大盛大乱的时代，初盛唐时的繁荣强盛，在安史之乱后逐渐

---

① （清）彭定求等编：《全唐诗》，中华书局1999年版，第3332页。
② （清）彭定求等编：《全唐诗》，中华书局1999年版，第8182页。
③ （清）彭定求等编：《全唐诗》，中华书局1999年版，第7404页。
④ 曾大兴：《文学地理学概论》，商务印书馆2017年版，第48页。

走向衰落，影响着唐代文人的政治生活和诗歌创作。作为连接名利中心的商山路，是唐代文人参政用世的必经之路，承载着他们丰富的情感，既有初盛唐时的积极、昂扬，也多中晚唐时的凄苦、颓丧。

初盛唐时国家繁荣强盛、政治环境开明，唐人仕进心强烈，多积极、奋进之作。较好的国家环境激起了唐代文人建功立业的雄心，而长安作为唐代的政治、经济中心，必然吸引着唐代各方人士蜂拥而至。南方士子多入长安求仕，而北方士子除了调任很少离京，因此商山路上多求仕长安的文人士子和奔波于京城与任所的宦官，如许敬宗、骆宾王、张九龄、祖咏、李白、王维等都是这一时期参政用世的代表。他们的诗歌创作落笔于商山清丽风景，以四皓功成体现积极进取的精神，展现出自信、昂扬的盛唐气质。如王维《送李太守赴上洛》一诗写尽商山路上的12种景物，落笔宏大壮阔、气势豪迈。以四皓功成表达自己积极理想的：初唐许敬宗作《奉和执契三边应诏》自比有四皓之才；盛唐诗人李白求仕失败南下时写《商山四皓》一诗，虽有少许的失落，但绝无悲愤、衰颓之意。诗人以四皓功成来抒傲世之志，塑造了盛世下潇洒自我、积极进取的形象，这都是时代涵养下文人气质的体现。

中晚唐时国家政治动荡、山河破碎，这一时期的文人多仕途坎坷，诗歌中带着浓厚的愁绪。根据尚永亮《唐五代逐臣与贬谪文学研究》一书对唐代贬谪诗统计，中晚唐有182首①，可见贬谪文人之多，如孟郊、刘禹锡、元稹、白居易、武元衡、雍陶、温庭筠、杜牧、王贞白、罗隐、吴融、李山甫等都是行走在商山路上的仕途不顺者。他们笔下的商山变得凄清，流露出乱世中的凄苦、消沉之感，如中唐孟郊《商州客舍》："商山风雪壮，游子衣正单。四望失道路，百忧攒肺肝。"② 凄寒的风雪映衬着诗人悲苦的内心，再如晚唐温庭筠《商山早行》中描绘清冷的早春之景。还有一些文人功名心消退，多了隐逸之念，如王贞白以"四皓卧云处，千秋叠

---

① 尚永亮：《唐五代逐臣与贬谪文学研究》，武汉大学出版社2007年版，第500页。
② （清）彭定求等编：《全唐诗》，中华书局1999年版，第4218页。

薛生"①"我待酬恩了，来听水石声"② 两句表达了自己酬恩后效仿四皓归隐的想法，这是乱世之下文人心态的反映。

(二) 地域文化的影响

商山文学创作土壤丰厚，既有丰富多彩的景观，又有积淀深厚的文化，这才是其精魂所在，是唐人钟情于它的根本原因。

商山自然、地理位置优越，具备素材和契机优势。一方面自然景观众多，写作素材丰富。商山位于秦岭腹地，地处亚热带向暖温带过渡地段，气候的差异使得文学题材丰富。"自然环境中的气候具有地域性，气候的不同使得自然景观具有地域差异性从而影响了文学题材。"③ 商山四季分明，景色千变万化，各不相同，如商山春景的清新"何如春色静如秋"，夏景的清幽"商山夏木阴寂寂"，冬景的壮阔"商山风雪壮"。此外，独特的气候和地貌使得商山形成了一些特有的自然景观，如王贞白写到的"商山雪霁"，还有白居易的"青崖削壁"，这些鬼斧神工之下创造出的自然美景颇得唐人青睐。商山四季之景不同，自然景观亦殊，文人处于这样的美景中，怎能不牵引出心中的诗情。另一方面地理位置优越，提供了写作契机。商於古道是长安通往江南的重要道路，与商山山脉并肩而行。余力、余方平的《"商阪"地望考辨》中描述道："狭义和广义的商山都侧立于商丹盆地的南沿，而早期的商於古道便穿行于商丹盆地之中。这条古道与它南面的山脉都是西北—东南走向，基本上成平行状态。"④ 党双忍在《秦岭志——锦绣中华圣山图》中道："商山古道，一半盘旋与丹江河谷，一半蜿蜒于蟒岭山中。"⑤ 由此可知，商於古道穿行于商山中，与其并肩而行，因此商於古道也可看作商山古道。唐代来往于古道之人络绎不绝，"然，唐代承平二百数十年，此道在唐史上之重要性，不在军事

---

① （清）彭定求等编：《全唐诗》，中华书局1999年版，第8137页。
② （清）彭定求等编：《全唐诗》，中华书局1999年版，第8137页。
③ 曾大兴：《文学地理学概论》，商务印书馆2017年版，第57页。
④ 余力、余方平：《"商阪"地望考辨》，《商洛学院学报》2021年第1期。
⑤ 党双忍：《秦岭志——锦绣中华圣山图》，《西部大开发》2018年第4期。

之形势，而在政治经济文化之沟通。盖唐代京师长安与江、淮间之交通，除物资运输及行李笨重之行旅者多取汴河外，朝廷使臣及一般公私行旅远适东川、黔中、江淮、岭南者，皆利此道之径捷。"① 不论是穿行于路上的商贾往来，还是奔波于仕途的唐代文人，抑或是往来行走的游历之士，商山古道都是必经之路，行经此路的文人有"两百余人"②，像白居易、韩琮更是多次经过。商山优越的地理区位，为诗人创作提供契机。

　　人文、历史文化丰厚，拥有深厚的文学创作土壤。"文化氛围浓郁、文化积累丰厚、文化传统悠久的地域环境有利于文学家的创作。"③ 商山具备民风淳朴，人文风气浓厚的文化优势。山脉纵横交错，再加上道路崎岖难行，既呵护出了世外桃源般的生活，也养育了淳朴善良的人民。据《明清商洛地方志丛书·商州分册》"风俗"载："商略曰：由是风俗不改，习尚清高，有四皓之遗风，人性质实，士风简朴。"④ 同书引"商州志"亦说："商州习尚清高，人性质实，士风简朴。"⑤ 轻松愉悦的人文环境激发了诗人的创作灵感，既感慨"秀眉老父对樽酒，茜袖女儿簪野花"⑥ 的闲逸生活，也咏叹"佯嗔阿母留宾客，暗为王孙换绮罗"⑦ 的多情善良。人们世风好古、敬畏自然，使得一些名胜古迹保存完整。穿行其间可以寻见许多人文景观，商山驿站、四皓庙、商山食店在唐代诗文中广泛出现，如元稹《阳城驿》、杜牧《题商山四皓庙一绝》、韩琮《题商山店》等。这些景观在《商州地方志丛书》《唐代交通图考》中都有记载。此外，商山历史悠久，文化积淀深厚。至仓颉造字取商山之名，周围的一切便以"商"命名，汤在建立商朝的时候便是以商山的商为国名，到了春秋时期，卫鞅变法有功，秦孝公赐封地于商，后人称卫鞅为商鞅。商洛更是得名于境内的商山、洛水。可

---

① 严耕望：《唐代交通图考》，上海古籍出版社2007年版，第637页。
② 姚怀亮：《商於道：诗歌之路》，三秦文化研究会年录2004年版，第52页。
③ 姚怀亮：《商於道：诗歌之路》，三秦文化研究会年录2004年版，第52页。
④ 王培峰主编：《明清商洛地方志丛书·商州分册》，陕西人民出版社2016年版，第220页。
⑤ 王培峰主编：《明清商洛地方志丛书·商州分册》，陕西人民出版社2016年版，第889页。
⑥ （清）彭定求等编：《全唐诗》，中华书局1999年版，第6024页。
⑦ （清）彭定求等编：《全唐诗》，中华书局1999年版，第6605页。

见，商山历史源远流长，对于商洛而言有着重要意义。此外，商山还有闻名于世的商山四皓，这是其历史文化之精魂。四皓指东园公黄秉、夏黄公崔广、绮里季吴实、甪里先生周术，于秦时隐入商洛深山之中。《辞海》载有："秦末东园公、甪里先生、绮里季、夏黄公隐于商山（今陕西商县东南），年皆八十有余，时称'商山四皓'。"①《明清商洛地方志丛书·商州分册》隐逸篇记："东园公黄秉、夏黄公崔广、绮里季吴实、甪里先生周术。六国时，为秦博士。始皇焚书坑儒，相率而避于终南山，今太乙谷有遗迹焉。后隐商山。及汉祖定天下，屡下徵诏，茹芝不出，世称为商山四皓。"②商山四皓作为历史文化名人，他们身上傲世与隐逸并举，文化内涵丰厚，唐人于深厚而悠久的文化氛围中感叹着四皓之魂，如白居易的"商山有黄绮，颍川有巢许"③、皎然的"黄绮皆皓发，秦时隐商山"④、胡曾的"四皓忘机饮碧松，石岩云殿隐高踪"⑤等。

结　语

受时代和地域文化的影响，唐代诗人描绘商山的不同面貌，以此表达不同的情感认知。商山也由一个自然地理空间成为抒情写志的文学地理空间，从而具有了丰富的情感意蕴。商山在唐诗中被不断润色、沉淀，逐渐凝结成了具有丰厚文化传统的符号。

---

① 夏征农主编：《辞海》，上海辞书出版社 1999 年版，第 973 页。
② 王培峰主编：《明清商洛地方志丛书·商州分册》，陕西人民出版社 2016 年版，第 253 页。
③ （清）彭定求等编：《全唐诗》，中华书局 1999 年版，第 4800 页。
④ （清）彭定求等编：《全唐诗》，中华书局 1999 年版，第 9324 页。
⑤ （清）彭定求等编：《全唐诗》，中华书局 1999 年版，第 7488 页。

论唐传奇对地理空间叙事功能的强化与弱化

侯晓晨[*]

从常理上讲，无论作者是否直接交代，任何一篇小说中的故事都是在一定的空间当中发生的[①]。当小说作者在文本中用某一具体的地名——这里所说的地名是"具有指位性和社会性的个体地域实体的指称"[②]——来标示空间时，就形成了"地理空间"[③]。无论是"宏观"的还是"微观"的，一个地理空间一旦进入小说文本，作为情节中的一个"零件"，就会在叙事中产生或大或小的作用。在先唐志人、志怪的笔记体小说中，由于篇幅短小，地理空间往往只充当故事背景，在情节中所起的作用有限。当然，也有一些特殊的例子，如《搜神记》中的《丁姑渡江》一篇，曾经出现了丁妪从全椒到牛渚津，再到丹阳的地理空间转换，对叙事有一定的帮助。但这毕竟是特

---

[*] 侯晓晨，唐山师范学院文学院讲师。

[①] 杰拉德·普林斯认为："尽管叙述时有可能不提及故事的空间、叙述步骤的空间或它们二者之间的关系（"约翰吃饭；然后他睡觉"），空间在叙述中仍能起到重要的作用。"参见［美］杰拉德·普林斯《叙述学词典》，上海译文出版社2011年版，第210页。要指出的是，本文基本上是在物质性的层面上使用"空间"这一概念，它主要指自然景观和人文环境（后者如建筑物、人工的风景区等），而不包括其中的人类活动。参见李鹏飞《古代小说空间因素的表现形式及其功能》，《北京大学学报》（哲学社会科学版）2014年第3期。

[②] 褚亚平、尹钧科、孙冬虎：《地名学基础教程》，测绘出版社2009年版，第5页。

[③] 本文中的"地理"，既非人文地理，亦非自然地理，主要指中国古代传统的"王朝地理"。作为"中国古代地理学的主流"，王朝地理学的"核心是讲述、解释、捍卫王朝的社会空间秩序。它所讲述的不是一个自然的山川大地，也不是一片自由成长的村镇聚落，而是一个辽阔、稳定的、丰富的、严谨的王朝地域结构。王朝精神与王朝价值笼罩着大地上的一切，甚至高山、大河，它们最终也不可避免地转变为王朝的'江山'"。参见唐晓峰《从混沌到秩序：中国上古地理思想史论》，中华书局2010年版，第310、287页。

例,更多的先唐小说还是不大突出地理空间的叙事功能的。

与此不同,唐传奇对地理空间叙事功能的运用明显呈现出"强"与"弱"的两极分化——无论强化还是弱化,都与故事情节紧密相关,可以体现出作者的构思与选择。

一 强化:通过地理空间的连续转换推动故事情节的发展

在一些唐传奇作品中,地理空间的叙事功能得到了明显的强化,突出表现在凭借同一个或同一组人物,实现不同地理空间的连续转换。具体地说,文本中每一个地理空间的出现,都是上一个地理空间中人物行动的结果,如此环环相扣,构成一条清晰的因果链,从而推动着故事情节的发展。

陈玄祐的《离魂记》开篇,将地理空间设置在张镒当官的衡州。张镒很器重自己的外甥王宙,多次许诺将女儿倩娘嫁给他。由此王宙和倩娘"常私感想于寤寐"。不料,张镒又将倩娘许配给幕僚中一个将赴吏部选官的人。"女闻而抑郁,宙亦深恚恨"。接下来,王宙"托以当调",乘船赴京途中,却见倩娘"亡命来奔"。于是,二人连夜遁去,数月后来到蜀地。二人在此生活了5年,倩娘时常思念父母,王宙可怜她,决定归湘。回到衡州后,就发生了倩娘的魂魄与本体合而为一的传奇故事,最终是大团圆的结局①。从文本的地理空间来看,是从衡州到蜀地,再回到衡州,发生了两次转换。而这两次转换,都是通过王宙和倩娘的行动来实现的:第一次是二人私奔的结果;第二次则是为了看望倩娘的父母而回到衡州。也正是因为第一次地理空间上的转换,导致倩娘5年间与父母不通音信,时常思念,才会有了第二次的转换。

由于《离魂记》的篇幅较短,所以它用两次地理空间上的转换就足以串连起情节的因果链。而在篇幅长一点的唐传奇中,情况要更复杂一些。例如裴铏小说集《传奇》中的《裴航》一篇,开篇写秀才裴航"因下第,游

---

① 参见(宋)李昉编,张国风会校《太平广记会校》,北京燕山出版社2011年版,第6053—6054页。

于鄂渚",拜访旧友人崔相国后,得到"赠钱二十万"。因为有了在长安城居住的资本,他才乘船回京。在船上,他偶遇樊夫人,得其赠诗一章,预言了他今后饮浆、捣药、见云英的命运,特别是点出了"蓝桥"这一地点即是"神仙窟"。船只到达襄汉后,樊夫人不辞而别,裴航找不到她,于是继续向长安进发。途经蓝桥驿时,因口渴求浆,裴航见到了云英,惊为天人,"愿纳厚礼而娶之"。云英的祖母说,她有神仙给的灵丹,但需要玉杵臼来捣药,因此求婚者必须携有此物,方能将云英许配给他。裴航约以百日为期,去寻觅此物,来到了京都长安。经过一番辛苦的寻访,终于购得玉杵臼,继而返回蓝桥。老妪见裴航践约,答应将孙女嫁给他,而云英又希望他捣药百日。裴航从之。捣药成,老妪服药后带裴航见群仙,重会樊夫人,娶云英为妻。最终,裴航在玉峰洞中超为上仙①。从小说开头至此,裴航的行进路线是鄂渚—汉水(是在船上,文本中未指出明确地点)—襄汉—蓝桥—长安—蓝桥—玉峰洞(华山),发生了6次地理空间转换。但它们之间的联系,就不像《离魂记》里的地理空间那样简单了。以裴航在鄂渚时的打算,其目的地是长安。而小说并没有直接写他到长安,而是在他经汉水赴长安的行程中选取了汉水、襄汉、蓝桥三个必经之地②,设置为地理空间:他在汉水乘舟时得到的樊夫人预言诗章,是为蓝桥的奇遇打下伏笔;在襄汉时樊夫人的失踪,则是为后文中的仙境重逢预先伏线;在蓝桥遇云英,为求婚姻而许诺寻访玉杵臼,则直接决定了之后他在长安的行动。而这三个地理空间之间的转换,是由鄂渚到长安的路线所天然决定的,虽然也算是一种"因果关系",但这是地理意义上的,而不是由空间中的人物行动所决定的。接下来,小说的地理空间转换到了长安,这才是裴航从鄂渚"远挈归于京"的直接结果,但由于他在蓝桥的经历,此时似乎已经忘却了秀才身份,"殊不以举事为意",而是"但于坊曲、闹市、喧衢,而高声访其玉杵臼"。而此

---

① 参见(唐)裴铏《裴铏传奇》,上海古籍出版社1980年版,第54—56页。
② 参见严耕望《唐代交通图考》,台北:中研院史语所1985年版,第1163—1164页所附"唐代渭水蜀江间山南剑南区交通图(东幅)"。

后裴航的两个空间转换,与人物行动的因果关系十分明显:正是因为在长安寻得了玉杵臼,他才返回蓝桥;正是因为在蓝桥捣药成功,与群仙相会,娶得云英,才来到玉峰洞修炼。总的来说,《裴航》一篇在大的框架上,还是可以看成类似于《离魂记》那样的笔法,将地理空间的转换与人物行动的因果关系相结合,推动情节的发展;只不过在小说的前半部分,结合了其他的笔法,利用交通路线上的真实串连了几个地理空间。

在唐传奇之中,对于地理空间转换运用得最为巧妙的,当属《虬髯客传》一篇。其地理空间转换与情节的对应关系略如表1[①]:

表1　　　《虬髯客传》地理空间转换与情节对应关系

序号	地理空间	进行地理空间转换的人物	主要情节
A	长安		李靖在杨素宅中初遇红拂。李靖归逆旅,其夜,红拂来奔。数日,李靖闻追讨之声,遂携红拂而去,欲归太原
B	灵石	李靖、红拂	李靖、红拂行次灵石旅舍,与虬髯客不期而遇,相谈甚欢。李靖谈到太原有一"异人"(实乃太原守将李渊之子李世民),须刘文静引见方能得见。虬髯客欲见之。临别,与李靖相约,入太原后会于汾阳桥
C	太原	李靖、红拂	李靖、红拂与虬髯客会于汾阳桥。其后谐诣刘文静,谎称请虬髯客为"异人"看相。李世民至,虬髯客以为有天子之相,但不敢确定,欲请道兄验之。临别,与李靖、红拂相约,入京后会于马行东酒楼下
D	长安	李靖、红拂	李靖、红拂入京,与虬髯客、道士相会畅饮。虬髯客命李靖将红拂暂驻于都中深隐之处,再与其复会于汾阳桥
E	太原	李靖	李靖至太原,与虬髯客、道士会于汾阳桥,俱谒刘文静。文静飞书迎李世民看棋。世民至,道士初见之,即知其必为天子,故谓虬髯客"此世界非公世界"。虬髯客与李靖相约,入京后携红拂造访其"坊曲小宅"
F	长安	李靖	李靖返京,携红拂造访虬髯客宅。虬髯客将其所有财宝全部赠给李靖,愿他辅佐英主李世民。虬髯客决定赴"东南数千里外"成其大业,遂别。李靖据其宅第,乃为豪家,助李世民匡定天下。数年后,李靖任宰相,得知虬髯客已为扶余国主

如表1所示,《虬髯客传》中一共出现了6个地理空间,其间发生了5

[①] 表格中带引号的文字引自(宋)李昉编,张国风会校《太平广记会校》,北京燕山出版社2011年版,第2864—2868页。

次转换。而从表中的"主要情节"一栏，可以看出除了 B（灵石）之外，文本中其后出现的 C、D、E、F，均是各自的前一个地理空间（B、C、D、E）中的人物行动的直接结果，它们之间具有清晰的因果关系。特别是 C（太原），除了和 B 有直接关系，也是 A（长安）之中李靖决定携红拂避难的目的地。再查阅《唐代交通图考》，还会发现灵石正位于"长安太原驿道"之上①。因此，B（灵石）本身也可以看成是 A（长安）之中人物行动的一个结果——尽管不是直接结果。《虬髯客传》中的地理空间与故事情节有着如此紧密的因果联系，足见作者的匠心独运。特别是主人公在长安与太原之间的往返，"两进两出"太原城的过程，尤为精彩，其中的每个地理空间都设置得十分自然，又非常关键，缺一不可。

  第一次进太原，尽管虬髯客如愿见到了李世民，但他毕竟是在半路上听李靖提起此人的，准备不足，对自己的判断也不敢完全相信，于是决定到长安请道兄来验证，这才有了李靖的"一归长安"。作者为什么不让他们直接在太原找个道士呢？这样少了一次地理空间的转换，似乎可以让小说中的人物省去一些周折。事实上，这样的安排是很符合逻辑的。从小说后半部分的交代来看，虬髯客是个富豪，家住长安。因此，他最熟悉的道士必然也生活在长安。而且，多一次地理空间上的转换，也使得情节有了更多的波澜，有了伸展、起伏的余地。接下来，李靖第二次进太原后，道士见到了李世民，判定此人必得天下；虬髯客死了心（其实他已经决定将财产赠予李靖后到海外谋创霸业，只是没有明说），邀请李靖到其宅第一聚，这才有了李靖的"二归长安"。而从"两进两出"的过程来看，李靖每一次都按照前一次与虬髯客的约定，与他（有时还有他的朋友）在某一地点相会。有趣的是，文本中虽然是按李靖的行踪交代地理空间的转换的，但事实上虬髯客每一次都完成了相同的旅程，而且都抢在李靖之前到达，从不违约。这一方面表现出一种言出必行、一诺千金的侠士风格，也增添了虬髯客这一人物的传奇色

---

① 参见严耕望《唐代交通图考》，台北：中研院史语所1985年版，第91—128页。

彩。此外，一进太原和一归长安，地理空间的转换都是由李靖和红拂二人的行动来完成的；接下来的二进太原和二归长安，不仅在情节上做到了"犯"（相同的地点）中求"避"（不同的情节），甚至用来转换地理空间的人物也做了改变，只剩下了李靖一人——在李靖一归长安时，接受虬髯客的建议，将红拂留在了京城。总的来看，长安太原，进出往返，情节跌宕起伏，悬念丛生，作者从容写来，可谓一丝不乱。可以说，《虬髯客传》一篇，将地理空间转换的叙事功能体现得淋漓尽致。

应该承认，小说中出现地理空间的多次转移，并非是唐传奇首创。早在东晋，干宝的《搜神记》中的《丁姑渡江》一篇，就有丁妪从全椒到牛渚津，再到丹阳的地理空间转换。但是，由于篇幅短小，其中的地理空间转换对情节所起的作用有限，更多地体现的是一种交通路线上的真实感。只有唐传奇这一文体问世，才为小说通过地理空间的转换来推动情节发展提供了可能性。首先，相对于"粗陈梗概"的六朝笔记体小说（无论其题材是志人还是志怪），唐传奇"篇幅曼长"，有更大的文本空间来容纳更多的地理空间；反过来说，笔记体小说由于篇幅太短，很难在其中进行多次的地理空间转换，更谈不上建立什么情节上的因果联系。其次，唐传奇的"记叙委曲"是其相对于笔记体小说的一大特色；而为了达到这一特色，有一部分作家在一部分文本中的地理空间设置上进行了尝试，通过它们的连续转换，与其中的人物行动相间，构成了因果关系链。为什么他们要在这上面下功夫呢？这与小说文本中的地理空间不同于时间的特性有关。在绝大多数中国古代小说中，文本的时序都与生活中的时序是相一致的，是顺叙的。这样的时序，是自然流动的时间，是一种天然的顺序。在唐传奇中，除了《薛伟》《灵应传》《古镜记》等个别作品局部运用了倒叙的手法，基本上都是按照时间顺序叙述的。然而，小说中的情节发展，是需要一定的因果关系的；而通过在时序上"做文章"来建立情节的因果联系，对于中国古代小说家来讲是比较困难的。他们不可能像19世纪以后的西方小说家那样，大量通过有意的时序错置来把握情节的因果关系；即使有个别的特例，也只是偶尔的尝试，没有形成风气。而文本中的地理空间则不同，它们不像时间那样拥有一种"自然流动的顺序"。即使作者按照时间先后，将地理空间一个个排列下来，其间也缺乏必要的联系，读者看到的只能是在不同的地点发生的不同的小片段。如《古镜记》的前半部分，按大业七年（611）五月到大业九年冬这两年之间的时间顺序，罗列了王度在8个地点与古镜相关的8个故事，从表面上看其中也有地理空间的转换（如从河东"归长安，宿长乐坡"，又如自长安"出兼芮城令"等），但这些转换仅仅是以新的地理空间对应一个片段性的故事，并没有在文本中形成前后相续的完整的情节。这样的结构，导致《古镜记》在写王度经历的部分更像是几篇笔记体小说拼合的结果。但是，一些唐传奇作家迎难而上，终于找到了处理地理空间与情节关系的方法：通过文本中一个地理空间中的人物行动，转换到下一个地理空间，再通过其中的人物行动实现新的转换，如此环环相扣，前后相续，从而使小说情节找到一个可以依赖的叙述线索。具体地说，小说中的人物因为来到甲地，所以遇到了某人或某事，因而又来到了乙地；正因为来到了乙地，所以遇到了某人或某事，因而再来到丙地……通过这样的模式，将地理空间的转换与情节的发展交织在一起，可以比较简便地编织情节的因果链。

从唐传奇的文体特色来看，这样的模式还有一个明显的好处。"篇幅曼长，记叙委曲"的唐传奇，在改变了先唐小说"粗陈梗概"的面貌的同时，也在中国古代小说史上第一次把如何布局谋篇摆在了重要的位置。的确，在少则五六百字、多则数千字的传奇小说中，作者再也不可能像写笔记体之作那样，寥寥几笔就讲完了故事，而是必须苦心经营小说的结构。因此，作品中好几个地理空间连续转换，每个里面都有不同的人物行动（包括动作、言语等），等于是将一个比较长的文本分割开来，便于作者化整为零，处理好每一个地理空间中的情节。像前文提到的《离魂记》《虬髯客传》《裴航》等，其文本都明显地被其中不同的地理空间分成了或长或短的若干部分，合起来则是一个完整的结构；而像《无双传》这样的作品，从宏观地理空间的转换来看，主人公王仙客最开始是在长安，接下来到襄邓，再到长安，又转到长乐驿（此后情节的发展逐渐脱离真实的地理空间），文本也可以由这几个地名标记切成几块；而在王仙客回到长安的这一部分里，在长安的宏观地理空间之下，又可以继续分为学舍、刘震宅等虚构的生活空间和开远门外、启夏门外等真实的微观地理空间，其中均安排了不同的情节[1]，其文本的肌理清晰可见，结构显然更加精巧。同时，作家在文本中设置哪些地理空间来进行转换，选取哪几个地名作为"坐标点"，也是布局谋篇的重要一步：地理空间的合理设置，可以起到删汰材料、避免情节枝蔓之用。如《离魂记》中，写王宙和倩娘由衡州私奔到蜀地，再写他们回到衡州，仅选取了衡州、蜀地两个宏观的地理空间，对于他们路途中经过的地方全部一笔带过，仅仅提到了王宙乘舟时"日暮至山郭数里"后遇倩娘，由于缺乏明确的地名标记，只能确认是一个虚拟的空间，而从时空上可以判断出仍然是在衡州；而王宙和倩娘在蜀地生活了5年，这其间是否去过附近的其他地方，作者也不予交代，从而最大限度地省去了与情节因果链无关的文字。房千里的《杨娼传》，也仅选取了长安、南海、洪州三个地理空间。其中，长安是主人公杨娼最初扬名之地，在此，她得到岭南帅赏识，既而随他南下；南海是杨娼南下后的生活之地，因帅妻悍妒，欲加害于杨娼，帅闻而大恐，只得命家童卫杨娼北归。帅后因愤恨而亡。洪州则是杨娼北上途中的绝命之地，在此，她听闻噩耗，立即以身相殉[2]。可见，这三个地理空间之间的转换不但与情节的因果关系相交织，而且它们的选取与设置，本身也对作者在写作时紧扣主干情节有很大帮助。

二 弱化：挣脱真实地名的束缚

在唐传奇中，有一些作品中虽然出现了地理空间，但它们更多的只是用来承载故事的"外壳"，并没有对情节的发展起到推动作用；其地理空间的

---

[1] （宋）李昉编，张国风会校：《太平广记会校》，北京燕山出版社2011年版，第8747—8751页。

[2] （宋）李昉编，张国风会校：《太平广记会校》，北京燕山出版社2011年版，第8791—8792页。

叙事功能，很明显地呈现为弱化倾向。

如果说强化地理空间叙事功能是一部分唐传奇作品相对于先唐小说的一大创新；那么，与此相反的弱化，某种程度上倒是唐传奇携带着的先唐小说创作惯性。的确，在唐代以前使用了地名标记的小说作品中①，除了《丁姑渡江》等少数几个特例外，地理空间一般只是故事的背景，对情节发展没有任何影响。在《搜神记》《冥祥记》《幽明录》《续齐谐记》等笔记小说中，此类情况可谓俯拾皆是，在此就不单独举例了。既然在唐代以前的小说创作实践中，文本中的地理空间常常只是故事的背景而缺乏相应的叙事功能，那么，一部分唐传奇沿袭这样的手法，也不足为奇。特别是在那些题材或情节模式相近的先唐小说和唐传奇中，如果前者习惯于弱化地理空间，那么后者也往往会如法炮制。南朝齐王琰的《冥祥记》叙晋赵泰、唐遵等人冥的几篇中，虽然人物在冥界进行了一些空间上的转换，但这并不是地理意义上的空间——文本中出现的地理空间，像清河、上虞等，跟故事情节没有任何关系②；而唐代唐临《冥报记》中的《眭仁蒨》一篇，虽然已属"情节曲折、描写精细"的传奇体③，但其中的地理空间对叙事仍然没有任何影响，显然仍是承袭了《冥祥记》中的一些笔法。又如南朝梁吴均、殷芸《小说》中"洛下有洞穴"一条，叙凡人误入洞穴后的奇遇，故事基本上发生在虚拟的洞中空间，虽然有"洛下"这样的地理空间，但在情节中完全被虚化了④；而唐代郑还古的传奇集《博异志》中的《阴隐客》一篇，虽然表面上看主人公在穴中经过一番行程，自房州竹山县来到了其北 30 里的孤星山顶洞中，但叙事的重心仍是在穴中的虚拟空间⑤。再如南朝宋敬叔《异苑》中的《谢奂》一则，和南朝齐祖冲之《述异记》中的《周氏婢》

---

① 先唐的笔记体小说中，不少作品连地名标记都没有出现，所以根本没有地理空间。
② 参见鲁迅《古小说钩沉》，《鲁迅全集》第 8 卷，人民文学出版社 1973 年版，第 567—569、589—590 页。
③ 参见（唐）唐临《冥报记》，中华书局 1992 年版，第 26—29 页。
④ 参见鲁迅《古小说钩沉》，《鲁迅全集》第 8 卷，人民文学出版社 1973 年版，第 231—232 页。
⑤ 参见（唐）郑还古《博异志》，中华书局 1980 年版，第 9—11 页。

一则，都属于"梦遇女子"的模式，而两则中的地理背景"陈留"和"青溪"均与故事情节关系不大①；唐代沈亚之的传奇小说《异梦录》虽然在篇幅上比《谢含》和《周氏婢》长了很多，描写也更加精细，但其叙事重心是在主人公邢凤梦中与女子的对话，情节主要在梦中的虚拟空间中展开，而邢凤做梦时身处的地理空间——长安平康里，则纯粹是主体故事之外的一个外壳②。可见，至少在"梦遇女子"这一情节模式的作品中，沈亚之在地理空间的处理上并没有比刘敬叔和祖冲之走得更远。

当然，刚才所列出的唐传奇中的一些弱化地理空间叙事功能的现象，一方面可以看成是先唐小说带来的一种写作上的惯性，但另一方面，也不能排除是作家主动选择的可能。因为，在唐传奇的创作中，同一作家有时在不同的文本中，对地理空间叙事功能的强与弱，有着完全不同的处理方式。如唐临虽然在《眭仁蒨》一篇中弱化了地理空间叙事功能，但他却在《冥报记》中的《康抱》一篇通过两次地理空间的转换推动了情节的发展：畏罪潜逃的康抱由隋长安城的安上门进入皇城，遇到老熟人曾某，没想到后来却被曾某出卖，旋即伏法；数日后曾某由太平里前往皇城，至善和里时遇到康抱的鬼魂，抱声明"已请天曹报杀卿"，曾最终丧命③。又如郑还古虽然有前文所举的《阴隐客》，但同是在他的《博异志》一集中，还有《李全质》这样将主人公的地理空间转换（从沂州到寿安县，再到三泉驿）与故事情节的因果链交织在一起的作品④。再如沈亚之，与《异梦录》一篇不同，他的《湘中怨解》的情节由郑生与汜人分别，再到十余年后的异地重逢，明显地借助了从洛阳到岳阳的地理空间的转换⑤。可见，在小说中如何发挥地理空

---

① 参见（宋）李昉编，张国风会校《太平广记会校》，北京燕山出版社 2011 年版，第 4912 页；鲁迅《古小说钩沉》，《鲁迅全集》第 8 卷，人民文学出版社 1973 年版，第 304 页。
② 参见（宋）李昉编，张国风会校《太平广记会校》，北京燕山出版社 2011 年版，第 4671—4672 页。
③ 参见（唐）唐临《冥报记》，中华书局 1992 年版，第 61—62 页。
④ 参见（唐）郑还古《博异志》，中华书局 1980 年版，第 32—33 页。
⑤ 参见（宋）李昉编，张国风会校《太平广记会校》，北京燕山出版社 2011 年版，第 4970—4971 页。

间的叙事功能这一问题上，这些作家都是"强（化）弱（化）兼善"的。因此，他们对于文本中地理空间的弱化处理，很可能不是因为不擅长强化的写法，而是根据题材或者情节模式的需要而有意为之的。

这种对地理空间叙事功能的有意弱化，在唐传奇中还有一种更精妙的表现：不是在全篇，而是在故事的主体部分弱化。具体地说，在小说的开头，作家运用一连串地理空间的转换，使情节快速地发展；再结合一些模糊性的行程与方位描述，将主人公一步步引入虚拟的空间中，完全挣脱了真实地理的束缚后，才真正进入到情节的高潮。如《补江总白猿传》，一开头叙梁平南将军蔺钦南征至桂林，攻破敌军；其后别将欧阳纥"略地至长乐"，这是一个明显的地理空间转换；然而，此后写欧阳纥带人寻妻的经过，文本中却几乎没有任何地名可寻：

……远所舍约二百里，南望一山，葱秀迥出。至其下，有深溪环之，乃编木以度。绝岩翠竹之间，时见红彩，闻笑语音。扪萝引絚，而陟其上，则嘉树列植，间以名花，其下绿芜，丰软如毯。清迥岑寂，杳然殊境。东向石门，有妇人数十，帔服鲜泽，嬉游歌笑，出入其中。见人皆慢视迟立。至则问曰……①

如果说欧阳纥一行"所舍"之地还是在长乐，那么二百里外的一座无名山，因为距离之前没有加上东西南北，事实上已经完全无法确定它准确的地理位置。而欧阳纥等人来到山下后，先是编木度溪，再扪萝攀山，最后才来到白猿囚禁妇人的石门中。就这样，一步步地，作者将文本中的人物引到了一个完全虚拟的、不受任何真实地名束缚的空间中，这才写众人杀猿救妇之举，又回溯白猿平素之习惯，皆是放笔写去，随心所欲。可见，《补江总白猿传》一篇对真实地理空间的弱化，是作家创作时的有意追求，因为这

---

① 参见（宋）李昉编，张国风会校《太平广记会校》，北京燕山出版社2011年版，第7952页。

样可以让故事主要发生在虚拟空间中，较大程度地释放自己的虚构能力。而从这篇小说的性质来看——如果真的像一些学者所认为的那样，是为了诽谤欧阳询而作，那么运用这样的笔法，就可以让文本中的地理空间无法一一坐实，避免因为年代的暌隔（唐人写南朝事）而可能造成的一些破绽。又如《李章武传》开头，叙李章武自长安至华州，初识王氏子妇，两情缱绻；8年后李章武自长安赴下邽访友，途中因思念王氏子妇，"乃回车涉渭"，至华州寻访故人。这一路线，与唐代长安、下邽、华州的地理空间分布，完全吻合，且通过地理空间的转换，推动了情节的发展。而接下来李章武与王氏之妇魂灵重会，那一大段凄婉缠绵的故事，都发生在"王氏之室"这一虚拟空间中[①]。这样的空间设置，除了可以给小说中的虚构提供更大的余地之外，也和此篇的爱情题材有关。王氏居室虽然是虚拟空间，但它是小范围的、封闭的、私密的，比地理空间更贴近日常生活；更重要的是，它是李章武和王氏曾经相守了 8 年的地方。作者将情节高潮安排在其中发生，让阴阳两隔的男女主人公在那里互诉衷肠，互道思念，既符合情节发展的逻辑，也增加了小说的感染力。再如《东阳夜怪录》，主人公成自虚离开渭南县城的东门后，在风雪中先是"行未数里"，然后"路出东阳驿南"，在"寻赤水谷口道"的途中，于"去驿不三四里，有下坞"之处，见到一座佛庙，在那里与化身为人形的骆驼、牛、驴、鸡、猫、狗、刺猬等即席赋诗[②]。小说主体部分的地理背景，完全是这座无法确定具体方位的、虚构的佛庙，没有发生任何改变。这样的空间处理方式，纵然与谐隐精怪小说主要靠人物在场景中的对话（特别是赋诗）而不是人物在不同空间中的行动来展开情节有一定关系；但它也可以使作者创作时有更大的自由度，按照自己的需要，任意伸展故事的长度。

---

① 参见（宋）李昉编，张国风会校《太平广记会校》，北京燕山出版社 2011 年版，第 5721—5724 页。

② 参见（宋）李昉编，张国风会校《太平广记会校》，北京燕山出版社 2011 年版，第 8787—8785 页。

总的来说，一些唐传奇作品中弱化地理空间的叙事功能，并非是作家机械模仿先唐小说、创新能力不足的结果；相反，应该是他们或出于题材和情节模式上的考虑，或出于表达效果上的考虑，在创作时有意为之。这样的写法，使地理空间完全弱化为故事的外壳，在挣脱真实地名的束缚的同时，突出了文本中虚拟空间的作用。在这种"有意的弱化"中，出现了两类不同的创作尝试，尽管分别只有一两篇"个案式"的文本，并没有构成时代的创作倾向或潮流，但它们在古代小说史上的意义却不容忽略。

其一是在弱化真实的地理空间的同时，突出虚拟的生活化空间。元稹的《莺莺传》一篇，虽然出现了蒲州、长安两个宏观地名，普救寺、靖安里两个微观地名，但主要的故事情节却发生在"中堂"、张生房中、莺莺所居之西厢、张生家中等一系列没有地理坐标的生活化空间①。尤其是"西厢"，甚至成为脍炙人口的典故。相类似的还有皇甫枚的《飞烟传》，尽管故事背后有"河南府"（洛阳）这一宏观地理空间作为背景，但是主要情节却发生在"庭前"（赵象独坐且赋诗）、"后庭"（赵象乘梯逾墙）、"堂中"（赵象与飞烟幽会）、"后庭"（武公业循墙至此，撞破飞烟私情）这样具体、狭小的空间之中②。这些空间，和《莺莺传》中的一样，大多是建筑物内部的空间。这样的设置，很可能和男女爱情的题材有关：作者通过虚拟的、贴近生活的、私密化的空间，可以更细致地表现男女双方的恋爱经过，同时也最大限度地消解了"宏大叙事"的可能。从某种意义上讲，它们事实上已经开《金瓶梅》与《红楼梦》的先河——后二者都是将主要情节安排在虚拟的建筑物内部空间的小说。

其二是在故事外部弱化真实的地理空间，在故事中却使用一套完全虚构的地名，构成所谓的"虚拟地理空间"。其代表性的作品当属李公佐的《南

---

① 参见（宋）李昉编，张国风会校《太平广记会校》，北京燕山出版社2011年版，第8761—8767页。

② 参见（宋）李昉编，张国风会校《太平广记会校》，北京燕山出版社2011年版，第8793—8796页。

柯太守传》。从淳于棼做梦到梦醒，他始终是在广陵郡（扬州），但这一由真实地名构成的地理空间，对小说的情节发展并没有直接的作用；而在淳于棼的梦中，李公佐使用了"大槐安国""东华馆""修义宫""灵龟山""南柯郡""瑶台城""盘龙冈"等一系列虚构的地名①，从而为虚拟的梦幻空间赋予了地理空间的维度——在叙事时，他可以直接点出具体的地名，并且安排相应的情节；而伴随着这些虚拟地理空间的转换，淳于棼梦中的命运也是大起大落。尽管在唐传奇中，对于虚拟地理空间的运用，似乎只有这样一个比较明显的例子，但在后世的长篇章回体神魔小说中，此类写作技巧可以说是屡见不鲜。对这一问题，下文还会有相关的讨论，在此先不赘述。

当然，对地理空间叙事功能的淡化也是有限度的，其底线是至少小说文本中要出现一个地名作为故事的背景空间。而此种笔法运用到极端，竟然出现了牛僧孺《玄怪录》中《古元之》那样没有出现任何地名的作品。尽管在先唐的笔记体小说中，可以找到很多条没有地理背景的作品，如《异苑》中的《郑玄》《管辂》《王戎》等条，《幽明录》中的《新死鬼》《陈仙》等条，但它们毕竟只是"粗陈梗概"，重心在故事上，不设置地理背景可以理解；而像《古元之》这样已经属于传奇体的作品，篇幅比笔记体长出不少，描写也更精细，却没有明确的地理空间，堪称唐传奇中地理空间处理的一种新变。应该说，《古元之》的问世不是偶然的，它与牛僧孺的小说创作倾向有直接的关系：如果说《玄怪录》中的《元无有》是通过主人公的姓名堂而皇之地标榜故事的虚构性的话，那么，《古元之》则是通过地理背景的彻底消失表现出作者完全不求征实的轻松心态。只是，此篇中既然没有地理空间，也就谈不上对它的强化或者弱化，在此就不展开论述了。

值得注意的是，在唐传奇之后的传奇体文言小说中，无论是宋代的《绿珠传》《赵飞燕别传》《迷楼记》《海山记》《隋遗录》等，还是明代的所谓"诗文小说"，以及清代《聊斋志异》中的部分作品，对地理空间叙事

---

① 参见（宋）李昉编，张国风会校《太平广记会校》，北京燕山出版社2011年版，第8547—8553页。

功能的弱化始终是一种不能忽视的倾向。而在早期的话本小说中，如《清平山堂话本》所收的《刎颈鸳鸯会》《快嘴李翠莲记》《张子房慕道记》三篇，其中的地理空间也非常弱化。一个可能的原因是，作为《六十家小说》中与讲唱文学关系最为密切的三篇①，它们原来在被艺人讲唱时，其重心在于韵语部分而非散说部分——既然故事本身就不重要，地理背景更是可以随意设置和弱化了；而相应的"看官"似乎也是欣赏韵语而非散说，更不关心什么地理背景。到了章回小说问世，由于大多为长篇巨制，作家再也不可能在全篇弱化地理空间。例如明代董说的《西游补》，主要的故事情节发生在孙悟空的梦中，可以说是一个虚拟空间；但因为这一梦长达十几回的篇幅，作者无法在不依赖任何地点坐标的情况下进行叙事，所以他启用了"青青世界""古人世界""未来世界"等虚拟地理空间②。又如清代张南庄的《何典》，其故事情节完全发生在阴间（所谓"阴山"），本来已经完全摆脱了真实的地理空间，但为了方便叙述人物行动，也不得不建立起一套阴间的地名系统，如"三家村""打狗湾""孟婆庄""五脏庙"等③，相当于形成了虚拟地理空间。如此看来，对地理空间绝对的弱化，必然受制于作品的长度和叙事的需要，因此只能存在于笔记体、传奇体、话本体这样短篇的作品中（其实传奇体作品中也有反例，如前文所举的《南柯太守传》）；到了长篇小说中，只能存在"相对的弱化"，意即将故事外部的地理空间作为纯粹的背景，而在与故事主体部分相关的虚拟空间中，再开拓出一系列虚拟地理空间，将人物与情节置于其中。事实上，这是对地理空间"否定之否定"的变相依赖，不能不说是中国古代小说中一个有意思的创作规律。

总而言之，伴随着古代小说文体的变迁，小说中的地理空间文本功能也

---

① 叶德均将《刎颈鸳鸯会》列入"乐曲系"的讲唱文学，《快嘴李翠莲记》列入"诗赞系"的讲唱文学。参见叶德均《宋元明讲唱文学》，古典文学出版社1957年版，第2、3页。龙潜庵认为《张子房慕道记》是"陶真的遗响"，萧相恺则怀疑此篇系由道情改编而来。参见龙潜庵《寻常巷陌——穿梭宋元话本之间》，江苏古籍出版社1992年版，第185页；萧相恺《宋元小说史》，浙江古籍出版社1997年版，第130页。

② 参见（明）董说撰，李前程校注《〈西游补〉校注》，昆仑出版社2011年版，第1—208页。

③ 参见（清）张南庄《何典》，中国盲文出版社2003年版，第1—210页。

在不断创新和发展。相对于"粗陈梗概"的笔记体小说，唐传奇的篇幅增长、叙事委曲。为了适应这一新的文体规范，在一部分作品中，作者强化了地理空间的叙事功能，主要表现在通过地理空间的连续转换来推动故事情节的发展；而在另一部分作品中，则有意弱化地理空间的叙事功能，主要表现为故事情节的发展挣脱了具体地名的束缚，其中，《莺莺传》《飞烟传》对于虚拟生活化空间的突出，事实上已开《金瓶梅》《红楼梦》空间叙事的先河；《南柯太守传》则在虚拟空间中又"否定之否定"地开拓出若干虚拟地理空间，对于《西游补》《何典》等长篇章回体神魔小说中的空间设置或有一定影响。唐代以后，对地理空间叙事功能的强化或弱化，在传奇体、话本体和章回体小说中都得到了广泛的运用，从而成为一种具有普遍意义的写作技巧。

论奥华作家方丽娜小说中的"故乡"与"异乡"

曾小月　卢依依[*]

一　"故乡—异乡"的书写模式

小说精选集《夜蝴蝶：方丽娜小说精选》收录了方丽娜迄今为止最重要的六部小说作品。仔细阅读完该小说集后，笔者认为，故乡和异乡构成了方丽娜小说的核心地理空间意象。为便于把握作品当中的"双乡"书写模式，笔者将方丽娜六部代表小说中的地点、故事线索、人物关系等元素以文图结合的方式呈现出来。

如图1所示，《夜蝴蝶》《魔笛》《斯特拉斯堡之恋》可以归结为由异乡到故乡的"回乡"模式代表作。要明确的是，这里的"故乡"既包括主人公从小生活的地方，也包括主人公曾经生活过一段时间，在人生中占据了重要地位的地方，比如《夜蝴蝶》中主人公工作分配去的函镇。从内容上看，主人公在异乡获得了事业的成功，衣锦还乡，或者像第三部小说《斯特拉斯堡之恋》一样通过回忆"回到"记忆中的故乡。与他们在异乡取得的成功相比，对故乡的回忆充满苦涩和遗憾，不堪回首，这份遗憾均表现为爱情的不顺。从结构和叙事上看，这三部小说的结构比较简单，趋向一种由"异乡"指向为"故乡"的单线叙事结构。《夜蝴蝶》和《魔笛》均以男性主

---

[*] 曾小月，汕头大学文学院副教授；卢依依，汕头大学文学院研究生。

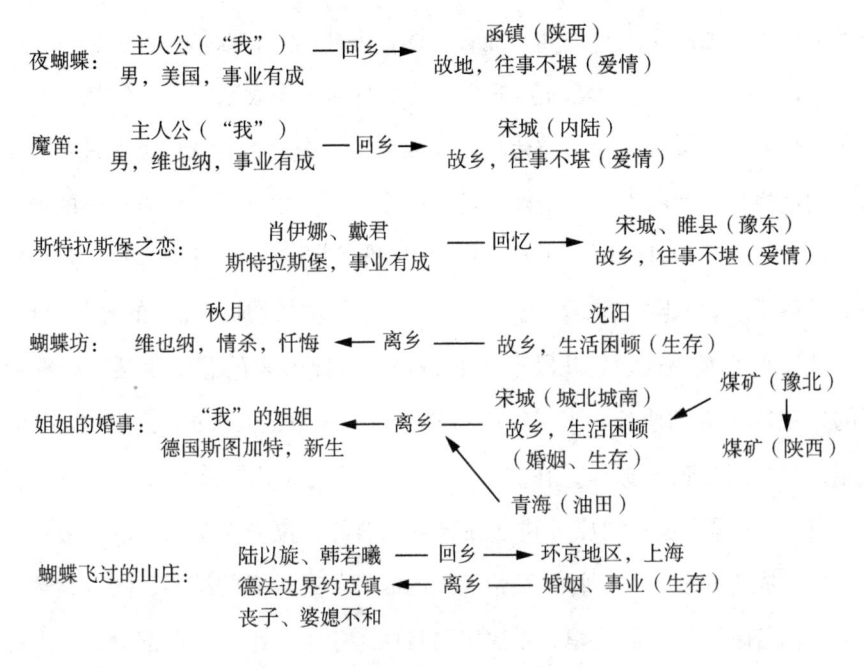

```
夜蝴蝶：   主人公("我")        —回乡→    函镇（陕西）
           男，美国，事业有成              故地，往事不堪（爱情）

魔笛：     主人公("我")        —回乡→    宋城（内陆）
           男，维也纳，事业有成            故乡，往事不堪（爱情）

斯特拉斯堡之恋： 肖伊娜、戴君    —回忆→   宋城、睢县（豫东）
                斯特拉斯堡，事业有成       故乡，往事不堪（爱情）

              秋月                       沈阳
蝴蝶坊：   维也纳，情杀，忏悔  ←离乡—    故乡，生活困顿（生存）

                                                    煤矿（豫北）
姐姐的婚事： "我"的姐姐      ←离乡—    宋城（城北城南）    ↓
             德国斯图加特，新生          故乡，生活困顿     煤矿（陕西）
                                        （婚姻、生存）
                                          ↑
                                        青海（油田）

蝴蝶飞过的山庄： 陆以旋、韩若曦  —回乡→   环京地区，上海
                德法边界约克镇  ←离乡—   婚姻、事业（生存）
                丧子、婆媳不和
```

图1　《夜蝴蝶》等六部小说的结构示意

人公"我"的第一人称视角进行叙事，两位男主人公的形象也高度重合，都是通过考学在国外获得了较高的社会地位和收入，身处生活条件优渥的中产阶级。《斯特拉斯堡之恋》中的肖伊娜，除去性别以外，人生经历上也大差不差。《夜蝴蝶》是作家早期的作品，这篇小说的文笔还不够老练，在故事后半段陆雪参加舞会这一情节中，叙事视角从男主人公"我"的视角忽然切换为陆雪的视角，所叙述故事情节的时间先后逻辑也比较混乱。《斯特拉斯堡之恋》中虽然有两位主角——肖伊娜和戴君，但故事主要以肖伊娜的经历为线索，且只有一条叙事线。

《蝴蝶坊》《姐姐的婚事》《蝴蝶飞过的山庄》则可以归纳为从故乡到异乡的"离乡"模式：主人公在故乡婚姻破裂或遭受生存困境，通过各种手段背井离乡，在一个新的国家讨生活，遭遇生活的新挑战。从这三部小说可以看出，作者的写作趋于精湛。从内容上看，《蝴蝶坊》是作者所有小说中虚构色彩最强烈的一部，主人公离乡的手段开始非正常化，不同于前三部作品的主人公通过个人努力和学业晋升途径去往国外，获得一份社会认可的工作和体面的生活。《蝴蝶坊》的主人公秋月通过偷渡来到维也纳从事非法性服务行业，在异乡社会不被待见，在故乡亲邻中也不受认可。秋月在异乡遇到的危机极富戏剧性，两个妓女对同一个客人产生好感，由争风吃醋带来情杀，秋月杀死了她的同行姐妹。最后在宗教的熏染下，忏悔赎罪，获得精神上的解脱。《姐姐的婚事》则一反前作《蝴蝶坊》，具有强烈的自传色彩，以"我"的视角描述姐姐几段不幸的婚姻和由此带来的悲惨生活，暗线穿插的"我"本人的成长、求学经历同前三部小说中主人公的经历基本相同，结尾处姐姐因爱情而振作，在"我"的安排下前往德国旅行探亲，故事在此结束。《蝴蝶飞过的山庄》讲述在异乡偶遇的两位华人女性由于性格和经历的契合成为好友，在精神上互帮互助的故事。在故事的结尾，陆以旋意外丧子，韩若曦因复杂的婆媳关系决定独自回国生子。小说尾声部分，陆以旋写信安慰若曦，并建议和若曦共同养育孩子，两位女性在异国他乡通过同性之间的互助使不圆满的生活获得圆满。从结构上看，《蝴蝶坊》还是简单的单线叙事，但主人公的行走轨迹指向了异乡，《姐姐的婚事》可视为两姐妹的经历明暗线交织，《蝴蝶飞过的山庄》采用双线叙事，在结尾又归于一处。

二 "故乡""异乡"的地理意象分析

曾大兴教授将文学地理学的研究方法归纳为五种：系地法、现地研究法、空间分析法、区域分异法和区域比较法。[①] 接下来，我们将结合其中的三种研究方法进行文本阐释。

1. 系地法

所谓系地法，就是针对文学作品中故事发生的场所展开分析的方法。就方丽娜的这六部小说而言，首先可以考察其文本中"故乡"所在地的原型。

---

① 参见曾大兴《文学地理学的研究方法》，《人文杂志》2016 年第 5 期。

在作家的几部小说中,"宋城"是出现频率最高的地点,它是《魔笛》、《斯特拉斯堡之恋》和《姐姐的婚事》中主人公的故乡。借助这几部作品中对宋城的描述,我们大致了解到,宋城是一个中国内陆城镇。而结合作家的成长经历,更加可以判定,宋城的原型大致位于河南北部。宋城无山无水,干燥多尘,附近有一座煤矿和几所学校,陇海铁路穿行其中,周边可能还有一些村县。除宋城附近的煤矿外,《姐姐的婚事》中还提到了距离宋城500公里开外的另一座煤矿,结合《夜蝴蝶》中提到的函镇,初步推断这是同一座煤矿,位于陕西函谷关附近。《蝴蝶坊》和《蝴蝶飞过的山庄》较为脱离作者的生活经验,虚构性较强,主人公的故乡没有设定为宋城,而设置在沈阳、环京地区和上海,暂且排除在外不作考虑。至此我们可以描绘出一幅关于小说中故乡的地图。

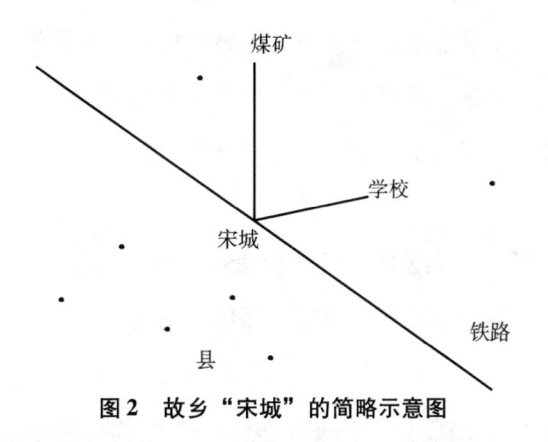

图2 故乡"宋城"的简略示意图

(煤矿、学校和县的位置仅表明与宋城的相对位置,其确切距离和方位不得而知)

小说中提到的"异乡"大都指名道姓,是现实中存在的地理地点,出现频率较高的地点在德国边境或德国境内,以及维也纳,大致圈定在中欧德国和奥地利所在的区域。

我们在前文中将方丽娜这六部小说归结为"故乡—异乡"模式,在前三部小说中叙事模式多指向故乡,是"回乡"模式,而后三部小说则倾向于异乡书写,是"离乡"模式。根据上文对"故乡"和"异乡"两地地理原型的考察,可以得出,"宋城"及其周边城镇将"故乡"凝缩成一个地理意象，即一个以第二产业为经济支柱，依靠煤矿开采和铁路运输作为当地主要经济来源的中国内陆城镇。相对应的，将"异乡"具象为一个以德国奥地利地区为核心的中欧城市。

2. 区域分异法

区域分异法可类比于文学史研究中的"分段分期法"，根据不同的自然或文化地理特征将文学进行区域分异。① 一方水土养一方人，中国地域辽阔，地形复杂，气候多样，各地的地形地势、气候特征不同，导致了各地不同的经济产业，以及差异甚大的文化环境。我们首先运用区域分异法将宋城纳入整个中华文化下属的某一地区的文化地理谱系。

方丽娜小说带有较明显的个人生活经验痕迹，她笔下代表"故乡"的宋城，具有强烈的地域特色，小说中也特别强调这点，不仅重复点明宋城的地理特征，并引用了其他地理意象凸显宋城的特点。事物的特征总在它们与其他事物的关系中体现，通过分析小说中几个地理意象之间的区别和联系，将宋城放在小说涉及的地理图谱中考察，可以看到一个更清晰的宋城——"故乡"形象。

在《魔笛》中，主人公暗恋的老师桑雅来自福建泉州的一个海边渔村，其父是宋城人，饱受中原文化的熏陶，而母亲则在海边长大，二人在生活习惯和性格上大相径庭。桑雅兼具父母二人的特点，又同时具有在宋城和泉州的生活经历，她的身上除了宋城的气息外，更有宋城没有的海洋文化的气息。文中桑雅父亲的形象代表了宋城的形象：环境朴素、生活单调、强调纪律和服从，以母亲为代表的泉州，山清水秀，历史上就曾是著名的通商港口。桑雅随姨妈一家由泉州赴英国留学这一情节，体现出泉州相对于宋城更加宜居的环境条件和更加开放自由、饱含机遇的生存环境。宋城与泉州是两个特点相异的地理意象，泉州在文中起到了对比作用。反衬出宋城闭塞的地理环境，及由此导致的艰苦、单调的生活。

---

① 参见曾大兴《文学地理学的研究方法》，《人文杂志》2016年第5期。

《夜蝴蝶》中位于陕西的函镇，《蝴蝶坊》中的沈阳，《姐姐的婚事》中姐姐前后两任丈夫的工作所在地陕西、青海，与宋城是彼此类似的地理意象。它们的共同点在于，都是内陆城市、以能源开采等重工业为经济支柱，生存环境恶劣且穷困。它们起到正向强调宋城的作用。

由此可以看出，宋城所代表的"故乡"指向较为艰苦的生活，这种生活与其地理环境息息相关。

3. 区域比较法

区域比较法是一种横向的、共识的研究，是不同区域文学的比较或影响研究。① 上一节通过同在中国文化谱系的宋城和其他地理地点的比较，我们确定了小说中的"故乡"的地理特点。本节我们将把宋城这一地理意象与"异乡"形象进行对比，探讨"异乡"形象及其文化所指。

在前文中，我们将"异乡"凝缩为一个以德国和奥地利为文化基础的中欧城市。从地理位置上看，德国和奥地利位于欧洲中西部，两个国家相互毗邻。从历史上看，两个民族一衣带水。近代德国建立统一国家以前，奥地利一直是德意志地区影响力巨大的诸侯国，尤其在神圣罗马帝国中后期，哈布斯堡家族垄断帝位，实质上统治了帝国治理下的日耳曼尼亚地区。第二次世界大战时期德、奥合并，奥地利受德国统治长达 7 年之久。两国都将德语作为官方语言，在文学上同属德语文学圈。德、奥两国是欧陆文化的一个代表，区别于英国的海岛文化和南欧的地中海文化等。

在小说中，"异乡"的形象既具体又模糊，一方面，小说中提到的外国地点是具体的、客观存在的；另一方面，当我们试图从这些地点中抽取出一个更抽象的"异乡"形象时，我们发现，这个"异乡"形象似乎很难像概括"故乡"形象那样用一系列确凿的词语去勾勒其地理特征。笔者认为，这或许与作家的文化背景有关。作为移民，母国文化根植于作家心中，异国文化即便是具有冲击力，也无法撼动中国文化在华人移民作家心中的地位。

---

① 参见曾大兴《文学地理学的研究方法》，《人文杂志》2016 年第 5 期。

此外，首次接触到异国城市的华人作家，着眼于这些城市与母国故乡在外部特征上的差异描写。随着他们步履的进程，以及对异国文化的深入了解，才逐渐对异国城市、异国文化有清晰、全面的把握。因此，在方丽娜移民之初，其笔下的异乡描摹不免有些雾里看花的朦胧感。

有意思的是，根据小说中提供的地理信息提取出来的"故乡""异乡"地理意象中，"故乡"的形象偏重描绘其经济，而"异乡"形象偏重描绘文化氛围。仔细探究，可以发现提到"故乡"时，作家往往追述煤矿、尘土、铁路，勾勒出一个生活艰苦、环境恶劣的旧工业城市轮廓；当提到"异乡"时，作者则多描写这些城市带有历史文化背景的地标建筑，显示城市的文化底蕴，或是刻画城市郊区的森林和乡村，展现出朴素典雅的田园风光。可见，文本中的"故乡"印象色彩灰暗，象征闭塞与苦闷，而"异乡"却色彩鲜明，令人备感轻松典雅。《魔笛》、《斯特拉斯堡之恋》和《姐姐的婚事》中的描写重心在故乡，故事发生地及重点描绘场所都位于故乡，而《蝴蝶坊》《姐姐的婚事》《蝴蝶飞过的山庄》的地理叙事重心则落在异乡。从"故乡"到"异乡"，是现实到理想、物质到精神的过程，暗喻了以主人公为代表的海外华人自强不息、在奋斗中开辟人生新天地的过程。

三 跨域书写的审美意义

1. 怀乡与离乡

在中国内陆经济还不发达的年代，生活条件的艰难、自然环境的闭塞促动了许多奋斗者尝试离开困苦的故乡，去往异地寻求更广阔的发展机会，其中不乏跨越国界，到欧美发达国家闯荡谋生的新移民。环境、困难、挑战和机遇让主人公走向更广阔的世界。当然，另一个异域空间的生活同样伴随着挑战。方丽娜小说中移居奥地利的主人公在谋求到稳定的物质生活之后，便开始向着来时的路一一梳理，追忆母国故乡，寻找精神家园。《夜蝴蝶》等六部小说很好地反映了海外华人的奋斗轨迹和心路历程。《夜蝴蝶》、《魔笛》和《斯特拉斯堡之恋》的结构与故事主题高度相似，就在于它们都以割舍不断的爱情隐喻对家乡及早期生命记忆的怀念。

但当回忆过后，过往生活中苦涩的部分也因跨越时空的审视变得清晰。邹建军教授提出：新移民文学和以往移民文学最大的不同，便是新移民作家对于故土的追忆并非以"落叶归根"为旨归，与此相反，在怀乡的同时他们更渴望自我放逐、走出家园。新移民作家同时拥有深切的怀乡意识和决绝的离乡意识。① 于是我们可以看到，在方丽娜随后创作的小说，如《蝴蝶坊》《姐姐的婚事》《蝴蝶飞过的山庄》中，作者不再描写归乡这一过程，而是调转方向，极尽可能地展现主人公从故乡跳脱到异乡的过程，故事也变得虚幻起来。除《姐姐的婚事》外，另外两篇小说的虚构性也体现了作家写作能力的提升。《蝴蝶坊》对宗教方面进行思考，尝试从更高的精神层面寻求主人公对生活困境的突破。《蝴蝶飞过的山庄》采用复杂的叙事方式，通过女性之间的互助，最终为两个主人公找到了生活的最优解。与《夜蝴蝶》《魔笛》《斯特拉斯堡之恋》相比，《蝴蝶坊》《姐姐的婚事》《蝴蝶飞过的山庄》注重展现海外华人新移民在异国他乡的奋斗经历，以及他们迎难而上的心路历程。这种创作主题上的前后转变诚然受作者的内心变化所驱使，但其思想意图的艺术化呈现则基本是通过"两乡"模式的地理叙事才得以实现的。在对地理故乡的追忆中，唤醒了作家刻骨铭心的母国经验；在对他乡文化的感悟中，重构了作家宏阔包容的世界胸怀。

2. 跨域生存与中国经验

《蝴蝶坊》《姐姐的婚事》《蝴蝶飞过的山庄》中所具有的虚幻性色彩，以及写作上的尝试，体现了方丽娜对华人新移民在异乡奋斗的思考，即如何在全新的异质空间中寻找出口，成功突围。虽然，陆以旋、韩若曦这类角色的经历还停留在考学、打黑工、跨国婚姻等一系列现实生活层面的描写；但值得一提的是，陆、韩二人，韩因婚姻破裂，决定独自回国生子，陆则意外丧子，本着同为华人移民且同为女性的心理，而毅然提议让两个家庭共同养

---

① 参见邹建军、王娜《从原乡、异乡到世界——新移民小说中三重地理空间的跨界书写》，《华文文学》2009 年第 6 期。

育孩子。这体现出了一种超越个人和集体、友情和爱情，近似于将他人视为血脉同胞的博爱精神。

此外，作家试图借用对秋月这个角色的虚构写作，深入讨论华人移民女性的精神历险。这个因生活堕入风尘的女子，在俗世的裹挟中逐渐陷入情欲、杀人的罪恶泥沼。她因承受不住精神重压连夜奔逃，在教堂里受到感化而自首，最终作为一名志愿者竭尽全力帮助和劝诫仍然从事性服务行业的底层移民。秋月的忏悔，体现她对宗教精神的理解和接受，但是这并不代表秋月就完全变成了天主教徒。"与其死无葬身之地，不如豁出去了。东北女人的血性，再一次占了上风。"① 虽然经过了宗教赎罪精神的洗涤，但最终让秋月做出自首行动的，还是骨子里"叶落归根"的中国经验中敢作敢为、主动拼搏和忍耐苦难的精神品质。

身处社会底层的秋月，在经历了人生重大转折后既加深了对异国文化的理解，又诠释了中国文化的现代精神。对她而言，对异乡文化的认知是多了一种看待生活的方式，而不是对原有文化传统的替换。正如邹建军教授对《邮购新娘》的解析，这种文化选择"既不固守在本民族的文化中作茧自缚，也未向异域文化作谄媚的趋附"，而是"接受异域文化中的健康因子，体现本土与异国之间的文化张力：相互对抗，又相互渗透"②。

"越来越多的中国人，正在世界的各个角落默默地为了理想而努力。他们虽都秉持着中国人性格中的坚韧与敦厚，却也各有各的故事，各有各的心情。"③ 作家从现实地理意象出发，构筑出"故乡"和"异乡"两个地理意象，以"故乡—异乡"地理空间为叙事模式，将自己对回乡和离乡的思考放置其中，以小说书写的方式寄寓海外华人作家的心曲。

---

① 方丽娜：《夜蝴蝶（方丽娜小说精选）》，作家出版社2019年版，第165页。
② 邹建军、王娜：《从原乡、异乡到世界——新移民小说中三重地理空间的跨界书写》，《华文文学》2009年第6期。
③ 方丽娜：《蓝色乡愁》，鹭江出版社2017年版，第56页。

制度与文学地理

文官避籍制与清代西南边省文学论纲

方丽萍*

古代任官实行籍贯回避制度（避籍制），回避范围各不相同，清代是回避本省。广西、云南、贵州属边徼之地，清前多为土司统治。改土归流后，大量的文化精英避籍至三省为官。"文官不幸边地幸"，边省"江山"获文官之"助"——地方文化进步、文学发展繁荣，走出西南的本籍士人不断增加，边省与全国的经济、文化距离逐渐缩小；文官也获益于西南"江山之助"，眼界、思想、创作均有一定程度的提升。

一 与"籍"相关的问题

籍贯（郡望是广义的籍贯）是古代文学中一直存在的概念。无论是史籍中的传记，总集中的作者小传，还是诗话、文化中的作家品鉴，"籍"与文人如影随形、不离不弃。有以"籍"代称作家，如韩昌黎、柳河东、临川先生等，有以"籍"代指风格，如"徐干时有齐气"（《典论·论文》）。古代"籍"包含着很多重要的信息，如代表着家乡、故园、成长的地方，意味着与当地地域文化、地域性格的联结，还有着身份的确认，如只能在本籍参加科举，不得"冒籍"。

地方诗文总集的编者都面临着"籍"的两难——如何界定地域文学的

---

* 方丽萍，玉林师范学院文学与传媒学院教授。

主体？是只限于本籍作家还是包括所有曾涉足此地的游宦、迁客等"亲历者"？前者需要解决内容问题：离开家乡后，创作内容与家乡无涉的诗文收不收？后者则要考虑是否收录作家离开后与本地有关的诗文，如回忆此期经历，与本地文士之后的诗文往来等。无论是前者的"系人"还是后者的"系地"，都很难做到地域、文学与文人的周全。

此外，地方诗文总集的编纂者因所面向的地域不同，遇到的问题也不同。文化发达地区的总集编纂者，拥有丰富的优质作家、作品资源，选择对象多，余地大，只需要考虑具体的取舍。但在文化历史不够久远、文化不发达的地区，如广西，本土成长起来的作家极少，"一个高僧两名士，二千年内见三人"，作品更是稀缺。编纂地域诗文总集，"食材"严重不足，因此，编纂者们只能选择"系地"——不论出处，只要与本地区有关的全部收录，如贵州收李白，柳州收柳宗元，宜州收黄庭坚，滕州收秦观等。但此举在当时就被批评，"援引殊方已负盛名之古人为闾里荣，自形方隅之隘"[1]，"取千古第一诗人以文此邦之僻陋"[2]。

与"籍"相关的还有制度问题：在某些朝代，高级官员致仕回原籍终老需要皇帝特批等[3]；几乎在所有的时代，都有回避籍贯（简称"避籍制"）——官员不得在自己籍贯所在地任职。这是一项为防止官员利用亲缘、乡缘结党营私而制定的制度，始于西汉，主要针对文官。各朝代须回避的"籍"的范围有所不同，唐时是回避籍贯所在的府县，明代和清初都是回避本省。清中期时发现此规定有漏洞：如果在两省交界处任职，仕宦地与本籍实际距离可能很近，于是便补充"五百里"指的是两地之间路程距离，之后又补充路程之路包括小路。

清代的避籍制规定最为细致，执行也最为严格。清人也开始反思这一制

---

[1] 袁文揆：《国朝流寓诗略序》，嘉庆五年刻本。
[2] 萧若钦：《重修碑亭记》，郑珍、莫友芝编纂，遵义市地方志编纂委员会办公室整理点校：《遵义府志》卷10，巴蜀书社2013年版，第174页。
[3] 方丽萍：《北宋士人的地理意识与家乡观念——从欧阳修的"思颍"与"薄吉州"入手》，《临沂大学学报》2016年第4期。

度。顾炎武认为这是一个起于"人主"不开诚布公、不信任臣下而产生的公私两害的制度①。章太炎则持反对意见，认为避籍制是一个于偏远落后地区有益无害的制度，"赖远宦互革其俗，互增其见闻"，相反，不避籍"其害于文明也最甚"②。来自历史现场的任何解释，均有其合理性，需要进一步辨析，但可以肯定的是，避籍制对于抑制朋党、巩固统一的中央政权、发展偏远地区的经济文化是有益无害的。经济文化不发达地区，如文化同质、行政一体的滇桂黔三省，通过避籍制官员所带来的文化的交往、交流与交融，地方文化水平大幅度提升、地方知识人才的产出、与中央王朝的关系、对中华文化的认同、各民族间的交往交流交融等，均得益于避籍制的执行。③

雍正、乾隆年间的官场，发生了几件与"籍"有关的事件。雍正时，广西人谢济世弹劾田文镜，其家乡巡抚李绂被怀疑是幕后主使，后来雍正将李绂主持编纂的《广西通志》查禁，理由是"率意徇情，瞻顾桑梓"——大肆凸显在广西的江西人的功德。雍正末，广西人陈宏谋回乡为父亲守制时发现巡抚金鉷虚报垦田数，屡次上书请求查处，一直未被注意。乾隆登基后，陈宏谋第四次上书。皇帝的批复超出所有人的想象："粤人屡陈粤事，恐启乡绅挟持朝议之渐。"陈宏谋受到职降三级的处罚。此后，陈宏谋就把母亲、兄弟等家人带在身边，非但再未足履家乡土地，而且在各种场合，如家信、施政文告等中反复声明自己与家乡全无私交。这些偶然、频发的历史事件背后有一共同的逻辑，在清朝君臣眼中，"籍"并不仅仅说明官员的出处，在不同身份的人看来有着不同的含义：君王认为"籍"是滋生朋党的土壤，有空间交集，就有可能结党营私；臣下以为"籍"是嫌猜、是畏忌，与"籍"有关的一切，很容易给自己带来不必要的麻烦，必须小心回避。因此，清代官员附着在"籍"上的情感比前代、比布衣文士有很大的不同。

---

① 顾炎武著，黄汝成集释，栾保群、吕宗力校点：《日知录集释》卷8《法制》，上海古籍出版社2014年版，第192—193页。
② 章太炎：《訄书》，中国文史出版社2003年版，第195—196页。
③ 方丽萍：《"葵藿倾太阳"——来自清代西南地区士人身份与空间的考察》，《文艺评论》2021年第12期。

籍贯回避制的副产品——籍贯畏忌现象已比较普遍、比较严重。从这一点来说，顾炎武的观点毫无疑问是正确的。

二 避籍制与西南文学

清代的广西、贵州、云南属"恶宦"，避籍制下进入这三省的官员有众多的著名人物，清代思想史、学术史、文学史上诸多著名人物，大都曾在这三省有或长或短的避籍至西南的经历，如阮元、翁方纲、吴嵩梁、赵翼、洪亮吉、舒位、查慎行、王引之、贺长龄、何绍基、程恩泽、胡林翼、严修、赵尔巽、段玉裁、王昶、梁章钜、康有为等。他们大多来自文化发达的山东、湖南、江西、江南等省份，基本以寒门科举出身为主，大多属清代官场的边缘人物，或者是初入宦途。有部分官员携带家属赴任，西南对他们的后代也会产生影响，如张之洞就成长于贵州兴义。

（一）避籍制下西南边省文官的仕宦态度

滇桂黔三省在清代地理、气候条件、物质基础、精神生活、民族构成等方面都与内地有很大差异，属于"恶宦"之地。对于任职西南者，亲朋师友的赠别诗大都鼓励他们克服困难，勤政爱民，造福地方。他们本人的态度比较复杂，且随着时间的变化有所变化，呈现出阶段性特征。概括起来主要体现为以下四种。

第一，恪尽职守，稳健行政。儒家知识分子成圣成贤、兼济天下的情怀使得绝大部分避籍至西南的士大夫官员全力投入地方的管理与建设中。他们期待改变西南贫瘠落后的地方面貌，期待为官一任，造福一方，力所能及地荫庇西南百姓。如于成龙赴广西罗成知县任前给朋友信中所写那样，"某此行绝不以温饱为念，所自信者，天理良心四字而已"。①

---

① 徐珂：《清稗类钞·吏治》第 10 册，"于清端问民疾苦"条，商务印书馆 1912 年版，第 3 页。

第二,"江山信美即吾土"。"人有适荒陬远徼者,见异域之人,引而近之,亲之爱之,若兄弟宗族。"① 西南独特的自然、气候条件使得避籍至此的地方文官产生了审美惊喜甚至是审美亢奋,他们认同西南、赞美西南,自适其适,"以官为家"。有些人甚至终身留任西南不求离去,如南皮人张锳。很多官员写诗反驳既往对西南的妖魔化,如洪亮吉言"谁云鬼方恶,直欲胜宣歙","谁言播州恶,土脉较疏通",甚至计划"他年拟抽簪,卜筑于此寄"。②

第三,自我放逐与孤芳自赏。唐宋时期,广西、云南、贵州历史上一直是官员的贬谪之所,如柳宗元、刘禹锡、李白、苏轼等都或贬官至此,或贬谪途经,黄庭坚、秦观还客死于此。此地民族矛盾尖锐,叛乱频发,气候与中土的差异较大,被认为是瘴疠之乡。在此为官,多性命之忧,政绩也很难被皇帝看到。官员至此,容易与逐臣产生情感的共鸣,与孤芳自赏、归隐、羁旅等传统文学主题有较多的共鸣。

第四,"期满秩迁去"。这一类心态有,但不普遍,且往往出现在官员初任及初至西南时。因为清王朝用官的随意性比较大,且朝廷对西南官员的照顾政策(任期比内地短一年),加上北方官员无法骤然适应西南潮湿闷热的天气以及过于简陋的物质条件,有官员会在西南熬日月,等待迁官。赵翼初任镇安时即以身体、家庭、能力等原因请辞。在广州一年再授水西时也曾动过辞职的念头,但被朋友劝说后放弃了。原因是清朝专制的官场环境不允许人们挑挑拣拣,所以基本只是朋友间的牢骚之语,很少有直接上书表达对拣选西南不满。赵翼也是直至辞官获允后才在诗中提及此事。

总之,尽管是"恶宦"之地,但绝大多数避籍至三省为官者还是努力克服困难、忠于职守、积极行政,以父母官的姿态管理地方,是真正的造福西南的父母官。

---

① 唐鉴:《族谱说》,唐鉴撰,李健美校点:《唐鉴集》,岳麓书社2010年版,第61页。
② 赵翼:《瓯北集》卷16,上海古籍出版社1997年版,第323页。

（二）边省文官的西南文化举措与文化目标

文官们进入西南后，做得最多、成效最好的事情是建学校、兴教育。如云贵总督贺长龄，"其待士也，尤加意焉，养之教之，奋而鼓之，循而导之，优游而涵育之，扩充其所已能，辅翼其所未逮，父之于子，师之于弟，不是过也"①。文官们在西南所办教育主要有两类。

第一类是精英教育，提高"以考课为主"的书院教育质量。他们为读书士子提供物质支持、人际帮助、精神鼓励、知识帮扶，或者定期亲自到书院授课（官课），为书院聘请优秀的山长教习。这其中出现了不少感动人心的故事，如兴义知府张锳，自费购买大量灯油，每天晚上派差人在城内巡视，发现有读书士子即为他们添灯油，"知府添油劝学"令当地士人备受鼓舞，更加发奋努力。他们倡导"举业与德业并重"的育人思想，要求士子制艺、时文水平提高的同时，也要读圣贤书，不断提高道德水平。

第二类是基础教育，包括义学与社学，为的是"淑其性情，使知礼义也"②。其主要是向地区青少年普及文化常识，教授他们一些基本的生存技能，如识字、计算等。有些官员还制定了对土司阻挠有读书意愿的孩子入学的限制措施。在这个过程中，出现了一些致力于民族平等教育的地方官，如曾两度为广西平乐知县，后升任贵州按察使，曾为曾国藩老师的唐鉴，"官平乐时，延纳人士入署，亲与讲授，设立义塾，诲诱寒畯。官贵州时，亦如之"。他曾大力兴办义学，捐廉修缮考棚，制定《义学条规》，颁布《义学示谕》，主张各民族的平等。唐鉴深受当地少数民族百姓爱戴，"余每一至，儿童绕膝，捧书背诵者，竟日不绝，已忘余之为官，又岂自知其为瑶人哉"③。这一点直接受惠的本籍士人也有记录，如遵义人郑珍称他们深深受

---

① 唐鉴：《诰授荣禄大夫前云贵总督贺君墓志铭》，唐鉴撰，李健美校点：《唐鉴集》，岳麓书社 2010 年版，第 92 页。
② 唐鉴：《兴立义学示》，《唐鉴集》，岳麓书社 2010 年版，第 117 页。
③ 唐鉴：《五原学舍图记》，《唐鉴集》，岳麓书社 2010 年版，第 70 页。

惠于兴化人刘诏升（省庵）"刘公实儒者，教不薄穷裩。至今多能文，皆公为梯栈"①。

避籍至西南的地方官在西南地区的文化建设方面居功至伟，他们追踪地域文学传统，编订地方诗文总集。这些既往的文化荒漠地带的文学、文化传统被整理出来，一方面成为地方的文化资源②；另一方面也培育着本籍士人的思想、文化、文学观念及历史意识，推动着本土文学的发展。与地方诗文总集编订同时兴起的，是由清王朝发动的方志编订热潮，西南三省的方志编纂基本都是地方最高行政长官主持，聘请几位他信任的幕僚及本地优秀的士人进行，如江西南康人谢启昆在为广西巡抚时聘请安徽枞城人胡虔等编纂的《广西通志》被誉为"省志模范"。阮元为云贵总督时所编纂的《云南通志》属省志中的"完善"（方国瑜评语）者而备受后学推崇。

此外，文官们的地方文化举措还包括积极修复（修建）地域历史文化景观。如鄂尔泰在贵阳修建的庚戌桥与西林渡、田雯等几代贵州巡抚重修（修缮）的甲秀楼、广西巡抚梁章钜在桂林所修的五咏堂和藤县的访苏亭等，使得这些地方的文化含量和知名度有所提升。

概括而言，避籍至西南的文官们对西南地方文化建设的目标有两个。

其一是"边徼邹鲁"，即地方文化以儒家思想文化为宗旨，具体表现有。（1）对"圣谕"的步趋传衍。来自皇帝的每一次与民众教育相关的重要指示，官员都会认真组织传达、负责解释，甚至还会派出专人到乡间进行宣讲，如顺治的"六谕"、雍正的"圣谕广训"等。（2）地方官在文告以及地方的集体活动中，如祭祀、讲学等中，也以儒家的行为准则及四项标准对百姓进行教化，如广西巡抚谢启昆的《祀汉经师陈君记》、贵州学政程恩泽的《戒生童吸鸦片烟说》、广西平乐知府唐鉴的《训俗俚歌》等。（3）书

---

① 郑珍：《次韵和郡守平樾峰怀陈省庵刘研庄两前守》，《巢经巢诗文集》前集卷4，上海古籍出版社2016年版，第58页。
② 据吴肇莉统计，仅云南一省就编订有192种清诗总集。参见吴肇莉《云南诗歌总集研究》，博士学位论文，浙江大学，2012年。

院藏书以理学书籍为主，士人读书，以儒家经典为主。西南地区整体的文化氛围及主流思想，与王朝文化中心区完全相同。

其二是"埒于中州"。避籍至西南的文官们首先看到的是西南三省与王朝其他发达地区巨大的经济文化差距，不断以所来自的发达地区为目标建设西南，要努力缩小与发达地区的差距，最终目标是在经济、文化等各方面能够与大一统王朝的发达地区比肩。无论是兴办教育、鼓励生产、兴修水利，文官们心中始终以发达地区为模板，为目标，做出了大量的努力，如鼓励蚕桑、栽种树木、引进各类农作物等。在百姓的管理方面也仿照中原地区的里长等制度，注意发挥乡绅、耆老、士子等的带头作用，将少数民族视作一般百姓对待等。

西南边省文官为西南地区的文学创作进行了有效的引导与规范。他们在指导士人的创作、主持的考试，作为学政所命乡试试题等中，在为西南士人诗文集所作的序跋或赠序中，表达自己的诗学观念，如谢启昆曾作《论诗绝句》580首，梁章钜有《三管诗话》、檀萃有《滇南草堂诗话》等。这些都为西南士子提供了一个创作标准及诗学规范，对士人进入主流文坛起到了很好的示范与引导作用。

总之，文官们在西南传播儒家文化和理学思想，宣扬大一统意识，希望西南边省能从各方面缩短与经济文化发达区域的差距，尽快融入统一的封建王朝。这也从一个方面证明章太炎的观点在清代的西南等偏远地区是适用的。

（三）职守与私交：西南边省文官的节制交往

公私交往是官员工作、生活的主要构成部分，可见出官员在仕宦地的行政与日常。公务方面的交往，包括与上下级、与当地百姓、与书吏衙役的交往。私的方面，有亲朋、师友间的往来。还有很难用公私分别的，如与幕僚、长随的相处，如作为地主的迎来送往。还有因公相识、有公务的交集，但也有私下的书信往来，最终成为一生朋友的尊长、同僚的交际等。

康雍乾三朝连续打击朋党。雍正著有《御制朋党论》警示官员之间的交往，乾隆十三年（1748）以后，屡屡兴起的文字狱使官员们意识到人际交往中暗藏着无数的风险。乾隆二十年时，又发生了一件对广西及周边官场颇有震慑力的《坚磨生诗钞》案——乾隆定点、精准打击胡中藻，密谕广西巡抚卫哲治查时已告老还乡的胡中藻"任广西学政时所出诗题及其与人唱和诗文并一切恶迹，严行查出速奏"。此案牵连出胡中藻为学政时的广西巡抚鄂昌以及胡中藻的门生故旧等。判决的速度也快得惊人，四月，胡中藻即被斩首，鄂昌被令自尽。乾隆之所以拿胡中藻在广西学政时的诗题及其与人唱和诗文开刀，因为当时的广西官场，是鄂尔泰亲信的天下：负责意识形态的学政胡中藻是其门生，地方最高长官巡抚鄂昌是鄂尔泰的侄子。此外还牵连到几位胡中藻的门生，为胡中藻诗集作序的张泰开、与鄂昌有交往的史贻直等。受此案影响，广西官场被查了个底朝天，胡中藻老家江西这一年的乡试差一点停考。

　　今天的我们知道乾隆此案醉翁之意不在酒，是在为惩处鄂尔泰和张廷玉党争余绪而找的突破口，但在遥远的广西，处于历史现场的官员们是猜不到或者不敢猜测事件背后的各种力量的博弈，不敢冒险揣度皇帝冠冕堂皇的诏诰下面"小心机"的，他们唯一能做的就是尽可能柔顺小心、俯首帖耳，尽量减少私交，公务往来小心谨慎、中规中矩。不少官员在各种公私场合宣称自己的"少交""淡交"。他们追求为人的无瑕疵，不放纵情感，不自找麻烦。在西南三省，他们充任的是父母官、"施与者"的角色。他们大胆与本地士子交往，衡才育才、引才用才。在他们的扶助、鼓励及指导下，本籍士人大大受益，西南三省科举人才产出大量增加。此外就是对一般民众生产、生活的关心。文官在地方交往的高光时刻常常出现在他们离任之际，史籍中常见百姓遮道送行的记录。镇安知府赵翼迁官广州，当时未及跟百姓告别。5个月之后，"镇安老民陈恂等五十余人不远三千送万民衣伞到署"[①]。有的是

---

①　赵翼：《瓯北集》卷16，上海古籍出版社1997年版，第336页。

离别时的唱和，如曾在云南四地为知府的贵阳人陈灿所编纂的与各郡士人的唱和、赠别之作为《四郡骊唱集》。此外，还有官员离去之后的遗爱碑、去思碑等都能见出西南文官与地方百姓的交往总体上呈现出节制、为公的特征。

除了公务往来外，科举出身的文官也喜欢组织一些由幕僚、本籍士人、乡绅等参加的风雅活动，主要是游赏、宴饮、唱和等，这些活动会记录在文官及本籍士人的别集里。有的专题唱和，如各地为庆祝苏轼生日而办的"寿苏会"等。还有的会编纂成集，如梁章钜所编的地域特色鲜明的《铜鼓联吟集》等。有些雅集会给主办者带来麻烦，如兴义知府张锳所组织的"南皮雅集"（因张锳为南皮人）就因被弹劾、被监察而终止。西南很少有长时期持续的固定的风雅活动，往往随某位官员的倡导而兴办，因这位官员的离任而结束。偶尔会因某位特殊访客的到来而一度繁荣，也如昙花一现般很快消失，如袁枚曾两度至桂林，第二次住在李秉礼家，其《小仓山房尺牍》中也提及多次与粤西学人把酒论诗之事。

因为清政府对各级文官赴外任的随员（幕僚、长随）人数有明确规定，他们在地方行政主要依靠的还是当地的书吏、衙役等。这些书吏、衙役均为本地人，而且绝大多数长期任书吏、衙役。官员初到一地，人地生疏，对这些人是既不得不依赖，又必须防范。这复杂的关系导致了其中有着诸多值得关注的内容及相处方式。如官员如何对待朝廷明令禁止，而地方上一直流行的"陋规"之习，如何不被书吏、衙役架空蒙骗等。史学界对此早有关注[①]，其中涉及很多文学研究的问题，也应引起足够的重视。

（四）内部的他者：文化与空间经验参照下的西南书写

对于绝大多数官员来说，他们来自西南之外，是"他者"。西南给予他们全新的审美经验[②]，民族、气候、物产、语言、生活习惯、山川风景、风

---

① 瞿同祖：《清代地方政府》，范忠信等译，新星出版社2022年版。
② 不包括个别西南人仕宦西南其他省份的，如广西人陈宏谋、贵州人陈灿的任职云南。但这样的人不是很多。

俗习惯等均有所不同。对于西南，文官们充满着陌生感、新鲜感，有对西南本籍士人而言熟视无睹的审美感受。这感受刺激创作，产生了远比京城或"中土"其他地区官员要丰富得多、新奇得多的诗文创作。但从文化本身来说，他们依然处于中华文化"内部"。"内部"的属性决定了他们与所处地域属于一共同体，置身其间，他们必然有理解接受、认同，以及经营的努力。西南山川风土等各种面貌因为这些"内部的他者"而得到前所未有的充分的文学呈现。

第一是产生了大量记载地方风俗的笔记、游记，如陈鼎《滇黔土司婚礼记》（4卷）、《滇游记》（30卷）、《黔游记》（30卷），檀萃《滇海虞衡志》（5卷），毛奇龄《云南蛮司志》（5卷），桂馥《滇游续笔》（5卷），胡虔《广西圣迹志》，徐炯《使滇日记》（28卷）、《使滇杂记》（28卷），袁嘉谷《滇绎》（28卷），赵翼《檐曝杂记》等。

第二是文官会将作于仕宦地的诗歌进行单独的编集，如彭崧毓《云南风土纪事诗》（5卷）、洪亮吉的《卷施阁诗卷》《黔中持节集》、查慎行的《滇梅集》《遗归集》、何绍基《使黔草》、宋湘《滇蹄集》等。其中，边省的山水、风土、人文景观得到吟咏，标志性景物、风物等得以提炼，如铜鼓、瘴疠、溶洞、跳月、南食等都得到了较为全面的展示，漓江的山水、贵州的白水瀑布等（即今黄果树瀑布）也反复被文人歌咏。

第三是地域文献的整理及对地域文化传统的思索。如贵州嘉庆年间围绕李白是否到过夜郎的问题而展开的讨论，西南多地围绕元祐党人碑的吟咏，谢启昆所编纂的《粤西金石略》（8卷）等。此外，还有对前代著名文人（主要是唐宋时期的贬谪官员）观点的反驳，如洪亮吉认为"播州非人所居"有失公平，称"谁言播州恶，土脉较疏通"，阮元赞滇南"不是春秋亦佳日，别有天地非人间"等。

第四是文官对本地区民族、民间文化资源如竹枝词、土风诗等的学习与发扬，如吴淇的《粤风续九》、舒位的《黔南竹枝词》等。

避籍制下至西南三省的文官的西南书写，为遥远的西南地区进入人们的视野提供了丰富的亲历经验，因为他们的创作，清人对西南的想象与现实的差距在逐渐缩小，对西南的畏惧不断减轻。

三 制度、身份与空间在西南边省爆发出的文学力量

从清代西南地区的文学、文化发展可见，章太炎所称避籍制对边远地区有益的判断是准确的。随着外省文官的进入，西南地区的文化面貌发生了很大的改变。高密诗派、桐城派在广西得到广泛的传播，宋诗派在贵州影响巨大，宋诗派代表诗人郑珍崛起；同时，还产生了在全国词坛都有相当大影响力的临桂词派等。

在地方官与本籍士人的集体努力下，广西、贵州、云南形成了写实、尚用、质直的西南文风。无论是客籍文官还是本籍士人，均"不欲以诗人自命"，而期待着在现实政治（至少在学术、教育）方面有所作为。在西南，不推重吟咏风月、悠闲度日的风雅，而是推崇道德的不断完善，推崇节俭勤奋、不欺暗室的品德，推重关心现实、关心民生的精神，提倡为现实的一点点改变而做的坚持不懈的努力。这是由西南的现实政治，由生活于西南的两部分作家的身份决定的：与同时期王朝其他绝大多数地方（西北除外）相比，广西、贵州、云南是贫瘠、落后的，经济文化才刚刚起步，还不具备追求奢华、吟弄风月的条件；清代三省动乱多、冲突多，民族间的、边境上的，因动乱而导致的生存的漂泊与艰难也时时出现。作为管理者的地方文官需要"治才"，需要干实事，"诗才"有亦可，无也无碍；而本籍士人的人生目标、价值均需要通过科举入仕实现，诗才，只是阶段性的敲门砖罢了。所以，他们大都选择以自由的古体长诗叙事，记录发生在身边的重大历史、政治事件，如朱琦的"诗史"称誉，如"于一切浮靡文艺无关实用者无取焉"的陈宏谋，一生几乎不写诗，但当乾隆计划科举考试加试帖诗的时候，在兵部、吏部尚书位的他立即编了只选试律诗的《注释唐诗评选》。以功用为目的的文学观在西南表现得格外突出。

在西南，主持、引导、拥有话语权的基本都是避籍至此的地方文官。他

们以自身的文学实践带动了西南本籍士人的文学创作，西南边省文学因为他们的努力而在清代文学版图中拥有了一席之地，他们是西南文学的中坚力量，西南文风在他们的引导下形成，在他们的努力下，"边徼邹鲁"的文化、政治目标开始实现，随着他们带来的边缘崛起，边省文学、文化的后发优势开始体现。尤其需要注意的是，在他们的主导下，传统文化得以在边省接续与传承，文化认同与民族融合得以实现，中华文化向心力、凝聚力在西南三省形成。外省文官是西南地区文化的"赋型"者和推动力。他们使西南文化实现了与中央王朝的融合。"没有西南，就没有近现代中国。"西南成为近现代中国革命的领头羊、先锋兵、根据地，得益于清代避籍至此文官长期的思想文化建设。

　　总之，以制度（避籍制）—人（客籍文官、本籍士人）—地（滇桂黔三省）互动关系的研究模式可清晰勾勒出制度对文人、文学、地区文化的影响；描画出士大夫文人在生活、文化空间转换过程中的审美变化及生命意义。其系统展示清代西南边省民族融合及中华文化的认同中的传统与主流的力量。

宫观官制度与北宋后期颍昌诗人群体

张振谦*

宋代特有的宫观官制度，是朝廷优待士人的政治政策与尊崇道教的宗教政策结合的产物。因最初规定高年硕望的重臣兼领神祠（宫观）而获取俸禄，又称祠禄制度。据《宋史·职官志·宫观》载："宋制，设祠禄之官，以佚老优贤。先时员数绝少，熙宁以后乃增置焉。……时朝廷方经理时政，患疲老不任事者废职，欲悉罢之，乃使任宫观，以食其禄。"① 宋代宫观官制度始于崇道的真宗时期，设有宫观使、提举、都监、提点、管勾等职，用来安置不能任事或年老退休的高级官员，奉祠年龄一般在六十岁以上。熙宁变法后以此处理异己，任命宫观官成为党争背景下贬谪的重要辅助手段，正如宋人王栐所云："王安石创宫观，以处新法之异议者，非泛施之士大夫也。其后朝臣以罪出者，多差宫观。"② 哲宗亲政，党祸大起，宫观官大量出现。宋徽宗将其推向高潮，"徽宗慕道，尝两敕添宫观凡四十，一日之中，与祠禄者达七十人；钦宗靖康中，祠禄奉罢最常，可称极盛。"③ 学界对该制度的流变已有周详研究④，它一方面增加了国家财政负担，影响士大

---

* 张振谦，暨南大学文学院教授，博士生导师。本文为国家社会科学基金项目"宋代宫观官制度与文学研究"（17BZW097）阶段性成果。

① （元）脱脱等：《宋史》卷170，中华书局1985年版，第4080—4081页。
② （宋）王栐撰，诚刚点校：《燕翼诒谋录》，中华书局1981年版，第36页。
③ 梁天锡：《宋代祠禄制度考实》，学生书局1978年版，第564页。
④ 除梁著外，还可参见金圆《宋代祠禄官的几个问题》，《中国史研究》1988年第2期；汪圣铎《关于宋代祠禄制度的几个问题》，《中国史研究》1998年第4期；刘文刚《论宋代的宫观官制》，《宋代文化研究》第7辑，巴蜀书社1998年版；张振谦《北宋宫观官制度流变考述》，《北方论丛》2010年第4期；等等。

夫的政治命运；另一方面，为士人的清闲生活提供了经济保障，为他们从事学术研究和文学创作提供了充裕时间。近年来有学者关注其与南宋士人心态、文学创作的关系①，但甚少论及北宋文人及其作品。本文拟从宫观官制度的视角研究北宋后期②的颍昌诗人群体，考察宫观官身份对他们的日常生活与诗歌创作产生的影响。

一 宫观官成为北宋后期颍昌诗人重要的身份印记

颍昌地处中原腹地，古称颍川，曹魏定都名许昌，至唐改称许州，北宋元丰三年（1080），升为颍昌府。《宋史·地理志》载："颍昌府，次府，许昌郡，忠武军节度。本许州。元丰三年，升为府。……县七：长社、郾城、阳翟、长葛、临颍、舞阳、郏。"③靖康二年（1127），金国占据后再称许州，元、明、清沿袭，即今河南许昌。颍昌东邻都城开封，西接洛阳，地理位置极其重要，具有悠久的历史和浓厚的文化氛围，司马光赞曰："许昌昔名都，于今亦雄藩。先贤虽已远，风迹凛犹存。"④张耒《次颍川》亦云："许昌古名都，气象良未替。"⑤

颍昌与洛阳相似，由于地近京城，政治地位颇为突出。宋神宗原封颍王，赐封于此地。熙丰变法之后，朝廷往往安排旧党名士闲居于此，既暗含贬斥、不用，又有便于召还的意味，时人刘攽称："陪京之南，许昌为重。昆吾旧宅之地，是曰大邦；先朝启封之始，因建赤府。连七城之会繁，当一道之绥辑。"⑥

---

① 如周永健《宋代祠禄制度对士大夫的影响》（《湖北职业技术学院学报》2007年第3期）、侯体健《祠禄官制与南宋士人》（《新民晚报》2009年8月16日）、刘蔚《宋代田园诗的政治因缘》（《文学评论》2011年第6期）、李光生《南宋书院与祠官关系的文化考察》（《河北大学学报》2012年第5期）、侯体健《南宋祠禄官制与地域诗人群体：以福建为中心的考察》（《复旦学报》2015年第3期）、侯体健《论南宋祠官文学的多维面相：以周必大为例》（《文学遗产》2018年第3期）等。
② 本文采取学术界的普遍分期法，所谓北宋后期即从元丰年间至宣和年间，共计50年左右。
③ （元）脱脱等：《宋史》卷85，中华书局1985年版，第2115页。
④ 司马光：《闻景仁迁居许昌为诗寄之》，《全宋诗》，北京大学出版社1998年版，第6067页。
⑤ 《全宋诗》，北京大学出版社1998年版，第13058页。
⑥ 刘攽：《宝文阁直学士知蔡州谢景温可知颍昌府制》，《全宋文》第69册，上海辞书出版社、安徽教育出版社2006年版，第8—9页。

两宋之交的张邦基更是直言:"许、洛两都,轩裳之盛,士大夫之渊薮也。"①相对于北宋洛阳文人集团,颍昌诗人群体仍未引起足够的重视。②

颍昌诗人群体主要由退居于此的旧党大僚和当地文人构成。北宋最后的半个世纪,年高望重的"元祐党人"多退居颍昌,其主要原因是与新党政见不合,被变法派排挤出朝。朝廷往往授予他们宫观官,使其处于准致仕状态,虽无职事,但享受廪禄,于闲置之中寓优厚之意。宫观官又称祠官,分为内祠(在京宫观)和外祠(地方宫观)两大类别。北宋外祠以名山宫观为载体,设有宫观官的46座道教宫观多位居名山。③ 作为北宋京畿地区唯一的名山和道教第六洞天,嵩山上道观林立,文化胜迹遍布,时人文同曾言:"嵩少,天下山水最佳绝处。峦岭涧谷,幽深奥邃,道祠佛宇,布若联罝。前朝高爽傲逸之士,遗迹如昨。"④ 嵩山的道教宫观以崇福宫和中岳庙最著名,它们均属北宋中期设置外祠的宫观。宫观官"虽曰提举、主管某宫观,实不往供职也"⑤,但北宋士人所提举或管勾的宫观往往位于其家乡或此前为官地附近,他们退居之所与挂衔的道教宫观在地缘上一般较为接近。因此,许多提举崇福宫或监中岳庙的文人士大夫曾隐居嵩山或闲居嵩山脚下的许、洛地区。

崇福宫在北宋宫观官制度中具有非常重要的地位,被宋人称为"独为

---

① (宋)张邦基:《墨庄漫录》卷4,中华书局2002年版,第112页。

② 据笔者目力所及,仅有李欣《徽宗诗坛的创作群体及其地域分布》(《长江学术》2009年第2期)提及"颍昌诗人群体"并对其主要成员做了简单介绍。

③ 熙宁三年(1070),神宗"诏杭州洞霄宫、亳州明道宫、华州云台观、建州武夷观、台州崇道观、成都玉局观、建昌军仙都观、江州太平观、洪州玉隆观、五岳庙自今并依嵩山崇福宫、舒州灵仙观置管干或提举、提点官"。政和三年(1113),徽宗"敕添下项,成都府玉清宫、成都府国宁观、成都府长生观、成都府太平观;江宁府万寿宫、江宁府崇真观、江宁府崇禧观。杭州紫霄宫、杭州集真观;泰州万寿宫;袭庆府会真宫、袭庆府岱岳观;筠州妙真观;温州南真观、温州万寿宫华观;信州上清宫、信州太霞宫;南康军延真观、南康军逍遥观;临江军承天观;陕州太初观;筠州明道观、泗州太初观。彭州冲真观;衢州露仙观、衢州福堂观;南雄州会仙观;成都府崇道观、成都府永宁观;衢州兴道观"。见(元)脱脱等《宋史》卷170,中华书局1985年版,第4080—4081页;马端临《文献通考》卷60《职官考》,中华书局1986年版,第551页。

④ 文同:《都官员外郎钱君墓志铭》,《全宋文》第51册,上海辞书出版社、安徽教育出版社2006年版,第167页。

⑤ (宋)赵升编,王瑞来点校:《朝野类要》卷5《宫祠》,中华书局2007年版,第101页。

天下宫观之首"①，是最早设置外祠的五座宫观之一。② 它始建于西汉，据说汉武帝游嵩山时听见山呼万岁之声，遂敕建万岁观。唐高宗时改为太乙观，宋真宗下诏对其修葺，并更名为崇福宫。仁宗朝又于崇福宫保祥殿供奉真宗及其皇后画像，崇福宫遂为皇家神御道观。熙宁年间，朝廷为安置大量政论有异者以及闲散官员，增加了崇福宫宫观官的员数，其政治功能得到进一步提升。大观元年（1107），宋徽宗下诏扩建崇福宫，并御制《西京崇福宫记》说明了崇福宫的重要性："王畿之西，琳宫真馆，神圣所依，崇福为之冠。"③崇福宫作为京西地区最重要的宫观，在宋朝宫观系统中具有举足轻重的政治地位，正如宋人王安中《宝章阁学士提举西京嵩山崇福宫谢表》所云："惟嵩岳之外祠，实洛师之重地。"④ 北宋后期忤时的旧党士人多投闲于此。

  北宋后期提举嵩山崇福宫的名臣最著名的应是旧党巨擘范镇和司马光。他们同年考中进士，是终身挚友，晚年均有长期领任宫观官的经历。元丰三年（1080），范镇因批评新法被闲置不用，遂居颍昌，元丰八年（1085），哲宗即位，"拜端明殿学士，起提举中太一宫使兼侍读，且欲以为门下侍郎。镇雅不欲起，从孙祖禹亦劝止之，遂固辞，改提举嵩山崇福宫"⑤。范镇侄孙范祖禹有诗《蜀公恳辞经席改领嵩宫赋诗以代献寿》："累诏褒优免造庭，两宫虚伫想仪形。千年辽鹤高华表，万里云鸿独杳冥。绮皓采芝终佐汉，桓荣稽古旧传经。真宫岑寂烟霞外，南极光中作寿星。"⑥诗中用丁令威化鹤还乡、商山四皓和"桓荣稽古"之典赞美祖叔领任宫观官期间的逍遥自在、高尚品格和精湛学问。范镇任满致仕，不久卒于颍昌。司马光晚年

---

 ① 陆游：《洞霄宫碑》，《全宋文》第223册，上海辞书出版社、安徽教育出版社2006年版，第180页。
 ② （宋）徐度：《却扫编》卷下："在外州府宫观，旧惟西京崇福宫、南京鸿庆宫、舒州灵仙观、凤翔府上清太平宫、兖州仙源县景灵宫太极观，皆有提举管勾官。"上海古籍出版社2012年版，第149页。
 ③ （宋）李攸：《宋朝事实》卷3《西京崇福宫记》，中华书局1955年版，第47页。
 ④ 《全宋文》第146册，上海辞书出版社、安徽教育出版社2006年版，第223页。
 ⑤ （元）脱脱等：《宋史》卷337《范镇传》，中华书局1985年版，第10789页。
 ⑥ 《全宋诗》，北京大学出版社1998年版，第10365页。

退居洛阳15年，曾4次提举崇福宫。可以说，宫观官制度为其心无旁骛撰写《资治通鉴》提供了充裕的时间保障和制度通道。他曾作诗《酬仲通初提举崇福宫见寄》云："富寿安民旧学违，符移拥笔素心非。青云有路那足顾，白发满头胡不归。永日杜门无俗客，临风隐几得天机。西山爽气秋应好，恨不相从上翠微。"① 这是为其门生、旧党成员刘安世之父刘航提举崇福宫而作，其中饱含了劝慰和向往之情。

范仲淹和韩亿等名臣后裔自幼迁徙至颍昌，晚年因党争受挫领任宫观官、知颍昌府或致仕后长期生活在颍昌。接下来我们就简要列举以范纯仁、范纯礼、范纯粹兄弟为代表的范氏家族与以韩绛、韩维兄弟为代表的韩氏家族晚年归乡里居的情况。范纯仁（1027—1101），字尧夫，祖籍吴县（今属江苏），后徙居颍昌，曾于元祐四年（1089）、绍圣元年（1094）两度知颍昌府，元符三年（1100），提举崇福宫。范纯礼（1031—1106），字彝叟，官至尚书右丞，绍圣四年（1097），管勾亳州明道宫，建中靖国元年（1101），知颍昌府，旋即提举崇福宫，仍居颍昌，崇宁三年（1104），提举鸿庆宫。范纯粹（1046—1117），字德儒，官至户部侍郎，绍圣四年（1097），管勾江州太平观，徽宗朝又落职提举南京鸿庆宫，崇宁五年（1106），管勾太清宫，归居颍昌，直至致仕。韩氏兄弟祖籍真定（今属河北），自幼随父徙居颍昌。韩维（1017—1098），字持国，曾拜翰林学士、门下侍郎，熙宁八年（1075）与元丰四年（1081）两次知颍昌府。元丰六年（1083）至元祐五年（1090），连续提举嵩山崇福宫。任满知颍昌府。两年后提举中太一宫兼集禧观公事，致仕，元符元年（1098）卒于颍昌。韩绛（1012—1088），字子华，熙宁七年（1074）知许州，元丰元年（1078）、元丰四年（1081）两任西太一宫使，闲居颍昌，元祐二年（1087）致仕，元祐三年（1088），卒于颍昌。

晁氏家族也是北宋名门望族、文学世家。晁咏之（1055—1106）因晚

---

① 《全宋诗》，北京大学出版社1998年版，第6195页。

年提举崇福宫,将作品集命名为《崇福集》,"元符末,上书,居邪等,废斥二十年,以朝请郎奉祠崇福宫而终,故以名集"①。可见此任宫观官对其人其文影响之深。其兄晁说之(1059—1129)因党争而领祠禄隐居嵩山3年,其文集名为《嵩山文集》也可看出这段经历对他的影响。晁说之一生7次领任宫观官,对其影响最大的是崇宁二年(1103)监嵩山中岳庙。其《与刘壮舆书》云:

> 前是六年,自中山无极投劾归……幸而圣治恩宽,使得食祠庙之禄,每念壮舆之归,便绝稍廪,又益使人惭叹。说之自是家嵩山下,颇适平昔之志,岁一入洛省亲。……去冬再蒙厚恩领祠庙,其授命时,适有役解梁,且栖薄俟春夏之交宜道途时东归。②

中岳庙是熙宁年间朝廷颁布具备外祠资格的"五岳庙"之一③,也是嵩山著名的道教宫观。晁说之写给好友刘羲仲(1059—1120,字壮舆)的这封书信作于大观二年(1108)。晁说之于崇宁二年(1103)出知定州无极县期间遭新党弹劾罢免而监嵩山中岳庙,遂隐居嵩山,直至崇宁五年(1106)。崇宁六年(1107),他又领华山西岳庙祠禄。宣和元年(1119)、宣和六年(1124),又分别提点南京鸿庆宫和管勾神霄玉清万寿宫。靖康元年(1126),提举嵩山崇福宫。建炎元年(1127),提举万寿观,再得请提举杭州洞霄宫。两年后致仕,卒,享年七十一。④

与晁说之同时隐居嵩山并领任宫观官的还有颍昌阳翟人陈恬和崔鷃。据晁公武《郡斋读书志》卷19载:"陈恬,字叔易,尧叟裔孙也。博学有高

---

① (宋)晁公武撰,孙猛校证:《郡斋读书志校证》,上海古籍出版社2011年版,第1026页。
② 《全宋文》第130册,上海辞书出版社、安徽教育出版社2006年版,第47—48页。
③ (宋)叶梦得《石林燕语》卷7:"(熙宁)增杭州洞霄及五岳庙等,并依西京崇福宫置管勾或提举官,以知州资序人充。"见叶梦得撰,侯忠义点校《石林燕语》,中华书局1984年版,第95页。
④ 张剑:《晁说之年谱》,《淮阴师范学院学报》2004年第5期。

志,不从选举,躬耕于阳翟,与鲜于绰、崔鶠齐名,号'阳城三士'。又与晁以道同卜隐居于嵩山。大观中,召赴阙,除校书郎。"① 陈恬是当时嵩山的著名隐士,"陈恬出仕时间并不长,除任秘书省正字,入王序幕府,管勾清平军上清太平宫,直秘阁主管西京嵩山崇福宫之外,多数时间都在隐居"②。陈恬同乡好友崔鶠(1057—1126),字德符,元祐九年(1094)进士,崇宁元年(1102)入元祐党籍,被免官,以龙图阁直学士管勾嵩山崇福宫。③

在这一时期提举嵩山崇福宫的士大夫还有晁补之、刘安世、王安礼、张商英、杨时、程珦、司马康、薛昂等。宋诗中对该现象也有提及,如曾巩《送任遂度支监嵩山崇福宫》、范祖禹《寄华州提举崇福李侍郎》等,但由于他们未居颍昌,不属于本文的论述范围。

二 韩维领任宫观官与北宋后期颍昌耆英会的形成

北宋后期提举嵩山崇福宫、闲居颍昌的士大夫群体中,韩维领任宫观官的时间最久,在当地的影响也最大,可谓颍昌耆英会的组织者和核心人物。他此时所作诗句"官冷身闲百不营,一时高会得耆英"④,准确地概括了其宫观官身份与组织耆英会的关系。

韩维自元丰四年(1081)知颍昌府直至去世的18年间,除有短暂的入朝经历外,大部分时间在颍昌生活。其中领任宫观官三次:元丰六年(1083),"甲子,知颍昌府、资政殿学士、通议大夫韩维提举崇福宫"⑤。元丰八年(1085)至元祐二年(1087),韩维在朝期间,也兼领提举中太一宫兼集禧观公事。元祐三年(1088),因兄韩绛卒而乞祠,得到朝廷许可,"资政殿大学士、知汝州韩维提举崇福宫,以营葬兄绛自请也"⑥。之

---

① (宋)晁公武撰,孙猛校证:《郡斋读书志校证》,上海古籍出版社2011年版,第1047页。
② 魏崇周:《陈恬事迹及思想考论》,《文艺评论》2016年第11期。
③ (元)脱脱等:《宋史》卷356《崔鶠传》,中华书局1985年版,第11216—11217页。
④ 韩维:《予会宾答微之惠诗》,《全宋诗》,北京大学出版社1998年版,第5251页。
⑤ (宋)李焘:《续资治通鉴长编》卷334,中华书局1995年版,第8051页。
⑥ (宋)李焘:《续资治通鉴长编》卷409,中华书局1995年版,第9955页。

后改知颍昌府，元祐五年（1090）"己未，资政殿大学士、提举崇福宫韩维知颍昌府"①。

韩维晚年提举宫观之后，没有了政事的羁绊，将更多的精力用来召集当地诗人聚饮酬唱。67 岁的韩维首次提举嵩山崇福宫，退居颍昌，便作《偃仰》诗云："鹊噪庭柏喧，朝光来入隙。祠官谢余事，偃仰百骸适。回思朝市人，小大各有役。区区就终尽，万古同一迹。而我遂慵散，兴味良不极。富贵非所慕，兹愿傥有获。"② 诗题取自《荀子·非相》"与时迁徙，与世偃仰"，取随世事沉浮之意。诗中描绘了他担任宫观官之后"慵散"的生活状态。

次年，韩维与知颍昌府的孙永开始频繁往来。孙永（1019—1086），字曼叔，赵郡（今属河北）人，因其父孙旦"徙占颍昌府长社县，子孙遂为许人"③，据《东都事略·孙永传》载："神宗虑立法未尽，诏韩维及永究实利害，而御史张琥言维与永定夺不当，永罢降龙图阁直学士、知颍州，会赦复旧职，知太原府。以将作监召还，迁端明殿学士、提举崇福宫，起知陈州，徙颍昌府。哲宗即位，召拜工部尚书。"④ 韩维有诗《偶成寄曼叔》云："红芳落尽鸭陂边，白首伤春倍惨然。自愧闲官消永日，独吟佳句想当年。早休诸吏眠斋馆，时引双童上舞筵。闻说年来亦归兴，琳宫仙籍旧无员。"⑤ 二人既是同乡，又是挚友，早在梅尧臣任许州教授的庆历年间，就曾与之交游，梅尧臣有诗《同诸韩及孙曼叔晚游西湖》。此时他们都已步入暮年，且领任宫观官而闲居故里，又回想起当年的诗酒风流。"明年，（孙永）以资政殿学士兼侍读提举中太一宫，未拜而卒，年六十八。"⑥ 对于孙永未及续

---

① （宋）李焘：《续资治通鉴长编》卷 443，中华书局 1995 年版，第 10675 页。
② 《全宋诗》，北京大学出版社 1998 年版，第 5166—5177 页。
③ 苏颂：《资政殿学士通议大夫孙公神道碑铭》，《全宋文》第 62 册，上海辞书出版社、安徽教育出版社 2006 年版，第 41 页。
④ （宋）王称：《东都事略》，《文津阁四库全书》第 132 册，商务印书馆 2005 年影印，第 47 页。
⑤ 《全宋诗》，北京大学出版社 1998 年版，第 5230—5231 页。
⑥ （宋）王称：《东都事略》，《文津阁四库全书》第 132 册，商务印书馆 2005 年影印，第 47 页。

任宫观官而卒，韩维《孙曼叔挽词》三首其一云："高才正论动朝绅，出入光华二十春。褒诏未登新学士，恤章俄贲旧宫臣。履声长绝高门地，墨妙空留素壁尘。一奠华觞不知恸，白头相好苦无人。"①

韩维于元祐三年（1088）再次提举嵩山崇福宫。同时提举崇福宫并卜居颍昌的还有韩维晚年交往颇多的王晳。王晳（1011—1100），字微之，太原（今属山西）人，历任太常博士、刑部郎中等，熙宁中提点醴泉观。元祐年间以龙图阁学士提举崇福宫，寓居颍昌，直至终老。② 韩维在《王微之龙图挽辞》中极力称赞他晚年的奉祠生活和高超的诗艺："高情夙慕冥鸿举，晚节终随倦鸟回。……九十年龄随化尽，所嗟不尽是君才。"③ 对于宫观官的身份认同，韩维与王晳酬唱时经常提及，如《和微之饮杨路分家听琵琶》："遇酒逢春触处春，白头相视若天伦。须知丞相官仪重，不及琳宫自在人。"④《次韵和厚卿答微之》："书闻玉座光儒效，任久琳宫长道情。老纵笔锋尤壮健，醉评花艳益精明。"⑤ 从这些诗句看，二人对提举崇福宫而里居颍昌的闲适生活非常满意。元祐四年（1089）出知颍昌府的范纯仁也加入其中，他们经常聚会宴饮，欣赏西湖美景。范纯仁《西湖四时》其三云："深堂高阁启清风，舟泛荷香柳影中。日月待公逃暑饮，官无拘检是琳宫。"诗后自注："持国、微之皆领崇福宫。"⑥ 范纯仁罢相后以观文殿学士出知颍昌府，后又于元祐八年（1093）再知颍昌府。建中靖国元年（1101），卒于颍昌。他生命的最后12年除短暂回朝和谪居永州外，其余时间多在颍昌。从这首诗中可见时为颍昌知府的范纯仁对宫观官的向往，他晚年也曾提举崇福宫和领任中太一宫使。⑦

---

① 《全宋诗》，北京大学出版社1998年版，第5263页。
② （宋）黄康弼：《续会稽掇英集》卷2，《续修四库全书》，上海古籍出版社2001年影印，第1682册，第475页；（宋）李焘：《续资治通鉴长编》卷430，中华书局1995年版，第10393页。
③ 《全宋诗》，北京大学出版社1998年版，第5265页。
④ 《全宋诗》，北京大学出版社1998年版，第5287页。
⑤ 《全宋诗》，北京大学出版社1998年版，第5247页。
⑥ 《全宋诗》，北京大学出版社1998年版，第7448页。
⑦ 徽宗即位，"除右正议大夫、提举崇福宫。不数月，以观文殿大学士、中太一宫使诏之"。见（元）脱脱等《宋史》卷314，中华书局1985年版，第10292页。

我们再看当时身为宫观官的韩维《予招宾和微之》诗云：

> 恩予琳宫庇病身，闲中得近酒杯频。偶成五老追前会（自注：予与微之四君年七十以上），仍喜三公作主宾（自注：尧夫罢相偃藩犹黑头）。欢兴到来歌自发，吝情消尽语皆真。时人不用惊疏放，同是羲皇以上人。①

宋代退居士大夫为了怡情适性而经常组织以饮酒赋诗为主要内容的集会，如"耆老会""高年会""尊老会"等，也往往根据耆旧人数而尊称"某老会"。其来源应是白居易在洛阳所集结的"九老会"，当时要求入会者年龄必须70岁以上。由"尧夫罢相"可知此诗作于元祐四年（1089），范纯仁时年62岁，虽未及古稀之年，但与70岁以上的"四君"一起，组成了颍昌"五老会"。尾句语出陶渊明《与子俨等疏》："常言五六月中，北窗下卧，遇凉风暂至，自谓是羲皇上人。"以"羲皇上人"比喻无忧无虑、生活闲适的耆旧诗人群体。

韩维《和公美以诸家会集所赋诗》又云：

> 道在何非乐，官闲不近权。过从只闾里，真率易盘筵。捉麈躬千圣，衔杯慕八仙。清欢垂老得，佳句即时传。玉醴初醇日，琼花欲坠天。谁能于此际，华发问流年。②

从"官闲不近权"来看，这次集会应该也发生在韩维领任宫观官期间。与韩维一样，晚年退居颍昌的耆旧诗人往往将诗赋视为寄托个人精神世界的场所和安身立命之处，强调文学在安顿人生和自我放逐的价值，远离了险恶的仕途，他们更多的关注自身的生活环境和心理体验。里居乡间，诗酒唱和，

---

① 《全宋诗》，北京大学出版社1998年版，第5250页。
② 《全宋诗》，北京大学出版社1998年版，第5250页。

酷似杜甫笔下的"饮中八仙"和司马光在洛阳集结的"真率会"。颍昌耆英会的规模不断扩大,韩维曾参加卞仲谋召集的"八老会",其《卞仲谋八老会》云:"同榜同僚同里客,斑毛素发入华筵。三杯耳热歌声发,犹喜欢情似少年。"① 从韩维《和微之》诗中自注"范尧夫相公、卞大夫在坐"、"宾主四人并家颍昌"② 来看,参加集会的韩维、范纯仁、王皙、卞仲谋均家居颍昌。

元祐八年(1093),范纯仁再知颍昌府,越发羡慕尚在宫观官任上、时年82岁的王皙,因作《谢微之见赠》诗曰:"属邑逢公喜望尘,便陪将漕向江滨。当时早重朋僚契,晚岁重敦道义亲。华衮已惭无德称,琳宫弥羡最闲身。相过无惜频欢醉,八十康宁有几人。"③ 其约作于同时的《和微之以足疾不赴西湖赏雪》诗亦云:"年来遇景强追攀,长恐身衰兴易阑。八十康宁天下少,四并聚会古为难。客尘随念须频拂,世网萦人且自宽。布政未能跻乐俗,爱贤犹喜共清欢。湖光映雪凝深碧,野色当轩展素纨。心似白公何虑脚,燕堂深暖小安禅。"④ 记录了他们西湖赏雪之事。此时述及他们集会还有《和王微之赴韩持国燕集》:

> 颍川太守无羁束,为政课卑才第六。里中耆旧六七翁,渐闲勇退皆高躅。独愧衰疲掌民社,谩拥熊轩驾丹毂。身病何由安百姓,才薄岂当尸厚禄。巧匠居旁只坐观,老手真能袖间缩。唯有过从相爱心,青松不肯更寒燠。韩公开宴坐高堂,帐帘垂红窗绮绿。帘深不散玉炉香,夜长屡剪铜盘烛。从容谈笑杂笙歌,烂熳肴烝兼海陆。翩翩舞态学惊鸿,嘹喨龙吟出横竹。与公进退晚相同,曾共忧勤参大麓。酒量从兹减壮年,岂复长鲸吞百谷。兴来犹勉奉公欢,金尊未釂先颓玉。且同万物乐时康,况慕诸君知止足。⑤

---

① 《全宋诗》,北京大学出版社1998年版,第5280页。
② 《全宋诗》,北京大学出版社1998年版,第5250页。
③ 《全宋诗》,北京大学出版社1998年版,第7449页。
④ 《全宋诗》,北京大学出版社1998年版,第7448页。
⑤ 《全宋诗》,北京大学出版社1998年版,第7406页。

诗中作者自称"颍川太守",面对出席韩维燕集的"里中耆旧六七翁",在感慨"与公进退晚相同"的同时,也羡慕他们"知足不辱、知止不殆"(《老子》第四十四章)的生活心态。他们晚年闲居颍昌迥异于钩心斗角的朝堂,因此,他们的友情在诗酒酬唱和欢歌曼舞中老而弥坚,正如范氏的诗所言:"元老邀宾乐事并,每居右席愧群英。里中耆旧唯公长,醉里篇章映古清。柔袂缓舒鸾鹤舞,短箫轻引凤凰鸣。莫嫌尊酒过从数,向老交游更有情。"①

耆英会是北宋后期颍昌诗坛上具有相当规模和声势的名臣诗人群体,韩维在其发展过程中担任核心成员和组织者。元丰年间,程颢也曾移居颍昌,与韩维、范纯仁等宴游畅谈。吕本中《童蒙诗训》"韩持国诗"条:"持国闲居颍昌,程伯淳自洛往访之,时范中丞纯礼亦居颍昌,持国作诗示二公云:'闭门读《易》程夫子,清坐焚香范使君。顾我未能忘世味,绿樽红妓对西曛。'"②可以说,每一次宴集都有思想的撞击,酬唱成为一种重要的承载。随着韩维、王晳和范纯仁的相继离世,颍昌耆英会也渐趋式微。此后的北宋诗坛上又出现了以苏辙为核心的另一个颍昌诗人群体。

三 苏辙提举太平宫与"颍滨遗老"形象塑成及苏门群和陶《辞》

颍昌是苏辙晚年寓居之地和终老之地,在他的一生中具有重要意义。"苏辙晚年闲居颍昌府十二载,其间作诗三百七十余首,是北宋末期诗歌史上的最重要内容。"③徽宗时期,元祐旧臣、苏轼及苏门弟子几乎凋零殆尽,苏辙成为首屈一指、硕果仅存的文学巨匠。

元符三年(1100),哲宗驾崩,徽宗继位,贬谪岭南的元祐大臣逐渐内迁,苏轼、苏辙位列其中。当年十一月,兄弟二人同时领任宫观官,苏轼提举成都玉局观,苏辙提举凤翔上清太平宫,均任便居住。苏辙因有田产在颍

---

① 范纯仁:《和持国赠微之》,《全宋诗》,北京大学出版社1998年版,第7449页。
② 郭绍虞:《宋诗话辑佚》,中华书局1980年版,第591页。
③ 朱刚:《论苏辙晚年诗》,《文学遗产》2005年第3期。

昌而前往居住,其《复官宫观谢表》云:"顷尝卜居嵩颍之间,粗有伏腊之备,杜门可以卒岁,蔬食可以终身。生当击壤以咏圣功,死当结草以效诚节。"① 其青词《许昌三首》其一亦云:"臣顷以宿世旧殃,七年流窜,天鉴在上,矜其无他,还寓颍川,粗沾微禄。顾视世事,自知难堪。姑愿筑室耕田,养生送死,优游里社,聊以卒岁。"② 历经7年贬谪生涯之后,苏辙表达了卜居颍昌的杜门隐身之愿和感谢圣恩之情,不久,他邀请苏轼同住,苏轼初从其意,后决意不往,于元符四年(1101)七月病逝常州。

四个月后,徽宗改元崇宁,昭示崇尚熙宁之政。蔡京拜相后竖立元祐党人碑,对司马光为首的元祐大臣及其子弟大肆迫害,苏轼、苏辙、苏门四学士皆在党籍。崇宁二年(1103),苏辙因避祸迁居汝南,同年十月,朝廷罢其宫观官,《颍滨遗老传》载:"皇子生复徙岳州,已乃复旧官,提举凤翔上清太平宫。有田在颍川,乃即居焉。居二年,朝廷易相,复降授朝请大夫,罢祠宫。"③ 其《罢提举太平宫欲还居颍川》诗云:

> 避世山林中,衣草食芋栗。奈何处朝市,日耗太仓积。中心久自笑,公议肯相释?终然幸宽政,尚许存寄秩。经年汝南居,久与茅茨隔。祠官一扫空,避就两皆失。父子相携扶,里巷行可即。屋敝且圮墙,蝗余尚遗粒。交游忌点染,还往但亲戚。闭门便衰病,杜口谢弹诘。余年迫悬车,奏莫屡濡笔。籍中顾未敢,尔后傥容乞。幽居足暇豫,肉食多忧栗。永怀城东老,未尽长年术。④

苏辙提举太平宫期间,寄食祠禄,有基本的经济保障。他在汝南时开始

---

① (宋)苏辙著,曾枣庄、马德富校点:《栾城集》,上海古籍出版社2009年版,第1365—1366页。
② (宋)苏辙著,曾枣庄、马德富校点:《栾城集》,上海古籍出版社2009年版,第1378页。
③ (宋)苏辙著,曾枣庄、马德富校点:《栾城集》,上海古籍出版社2009年版,第1313页。
④ (宋)苏辙著,曾枣庄、马德富校点:《栾城集》,上海古籍出版社2009年版,第1160—1161页。

担心宫观官任满之后的日子,其《次迟韵寄适逊》诗云:"汝南薪炭旧如土,尔来薄俸才供爇。眼前暖热无可道,心下清凉有余洁。颍川归去知何时?祠宫欲罢无同列。夜中仿佛梦两儿,欲迓老人先聚说。"① 宫观官的罢免使苏辙失去了朝廷供给的俸禄,缺少了稳定的经济来源,崇宁三年(1104)所作《喜雨》诗云:"夺官分所甘,年来禄又绝。"② 同时,这是朝廷党禁加剧的一个重要政治信号。苏辙必须减少与朋友的交往,只能选择闭门索居的生活方式,诗歌酬唱的对象也仅限于家庭和亲戚。其《十日二首》云:"谩存讲说传家学,深谢交游绝世讥。""交游散尽余亲戚,酒熟时来一叩扉。"③ 本来想再乞宫观官或致仕,但身在党籍,未敢上奏。他提心吊胆的同时不得不面对贫乏的生活窘态。

此后,苏辙把主要精力用于家庭生活,开始租屋、买宅和营造新居,并将具体过程详细写入诗歌。④ 其中对"遗老斋"的兴建记录尤详,"筑室于许,号颍滨遗老,自作传万余言,不复与人相见。终日默坐,如是者几十年。"⑤ 此处的"几十年",即将近十年之意,指的是苏辙提举太平宫之后的岁月。在这期间,苏辙独坐遗老斋,自号颍滨遗老,精心撰写《颍滨遗老传》。"遗老"二字是他晚年形象的身份标识,既是元祐之后遗留旧臣,又是遗世独立的独居老人,象征着苏辙对旧党气节的崇尚和对理想人格的塑造。遗老斋看似与外界隔绝,实则为其晚年自我思索开启了一个新的生命空间。

苏辙《初成遗老斋》其二云:"旧说颍川宜老人,朱樱斑笋养闲身。无心已绝衣冠念,有眼不遭车马尘。青简自书《遗老传》,白须仍写去年真。斋成漫作笑谈主,已是萧然一世宾。"⑥ 这正是此时苏辙的心绪阐发,他在孤独封闭的生命空间中开始体认自己的身份,此处所言的"写去年真"即

---

① (宋)苏辙著,曾枣庄、马德富校点:《栾城集》,上海古籍出版社2009年版,第1161页。
② (宋)苏辙著,曾枣庄、马德富校点:《栾城集》,上海古籍出版社2009年版,第1170页。
③ (宋)苏辙著,曾枣庄、马德富校点:《栾城集》,上海古籍出版社2009年版,第1461页。
④ 详参林岩《一个北宋退居士大夫的日常化写作——以苏辙晚年诗歌为中心》,《华东师范大学学报》(哲学社会科学版)2017年第6期。
⑤ (元)脱脱等:《宋史》卷339,中华书局1985年版,第10835页。
⑥ (宋)苏辙著,曾枣庄、马德富校点:《栾城集》,上海古籍出版社2009年版,第1465页。

作于崇宁五年（1106）的《自写真赞》，赞云：

> 心是道士，身是农夫。误入廊庙，还居里闾。秋稼登场，社酒盈壶。颓然一醉，终日如愚。①

他将自己塑造为道士、农夫、居乡官吏，宫观官无疑是这三种面相的集合，对于考察苏辙自我身份认同有重要价值。作于同时的《予昔在京师，画工韩若拙为予写真，今十三年矣，容貌日衰，展卷茫然。叶县杨生画不减韩，复令作之，以记其变，偶作》结句云："近存八十一章注，从道老聃门下人。"②他68岁所作《丁亥生日》亦云："老聃本吾师，妙语初自明。"③苏辙自称道门中人，不仅因为晚年曾作《老子解》，也与宋人领任宫观官后往往自称道士有关，虽然奉祠仅借宫观之名而食禄，但其具有的道教符号意义仍然对士人心态产生某种暗示。因此，宫观官既属于职官系统，标示士大夫身份，又含有退隐色彩，介于出处之间，类似吏隐。苏辙虽常在诗中构建理想的隐居生活，以躬耕为最终归宿，但直到晚年寓居颍昌，以种田为生，农夫的形象才逐渐丰满起来。此时的诗歌常以农夫的眼光审视自然现象，甚至以农夫自称，"麦秋幸与人同饱，昔日黄门今老农"④（《同外孙文九新春五绝》其五）。"游宦归来四十载，粗成好事一田家"⑤（《再赋茸居三绝》其二）。赞文中的"终日如愚"语出《论语·为政》："子曰：'吾与回言，终日不违如愚。'"这里是说缄口不问世事，他去世前夕所作《白须》亦云："自顷闭门今十载，此生毕竟得如愚。"⑥

政和二年（1112），苏辙又作《壬辰年写真赞》："颍滨遗民，布裘葛

---

① （宋）苏辙著，曾枣庄、马德富校点：《栾城集》，上海古籍出版社2009年版，第1196页。
② （宋）苏辙著，曾枣庄、马德富校点：《栾城集》，上海古籍出版社2009年版，第1189页。
③ （宋）苏辙著，曾枣庄、马德富校点：《栾城集》，上海古籍出版社2009年版，第1454页。
④ （宋）苏辙著，曾枣庄、马德富校点：《栾城集》，上海古籍出版社2009年版，第1487页。
⑤ （宋）苏辙著，曾枣庄、马德富校点：《栾城集》，上海古籍出版社2009年版，第1169页。
⑥ （宋）苏辙著，曾枣庄、马德富校点：《栾城集》，上海古籍出版社2009年版，第1511页。

巾。紫绶金章，乃过去人。谁欤丹青，画我前身，遗我后身？一出一处，皆非吾真。燕坐萧然，莫之与亲。"① 其中带有强烈的回顾性质，凝聚了苏辙对人生的深沉思考。此时的他偏好自己的隐士形象，对于仕宦生涯，认为是"误入廊庙"，比起"紫绶金章"，"布裘葛巾"的道士更能得到他的认同，他曾在《赠写真李道士》诗中云："十年江海须半脱，归来俯仰惭簪绅。一挥七尺倚墙立，客来顾我诚似君。金章紫绶本非有，绿蓑黄箬甘长贫。如何画作白衣老，置之茅屋全吾真。"② 可谓最好注脚。苏辙在建构自我形象的同时，也找到了安顿晚年生命的方式。

苏辙提举太平宫的三年是他卜居颍昌的开始，也为其晚年心态奠定了基调。他在诗中常提及这三年："终年闭户已三岁，九日无人共一樽"③（《九日独酌三首》其一）、"三年不踏门前路，今夜仍看屋里灯"④（《上元夜适劝至西禅观灯》）、"孤坐忽三年，心空无一物"⑤（《遗老斋绝句十二首》其一）。宋人孙汝听《苏颍滨年表》说："辙居颍昌十三年。颍昌当往来之冲，辙杜门深居，著书以为乐。谢却宾客，绝口不谈时事。意有所感，一寓于诗，人莫能窥其际。"⑥ 在此期间，苏辙不仅作有大量诗篇，先后完成了《栾城后集》、《栾城三集》和《应诏集》的搜集和编纂，而且以文坛耆宿和元祐旧臣的身份影响着当时的士人取向和文学生态，成为北宋末期苏门的领袖，正如苏过《叔父生日四首》其一所云："斯文有盟主，坐制狂澜漂。""手持文章柄，烂若北斗标。"⑦ 苏辙晚年对苏门影响最大的创作当是他提举太平宫期间次韵苏轼《和陶归去来兮辞》。其《和子瞻归去来辞并引》云：

---

① （宋）苏辙著，曾枣庄、马德富校点：《栾城集》，上海古籍出版社2009年版，第1524页。
② （宋）苏辙著，曾枣庄、马德富校点：《栾城集》，上海古籍出版社2009年版，第365—366页。
③ （宋）苏辙著，曾枣庄、马德富校点：《栾城集》，上海古籍出版社2009年版，第1189页。
④ （宋）苏辙著，曾枣庄、马德富校点：《栾城集》，上海古籍出版社2009年版，第1482页。
⑤ （宋）苏辙著，曾枣庄、马德富校点：《栾城集》，上海古籍出版社2009年版，第1475页。
⑥ （宋）苏辙著，曾枣庄、马德富校点：《栾城集》，上海古籍出版社2009年版，第1814页。
⑦ 《全宋诗》，北京大学出版社1998年版，第15463页。

> 昔予谪居海康，子瞻自海南以《和渊明归去来》之篇要予同作，时予方再迁龙川，未暇也。辛巳岁，予既还颍川，子瞻渡海浮江，至淮南而病，遂没于晋陵。是岁十月，理家中旧书，复得此篇，乃泣而和之。①

苏轼于元符元年（1098）谪居海南时和陶渊明《归去来兮辞》，并将其《和归去来兮辞并引》寄给苏辙和秦观，邀他们同作。秦观在元符三年（1100）北还时作《和渊明归去来辞》，不久便辞世。苏辙因"再迁龙川"直到建中靖国元年（1101）十月才完成，此时苏轼已病亡，从其和作"心游无垠，足不及门。视之若穷，抱焉则存。俯仰衡茅，亦有一樽。既饭稻与食肉，抚箪瓢而愧颜。感乌鹊之夜飞，树三绕而未安。有父兄之遗书，命却扫而闭关"②来看，刚到颍昌的苏辙虽惊魂未定，但已决计"归去"，这篇作品可视为他晚年杜门归隐的宣言。

不久，苏辙邀张耒、晁补之、李之仪、李廌等苏门成员同作。此次同题写作活动首唱者虽是苏轼，但真正的发起人和具体组织者是苏辙。李之仪《跋东坡诸公追和渊明归去来引后》：

> 予在颍昌，一日从容，黄门公遂出东坡所和。不独见知为幸，而于其卒章始载其后尽和平日谈笑间所及。公又曰："家兄近寄此作，令约诸君同赋。而南方已与鲁直、少游相期矣，二君之作未到也。"居数日，黄门公出其所赋，而辄与牵强。后又得少游者，而鲁直作与不作未可知，竟未见也。张文潜、晁无咎、李方叔亦相继而作。三人者虽未及见，其赋之则久矣，异日当尽见之。③

---

① （宋）苏辙著，曾枣庄、马德富校点：《栾城集》，上海古籍出版社 2009 年版，第 1191 页。
② （宋）苏辙著，曾枣庄、马德富校点：《栾城集》，上海古籍出版社 2009 年版，第 1191—1192 页。
③ 《全宋文》第 112 册，上海辞书出版社、安徽教育出版社 2006 年版，第 166 页。

可知当时参与此次群体唱和的有7人，其中秦观和作写成时间早于苏辙，黄庭坚是否成稿，今已不可考。但从黄庭坚晚年所作词《拨棹子·退居》上片"归去来。归去来。携手旧山归去来。有人共、月对尊罍。横一琴，甚处不逍遥自在"① 能够看出对《归去来兮辞》的化用，可看作他隐退的信号。其余四人的和作则是苏辙邀约的结果。在短暂的时间内和严峻的政治形势下，他们集体对该作品的追和，是对已故苏轼的纪念，更是借陶渊明来表达摆脱政治压迫、回归退隐的集体呼声。晁说之《答李持国先辈书》云："建中靖国间，东坡和《归去来》初至京师，其门下宾客从而和之者数人，皆自谓得意也。陶渊明纷然一日满人目前矣。"②

崇宁元年（1102），张耒管勾亳州明道宫，黄州安置。大观年间，监南岳庙，后又主管崇福宫，移居颍昌不远的陈州，长期赋闲乡里。其间所作《和归去来词》序云："子由先生示东坡公所和陶靖节《归去来词》及侍郎先生之作，命之同赋，耒辄自悯其仕之不偶，又以吊东坡先生之亡，终有以自广也。"③ 是年，晁补之因入党籍被免官，回到家乡缗城（今山东金乡），次年作《追和陶渊明归去来辞》，诗序云："言语文章，随世随异，非拟其辞也，继其志也。"④ 他生命的最后8年基本处于领任宫观官里居状态，去世当年所作《近智斋记》"余术不与时偶，废官休其廛八年"⑤ 正是他晚年的写照。他于崇宁元年（1102）和崇宁五年（1106）两次管勾江州太平观，大观二年（1108）又提举崇福宫、南京鸿庆宫。他在《归来子名缗城所居记》中决心像陶渊明一样躬耕田园："念身于古，无一可数。读陶潜《归去来词》，觉己不似而愿师之，买田故缗城，自谓'归来子'。庐舍登览游息之地，一户一牖，皆欲致《归去来》之

---

① 唐圭璋编：《全宋词》，中华书局1999年版，第514页。
② 《全宋文》第130册，上海辞书出版社、安徽教育出版社2006年版，第36页。
③ 《全宋诗》，北京大学出版社1998年版，第13052页。
④ 《全宋诗》，北京大学出版社1998年版，第12754页。
⑤ 《全宋文》第127册，上海辞书出版社、安徽教育出版社2006年版，第25页。

意，故颇撼陶词名之。"① 这些行为无疑是对陶氏的精神追随，《宋史·晁补之传》言："遂主管鸿庆宫。还家，葺归来园，自号归来子，忘情仕进，慕陶潜为人。"②

相对于张耒和晁补之，当时居于颍昌的李之仪和李廌更能感受苏辙邀约的用心。元符三年（1100），55 岁的李之仪任职颍昌，苏轼北归途中所作《答李端叔十首》其三有"儿侄辈在治下，频与教督之"③ 的请托，原本苏轼也想同往颍昌定居，后来改居常州而卒。数月后，李之仪应苏辙之邀作《次韵子瞻追和渊明〈归去来〉》，首句即追问："归去来兮，吾其老矣何时归？"接着又言："归去来兮，聊随缘以遨游。何吾乡之必归，姑稍足而无求。等天地于逆旅，曷此乐而彼忧！"④ 表现出倦怠仕宦的心迹。巧合的是，李之仪于崇宁五年（1106）、政和六年（1116）两次提举玉局观，其《再领玉局，昔东坡翰林作诗送戴蒙有"玉局他年第几人"之句，后自岭外归，遂领玉局。予复官亦得之，坡今亡矣，怅然有怀》诗云："东坡因地夙相亲，玉局终为继戴人。禄仕岂知承末轨，恩光又许袭前尘。青蝇附骥元非援，白玉无瑕晚更真。泉下有灵应首肯，不随凡劣易缁磷。"⑤ 他视自己为苏轼的承继者，寄寓了对苏轼的深切怀念。同在颍昌的还有李廌，因屡试不中，李廌"中年绝进取意，谓颍为人物渊薮，始定居长社，县令李佐及里人买宅处之。卒年五十一"⑥。由于李廌寿年未及六十，未能领任宫观官。长期隐居颍昌的他与崔鶠、陈恬、苏辙等相与为友，唱和颇多，但和陶《辞》之作今不存。从其《赠卜者张生歌》"阅人多矣君自信，归去来兮余已悟""箕山之阴颍水湄，二顷荒田安畎亩"⑦ 诗句来看，他已接受苏辙之

---

① 《全宋文》第 127 册，上海辞书出版社、安徽教育出版社 2006 年版，第 30 页。
② （元）脱脱等：《宋史》，中华书局 1985 年版，第 13112 页。
③ 《全宋文》第 88 册，上海辞书出版社、安徽教育出版社 2006 年版，第 13 页。
④ （宋）李之仪：《姑溪居士文集·后集》卷 13，《文津阁四库全书》第 374 册，商务印书馆 2005 年影印，第 532 页。
⑤ 《全宋诗》，北京大学出版社 1998 年版，第 11170 页。
⑥ （元）脱脱等：《宋史》卷 444《李廌传》，中华书局 1985 年版，第 13117 页。
⑦ 《全宋诗》，北京大学出版社 1998 年版，第 13607 页。

约，将颍昌作为安放晚年生命之处。

宋人王质《和陶渊明归去来辞》序中记载："元祐诸公多追和柴桑之辞，自苏子瞻发端，子由继之，张文潜、秦少游、晁无咎、李端叔又继之，崇宁崔德符、建炎韩子苍又继之。"① 其中的崔鶠是崇宁年间入元祐党籍的颍昌人，韩驹曾师事苏辙。他们因徽宗朝遭遇仕途坎坷，加入苏辙和作引发的苏门群体唱和，以此表达回归、退隐的愿望和决心。其实，陶渊明之"归"不仅是简单的归园田居，还带有回归自我的意味。苏辙组织的这次群体唱和活动所标示的主要是对清高人格和坚定节操的追求，以及对真率适性生活的向往，这也是他晚年以遗世独立的"颍滨遗老"形象和杜门索居生活方式为苏门重塑的一个文化符号。苏门的此次同题创作，俨然是他们公布于世的归隐宣言，传达出决绝的倔强不屈之志。令苏辙始料未及的是，这次集体唱和的意义与反响最终超越了苏门内部，北宋末和南宋时期出现了更多的追和之作。②

四 余论

苏辙去世 5 年后的政和七年（1117），晁补之的外甥叶梦得知颍昌府，与时任颍昌府通判的韩维之孙韩璜（1069—1121）、知颍昌府郾城县的苏过（1072—1123），以及寓居颍昌的旧党公卿后裔结为规模宏大的许昌诗社。元代陆友仁《研北杂志》卷上有详细记载：

> 叶梦得少蕴镇许昌日，通判府事韩璜公表，少师持国之孙也，与其季父宗质彬叔，皆清修简远，持国之风烈犹在。其伯父丞相庄敏公玉汝之子宗武文若，年八十余致仕，耆老笃厚，历历能论前朝事。王文恪公乐道之子实仲弓，浮沉久不仕，超然不婴世故，慕嵇叔夜、陶渊明为

---

① 《全宋文》第 258 册，上海辞书出版社、安徽教育出版社 2006 年版，第 210 页。
② 参看李成晴《宋人"和陶〈辞〉"考》所附"两宋《归去令辞》和作篇目表"，《北京社会科学》2016 年第 12 期。

人。曾鲁公之孙诚存之,议论英发,贯穿古今。苏翰林二子迨仲豫、过叔党,文采皆有家法,过为属邑鄢城令。岑穰彦休已病,羸然不胜衣,穷今考古,意气不衰。许亢宗干誉,冲澹靖深,无交当世之志。皆会一府。其舅氏晁将之无斁,自金乡来过;说之以道居新郑,杜门不出,遥请入社。时相从于西湖之上,辄终日忘归,酒酣赋诗,唱酬迭作,至屡返不已。一时冠盖人物之盛如此。①

据此可知,入许昌诗社者有叶梦得、韩瑨、韩维之子宗质、韩缜之子宗武、韩维婿王实、曾公亮之孙诚、苏迨、苏过、苏过姻亲岑穰、叶梦得妹婿许亢宗、晁将之、晁说之12人。他们基本都拥有元祐党人亲属的特殊身份,受崇宁党禁影响,仕途不顺,除叶梦得舅父晁氏兄弟分别在距离颍昌不远的新郑和山东金乡"遥请入社"外,其余10人当时均居颍昌。许昌诗社以交游唱和、切磋诗艺为主要活动形式,带有隐蔽而趋同的政治诉求和明显的结盟意识。

许昌诗社的核心成员是当时任颍昌地方官的叶梦得、韩瑨和苏过。韩维四世孙韩元吉《书〈许昌唱和集〉后》云:"叶公为许昌时,先大父贰府事,相得欢甚。大父以绍圣改元登第,对策廷中,有'宜虑未形之祸'之言,由是连蹇不得用。建中靖国初,几用复已,凡四为郡倅,秩满辄丐宫祠,遂自许昌得请洞霄,以就休致。平生喜赋诗,一时士大夫之所推重。"②可知,"大父"韩瑨任职颍昌通判后旋即提点洞霄宫,于宣和三年(1121)致仕而卒,可惜未有诗篇传世。诗社主盟叶梦得早在大观三年(1109)就曾遭排挤而提举洞霄宫,政和二年(1112)又逢父丧,因此在出知颍昌府时已萌生退隐之志。他与当时的元祐党人亲属相互酬唱,可视为一群仕途失意之人的精神慰藉。虽然《许昌唱和集》及大部分诗社成员的文集均已失传,但存世的叶梦得《石林词》、苏过《斜川集》仍保留了部分诗社同人的

---

① (元)陆友仁:《研北杂志》,中华书局1991年版,第50页。
② 《全宋文》第216册,上海辞书出版社、安徽教育出版社2006年版,第119页。

40余首唱和诗词,其中叶梦得与苏过唱酬最多。宣和二年(1120),叶梦得因得罪杨戬、李彦被罢知颍昌府,提举南京鸿庆宫,退居卞山石林。在他离开颍昌之际,苏过作诗《次韵晁无斁与叶少蕴重开西湖唱酬之诗》云:"虽走蓬莱通帝籍,邦人且欲寇公留。"① 其《送叶少蕴归缙云》亦云:"飘然香案仙,宜著蓬莱岛。"② 诗中既含挽留之意,又倾羡叶氏领任宫观官后的闲散隐居生活。宣和三年(1121),50岁的苏过在颍昌西湖旁边筑园"小斜川",作为传承苏门慕陶精神的象征。陆游《老学庵笔记》载:"(苏)叔党宣和辛丑岁得隙地于许昌之西湖,葺为园亭。是岁叔党甫五十,尝曰:'陶渊明以辛丑岁游斜川,而诗云"开岁忽五十",是岁吾与渊明同甲子也。今吾得园之岁,与渊明游斜川之岁适同。因以"小斜川"名之。'"③ 苏过取"斜川"作为晚年居所之名,自号"斜川居士",其文集称《斜川集》,透露出归隐情怀和逍遥出尘之志,宣和四年(1122)又作《次韵姚美叔约寻春之什》诗云:"曲水会当追逸少,斜川终拟学渊明。"④ 迁居斜川两年后,苏过猝然离世,标志着北宋后期颍昌最后一个重要的诗人群体终结。许昌诗社虽然仅仅存在了4年,但其地位和价值不容低估。钱钟书曾指出:"北宋末南宋初的诗坛差不多是黄庭坚的世界,苏轼的儿子苏过以外,像孙觌、叶梦得等不卷入江西派的风气里而倾向于苏轼的名家,寥寥可数。"⑤ 可见,以叶梦得、苏过为核心的许昌诗社在严禁"元祐学术"的现实夹缝中承传苏门遗风方面有着不可忽视的影响。

综上所述,北宋后期颍昌诗人大多是领任宫观官闲居乡里的元祐党人及其子弟,有着相似的政治立场和晚年生命体验,长期处于吏隐的状态之中,将更多的精力放在了诗酒唱和与交游雅集。他们为了政治上声息呼应和凝聚旧党力量,通过组织耆英会或群体唱和形式,向朝中当政的新党宣

---

① 《全宋诗》,北京大学出版社1998年版,第15491页。
② 《全宋诗》,北京大学出版社1998年版,第15462页。
③ (宋)陆游撰,李剑雄、刘德权点校:《老学庵笔记》,中华书局2019年版,第167页。
④ 《全宋诗》,北京大学出版社1998年版,第15491页。
⑤ 钱钟书:《宋诗选注》,人民文学出版社2005年版,第121页。

示他们的存在，并试图突破人生困境，寻找生命归宿。颍昌作为北宋后期诗人集会结社的中心之一，从宫观官制度的视角厘清其间纷繁交错的人际交游网络与地域性文学活动踪迹，对于研究这一时期的文学生态具有重要意义。

城市与文学地理

京西北路:宋调初盛期的"次中心"

韩 凯[*]

地理空间承载文人活动,孕育文学作品。诗歌之路的研究,文人活动频繁、作品分布密集的重点区域值得关注。因其既形成当地的创作记忆,也影响整体的美学风貌。这样的重点区域在文学中心之外,其实还包括"次中心"。"次中心"在诗人规模与作品分布上与当时的中心基本相当。近年来,唐诗之路渐渐成为学界热议的焦点[①],宋诗之路相对缺乏关注。宋诗初盛期在宋仁宗、英宗朝,当时的"次中心"正是京西北路。宋仁宗、英宗朝,共101位诗人活跃于此[②],不乏欧阳修、梅尧臣、宋庠、文彦博、苏轼等大家。本文旨在探讨"次中心"的判断依据,京西北路成为宋调初盛期"次中心"的原因,以及当时在此地的创作所包含的宋调特质。

一 诗作分布广泛,数量较多:"次中心"判断依据之一

文学地理学的"次中心"一般需满足如下条件:其一,有相当数量的诗作分布,孕育一定数量的诗人;其二,文坛大家、名家活跃于此,形成一

---

[*] 韩凯,晋中学院中文系讲师。

[①] 兼及宏观概述与具体诗人考察,如李德辉《唐代两京驿道——真正的"唐诗之路"》(《山西大学学报》2007年第1期),吴淑玲《驿路唐诗边域书写中的丝路风情》(《河北师范大学学报》2020年第2期),高建新《唐诗之路与岑参的西域之行》(《唐都学刊》2020年第2期),肖瑞峰《唐诗之路视域中的贺知章》(《浙江社会科学》2022年第2期)。

[②] 王兆鹏《从"年谱"到"编年系地谱"——重建作家年谱的理念与范式》(《文学评论》2021年第2期)中指出系地的六大要素:出生地、任职地、经行地、寓居地、创作地、终老地。这个标准同样适用于我们统计在特定时期内活跃于某一地的诗人数量。

定辐射效应。京西北路包括河南府、颍昌府、陈州、孟州、蔡州、郑州、颍州、汝州、滑州、信阳军等①。宋仁宗、英宗朝,共341首诗作作于京西北路,细目见表1②:

表1　　　　　　　　　京西北路宋仁宗、英宗朝诗作分布一览

州/府	系地	创作时间	作品
河南府	洛阳	天圣九年（1031）	欧阳修《七交》《普明院避暑》《智蟾上人游南岳》《帘》《柳》《送左殿丞入蜀》《秋郊晓行》《高楼》《行云》,梅尧臣《和谢希深会圣宫》《右丞李相公自洛移镇河阳》《上巳日午桥石濑中得双鳜鱼》《寒食前一日陪希深远游大字院》《游龙门自潜溪过宝应精舍》《依韵和希深游大字院》《春日游龙门山寺》《和赵员外良佐赵韩王故宅》《依韵和希深游府学》
		天圣十年（1032）	欧阳修《拟玉台体七首》《与谢三学士绛唱和八首》《和梅圣俞杏花》《伊川独游》《吊黄学士三首》《游龙门分题十五首》《丛翠亭》《和国庠劝讲之什》《雨后独行洛北》《留守相公祷雨九龙祠应时获澍呈府中同僚》《钱相中伏日池亭宴会分韵》《初秋普明寺竹林小饮饯梅圣俞分韵得亭皋木叶下五首》《陪府中诸官游城南》《和谢学士泛伊川浩然无归意因咏刘长卿佳句作欲留篇之什》《戏书拜呈学士三丈》《和杨子聪〈答圣俞月夜见寄〉》《和八月十五日斋宫对月》《题张应之县斋》《送辛判官》《双桂楼》《河南王尉西斋》《张主簿东斋》,梅尧臣《依韵和欧阳永叔同游近郊》《依韵和永叔同游上林院后亭见樱桃花悉已披谢》《留守相公新创双桂楼》《留题希深美桧亭》
		明道二年（1033）	欧阳修《早赴府学释奠》《绿竹堂独饮》《雨中独酌二首》《夏日雨后绿竹堂独居兼简府中诸僚》《庭前两好树》《逸老亭》《和应之同年兄秋日雨中登广爱寺阁寄梅圣俞》《谢人寄双桂树子》《送梅秀才归宣城》《贺九龙庙祈雪有应》《留守相公移镇汉东》《送刘秀才归河内》《寄圣俞》《送王公慥判官》《黄河八韵寄呈圣俞》《送谢学士归阙》《别圣俞》《送白秀才西归》《数诗》
		景祐元年（1034）	欧阳修《与谢三学士绛唱和八首·送学士三丈》《徽安门晓望》《春日独游上林院后亭见樱桃花奉寄希深圣俞仍酬递中见寄之作》《送王尚恭隰州幕》《送王尚喆三原尉》《送高君先辈还家》《赠梅圣俞》《独至香山忆谢学士》《送王汲宰蓝田》《答钱寺丞忆伊川》《游彭城公白莲庄》《忆龙门》《龙门泛舟晚向香山》《春晚同应之偶至普明寺小饮作》《杂言答圣俞见寄兼简东京诸友》《戏赠》《寄左军巡刘判官》《荷叶》《罢官西京回寄河南张主簿》《寄西京张法曹》《离彭婆值雨投临汝驿回寄张九屯田司录》,苏舜钦《游洛中内》

---

①　本文相关政区名称均采取北宋时名称,并非今名。以谭其骧主编《中国历史地图集》第6册（中国地图出版社1982年版）为依据。

②　相关地理空间所在州郡的确定,依据史为乐主编《中国历史地名大辞典》（增订本）,中国社会科学出版社2017年版。

续表

州/府	系地	创作时间	作品
河南府		庆历四年（1044）	欧阳修《再至西都》《过钱文僖公白莲庄》
		皇祐三年（1051）	宋庠《初至洛阳府廨有东楼曲沼之胜时春色已过园林寂寞晚坐楼上作》《东园池上书所见五首》《因游东园奉寄交代张龙图》《守洛》《次韵和石学士见寄十首》《迟明出都谢雪龙门佛祠途中复遇雪》《时贤多以不才消我因自咏》
		皇祐四年（1052）	宋庠《次韵和新命留台吴侍郎自适之作》《岁晏感怀寄吴侍郎》《次韵和次道学士献赠留台吴侍郎洛水泛舟之作》《和吴侍郎喜令弟学士请告归省》《次韵和吴侍郎谢陕州寄酒》《和吴侍郎微雨中与一二亲友同登香山石楼》《和吴侍郎龙门宝应寺设斋》
		皇祐五年（1053）	宋庠《吴侍郎生朝》《次韵和吴侍郎睡足成咏》《次韵和吴侍郎再葺东亭兼怀晁公旧隐》《和吴侍郎谢余洎诸朝客见过亭沼》《送资政侍读侍郎西赴陕郊》《次韵和资政吴育侍郎见赠》《和吴侍郎题宝应僧房白鸡冠花》
		嘉祐三年（1058）	文彦博《题纪太尉庙》《过荥阳玉像院》《过汜水关》《某伏蒙昭文相公富以某方忝瀍洛之寄因有嵩少之行惠赐游山器一副质轻而制雅外华而中坚匪惟便于赍持实为林下之珍玩也辄成拙诗一章报谢》《答青州相公二首》《梅公仪见赠华亭鹤一只》
		嘉祐四年（1059）	文彦博《游平泉作》《游卢溪》《秋日登阙塞》《游潜溪》《登广化阁》《寒食日早发赴积庆庄拜扫过龙门马上作》《过颍阳山墅作》
	登封	天圣九年（1031）	梅尧臣《少林寺》《少姨庙》《会善寺》
		天圣十年（1032）	欧阳修《嵩山十二首》《箕山》《又行次作》，梅尧臣《同永叔子聪游嵩山赋十二题》
		嘉祐五年（1060）	文彦博《宿少林寺》《游金星观》《游岳寺》
	偃师	天圣十年（1032）	欧阳修《缑氏县作》
	巩县	明道二年（1033）	欧阳修《巩县初见黄河》《代书寄尹十一兄杨十六王三》
	渑池	至和三年（1056）	苏洵《答陈公美》《又答陈公美三首》
		嘉祐六年（1061）	苏轼《和子由渑池怀旧》
	伊川	天圣九年（1031）	梅尧臣《秋日同希深昆仲游龙门香山晚泛伊川舣咏久之席上各赋古诗以极一时之娱》
汝州	襄城	景祐元年（1034）	欧阳修《罢官后初还襄城弊居述怀十韵回寄洛中旧僚》
		宝元二年（1039）	欧阳修《酬圣俞朔风见寄》《初冬归襄城弊居》《送琴僧知白》《听平戎操》，梅尧臣《襄城对雪》
		嘉祐五年（1060）	苏轼《颍大夫庙》
	颍桥	庆历六年（1046）	梅尧臣《过颍桥怀永叔》
	龙兴	宝元三年（1040）	梅尧臣《至香山寺报秀叔》
	汝州	庆历六年（1046）	梅尧臣《汝州后池听水》《汝州》《汝州登慈寺阁望嵩岳》

续表

州/府	系地	创作时间	作品
颍昌府	颍昌府	景祐元年（1034）	欧阳修《朱家曲》《远山》《行至椹涧作》
		景祐四年（1037）	欧阳修《答谢景山遗古瓦砚歌》《古瓦砚》
		康定二年（1041）	梅尧臣《舟次朱家曲寄许下故人》《登许昌城望西湖》《夏日晚晴登许昌西湖》《许昌晚晴陪从过西湖因咏谢希深萍风诗怆然有怀》《西湖闲望》
		庆历五年（1045）	梅尧臣《方在许昌幕内弟滁州谢判官有书邀余诗送近闻欧阳永叔移守此郡为我寄声也》《西湖对雪》《依韵和资政侍郎雪后书事》《依韵和通判太博雪后招饮二首》《依韵和资政侍郎雪后登看山亭》《雪中通判家饮回》《雪后资政侍郎西湖宴集偶书》，苏舜钦《颍川留别王公辅》
		皇祐四年（1052）	文彦博《题高平公范文正亲书伯夷颂卷后》《春日湖上偶作二首》《雨中湖上绯桃盛开舟子维缆于树因书二十八言》
		皇祐五年（1053）	宋庠《自洛移许初至郡斋作》《和吴侍郎相从经岁忽有陕许之别见贶长句》
		皇祐六年（1054）	宋庠《和吴侍郎自陕归阙》《自讼》
		至和二年（1055）	宋庠《晏公丧过州北哭罢成篇二首》
		嘉祐五年（1060）	苏轼《许州西湖》
	郏县	庆历六年（1046）	梅尧臣《郏城道中》
	阳翟	庆历六年（1046）	梅尧臣《夕发阳翟》《阳翟县城凝嵩亭》
汝州	叶县	景祐元年（1034）	梅尧臣《双凫观》
		景祐四年（1037）	欧阳修《行次叶县》
		宝元三年（1040）	梅尧臣《双凫观》《检覆叶县鲁山田李晋卿饯于首山寺留别》《卧羊山》《昆阳城》《老牛陂》《叶公庙》《己卯岁紫微谢公赴南阳过叶县陪游兴庆精舍题名壁间而去庚辰岁余来按田因访旧迹□然于怀故作此谣以志其悲》
		嘉祐五年（1060）	苏洵《昆阳城》，苏轼《双凫观》，苏辙《双凫观》
滑州	滑州	庆历三年（1043）	欧阳修《滑州归雁亭》《归雁亭》
颍州	颍州	康定二年（1041）	梅尧臣《陪淮南转运魏兵部游颍州女郎台寺》
		皇祐元年（1049）	欧阳修《答吕公著见赠》《秀才欧世英惠然见访于其还也聊以赠之》《思二亭送光禄寺丞归滁阳》《眼有黑花戏书自题》《送杨先辈登第还家》《获麟赠姚辟先辈》《初至颍州西湖种瑞莲黄杨寄淮南转运吕度支发运宋主客》《初夏刘氏竹林小饮》《酬张器判官泛溪》《答通判吕太博》《答吕太博赏双莲》《西湖戏作示同游者》《西湖泛舟呈运使学士张掞》《三桥诗》《和人三桥》《西园石榴盛开》《伏日赠徐焦二生》《飞盖桥玩月》《送谢中舍二首》《酬孙延仲龙图》《送杨员外》《和徐生假山》《读梅氏诗有感示徐生》《梦中作》《送杨君之任永康》《送朱生》《常州张卿养素堂》《韩公阅古堂》《永州万石亭》

续表

州/府	系地	创作时间	作品
		皇祐二年（1050）	欧阳修《人日聚星堂燕集探韵得丰字》《雪》《雪晴》《感春杂言》《竹间亭》《西园》《祈雨晓过湖上》《食糟民》《喜雨》《送焦千之秀才》《橄榄》《鹦鹉螺》《堂中画像探题得杜子美》《寄生槐》《聚星堂前紫薇花》
		皇祐六年（1054）	欧阳修《去思堂手植双柳今已成荫因而有感》《去思堂会饮得春字》
		治平四年（1067）	欧阳修《送道州张职方》
郑州	郑州	明道二年（1033）	梅尧臣《客郑遇昙颖自洛中东归》
		皇祐三年（1051）	宋庠《赴洛经郑马上偶成》
		嘉祐六年（1061）	宋庠《绝句》，苏轼《辛丑十一月九日既与子由别于郑州西门之外马上赋诗一篇寄之》，苏辙《怀渑池寄子瞻兄》
	荥阳	皇祐三年（1051）	宋庠《过行庆关》
孟州	孟州	至和三年（1056）	宋庠《初憩河阳郡斋三首》《立春日置酒郡斋因追感三为郡六迎春矣呈坐客》《次韵和州府吴大资病愈后见寄之作》《孟津岁晚十首》《淳之太尉相公寄示赴镇小编三复成诵研味之余辄当酬继但难于遍和辄取首题赋成拙句一首既伸高山仰止之愿并以为谢》
		嘉祐二年（1057）	宋庠《河阳寒食》
		嘉祐三年（1058）	宋庠《寄子京》
蔡州	葛陂	庆历六年（1046）	李觏《葛陂怀古》
	正阳	庆历六年（1046）	梅尧臣《正阳驿舍梦郑并州寄书开之即三山图也》

由表1可知，宋仁宗、英宗朝诗作主要涉及67处京西北路的地理空间①，较常出现：南岳（少林寺、会善寺、少姨庙）、许昌西湖、洛阳府东园、颍州西湖、伊川、香山、河阳郡斋、双凫观、龙门、普明院、九龙祠、绿竹堂、白莲庄、襄城故居、去思堂、昆阳城、归雁亭、三桥、聚星堂、朱家曲等。

宋仁宗、英宗朝诗作可明确系地于其他各路的作品数量统计如下：京畿路692首，京西北路341首，淮南东路129首，秦凤路128首，荆湖北路96首，江南东路82首，永兴军路66首，江南西路62首，两浙路61首，京西南路48首，京东东路44首，河北东路42首，成都府路35首，京东西路34首，河北西路29首，利州路19首，河东路14首，梓州路13首，淮南西路6首，广南东路1首。由统计可知，京畿路是宋仁宗、英宗朝诗坛的中心。除京畿路外，

---

① 文学地理学的地理空间不等同于地理层级，这是一种地理层级难以表述的更小空间，偏向于具体微小的地点空间，参见朱万曙《文学史研究的"空间维度"》，《文艺研究》2021年第10期。

北方各路以京西北路诗作数量最多，南方各路以淮南东路诗作数量最多。

二 孕育一定数量的诗人："次中心"判断依据之二

笔者对宋仁宗、英宗朝诗人的界定划分标准：以其文学创作活动主要发生在宋仁宗、英宗朝为依据；若诗人在宋仁宗朝统治前期即天圣、景祐间（1023—1037）离世，将其归入宋初诗坛；若诗人在宋仁宗朝统治后期及宋英宗统治时期即皇祐、治平间（1049—1067）方步入诗坛或尚且年少，在宋英宗朝以后还有相当数量的作品，将其归入隆宋诗坛。以此标准，宋仁宗、英宗朝诗人共742人，其中可以明确出生地的有598人①，有42位出生于京西北路。详见表2：

表2　　　　　出生于京西北路的宋仁宗、英宗朝诗人数量

州（府）	出生地	诗人数量	备注②
河南府	洛阳	尹洙、富弼等20人	范雍世家太原，祖葬河南，遂为河南人。
	寿安	1人	
	缑氏镇	1人	
颍昌府	颍昌府	5人	孙永世为赵人，徙长社（今河南许昌）
	郾城	1人	
	临颍	4人	
	阳翟	2人	
陈州	宛丘	1人	
孟州	河阳	2人	
	汜水	1人	
蔡州	上蔡	1人	
郑州	管城	1人	
颍州	汝阴	1人	
汝州	汝州	1人	

对比宋仁宗、英宗朝其他各路出生诗人的数量，京西北路仅次于两浙

---

① 诗人名录及籍贯的确定，依据北京大学出版社1998年版《全宋诗》。
② 如有诗人祖籍地不在京西北路或籍贯有歧说者，以备注的形式说明。

路、福建路（按：宋仁宗、英宗朝诗作可以明确系地的作品中，未见创作于福建路者）、江南西路、成都府路，在北宋北方疆域中数量最多，甚而多于当时的中心——京畿路。

三 安逸舒正的人文积淀与商业中心涌现：何以成为"次中心"

诗坛"次中心"的形成一般有如下原因：接近当时政治中心或与政治中心陆路、水路交通联系便利；自然风光旖旎秀丽，有一定数量的名胜；人文积淀较为深厚，对后世影响深远的名人曾活动于此，所形成的文化传统具有持续的吸引力与向心力。宋代以后，随着商品经济发展，诗坛"次中心"与商业中心具有一定重合性。这是宋代以后诗坛"次中心"形成原因的新变所在。

京西北路各州府距离京师较近：郑州相距一百四十里，滑州相距二百二十里，陈州相距二百四十五里，汝州相距四百里，河南府相距四百二十里，蔡州相距四百七十里，颍州相距六百五十里①。山清水秀，自然风景融绮、奇、秀、壮于一体，如洛阳县洛水斜堤"形如偃月，谓之月陂"（《太平寰宇记》卷3），登封县五渡水"山下大泽周数里清深肃洁，水中有立石高十余丈、广二十许步，上甚平整"②，寿安县熊耳山"双峰竞举，状同熊耳"③，渑池县天坛山"高五百丈，四绝如坛"（《太平寰宇记》卷5），有助文人感发诗情、畅叙幽兴，"缟素之士多泛舟升陟，取畅幽情"。

与京师联系便利，自然风光优美，并非诗坛"次中心"形成的充分条件。如京东东路在宋仁宗、英宗朝时期只有44首诗作分布，少于相对远离京师的江南西路、永兴军路。京西北路得以成为宋仁宗、英宗朝诗坛"次

---

① 依据（宋）乐史著，王文楚等点校《太平寰宇记》第1册，中华书局2007年版。按：因中华书局版《太平寰宇记》缺卷四内容，故而本文关于此书卷四内容依据文海出版社1980年版《太平寰宇记》，其他卷次均从此本。除《太平寰宇记》卷四相关内容注明出处外，其他卷次不再一一详注出处。
② 《太平寰宇记》卷四，第1册，文海出版社1980年版，第42页。
③ 《太平寰宇记》卷四，第1册，文海出版社1980年版，第43页。

中心"，与当地悠久的人文传统及强大的文化感召力联系密切。

河南又名豫州，"豫者，逸也，言常安逸也。""豫者，舒也，言禀中和之气，性理安舒。"(《太平寰宇记》卷3）恬淡自得、诗意浪漫可谓京西北路鲜明的人文底色，历史中不少名人将其山川胜迹作为诗意栖居的处所，如王彦隐于巩县侯山（《太平寰宇记》卷5）；张轨年少便隐于寿安县女几山①；卜成将巩县九山视为"放心不拘之乡"②。境内许由庙、洗耳河、巢父冢、箕山（又名许由山）、犊泉、牵牛墟，人们或有意或无意为传说赋以实地，以此寄寓自己浪漫自得、崇慕自然的情志。宴饮嬉游成为活跃在京西北路的士人重要生活方式，如巩县岑原丘是文人墨客"暮春来游"的著名打卡地（《太平寰宇记》卷5），武则天与群臣经常游宴赋诗于登封县石淙水③，洛阳各大名园"馆榭池台风俗之习，岁时嬉游，声诗之播扬，图画之传写，古今华夏莫比"④。

自然风景在一定程度上形塑诗歌风貌。京西北路以逸趣为基本色调的自然人文风景使得宋仁宗、英宗朝诗作频频出现"幽赏""清兴"等词语，宋诗自我面貌在筋骨思理之外并未忽视丰神情韵，如欧阳修《游龙门分题十五首·上山》："探险慕幽赏。……林穷路已迷，但逐樵歌响。"⑤欧阳修《伊川独游》："身闲爱物外，趣远谐心赏。归路逐樵歌，落日寒川上。"⑥梅尧臣《游龙门自潜溪过宝应精舍》："遥爱夏景佳，行行清兴属"⑦，这些诗作意象玲珑生动，语言活泼灵动，颇有唐音回响。

---

① 《太平寰宇记》卷四，第1册，文海出版社1980年版，第43页。
② （北魏）郦道元著，陈桥驿校证：《水经注校证》卷15，中华书局2007年版，第372页。
③ 《太平寰宇记》卷四，第1册，文海出版社1980年版，第42页。
④ 张琰：《洛阳名园记序》，李勇先、付昊星、高顺祥主编：《宋元地理史料汇编》第1册，四川大学出版社2007年版，第407页。
⑤ （宋）欧阳修著，洪本健校笺：《欧阳修诗文集校笺》卷1，上册，上海古籍出版社2009年版，第4页。
⑥ （宋）欧阳修著，洪本健校笺：《欧阳修诗文集校笺》卷1，上册，上海古籍出版社2009年版，第8页。
⑦ （宋）梅尧臣著，朱东润编年校注：《梅尧臣集编年校注》卷1，上册，上海古籍出版社2006年版，第4页。

诗坛"次中心"的形成离不开大诗人的助推作用。京西北路得以成为宋调初盛期的"次中心",魏晋名士及白居易等人扮演重要角色,人格、诗文魅力成为具有号召力的文化名片,具有一定的辐辏效应。文彦博《秋日登阙塞》:"怅然高世意,不减冶城游"①,宋庠《偶观竹林七贤画像》推许其高洁品格:"七子高风拂混茫"②,宋庠《过普明禅院二首》其二:"惟余名不灭,来伴法灯长"③,这些文化名人身亡名存、令人追思神往。

豫州之逸并非单纯的闲逸,如"首阳风节"的志士之逸也是其重要组成部分。志士之逸包含两个重要内容:不屈身于权豪富贵,追求自然无拘束的情志。颍考叔曲谏郑庄公不可置母亲姜氏于城颍,阮籍在晋文王席中"箕踞啸歌,酣放自若"④,阮修"以百钱挂杖头,至酒店,便独酣畅,虽当世贵盛,不肯诣也"⑤,这种简傲之志是豫州之逸的鲜明底色,不将个人人格作为权贵功名的奴役,深远地影响宋代士人。

步入迟暮的诗人往往更注重与自我对话,探寻精神归栖之所,以便实现"也无风雨也无晴"的心境。白居易长庆四年(824)居洛后的老者之闲为后来文人树立典范,厚实京西北路的人文底蕴。老夫也可少年狂,"迎春日日添诗思,送老时时放酒狂。除却髭须白一色,其余未伏少年郎"⑥,与自身老境达成和解,岁月只可斑驳诗人的容颜却无法衰败年轻的心态。诗人在其居所或凿池种竹,或小院幽眠,或参禅听琴,"一卷坛经说佛心"⑦"清畅堪销疾,恬和好养蒙"⑧。白居易晚年居洛时的诗作"老"常与"闲"相伴

---

① (宋)文彦博著,申利校注:《文彦博集校注》卷5,上册,中华书局2016年版,第266页。
② 《全宋诗》卷200,第4册,北京大学出版社1998年版,第2288页。
③ 《全宋诗》卷191,第4册,北京大学出版社1998年版,第2190页。
④ 徐震堮:《世说新语校笺》卷下,下册,中华书局1984年版,第410页。
⑤ 徐震堮:《世说新语校笺》卷下,下册,中华书局1984年版,第396页。
⑥ (唐)白居易:《闲出觅春戏赠诸郎官》,《白居易集笺校》卷23,第3册,上海古籍出版社1988年版,第1600页。
⑦ (唐)白居易:《味道》,《白居易集笺校》卷23,第3册,上海古籍出版社1988年版,第1577页。
⑧ (唐)白居易:《好听琴》,《白居易集笺校》卷23,第3册,上海古籍出版社1988年版,第1578页。

而随，这是一种"足踏东流水，目送西飞鸢"①式身、心均闲适自得的状态。宋仁宗、英宗朝诗人被白居易闲适自得的生活方式吸引，来到京西北路在前贤旧迹中安憩其情志。

京西北路得以成为走向隆宋的"次中心"与钱惟演的推动作用密不可分。钱氏在洛阳葺楼宇、游山林，与当地文士宴饮游乐、赋诗唱和。北宋诗坛形成首个具有广泛影响的文人集团——钱幕僚佐集团，该集团中一些成员如欧阳修、梅尧臣等人正是宋诗走向隆盛的领袖人物。

京西北路成为宋诗初盛期的"次中心"，与传统人文积淀的吸引力有关外，也与当地较为兴旺的商品经济密不可分。宋仁宗、英宗朝，当地形成一些较大的商业中心化市镇，如长社县椹涧镇、登封县颍阳镇、寿安镇、偃师镇、缑氏镇、河清镇、洛阳县洛阳镇、北舞镇②，数量在当时仅次于京东东路、河北东路。较为密集的商业中心化市镇进一步推动当地游冶风气盛行。与此同时，宵禁制度解除，进一步便利文士之间交往，"钱思公在洛时，故吏遂与四人者夜饮，五鼓罢"③，对于宋代洛阳文学集团的巩固与扩大具有不容忽视的重要意义。

四 野趣：京西北路"次中心"的宋调底色

诗坛走向隆盛，中心或"次中心"的作品风貌对其自家面目具有直接的形塑作用。京西北路秀丽旖旎的风景为宋调走向隆盛增添颇多景趣，欧阳修《游龙门分题十五首·下山》："千峰返照外，一鸟投岩去。"④ 文彦博《宿少林寺》："六六仙峰绕佛居，俗尘至此暂销除。"⑤ 梅尧臣《汝州登慈

---

① （宋）苏轼：《醉吟先生画赞》，苏轼著，孔凡礼点校：《苏轼文集》卷21，第2册，中华书局1982年版，第602页。
② 依据刘琳、刁忠民等点校《宋会要辑稿·方域》一二，上海古籍出版社2014年版，第16册。
③ 欧阳修：《于役志》，李勇先、付昊星、高顺祥主编：《宋元地理史料汇编》第1册，四川大学出版社2007年版，第68页。
④ （宋）欧阳修著，洪本健校笺：《欧阳修诗文集校笺》卷1，上册，上海古籍出版社2009年版，第4页。
⑤ 《文彦博集校注》卷5，上册，中华书局2016年版，第268页。

寺阁望嵩岳》："峥嵘古寺阁，苍山插晴檐，少室出天外，巍巍何尊严。"①梅尧臣《登许昌城望西湖》："夏木阴犹薄，朱荷出未圆。人闲绿波静，幽鹭插头眠"②，这种景趣兼含超迈横绝与深远闲淡。

文学地理学不宜仅仅关注文学与地理学的融合，我们还应关注地理与当时文学的融合。所谓"文变染乎世情"，不同时期的士人往往带有不同的时代标签，外物在其作品的具体呈现方式有所差异。唐诗中也有不少景趣的作品。这涉及一个需要回答的问题：京西北路作为宋诗走向隆盛的"次中心"，作品中景趣与唐诗景趣是否相同？这在一定意义上关涉到宋诗主体性与评价问题。

诗分唐宋的表现之一即景物风貌不同。宋诗景趣更多是一种野趣。"野"作为诗美主张，与"巧""丽"等相对，主要包含意象选择、情感态度与语体风格三方面：以江湖山林为意象选取对象，革去富贵、绮腻、柔媚之气；冲破儿女私情、流连风物，书写胸中怀抱意趣；语言不事雕琢，自然天成而不失朴野。野趣是素朴野逸与真淳趣味相融合的产物，以蕴含野兴的自然景物为表现对象，书写胸中独立于功名之外的志向，情感色调或明朗欢快、或雄夐昂扬，语言不事雕琢，清雅天成。

京西北路的赏心之景大多与野意相关，如梅尧臣《检覆叶县鲁山田李晋卿饯于首山寺留别》："偶与赏心属。……野气逼人寒，岚光添酒绿。"③文彦博《春日湖上偶作二首》其一："地胜当春早，身闲爱景幽。……机心本不动，犹恐骇群鸥。"④宋庠《次韵和吴侍郎再葺东亭兼怀晁公旧隐》："高怀聊避宠，幽境更随人。树密添新籁，丛香续故春。"⑤相比唐诗写景注重工笔式细致刻画，兴象玲珑，宋诗写景作品的野趣重在泼墨，营构邈远清淡的意境，往往摘句难见其妙、成篇之后才识佳处。

宋仁宗、英宗朝诗人在京西北路创作的野趣作品风格在深远闲淡外，不

---

① 《梅尧臣集编年校注》卷16，中册，上海古籍出版社2006年版，第340页。
② 《梅尧臣集编年校注》卷11，上册，上海古籍出版社2006年版，第177—178页。
③ 《梅尧臣集编年校注》卷10，上册，上海古籍出版社2006年版，第165页。
④ 《文彦博集校注》卷4，上册，中华书局2016年版，第220页。
⑤ 《全宋诗》卷189，第4册，北京大学出版社1998年版，第2171页。

乏笔力豪隽者，如梅尧臣《卧羊山》："乱石若群羊，缘岗卧斜日。"① 文彦博《游岳寺》："下瞰长川穷渺邈，傍观列岫极陂陁。"② 宋庠《孟津岁晚十首》其三："关云沉巩树，楼月啸羌笳。"③ 冲破楼阁馆苑限制，书写题材在广阔处着意，一扫宋初"悲哀为主，风流不归"④的诗风，引导宋诗步入正确的发展轨道。

清逸与雄朗是宋调野趣作品的两大风格特征。野趣折射宋仁宗、英宗朝诗人平淡的诗学观念，强调情感力度适得其中，不深不浅。诗人如果不假润色，纯以胸臆语直露笔端，情感过于激烈，如此书写江湖山林的作品不能称为野趣。

野趣需要与"山林草野之文"及隐逸诗风的薮泽气相区分。吴处厚评价"山林草野之文"的风格："其气枯槁憔悴。"⑤ 隐逸诗人喜欢山居野处，与山泉为友，长期浸润在清幽静穆的环境，脱离功名纷扰，进取之心不免消磨，心境趋于闲淡澄寂，诗作往往缺乏律动的生命活力。野趣的风格与其迥异。

唐诗景趣往往主、客二分，人是主体，景致是客体，客体对于主体的意义更多在于欣赏、流连，人与景致的"约会"往往短暂，主客体之间看似亲近，实际或多或少存在一定距离。如韦应物《晚归沣川》："簪组方暂解，临水一翛然。……南岭横爽气，高林绕遥阡。……名秩斯逾分，廉退愧不全。已想平门路，晨骑复言旋。"⑥ 作者在南岭爽气、高林遥阡中备感适意，体会到暂时脱离官场的轻松。刚归沣川就要"晨骑"还京，"廉退愧不全"已说明缘由：眷恋功名犹如锁链羁绊追求自由自在的步伐，在功名与自适的矛盾张力中屈服于前者。唐人其实普遍存在这种情况，他们视江湖郊野为仕

---

① 《梅尧臣集编年校注》卷10，上册，上海古籍出版社2006年版，第165页。
② 《文彦博集校注》卷5，上册，中华书局2016年版，第270页。
③ 《全宋诗》卷192，第4册，北京大学出版社1998年版，第2209页。
④ 《范仲淹文集》卷8《唐异诗序》，李勇先、王蓉贵校点：《范仲淹全集》，四川大学出版社2007年版，上册，第186页。
⑤ （宋）吴处厚著：《青箱杂记》卷5"《小说》载卢携貌陋"条，夏广兴整理《全宋笔记》第1编，第10册，大象出版社2003年版，第219页。
⑥ （唐）韦应物著，孙望校笺：《韦应物诗集系年校笺》卷5，中华书局2002年版，第242页。

途坎坷的缓冲，将江湖作为功名幻灭后的慰藉，闲适自得中暗藏惆怅心绪。唐诗景趣构成对话关系的一般只有诗人与景物，罕见旁人踪迹，缺乏红尘市井气息。

宋调野趣强调亲近体认江湖，人与景致融为一体，视江湖为精神归栖之乡，在其中寄寓价值追求及美学风尚。景趣所包含的不只是作者和景物，红尘气息较为浓厚，呈现在世而隐的新特点与新风尚，带有宋型人格的鲜明烙印。如欧阳修《智蟾上人游南岳》："青山入楚路，白水望湖田。野渡惟浮钵，山家少施钱。"① 梅尧臣《春日游龙门山寺》："竹藏深崦寺，人渡晚川舟。始觉山风急，归鞍不自留。"②《舟次朱家曲寄许下故人》："稍听邻船语，初分异土言。虽嗟远朋友，日喜近田园。"③ 僧人持钵游走，行人乘舟晚渡，邻船轻声相语，使白水湖田、竹藏深寺、田园景色增添红尘的趣味、生机与活力。

五 公与私：京西北路"次中心"的作品张力

我国古代诗歌存在群体诗学向个体诗学的过渡过程，唐宋是关键阶段。群体诗学着眼于群体性、普遍性情感意志，个体诗学强调个性化、私人化表达，由此构成诗歌文本内容公共意志与私人情志之间的张力。诗歌内容的公共领域带有政治化、责任化色彩，身处其中的诗人身份是官员；诗歌内容的私人领域更多私人化、亲密化成分，或与亲人、友人共度时光，或闲居独处时与自我对话，身处其中的诗人身份是友人、知己或自己。

从一定意义上说，公与私涉及庙堂与江湖。庙堂与江湖既是古代文人的生活空间，也是精神心理空间。文人对二者的态度，折射出价值追求在功名与自适之间的张力。文人与江湖其实是一种双向选择与奔赴：文人塑造江湖

---

① （宋）欧阳修著，洪本健校笺：《欧阳修诗文集校笺》卷10，上册，上海古籍出版社2009年版，第275页。
② 《梅尧臣集编年校注》卷1，上册，上海古籍出版社2006年版，第13页。
③ 《梅尧臣集编年校注》卷11，上册，上海古籍出版社2006年版，第185页。

的存在样态,江湖的自然风景与人文底蕴影响文人将功名与自适何者作为价值追求重心。

京西北路安逸舒和为主的人文氛围为走向隆宋时个体诗学的兴盛铸就良好基础,助推文人价值追求重心由功名转向自适。京西北路几乎使宋仁宗、英宗朝活跃其中的诗人都淡去机心,使他们感受功名意识退隐后闲适自得的心境,"摧颓知止""归隐计"成为京西北路赋予他们的文化心理,如梅尧臣《西湖闲望》:"夏景已多趣,湖边日更佳。……爱闲输白鸟,尽日立汀沙。"① 文彦博《游金星观》:"暂游自愧尘劳迹,解帢临溪濯腻颜。"② 宋庠《东园池上书所见五首》其一:"生平方寸无机械,庭下群鸥且莫飞。"③ 宋庠《岁晏感怀寄吴侍郎》:"感君辞剧日,休我冒荣心。历块疲东道,巢枝忆故林。"④ 临西湖、游道观、访东园,白鸟、鸥鹭相伴,诗人们奔竞的机心消退,闲适怡然之志占据主导。

京西北路为宋仁宗、英宗朝诗人提供的诗意栖居路径,除洛生吟之外,还有饮酒自得及酣眠养生,折射宋型人格将日常生活诗意化及哲思化提升,如梅尧臣《依韵和通判太博雪后招饮二首》其一:"雪晴何所乐,乐趣在杯中。况复君家美,雕盘脍缕红。"⑤ 宋庠《次韵和吴侍郎谢王陕州寄酒》:"棠野歌新续,兵厨兴旧谙。竹供醁上色,兰献液中甘。"⑥ 宋庠《次韵和吴侍郎睡足成咏》:"气胜龟调息,魂交蝶伴心。"⑦ 酒的角色在宋代发生转换,相比前代多借酒浇愁,宋代诗人们发掘饮醉之趣,体会肉身与精神相契合的轻松惬意,"内全其天,外寓于酒"⑧。睡足对于宋人而言由单纯的生理愉适

---

① 《梅尧臣集编年校注》卷11,上册,上海古籍出版社2006年版,第183页。
② 《文彦博集校注》卷5,上册,中华书局2016年版,第269页。
③ 《全宋诗》卷200,第4册,北京大学出版社1998年版,第2289页。
④ 《全宋诗》卷191,第4册,北京大学出版社1998年版,第2200页。
⑤ 《梅尧臣集编年校注》卷15,中册,上海古籍出版社2006年版,第320页。
⑥ 《全宋诗》卷189,第4册,北京大学出版社1998年版,第2163页。
⑦ 《全宋诗》卷191,第4册,北京大学出版社1998年版,第2191页。
⑧ 苏轼:《浊醪有妙理赋》,张志烈、马德富、周裕锴主编:《苏轼全集校注》第10册,河北人民出版社2010年版,第97—98页。

升华为养性安命。

文彦博《过颍阳山墅作》:"平生箕颍志,未免困名缰。"① 可以代表宋人的普遍心境,价值重心即使由功名转向自适,并不意味着与功名绝缘,箕颍闲居与致君尧舜正如磁石两极很难完全割弃其一。私人题材书写与公共责任道德意识之间的融合与张力应运而生,这正是宋调的自家面目。

杨晓山关注到熙宁年间宋仁宗朝老臣退居洛阳后私人的园林空间受到公共政治力量"打扰",有的甚而导致作品中"私人领域的倒塌"②。这种现象具有一定的特殊性,毕竟是相关诗人特殊心境下的创作,可谓"非常时期"导致的私人领域的变形。

我们不妨继续思考:"常规时期"诗人的私人领域书写是否仍会产生变形?即未遭受仕途重大波折而心态没有巨大起伏的时候,私人领域是否依然受到公共政治力量的打扰?将这个思考进一步引申,如果私人领域依然受到公共政治力量的打扰,那么是否必然导致其倒塌?

宋型人格追求君子之隐,以地仙与心隐在出仕与退隐间求得动态平衡,一方面积极探求诗意栖息而不汲汲于功名;另一方面秉持"直质无流心,论议不阿执政"③"独击鹘"④般立朝大节。宋诗初盛期,以致君尧舜、关注民瘼、强国富民为内核的责任道德意识流露在京西北路创作的诗作,有时渗透到私人题材,如欧阳修《逸老亭》:"枕前双雁没,雨外一川晴。……虽怀安石趣,岂不为苍生!"⑤ 文彦博《游潜溪》:"修竹荫清溪,潺湲阚塞西。……难留披敕字,救旱作云霓。"⑥ 苏轼《许州西湖》:"西湖小雨晴,

---

① 《文彦博集校注》卷5,上册,中华书局2016年版,第270页。
② [美]杨晓山:《私人领域的变形:唐宋诗歌中的园林与玩好》,文韬译,江苏人民出版社2009年版,第214页。
③ 《三朝名臣言行录》卷4之4,朱杰人、严佐之、刘永翔主编:《朱子全书》第12册,上海古籍出版社、安徽教育出版社2002年版,第485页。
④ 《三朝名臣言行录》卷4之3,朱杰人、严佐之、刘永翔主编:《朱子全书》第12册,上海古籍出版社、安徽教育出版社2002年版,第482页。
⑤ (宋)欧阳修著,洪本健校笺:《欧阳修诗文集校笺》卷10,上册,上海古籍出版社2009年版,第270页。
⑥ 《文彦博集校注》卷5,上册,中华书局2016年版,第266—267页。

滟滟春渠长。……池台信宏丽，贵与民同赏。但恐城市欢，不知田野怆。颍川七不登，野气长苍莽。"① 秀丽宜人的自然风景，游赏的欢乐氛围，作者的私人生活浪漫惬意，但并未忘怀使命责任，增添情感厚度与感染力，私人领域并未因公共政治力量的打扰而崩塌，反而有所升华。私人题材领域融入责任道德意识，正是宋代诗人"常规时期"私人领域受到公共政治力量打扰的体现，是宋调的标志性面貌。

结　语

一般而言，靠近京畿或与京畿交通联系便利的州郡容易成为诗坛"次中心"。相比身处京畿的诗人们大多以政客官员的身份观赏外物，置身在地方州郡反而可以表露真实的诗学观念，更为轻松地以抒情者的身份进行书写。"次中心"对诗坛走向隆盛的贡献值得认真探讨。

诗坛"次中心"具有当时性，带有鲜明的时代标签。诗人与景观之间相互塑造，景观特点带有特定时期诗人的审美趣味。如梅尧臣《依韵和永叔同游上林院后亭见樱桃花悉已披谢》："把酒聊能慰余景，乘欢不厌夕阳时。"② 宋庠《次韵和吴侍郎喜令弟学士请告归省》："秋来遥说洒烦襟，季虎昆龙伴啸吟。"③ 折射出宋代文人对时暮景物的态度由感伤转为诗意欣赏；梅尧臣《汝州》："只怜郡池上，不异山林居。"④ 宋庠《自洛移许初至郡斋作》："更赖鸭陂能慰我，铃斋西畔似江天。"⑤ 反映宋型人格在地而隐的地仙观念；梅尧臣《夕发阳翟》："鬼火迸林入"⑥ 宋庠《初憩河阳郡斋三首》其三："乱流横掠野，残日倒穿林。"⑦ 景物书写不再如唐诗般兴象玲珑，折射

---

① 苏轼著，王文诰辑注，孔凡礼点校：《苏轼诗集》卷2，第1册，中华书局1982年版，第81—82页。
② 《梅尧臣集编年校注》卷2，上册，上海古籍出版社2006年版，第28页。
③ 《全宋诗》卷199，第4册，北京大学出版社1998年版，第2278页。
④ 《梅尧臣集编年校注》卷16，中册，上海古籍出版社2006年版，第329页。
⑤ 《全宋诗》卷196，第4册，北京大学出版社1998年版，第2246页。
⑥ 《梅尧臣集编年校注》卷16，中册，上海古籍出版社2006年版，第341页。
⑦ 《全宋诗》卷192，第4册，北京大学出版社1998年版，第2211页。

无物不可入诗、以奇为美的宋诗新质。这些构成宋诗之路与唐诗之路的不同之处。

诗坛"次中心"具有一定的记忆层累性。前辈诗人对地理空间的书写往往成为后辈诗人再度书写时的集体记忆，在不知不觉中影响并固型其风格，如梅尧臣《昆阳城》、苏洵《昆阳城》影响后来相关创作。

探讨诗坛"次中心"，其实是考察具体而微的地点所承载的诗人独家记忆。对于宋诗之路而言，它常常表现在人格心理化的自我形象。如欧阳修《聚星堂前紫薇花》中寂寞憔悴的"我"，宋庠《初至洛阳府廨有东楼曲沼之胜时春色已过园林寂寞晚坐楼上作》中浪漫自得的"幽人"，宋庠《孟津岁晚十首》其八以"麋鹿性"自况。

汉魏之际洛阳都邑书写方式的转捩

郁冲聪*

一 汉大赋中洛阳"德治"形象的建构

汉大赋中东、西两都的形象对比是学界热衷讨论的话题。侯文学认为西都因物质之盛号为"威权之域",而东都则以礼制法度成为"首善之区";①赵金平指出"豫雍之辨"是汉赋铺写的重要转折点,写作重心由《西都赋》代表的自然地理向《东都赋》代表的人文地理演进。②本文认为,《两都赋》《二京赋》分别缔造了"侈丽"与"德治"两种都邑形象,就具体写作方式而言,是通过建立东、西两都不对称的叙事方式和遴选都邑物象来实现的。围绕一座都邑,通常会形成诸多代表性的地理物象和历史事典,构筑起该城完整的文化形象。而都邑赋之所以不完全等同于功能性的地志,就因为其中掺杂了赋家的都邑理念和政治诉求等精神因素。汉大赋中的"城"居于"人"之前,个人的居住体验让位于帝都的形象展示。

从现存的两汉民谣看,汉代有清晰的"关西"与"关东"地域概念区分,分指函谷关内外、以长安与洛阳为代表的两大板块区域。当时谚语称"关东觥觥郭子横"、"关西出将,关东出相"、"关西孔子杨伯起"、"关东

---

* 郁冲聪,浙江财经大学人文学院讲师。
① 参见侯文学《威权之域与首善之区——两汉散体赋都邑理念的差异》,《复旦学报》(社会科学版) 2017 年第 4 期。
② 参见赵金平《豫雍之辨与汉赋地理铺写的转捩》,《四川师范大学学报》(社会科学版) 2020 年第 2 期。

说诗陈君期"① 等，都是人为进行的地域划分。这种对地理板块自觉地进行文化上的区分，是东汉赋史上重要议题——"论都"产生的心理基础。

随着东汉定都洛阳，帝国的政治与文化重心东移，关陇集团开始逐渐游离出政治权力中心，新邑洛阳与旧都长安的比较随之而来。相关文学作品以杜笃（？—78）《论都赋》为发轫，班固（32—92）《两都赋》与张衡（78—139）《二京赋》继之，也包括李尤（？—?）《德阳殿赋》《平乐观赋》《辟雍赋》等洛阳物象的专题赋作。

班固《两都赋》是对关西著姓杜笃《论都赋》的一次反驳，奠定了汉赋中洛阳"德治"的经典形象，也建构了汉代都邑大赋的基本叙事方式。这既与班固崇儒有关，也符合当时社会的思想倾向。从西汉中后期开始，学术话语体系就逐渐笼罩在经学的氛围之下，出现了许多"累世经学"的世家，最典型的是孔子后裔，自孔安国之后代有人出，"自（孔）霸至（孔）昱，卿、相、牧守五十三人，列侯七人"②，这种现象是汉代儒学盛行的一个缩影。儒家尊王、重礼、尚名节、去奢侈、尚节俭，以"礼"与"德"来维系社会秩序。在这种价值导向中，汉代都邑赋几乎没有个人的情感表达。在东汉初年"论都"的政治议题中，《两都赋》中的洛阳终以"德治"压倒长安之"侈丽"，完成了新王朝建立之初所需的威德树立与思想重整。落实到具体写作层面，以《两都赋》《二京赋》为代表的都邑大赋主要有两种方式，完成对洛阳形象的构建。

第一，构建东西二都之间"非对称"的叙事关系。西都的叙事重自然物象的铺陈，东都的叙事重帝王功绩的阐述，也是前期研究中较多提及的。实则，即便对同类事件的叙述，赋家也有所采摭和偏重。以"开拓疆土，慕化夷狄"这一事项为例。在中国古代儒家理想的政治状态中，夷狄款塞是王化远播的重要标志。在旨在抬高西都地位的杜笃《论都赋》中，我们可以看到西汉一系列"钩深图远"的功绩：于是北方则"席卷漠北，横分

---

① 逯钦立辑：《先秦汉魏晋南北朝诗》，中华书局1983年版，第230、233、252、253页。
② （清）赵翼：《廿二史札记》卷5，上海古籍出版社2011年版，第86页。

单于";于东北则"东擁乌桓,蹀鳞濊貊";于河西走廊则"肇置四郡,据守敦煌";于西域则"燔康居,灰珍奇",拓地万里、威震八荒;于西南则"捶驱氐、僰,廖狼邛、莋";于南海则"郡县日南,漂槃朱崖。部尉东南,兼有黄支";并最终将西汉的胜利归于地缘因素,"非夫大汉之盛,世藉麋土之饶,得御外理内之术,孰能致功若斯!"① 要之,《论都赋》中大段的功绩铺陈对读者形成了压倒之势,构建了一个定都于西京并威震四方的西汉帝国形象。

杜笃所言基本符合历史,但相关事件在《西都赋》和《二京赋》中都被做了弱化处理,仅以几项殊方异珍兼带提及,有"九真之麟,大宛之马,黄支之犀,条支之鸟"② "振威德于荒外,致奇货于天府"③ 的功绩被隐藏得很深。继而,《东都赋》陈述了东汉"天下大同"且全面超越西汉的历史功绩:"自孝武之所不征,孝宣之所未臣,莫不陆詟水栗,奔走而来宾",并以"哀牢归附"为典型代表事件大加书写,"遂绥哀牢,开永昌""天子受四海之图籍,膺万国之贡珍,内抚诸夏,外绥百蛮"。④

历史上,东汉并没有完全恢复西汉鼎盛时期的疆土。《东都赋》之所以详述"哀牢归附"一事,是因为东汉在西南地区实现了对前代的超越。汉武帝经营西南夷,而昆明夷不附,汉朝的势力实际只到达了滇东北。直至东汉明帝永平十二年(69),哀牢王才遣子率种人内属,汉以其旧地置永昌郡。班固所说的"受图籍",指的应该是《哀牢传》一类的图经地记。《哀牢传》是目前所见的唯一一种汉代的云南方志,王充《论衡》记载了《哀牢传》的成书经过:"杨子山为郡上计吏,见三府为《哀牢传》不能成,归郡作上,孝明奇之,征在兰台。"⑤ "上计"是一种非常古老的行政制度,中央政府通过"计吏"向属郡县盘查建制、辖境、户口、物产、民俗、山川、

---

① (南朝宋)范晔:《后汉书》卷80《杜笃传》,中华书局1965年点校本,第2600页。
② 《文选》卷1《两都赋》,中华书局1977年影印本,第24页。
③ 《北史》卷97《西域传》,中华书局1974年点校本,第3205页。
④ 《文选》卷1《两都赋》,中华书局1977年影印本,第33页。
⑤ 黄晖:《论衡校释》卷30,中华书局1979年版,第1169页。

道里等各种统治所需的信息，这一过程称为"问计"，形成的文本称为"计簿"，由此实行有效的驭下统治。哀牢既已上缴计簿，就不再是化外之地。在四川芦山县樊敏石阙上还保留着"哀牢夷龙生十子"① 的图像，可与《哀牢传》中"九隆代代相传"② 形成图文互证。于是，"哀牢归附"这一标志性事件被班固精心遴选出来，成为东都"德治之至"的象征。

第二，通过遴选西都代表性宫殿苑囿，以构建其"侈丽"形象。班固认为赋具有讽谏的作用，他在《两都赋序》提出的"或以抒下情而通讽谕，或以宣上德而尽忠孝"③ 的观点，分别对应《西都赋》和《东都赋》的赋写理念。《西都赋》虽有"讽谕"之意，表达方式却与司马相如"劝百讽一""曲终奏雅"的《子虚上林赋》不尽相同。司马相如重名物铺陈，以展示赋家"苞括宇宙"之才学，而班固则重都邑物象的遴选筛汰。

《西都赋》从京畿近郊写到了都城市井，再写到皇城内苑，又写到具体宫观殿台，其空间转换是一个不断缩小、不断聚焦的过程。赋中对长安的都邑全貌的描写是略写，仅以"披三条之广路，立十二之通门。内则街衢洞达，闾阎且千；九市开场，货别隧分"几句略过；对于城中市民的描写也并非面面俱到，只是着重写了"豪强"与"游侠"两类人物；在写到长安城的宫殿时，也仅以"体象乎天地，经纬乎阴阳"和"焕若列宿，紫宫是环"来总括宫殿面貌。历史上西汉未央宫下大小殿室有40余座，《西都赋》提及虽不占少数，却大多为略写，即便是对"宣室""温室"这样的帝国权力中枢，也是一笔带过，唯独对昭阳殿着墨甚多，并以"昭阳特盛，隆乎孝成"作为提示读者的警语。这里是汉成帝宠妃赵合德的寝宫，也是后世诗歌中的常见地名事典，"玉颜不及寒鸦色，犹带昭阳日影来"（王昌龄

---

① 参见张道一《汉画故事》，重庆大学出版社2006年版，第239页。
② 《后汉书·西南夷传》引杨终《哀牢传》称："九隆代代相传，名号不可得而数。至于禁高，乃可记知。禁高死，子吸代。吸死，子建非代。建非死，子哀牢代。哀牢死，子桑藕代。桑藕死，子柳承代。柳承死，子柳貌代。柳貌死，子扈栗代。"《后汉书》卷86《南蛮西南夷列传》，中华书局1965年点校本，第2848页。
③ 《文选》卷1《两都赋序》，中华书局1977年影印本，第21页。

《长信秋词》）、"昭阳殿里恩爱绝，蓬莱宫中日月长"（白居易《长恨歌》）等。班固在《汉书》中这样评价汉成帝："博览古今，容受直辞。公卿称职，奏议可述。遭世承平，上下和睦。然湛于酒色，赵氏乱内，外家擅朝，言之可为于邑。建始以来，王氏始执国命，哀、平短祚，莽遂篡位"①，认为成帝朝是西汉帝国由盛入衰的转捩点，而《西都赋》中的"昭阳殿"正是这一历史观点的文学化表达。

《西都赋》中雄壮的田猎场景和上林苑中富饶的珍产，表面上是彰显汉武帝的权威，实质上却是对西汉"逾侈"的讥讽。在描述汉武帝时期建造的建章宫时，称其"临乎未央"，明褒实贬，以建章宫压过未央宫，暗喻汉武帝骄横的性格。之后略去其他宫殿，专取神明台、通天台、井干楼以及太液池中的渐台、三神山等物象，无不是对汉武帝好神仙的暗讽。

《东都赋》对洛阳城的南北宫、三市、铜驼街等标志性建筑几乎没有涉及，大小宫殿苑囿也一概略过，只凸显了建成于光武帝建武三十一年（55）的"三雍"，"是岁，初起明堂、灵台、辟雍，及北郊兆域"②。这里是东汉帝国重要的礼制活动场所，"觐明堂，临辟雍，扬缉熙，宣皇风。登灵台，考休征，俯仰乎乾坤，参象乎圣躬"，③《东都赋》营造出了一幅儒家追求的天人和谐、德披天下的理想政治图景，并最后以东都之"三雍"与西都之都邑物象相较，"建章甘泉，馆御列仙，孰与灵台明堂，统和天人？太液昆明，鸟兽之囿，曷若辟雍海流，道德之富"，④确立了东都"德治"之典范的形象。

不独班固《东都赋》，东汉其他赋家也有意遴选洛阳最具"德治"标志的物象，以作为都邑文化的象征，其中李尤是一位非常重要的作家。李尤，字伯仁，广汉雒人，《华阳国志》称他在明帝⑤时曾"召作东观、辟雍、德

---

① 《汉书》卷10《成帝纪》，中华书局1962年点校本，第330页。
② 《后汉书》卷1《光武帝纪下》，中华书局1965年点校本，第84页。
③ 《文选》卷1《两都赋》，中华书局1977年影印本，第33页。
④ 《文选》卷1《两都赋》，中华书局1977年影印本，第34页。
⑤ 刘琳校本《华阳国志》认为当在和帝时。

阳诸观赋铭、《怀戎颂》、百二十铭"①，可惜这些篇目多已散佚。从古类书所保存的残篇来看，我们仍能看出所甄选都邑物象与洛阳"德治"形象紧密关联。"东观"是东汉皇宫中藏书、校书、修史之所，东汉本朝所修的国史《东观汉记》就得名于该地；"德阳殿"是洛阳北宫的正殿，百官朝会之所，"周旋容万人，激洛水于殿下"②；"辟雍"是周代大学之称，汉代也设以存古制，桓谭《新论》称："王者作园池，如璧形，实水其中，以圜壅之，名曰辟雍。言其上承天地，以班教令，流转王道，周而复始。"③除此之外，李尤还有《河铭》《洛铭》《鸿池陂铭》《永安宫铭》等作品，更需注意的是，他曾为洛阳的十二座城门都作了铭文，这些铭文的构思角度，无一不是从"地理""天时"的相应相谐的立足点出发，构建洛阳"象天立都"的都邑营建理念。

比较值得注意的是李尤的《平乐观赋》。平乐观是一处游宴场所，上演百戏等娱乐项目，长安和洛阳皆有之。长安平乐观在上林苑中，潘岳《关中记》记载上林苑有"宫苑三十六"，其中就有"平乐观"。④汉武帝元封三年（前108），曾在这里举行大规模的角抵戏演出，文颖注称："巴俞戏、鱼龙蔓延之属也。汉后更名'平乐观'。"⑤洛阳平乐观在上西门外，这里建有高台，供朝廷阅兵讲武；高台之下建有复道和宽敞华丽的平乐观，供上演百戏和贵族游宴。曹植"归来宴平乐，美酒斗十千"（《名都篇》）的名句，让洛阳"平乐观"蜚声文林。

李尤《平乐观赋》写的是洛阳平乐观，赋中保留了大量的汉代百戏资料，这篇赋作也让洛阳展示出除了"德治"以外，极具活力和市井气息的一面。赋中提到的"飞丸""跳剑""吞刃""吐火"等杂技，多可与出土的汉代画像石相互印证，是东汉时期洛阳真实都邑生活的再现。然而，在张

---

① 刘琳：《华阳国志校注》卷10《先贤士女总赞》，巴蜀书社1984年版，第750页。
② 欧阳询：《艺文类聚》卷62《居处部三》，上海古籍出版社1999年版，第1122页。
③ 《艺文类聚》卷38《礼部上》，上海古籍出版社1999年版，第690页。
④ 参见刘纬毅《汉唐方志辑佚》，北京图书馆出版社1997年版，第82页。
⑤ 《汉书》卷6《武帝纪》，中华书局1962年点校本，第194页。

衡的《二京赋》中，选择了将百戏游乐的场面设置在了长安的"平乐观"，以助长其"侈丽"的形象，而东都的相应描述，则为"其西则有平乐都场，示远之观。龙雀蟠蜿，天马半汉"，是一种"奢未及侈，俭而不陋。规遵王度，动中得趣"①的存在。对同一座观阁，我们可以看到赋家截然不同的表述方式。

要之，虽然后世倾向于将都邑赋当作志乘对待，但毕竟其文学性格大于史学性格。作为洛阳空间形象文学表达的汉代都邑大赋，就对洛阳形象进行了合乎赋家政治诉求的重塑。

二　汉魏间洛阳文学书写的新变

汉代都邑大赋中的洛阳代表着帝国的门面，乐府诗中的洛阳则代表着下层人士对帝都的认知与情感。汉乐府诗中的洛阳形象比较单一，在下层民众看来，洛阳富贵繁华但遥不可及，人与城的情感比较疏离。如《长安有狭斜》篇中称"小子无官职，衣冠仕洛阳"②，洛阳就是一个"求仕"的代名词。侯文学还敏锐地发现，汉乐府诗中常以"都门"这一物象来隔断城内的贵族与城外的庶族。③

洛阳都邑书写方式的转捩点发生于汉末魏初之时，以"古诗十九首"为代表的下层文人五言诗，是第一批书写城市风光并寄寓作家身世的诗作。这批作品将自身的情感体验寓于都邑物象之中，"人"开始走到了"城"的前面。如《青青陵上柏》一首，先写各类游宴活动，"驱车策驽马，游戏宛与洛"，再总括洛阳的宫殿苑囿、王侯宅邸，"洛中何郁郁，冠带自相索。长衢罗夹巷，王侯多第宅。两宫遥相望，双阙百余尺"，以洛阳之繁盛折射出厕身于权贵之中的寒士"极宴娱心意，戚戚何所迫"的落寞与苦辛。《西北有高楼》一首则以"高楼"意象起兴，写及楼上弦歌之声，发出了"不

---

① 《文选》卷3《东京赋》，中华书局1977年影印本，第56页。
② 郭茂倩编：《乐府诗集》卷35，中华书局1979年版，第541页。
③ 参见侯文学《汉代乐府诗的都邑心态》，《中国文学研究》2017年第2期。

惜歌者苦，但伤知音稀"的人生喟叹；《驱车上东门》一首，则是借助"郭北之墓"的景象来抒发人生苦短、不如饮酒求仙的生命感慨。

汉魏之际，从中平年间董卓之乱开始，洛阳城屡遭兵燹，又屡次重修。建安二十五年（220），曹操于洛阳北宫修建始殿。后曹丕在洛阳受禅，就以建始殿为朝会正殿，又修缮了例如嘉福殿、崇华殿、九华台、凌云台等建筑，并修缮了汉晋年间著名的皇家园林芳林园（避曹芳讳改称华林园）。洛阳大规模的修缮是在魏明帝时，一直沿用至北魏的正殿太极殿正是此时修建的。太极殿在中国古代宫殿史上影响很大，"历代殿名，或沿或革，惟魏之太极，自晋以降，正殿皆名之。"① 另外还有临商、凌云、广望、万世、总章、听讼、修龄、宣曲、阊风等九座高观，皆复道相连，其中的"总章观"，从太极殿南行至此，一路共有阁道328间，极为壮丽。曹魏洛阳的皇宫中开辟了天渊池，也就是《洛阳伽蓝记》中所说的"大海"。池中堆筑了景阳山，修筑之时魏明帝亲为监工，帝命公卿大臣皆负土挥铲。景阳山近洛阳城西北的大夏门，门外有宣武场，故此山同时也具有军事防御作用。山上放养着珍禽异兽，供皇室贵族狩猎之用。天渊池临着华林园，园中又有流杯池，每至三月三上巳节，皇帝就会在此设宴招待公卿百官，流觞曲水、赋诗饮酒，席间产生了一大批公宴诗作。

曹魏不仅修缮了皇城宫苑，还非常注重充实都邑人口，发展商业经济。先秦时期，洛阳因其"天下之中"的地理优势成为商贸繁盛之地。被司马迁《史记·货殖列传》奉为"天下治生之祖"的大商人白圭就是洛阳人（周人）。西汉时洛阳是"五都"之首，设有均官。东汉末年，洛阳罹遭兵燹，商业陷入停顿。曹魏与西晋都推行了一系列政策，如降低关津税、恢复"三市"等措施，逐渐恢复了城市的正常生活秩序。晋武帝时成綮《平乐市赋》就以"巷列千所，罗居百族；街衢相望，连栋接屋"② 来形容洛阳的商业之盛。魏晋洛阳市场有一整套管理制度，市中也设有"长"，成公绥

---

① 《初学记》卷24《居处部》，中华书局2004年版，第570页。
② 《初学记》卷24《居处部》，中华书局2004年版，第592页。

《市长箴》称:"贸迁有无,市朝有处;人以攸资,货以攸叙。交易而退,各得其所;曹参相齐,清净以义。奸不可扰,顾托有寄;市臣掌肆,敢告执事。"①

西晋社会好货好利,也与当时发达的商业有关。这种社会风气也直接影响了文人的都邑燕居理念和文学创作,当时作品中"爱物识物辨物"的生活观和文学观很常见。思想与生活方式的变革,促成了魏晋文人对洛阳都邑书写方式的转变。

第一,由"国"到"家"的书写转变。作家开始注重感受个人居于城中的体验,出现了诸多描绘理想城居状态的作品。东汉时期,居住在洛阳城的作家数量很多,如班固年 16 而入洛阳太学,明帝时又除兰台令史、修纂《世祖本纪》,其父班彪、弟班超、妹班昭也都随之家于洛阳;又如傅毅,他曾于章帝建初年间(76—83)入洛为兰台令史,与班固、贾逵共典校书;其他如杜笃、崔骃、贾逵、蔡邕等,他们都有长期寓居洛阳城的生活经历。但是,却很少有直接书写个人城居体验的文学作品出现,"都邑赋"几乎成了汉代洛阳都市形象的唯一构建方式。"城"是帝国的缩影,而非个体栖息的场所;对汉代文人而言,洛阳是"帝都",而非栖息心灵的"家园"。又如张衡,他早年就曾游学洛阳太学,38 岁之后又任太史令,前后长达 18 年。他对洛阳的体察成果是《东京赋》,这是一篇认为班固《东都赋》"鄙陋"而加以扩写的作品,在思想上并没有非常大的突破。他晚年作有《归田赋》,畅想了一处远离都邑喧嚣的清静田园,"游都邑以永久,无明略以佐时",春天来临之时,那里"原隰郁茂,百草滋荣。王雎鼓翼,仓庚哀鸣。交颈颉颃,关关嘤嘤",作家畅想了自己在这一片鸟语花香中与诗书为伴的和乐生活,"弹五弦之妙指,咏周孔之图书。挥翰墨以奋藻,陈三皇之轨模",最后达到"苟纵心于物外,安知荣辱之所如"② 的精神境界,至于个人在洛阳的城居生活,着墨很少。

---

① 《初学记》卷 24《居处部》,中华书局 2004 年版,第 593 页。
② 《文选》卷 15《归田赋》,中华书局 1977 年影印本,第 223 页。

东汉时期洛阳达官贵人、豪强富商很多，城中宅邸林立。但这部分园林多数时候只出现在奏议等政论文书中，作为时风"侈靡"的证据被弹劾。例如东汉著名的"梁冀园"，《后汉书》本传以及《水经注》《洛阳伽蓝记》等地志文献都对这座私家园林有详细的描述，称其"广开园囿，采土筑山。十里九坂，以象二崤。深林绝涧，有若自然。奇禽驯兽，飞走其间"[①]，后世文学提及"梁冀园"时，多与梁冀的骄横淫逸联系在一起，卢照邻《长安古意》就称"梁家画阁中天起，汉帝金茎云外直"。此外，洛阳皇城中的林麓也很多，如濯龙园、芳林园、德鸿苑、西园、南园、显阳苑、灵昆苑、毕圭苑、平乐苑等，却没有像魏晋时期一样催生大批园林酬唱诗文。这种现象，或与东汉重"经术"而轻"诗赋"的学术风气有关系，个人的情志被隐藏在作为集体意志体现的都邑赋中未及施展。

魏晋之时，开始出现了诸多描写理想的都邑燕居状态的作品。他们之中有些人是因为经历了仕途的淹蹇蹭蹬，产生了"归隐"和"栖心"的想法，也有一些是描写平常和乐的家居状态。东汉中期以来庄园经济非常发达，这种经济形态影响了时人的都邑居住理念。他们通常会选择居住在都邑之郊，在"都市"代表的"闹"与"进"和"山林"代表的"静"与"退"之间做了平衡。他们划定一片临近都邑的郊区，作为心灵栖息之所，并将这片园林畅想为一处静谧、富庶、无忧的乐土，既获得了心灵的平静，又得到了充分的物质享受。

最为典型的描绘这种"郊居"状态的作品，是潘岳的《闲居赋》和石崇的《金谷园序》。《闲居赋》作于潘岳50岁时，他在《序》中回顾了自己坎壈不得志的一生："自弱冠涉乎知命之年，八徙官而一进阶，再免，一除名，一不拜职，迁者三而已矣。"《闲居赋》中称自己"退而闲居，于洛之涘。身齐逸民，名缀下士。陪京溯伊，面郊后市"，指的应该就是他位于洛水之滨"德宫里"的住所。他对闲居于此的生活作了畅想，那是一种富足

[①] 《后汉书》卷34《梁冀传》，中华书局1965年点校本，第1182页。

且祥乐的生活，没有物累，甚至还有可营利的项目，"览止足之分，庶浮云之志，筑室种树，逍遥自得。池沼足以渔钓，舂税足以代耕；灌园鬻蔬，以供朝夕之膳；牧羊酤酪，以俟伏腊之费"，其中所说的"舂税"就是指舂米所获资金。魏晋洛阳城中"舂税"的项目很多，当时城西谷水上有一处汉代营建的水利工程"千金堨"，附近就有许多舂米的水碓，多为贵族所有，且大多都是对外收费的。

《闲居赋》中还有大段的园林设计理念，对"物"的追求显示出当时文人特有的生活观：

> 爰定我居，筑室穿池；长杨映沼，芳枳树篱；游鳞瀺灂，菡萏敷披；竹木蓊蔼，灵果参差；张公大谷之梨，梁侯乌椑之柿；周文弱枝之枣，房陵朱仲之李，靡不毕殖。三桃表樱胡之别，二柰曜丹白之色，石榴蒲陶之珍，磊落蔓衍乎其侧。梅杏郁棣之属，繁荣藻丽之饰，华实照烂，言所不能极也。菜则葱韭蒜芋，青笋紫姜；堇荠甘旨，蓼荽芬芳；蘘荷依阴，时藿向阳；绿葵含露，白薤负霜。①

这段对理想燕居家园的描述之词很具有代表意义，在石崇《金谷园序》中也有类似的描绘。《金谷园序》作于元康六年（296），石崇从太仆卿出为使持节、监青徐诸军事、征虏将军时，序中实写应该多过虚构："余有别庐在河南县界金谷涧中，去城十里，或高或下，有清泉茂林、众果竹柏、药草之属，金田十顷，羊二百口，鸡猪鹅鸭之类，莫不毕备。又有水碓、鱼池、土窟，其为娱目欢心之物备矣。"②

潘岳、石崇提各类花草果品，很多皆为当时的珍异类品，如"石榴"一物是汉魏之际由西域传来的果品，原译作"若榴"，蔡邕《翠鸟诗》就有"庭陬有若榴，绿叶含丹荣"之句；又如"蒲陶"，这是《史记·大宛列

---

① 董志广：《潘岳集校注》，天津古籍出版社2005年版，第71页。
② 严可均辑：《全晋文》卷33，商务印书馆1999年版，第335页。

传》中明确提及由张骞带回西域珍果。这两种果品最初在汉语中的名称皆为音译，因此有多种不同的写法。这些外来果品在北魏时期的洛阳城中也非常珍贵，当时城中有"白马甜榴，一实值牛"①的谣谚。魏晋时许多寓居洛阳的作家在书写他们的"家园"时，经常特意赋写珍异物种，这是一种平静、祥乐又追求富庶的生活态度。如应贞、潘尼、张载、张协等人有《安石榴赋》，荀勖、钟会则有《蒲陶赋》，傅玄赋写种植在他庭院中的"紫华"和"蜀葵花"，这两种植物都是随着司马氏灭蜀之后进入洛阳城的，成为当时点缀文人庭院的新奇之物，"紫华一名长乐华，旧生于蜀，其东界特饶，中国奇而种之"②，"蜀葵其苗如瓜瓠，尝种之，一年引苗而生华，经二年春乃发，既大而结鲜，紫色曜日"③。

无论是宦海沉浮之际对理想家园的畅想，还是闲暇居家之时对园圃中花草果木的欣赏，实际上是作家燕居状态的一种折射，同时，"家"也是"都城"的一个缩影。魏晋之际发达的庄园经济，让洛阳除了有"帝都"这一身份，更增添了"家园"这一层新的文化印象。

第二，由"城"到"人"的书写转变。在魏晋作家的笔下，城市物象很多时候是个人身心状态的一种外显。较早采用这种书写方式的是曹植。曹植笔下的洛阳有两种形象。第一种是经历了董卓之乱后，荒芜不治的洛阳。他在《送应氏》中写："步登北邙阪，遥望洛阳山。洛阳何寂寞，宫室尽烧焚。垣墙皆顿擗，荆棘上参天。不见旧耆老，但睹新少年。"④他还有一篇散佚的《洛阳赋》，仅存的佚文写的是洛阳残破不堪的宫室，"狐貉穴于紫闼兮，茅荑生于禁闱。本至尊之攸居，□于今之可悲。"⑤这两篇作品应该写于建安十六年（211）从曹操西征马超途经洛阳时，这也是曹植建安二十五年（220）之前的唯一一次洛阳之行。曾经的名城毁于战火，文明摧毁带

---

① 杨勇：《洛阳伽蓝记校笺》卷4，中华书局2006年版，第171—172页。
② 《艺文类聚》卷81《药香草部上》，上海古籍出版社1999年版，第1388页。
③ 《艺文类聚》卷81《药香草部上》，上海古籍出版社1999年版，第1397页。
④ 林久贵、周玉容等编著：《曹植全集汇校汇注汇评》，崇文书局2020年版，第5页。
⑤ 林久贵、周玉容等编著：《曹植全集汇校汇注汇评》，崇文书局2020年版，第248页。

来的心灵冲击拉近了"人"与"城"的情感距离。第二种是曹魏建立之后曹植以外藩诸侯王身份入京述职时描绘的洛阳形象。在这类作品中,洛阳的都邑物象丰富且寓意曲折幽深,无不是其自我身心状态的一种隐晦诉说。曹植经常借助洛阳的山、河、川、关等自然天险,诉说自身进退两难、歧路彷徨的状态。他在《赠白马王彪》中说:"清晨发皇邑,日夕过首阳。伊洛广且深,欲济川无梁。泛舟越洪涛,怨彼东路长"①;又在《洛神赋》中连用"背伊阙,越轘辕。经通谷,陵景山"来诉说行路之艰难。在曹植笔下,"首阳山"与伯夷叔齐的道德传说无关,"通谷""伊阙""轘辕""景山"等关卡也不是都邑四塞之地的天然军事屏障,而只是他抑郁彷徨、不知前路的心理状态的一种外显。在他的《名都篇》《美女篇》等乐府诗中,洛阳富庶、繁华,充满了冶游之乐,却亦真亦幻、虚实难定,无不是其幽深杳然的内心世界的一种再现。

从曹植开始,对洛阳城的书写中,"城"与"人"的情感距离拉近了,魏晋作家开始大量援引都邑物象,以诉自我身心状态。当时的文学作品,帝都的威严对个人的统摄逐步淡化,个体的或喜或哀的情感都能得到最真实的展示。比较典型是对三月三上巳日洛水边的修禊之时的描述。杜笃有《祓禊赋》,今已佚,其中较为重要的一段保存在《艺文类聚》中:

> 王侯公主,暨乎富商。用事伊雒,帷幔玄黄。于是旨酒嘉肴,方丈盈前,浮枣绛水,酹酒醲川。若乃窈窕淑女,美媵艳姝,戴翡翠,珥明珠,曳离衱,立水涯,微风掩壒,纤縠低回,兰苏盼虀,感动情魂。若乃隐逸未用,鸿生俊儒,冠高冕,曳长裾,坐沙渚,谈《诗》《书》,咏伊吕,歌唐虞。②

三月三日上巳节是汉魏六朝时期最为重要的节日之一,《汉官仪》《续

---

① 林久贵、周玉容等编著:《曹植全集汇校汇注汇评》,崇文书局2020年版,第39页。
② 《艺文类聚》卷4《岁时中》,上海古籍出版社1999年版,第69页。

汉书·礼仪志》《荆楚岁时记》等文献中都对这一节日的风俗有详细的记载。这一天，人们要到水边去盥洁、祓除污秽。河洛地区的上巳节还是男女游宴的时节，《诗经·郑风·溱与洧》就描绘过这一场面。《韩诗》中也记载："三月桃花水之时，郑国之俗，三月上巳，于溱洧两水之上，执兰招魂续魄，祓除不祥。"①

杜笃《祓禊赋》有意模仿了《论语》"子路曾皙冉有公西华侍坐"中的暮春图景，除了王公贵族与名媛仕女，他特意甄选了隐士和鸿儒两类人物来到洛水边上，谈论《诗经》《尚书》等儒家经典，歌咏唐尧、虞舜、伊尹、吕尚等儒家先贤。魏晋时期，儒学的影响力不及前代，文学作品中就很少再能见到像杜笃《祓禊赋》中这样的场景了。先秦时期郑、卫之地的风俗复兴，上巳节成为一个游宴的佳节。魏晋时期相关作品的写作重心，就切换到了对游宴之乐和洛水风物之美上来了。成公绥的《洛禊赋》就写道：

考吉日，简良辰，祓除解禊，同会洛滨。妖童媛女，嬉游河曲。或振纤手，或濯素足。临清流，坐沙场；列罍樽，飞羽觞。②

张协的《洛禊图》对洛水之滨的游乐场景有更为精彩的描述，也更得《艺文类聚》编纂者的激赏，收录的佚文更多：

夫何三春之令月，嘉天气之氤氲。和风穆以布畅，百卉晔而敷芳。川流清泠以汪濊，原隰葱翠以龙鳞。游鱼瀺灂于绿波，玄鸟鼓翼于高云。美节庆之动物，悦群生之乐欣。故新服之既成，将禊除于水滨。③

赋中对暮春三月清风柔拂之下的洛水上的粼粼微波，以及洛水之中自由

---

① 《艺文类聚》卷4《岁时中》，上海古籍出版社1999年版，第62页。
② 《艺文类聚》卷4《岁时中》，上海古籍出版社1999年版，第69页。
③ 《艺文类聚》卷4《岁时中》，上海古籍出版社1999年版，第69页。

自在的游鱼、洛水之上振翅翱翔的飞鸟都有着细致的描摹,并由物及人,写到当时洛水之滨众人的游宴场景:

> 若夫权戚之家,豪侈之族,采骑齐镳,华轮芳毂,青盖云浮,参差相属,集乎长洲之浦,曜乎洛川之曲。遂乃停舆蕙渚,税驾兰田,朱幔虹舒,翠幕蜺连,罗樽列爵,周以长筵。于是布椒醑,荐柔嘉,祈休吉,蠲百痾,漱清源以涤秽兮,揽绿藻之纤柯。浮素卵以蔽水,洒玄醪于中河。①

此外,还有褚爽《禊赋》、夏侯湛《禊赋》、阮瞻《上巳会赋》等,都对三月三日洛水之滨的欢宴场景有生动细致的描述。除上巳节外,魏晋时作家对洛阳城内的斗鸡、蹴鞠、酒宴、赛马等娱乐活动都有描写,共同组成了一幅生动的洛阳生活百景图。

三 魏晋洛阳书写对后世的影响

魏晋作家对洛阳的空间书写奠定了南北朝时人对洛阳的文化印象。在东晋南朝的许多诗文中,依旧有对洛阳的畅想。这时候的洛阳,是中原文化正统的一个标志。对洛阳的书写,实则也是偏安东南一隅的东晋南朝对自身文化传统的一种反顾。在东晋南朝对洛阳的文化书写中,出现了两种比较值得注意的现象。

第一,南北朝地记中叙述洛阳地名时,常与魏晋名士相关联,形成了"以地系人"的文化现象。东晋末年义熙年间,刘裕曾两次北伐。在后一次讨伐姚秦的战役中,曾经在洛阳短暂驻跸。在刘裕的军队中有许多随军幕府文人,他们根据自身一路所见所闻,汇整成了闻见录之类的私撰地记,这就是宋后非常流行的行记的鼻祖。刘裕幕下的戴延之撰有《西征记》,郭缘生

---

① 《艺文类聚》卷4《岁时中》,上海古籍出版社1999年版,第69—70页。

撰有《述征记》，记载了大军从南至北的风景名胜、山川道里、历史传说、土宜物产等，涵盖今江苏、安徽、山东、河北、河南、山西、陕西等多个省份，其中对晋室旧都洛阳的记载尤多，并将地名系于人物，铸造了一种更为深刻的地名文化。

戴延之《西征记》在提到洛阳建春门时这样记载：

> 洛阳建春门外迎道北，有白社，董威辇所住也，去门二里。白社有牛马市，即嵇公临刑处也。①

建春门就是曹魏时期的上东门，是洛阳东城墙三座城门中最靠北的一座。阮籍所住的阮曲，就须由上东门外出，故阮籍的诗歌中经常提及这座城门，"步出上东门，北望首阳岑。下有采薇士，上有嘉树林""朝出上东门，遥望首阳基。松柏郁森沉，鹂黄相与嬉。逍遥九曲间，徘徊欲何之"。魏晋时期的建春门内有太仓，天下货殖就随着河、洛以及洛阳城内部水道阳渠运送到此处，非常繁华。在建春门外有白社，这里因董京（字威辇）而著名。董京为人非常神秘，莫知其爵里，初随陇西计吏来到洛阳，披发乞食，逍遥吟咏，常宿于白社之中，后遁去，莫知其所终。董京在当时的洛阳士大夫圈层中有一定的影响，孙楚时任著作郎，就数次前往白社中与董京语。白社又近牛马市。魏晋洛阳城中有三座"市"，靠西的一座叫"金市"，在宫西大城内，主要满足宫廷贵族贸易；城南有一座"羊市"，在洛水之滨；城东的就是这座"牛马市"，这里因为处决嵇康而著名。在牛马市南二里处，又有吴、蜀二国后主的宅邸，司马氏扫灭了吴、蜀之后，就将刘禅、孙皓迁徙至此，戴延之《西征记》云："东阳门外道北吴蜀二主第宅，去城二里，墟基犹存。"②

在东晋南朝人对洛阳的空间叙述中，上述这种以人名地、以地系人的方

---

① 《艺文类聚》卷4《岁时中》，上海古籍出版社1999年版，第708页。
② 《太平御览》卷180《居处部八》，中华书局1960年影印本，第877页。

式很常见，人与地已经统合为了一个有机的整体。上述关于建春门、白社、牛马市、吴蜀后主故宅的记载尚属实写，在东晋南朝人所撰的地记中，还存有相当一部分虚写的东西。这部分记录反映了时人自觉地将一些名人事迹附会到某些地名之上，表达了民间对这一人物的看法。较为典型的如"千金堨"与曹植的传说。《西征记》记载："金、涔、谷三水合处有千金堰，即魏陈思王所立。引水东灌，民今赖之。"① 千金堨实则是一处汉代留下的水利工程，在魏明帝的时候又进行了重新修缮，与曹植并无关联，只是因为出于对曹植后半生悲惨的政治命运的同情，民间诸如此类的附会很多。除此之外，在东晋南朝的行役记中还提到了洛阳的铜驼、铜仲翁、魏文帝《典论》石碑、刘耀射箭垒等一系列地名，每一地名背后都有一段人物故事，寄寓着不同的人生色彩，使得洛阳城的历史文化印象极为丰富。

第二，开始形成经典性的地理事典。魏晋以降，文学写作就开始有了骈化的特征。文学骈化，就需要拟写大量的对句，并在对句之中运用大量事典，以增加文学的内在意蕴。这一时期形成的一组非常经典的对仗就是以"金谷"与"铜驼"相对的事例，这两种物象几乎成了后世文学中洛阳的代表性建筑。

金谷即石崇的金谷园，《水经注》记载了这一处中古时期极为著名的私人宅邸："谷水又东，左会金谷水，水出太白原，东南流历金谷，谓之金谷水，东南流经晋卫尉卿石崇之故居。"② 这里经常举行政治交游性质的文人会谈，形成了一个被后世名为"金谷二十四友"的松散的政治团体，并因元康六年（296）为除为征虏将军的石崇进行的一场送别诗宴而成了文学史上的佳话，成了西晋诗酒风流的代名词，在戴延之的《西征记》中就已经形成了这一印象："梓泽去洛城六十里，梓泽，金谷也，中朝贤达所集，赋诗尤存。是石崇居处。"③ 铜驼既指汉铸的骆驼形造像，也指洛阳城中最主

---

① 《太平寰宇记》卷3《河南道三》，中华书局2007年点校本，第49页。
② 陈桥驿：《水经注校证》卷16，中华书局2013年版，第376页。
③ 《艺文类聚》卷9《水部下》，上海古籍出版社1999年版，第176页。

要的干道铜驼街。陆机《洛阳记》中就记载："汉铸铜驼二枚，在宫南四会道头，夹路相对。俗语云：'金马门外聚群贤，铜驼陌上集少年'"，这一干道是洛阳生机勃勃、文采斐然的城市精神气质的地标显现。

金谷与铜驼这两个事典，在南朝的文学作品中就已用得非常普遍了。尤其是"金谷"一典，江淹《别赋》中有"帐饮东都，送客金谷"之句；何逊《车中见新林分别甚盛》一诗中有"金谷宾游盛，青门冠盖多"[①] 之句，借"金谷"赋写文人送别之事；谢灵运《山居赋》中有"铜陵之奥，卓氏充钛槩之端；金谷之丽，石子致音徽之观"的对仗，借以表示对洛阳诗酒风流的向往。

在中古文学中，以"金"与"铜"、"玉"等金属器皿相对，是一种很常见的文学修辞，广泛存在于边塞、送别、公宴、咏怀等各类题材中，"橘生湘水侧，菲陋人莫传。逢君金华宴，得在玉几前"（鲍照《绍古辞》）、"玉关道路远，金陵信使疏"（庾信《寄王琳》）、"玉关尘卷静，金微路已通"（袁朗《赋饮马长城窟行》）、"辕门临玉帐，大旆指金微"（虞世基《出塞》）等。于是在唐朝前中期编纂而成的《初学记》，就专门形成了以"金""铜"或"金""玉"相对的事典，其中就有"金谷""铜驼"的事典，这一事典也在魏晋南北朝文学演进的大背景下，成为书写洛阳的经典案例。

四 结语

城市作为一种自然的存在，它是人们日常生活与活动的空间；而如果从"人"与"城"的情感互动关联这一角度来理解城市，那么它就是一切人文活动的缩聚。人随着其生命情感的流淌而在城市空间中书写下特有的生命轨迹，并与城市中之自然物象交融，铸造了特属于这座城市的人文情感印记。洛阳作为一座古老的帝都，中国古代文明前一千年的发展轨迹几乎都在

---

① 何逊：《何水部集》，明洪瞻祖刻本。

"长安—洛阳"连线的反复滑动中度过,其空间内凝聚了丰富的历史、人文镜像。汉帝国四百年的统治崩溃之后,其占主导地位的思想意识形态经学的地位也发生了松动,出现了玄学、佛学等更多丰富的思想类型。洛阳作为汉魏时期的政治中心和文化中心,士人对其进行的空间书写,实则也是时代变化的一个缩影。

文学景观研究

文学景观的"地象"与"心象"关系论

陈一军[*]

一般情况下，文学景观都有与之相对应的地理实景作为基础，故而两者之间构成不可分割的关系，所谓文学景观"是地理环境与文学相互作用的结果"[1]即是此意。举例来说，我们熟知的黄河、泰山、杭州等都是古今诗文中频繁出现的著名文学景观，它们都有与之相对应的地理实景作为存在的前提，显示了文学景观与地理物象之间难以分剖的联系。

然而有些文学景观的地理基础已严重受损甚至基本丧失，比如阿房宫，虽然它在历史上确实存在过，并且盛极一时，但是作为宫殿的绝代风华早已消逝；后世文学对其书写大致或凭传言、或凭史料，甚至仅凭想象。至于《柳毅传》中泾河老龙的龙宫、《西游记》中玉皇大帝的天宫这些文学景观完全出于虚构和想象，实难寻找具体的对应实物，便是心造之物了。不过细究起来，它们也有其地理前提，泾河龙宫或者玉皇大帝的宫殿不过是人们移花接木比照古代王宫想象描摹的，只是参照的具体对象不明而已。凡此种种提出一个命题，文学景观和地理的关系到底是怎样的？是不是凡是文学景观都有个地理基础的问题？假如是，其具体呈现方式怎样？其中是不是还有个依存度的问题？假如是，根据依存度的疏密强弱是否可以明确认识和把握心

---

* 陈一军，西北民族大学中国语言文学学部教授，硕士生导师。本文为中央高校基本科研业务费专项资金项目（31920210156）的相关研究成果。

① 曾大兴：《主持人语》，《新疆大学学报》（哲学·人文社会科学版）2017年第3期。

灵在文学景观塑造中的作用？

文学景观与其地理基础确有一个疏密强弱的依存度。据此，我们可以划分出一个文学景观的层次系列，由此可以明晰文学景观的地象与心象的关系以及它们对文学创作风格的影响。

一　地象完好的文学景观

所谓地象完好的文学景观是指所对应的地理物象保存完好的文学景观。为了便于论述，笔者把地象基本完好的文学景观也归于此类。泰山、黄河、浙江潮等可看作是这类文学景观的代表。

众所周知，泰山是我国名山，为五岳之首，很早就为中国文人墨客竞相描摹，可谓我国最著名的文学景观之一。作为著名文学景观的泰山，虽然在古今时间维度上有些许变化，但是大致面貌依旧。今天我们所见其层峦叠嶂、凌空巍峨的复杂空间形象，在气候变化中展示出的千姿百态的神姿，应该和古人眼中的不甚悬殊。所以，今天登临泰山的人们于孔子"登彼丘陵，峛崺其阪"处，思及他曾发出的"患兹蔓延""涕賣潺湲"的感叹，或许能产生强烈的共鸣。[①] 今人登泰山当也能感受到曹植《飞龙篇》中渲染的"窈窕"、"祥瑞"、"和寿"与"神奇"的泰山之景[②]，能领略诗仙李白《泰山吟》中"千峰争攒聚，万壑绝凌历"的盛景与"天门一长啸，万里清风来""精神四飞扬，如出天地间""凭崖览八极，目尽长空闲"的畅达与洒脱[③]，复现诗圣杜甫《望岳》中"造化钟神秀，阴阳割昏晓。荡胸生层云，决眦入归鸟。会当凌绝顶，一览众山小"的景致[④]。这就是说，由于泰山在数千年间保持了大体的形态稳定，使我们今天还能像古人一样再次行走、重新感受，获得那种故地重游、身临其境的感觉。换言之，今日泰山依然在印证古

---

① 刘立志编著：《先秦歌谣集》，南京师范大学出版社2014年版，第62页。
② （三国魏）曹植撰，赵幼文校注：《曹植集校注》，人民文学出版社1984年版，第397页。
③ （清）彭定求等编：《全唐诗》，中华书局1999年版，第1828—1832页。
④ （清）彭定求等编：《全唐诗》，中华书局1999年版，第2298页。

诗文，我们读古诗文犹如登泰山也，泰山与其悠久文学书写之间仍然保持了很大的一致性。这种情形同样适用于黄河、浙江潮这些著名的文学景观。历史上黄河虽然几经改道，但是大致走向、形态和气势依然。今天的我们，依旧能感受得到《木兰诗》里的"黄河流水鸣溅溅"，也能登高兴会"白日依山尽，黄河入海流"的景致，寄托"黄河之水天上来，奔流到海不复回"的感慨。对于浙江潮，我们依然能领略到南宋周密在《观潮》一文中描摹的壮观景象：

> 浙江之潮，天下伟观也。自既望以至十八日为最盛。方其远出海门，仅如银线，既而渐进，则玉城雪岭，际天而来，大声如雷霆，震撼激射，吞天沃日，势极豪雄。①

然而，即便如此，我们读古诗文所感知的泰山均非单纯地理意义上的泰山。任何古诗文中的泰山，其轮廓连同每个细节都被人的心灵浸泡过了，于是石土、草木、云水都和文人的思想情感交融在一起，本身成为承载人之思想情感的审美对象。例如，孔子眼中"患兹蔓延"的泰山早已和行仁道之不易联系在一起；曹植所抒发的泰山的"窈窕""神奇""祥瑞""和寿"等都已成为表达诗人美的情致与文化理想的表征；而李白"万里清风来""目尽长空闲"的泰山更是诗人湍飞的逸兴、驰骋的胸怀；杜甫"一览众山小"的泰山则是诗人远大理想抱负的表现。其实，泰山从人们一开始了解它，一开始被命名，就成为文化的载体，"泰"者高大、通畅、安宁之意，也就是说，被尊为"岱宗"的泰山一开始就不是一座纯粹的自然之山，它附着了人文理想情感，在岁月的脚步声中日益丰厚其文化内涵，终于成为一座灌注、凝结中华文化精神的人文之山，成为中华文明的重要载体和象征。同样，《木兰诗》中的黄河，也是被离家远征的木兰思念亲人的孤寂心情浸

---

① （宋）周密撰，裴效雄选注：《武林旧事》，学苑出版社2001年版，第304—305页。

染过的黄河，而王之涣所见的黄河早已涵摄了豪迈深湛的人生哲理，李白深切感怀的一去不回头的黄河则和无尽生命流逝的怅惘紧密联系在一起。而周密《观潮》中的浙江潮虽然重在描摹自然之胜景，然而也已是含英咀华、寄寓壮美人生之文化胜景。

由此可见，地象（基本）完好的文学景观其实也是地象与心象的统一体，只不过这里不管是粗笔还是细笔，写景都要契合地理景观本身，也就是要展示出地理物象的现实性。这显示了此类文学景观的书写离不开坚实的地理根基，而其又维持着此类文学景观现在和未来的持续性书写，从而在相关的古诗文和现当代文学之间形成某种延续和贯通。假如我们想要找寻生动的事例，例举一下大家都熟悉的李健吾的《雨中登泰山》就能明了。可见，在地象完好的景观面前，文学的书写不管是类似工笔的描绘形式，还是遗形去貌的浪漫写意手法，都渗透了现实主义精神。这彰显了地理物象在文学景观形成过程中的基础地位和强大制约性。

二　地象残损的文学景观

地象残损的文学景观是指这样一类文学景观，它所依据的地理基础因为时间、战争、人为破坏等因素早已残缺不全了，面貌因此发生重大变化，这往往使得文学创作者产生无限感慨，但也赋予文学创作者较大的自由想象空间，结果由于某种任意性文学景观承载的文化内涵和文学表达方式也都发生了重大变化。如长城、玉门关、楼兰古国等可谓这类文学景观的典型代表。单就这几个文学景观而言，还有一个其地理物象的残损程度日益加重的现象，也就是相比较而言，长城的残损程度最小，玉门关较大，楼兰古国最大。

长城是我国古代修筑的一个宏大工程，举世闻名。它东起山海关、西抵嘉峪关，绵延数万里，宛若一条巨龙蜿蜒起伏在中国北方。由于时间消磨、风霜雨雪的吹打冲刷和人为的破坏，今天长城的不少段落都已倾圮，只剩残垣断壁，然而从整体来看，长城的雄浑仍然还在。所以，今天的人们还能见到古人目睹的"万里连云际""长城高际天"的景象。① 正是在这个意义上，长城成为勤劳、伟大、善于创造奇迹的中华民族不朽精神的象征。正因此，毛泽东曾在词中豪迈抒情："不到长城非好汉。"这与古人将其常与角力、争霸、苛政等联系在一起很不同。在唐人汪遵的《长城》诗里，比铁还要牢靠、让"蕃戎不敢过临洮"的"秦筑长城"，哪比得上三尺高的尧阶！② 这是把长城看作苛政的结果，于是在仁政面前便没有了地位。古人也有将长城作为华夏文明象征的书写，例如，文天祥的"长城扫遗堞，泪落强徘徊"③。这是视死如归的南宋丞相被元人羁押北解路过长城时留下的诗句，长城残留的倒塌雉堞和诗人的不幸遭遇高度契合，遂成为他寄托故国情思的绝好对象。今人写长城，当目睹八达岭、山海关、嘉峪关，往往健笔纵横、豪情勃发，凸显其宏伟雄阔，彰显时代气象。当然从整体着眼书写的立场可能完全不同，有的借以彰显中华民族的和平精神，有的则通过其揭示汉文化的某种保守性。着眼于长城细节的描写自然因景而异、千人千面，有时难免会有古人"荒营野草秋"④的荒凉感，甚至产生"黄沙白骨拥长城"⑤的悲剧意识，等等。

玉门关也是著名的文学景观。然而，由于历史的变换，玉门关城楼早已消失，四维的景象也已发生重大变化。更为关键的是，由于祖国疆域的开拓，西部社会经济文化的发展，玉门关早已不是"春光不度"之地了，也不再是"孤城遥望玉门关"的景象了。这使得古代的那种凄凉之笔似乎难以为继了。当然，因其地缘缘故，依然还有"长风几万里，吹度玉门关"的情景；严冬时节，还会看到"黄沙万里白草枯"的萧瑟，但是时代的变幻似乎让人更容易想起的是作为"石油之城"的玉门，这时候李季的《玉门诗抄》就更容易应和了。这就是说，地理环境的巨大变化已经改变了玉

---

① （南宋）陆游撰，张春林编：《陆游全集》上册，中国文史出版社1999年版，第455页。
② （清）彭定求等编：《全唐诗》，中华书局1999年版，第1529页。
③ 孙志升编著：《长城诗歌》，燕山大学出版社2019年版，第91页。
④ （唐）刘禹锡撰，瞿蜕园笺证：《刘禹锡集笺证》，上海古籍出版社1989年版，第577页。
⑤ 郝润华辑校：《李益诗歌集评》，甘肃人民出版社1997年版，第113页。

门关这一古老文学景观的书写路径和展示方式，只不过其所遗留的古老历史信息还在以神秘的方式发酵，引人持续关注这一非凡的所在。

中国文学史上的楼兰是一个带有神秘色彩的著名文学景观。楼兰是古代西域诸国中的一员，曾据古丝绸之路要冲，先后经历了约 600 年，在 5 世纪中期（448 年）灭亡。其所在区域随后也被沙漠风暴吞噬。古人对它的了解绝大多数源于一些史籍，决然没有现代人可以通过考古获得更多认识的可能性。所以，古诗文中的楼兰总是语焉不详，多为人们表达宏愿、寄托浪漫情思的对象。例如，王昌龄《从军行》中"不破楼兰终不还"的誓言，表达的是边关将士誓死破敌的决心；李白《塞下曲》中"愿将腰下剑，直为斩楼兰"也在表达此类意思；而辛弃疾的《送剑与傅岩叟》则通过送剑与他人的举动，深切表达其北上抗金壮志难酬的隐痛。由此可见，古诗文中的楼兰，完全成了一个象征化符号。遥远的距离使得当时的中原人难以靠近它，哪怕是面对它的死寂这样的细节描写也都空缺了。显然，这方面他们比不得现代人，因为现代人可以比较容易走近楼兰古城，于是便有了沈苇等人对它更为具体的描摹和表现。

地象残损的文学景观有一个共同特点，就是粗线条的勾勒，也可以称为浪漫的写意。就是说，具体景象的缺失让写作者大抵不从细节入手，而是依据一些大致的形貌和历史的踪迹展开粗线条的勾勒和情感的联想。这意味着地理物象不同程度的残缺反而扩大了创作者的自由，让他们放开手脚自由想象。于是我们发现，同为地象和心象结合体的地象残损的文学景观，书写的天平便向心象一端倾斜了。而且，由于历史的久远幽深，造成了苍茫历史与现实景象的交错叠加，更容易激发创作者的万般思绪，心灵的自由度显得更高了，文学书写往往变得更加恣意随心。

三　以"心象"形式存在的文学景观

文学作品中有一类完全或基本以"心象"形式存在的文学景观。这类文学景观由于历史原因导致它的地理实景已基本湮灭，比如，阿房宫，它是中国第一个中央集权制王朝——秦朝——的皇宫，极为奢华富丽，然而存留的时间很短，在秦末纷乱的战争中被入关的项羽一把火烧成灰烬，从此不复存在，以后任人记挂想象了。然而作为秦王朝的标志性建筑，它倒成为不少后世文人反思历史、表达自我情思的重要对象，因此便成为著名的文学景观。这样一来，阿房宫倒是在文学的长廊里得以永生。历史上书写阿房宫的文学作品不少。鲍照的《拟行路难》抒写阿房宫被焚烧以后的荒凉惨淡景象：" 君不见阿房宫，寒云泽雉栖其中。歌妓舞女今谁在，高坟垒垒满山隅。长袖纷纷徒竞世，非我昔时千金躯。随酒逐乐任意去，莫令含叹下黄垆。"① 巨大的反差和强烈对比竟让诗人恍惚迷离，产生无限感慨。胡曾的咏史诗《阿房宫》也在想象性地描写"三步一楼十步阁"的阿房宫里王侯将相的穷欢尽乐，揭示横征暴敛、穷奢极欲导致的王朝覆灭、新宫被毁的惨剧。王安石的《读秦汉间事》言及征尽"天下材"修建的阿房宫，项羽一把火点着以后烧了三个月，其间整个骊山都被映得通红的景象。然而上述诗歌很少涉及阿房宫的细节，就算有所涉及，也往往失之简单。以想象方式绘声绘色描写阿房宫最著名的作品要数杜牧的《阿房宫赋》。这篇文章极尽夸张渲染之能事，开头便凸显因为修建阿房宫而枯竭了蜀山材木。那么阿房宫到底有多大呢？"覆压三百余里，隔离天日"，其内则是：

> 五步一楼，十步一阁；廊腰缦回，檐牙高啄；各抱地势，钩心斗角。盘盘焉，囷囷焉，蜂房水涡，矗不知其几千万落。长桥卧波，未云何龙？复道行空，不霁何虹？高低冥迷，不知西东。歌台暖响，春光融融；舞殿冷袖，风雨凄凄。一日之内，一宫之间，而气候不齐。②

何其广袤，何其富丽，何其奢华！里面"朝歌夜弦"，极尽欢娱。妃嫔宫人如此之多，以至于：

---

① 刘琦主编：《中国古代文学作品选》上册，南京大学出版社2003年版，第268页。
② （唐）杜牧撰，欧阳灼校点：《杜牧集》，岳麓书社2001年版，第1页。

> 明星荧荧，开妆镜也；绿云扰扰，梳晓鬟也；渭流涨腻，弃脂水也；烟斜雾横，焚椒兰也。雷霆乍惊，宫车过也；辘辘远听，杳不知其所之也。一肌一容，尽态极妍，缦立远视，而望幸焉。有不得见者，三十六年。①

宫内搜刮来的珍奇宝藏更是"倚叠如山"……杜牧在这里极尽铺排渲染之能事，为后人摆上了一桌文学盛宴，也因此留下了一个让人回味无穷的著名文学景观，然而，我们知道，这是杜牧主要凭借自己想象完成的。

完全以"心象"形式存在的文学景观中有一类压根儿就没有什么地理基础，也就是说根本没有具体对应的地理实景作支撑。这便是《柳毅传》中的泾河龙宫，《西游记》中玉皇大帝的天宫、白居易《长恨歌》中的蓬莱仙岛等。我们知道，泾河确实存在，它是黄河的一条支流，但是它里面哪有龙宫啊，不过是人们神话思维的构造。《西游记》中孙悟空大闹的天宫同样属于这种情形。我们阅读《西游记》时，脑海中会出现天上那个富丽堂皇、无限缥缈的宫殿群，玉皇大帝坐在最为宏伟的宫殿里发号施令，殿内站立着一个个候旨的天神；像地上的皇帝一样，玉皇大帝也有后宫佳丽；也像地上的皇宫一样，天宫还有后花园，不过后花园里长着的许多蟠桃树绝非人间的可比，因为上面结的果实吃了可以让人长生不老……如此这般，天宫便超越了人间皇宫。而缭绕的祥云使其更加曼妙，最为关键的自然是那里的一切都是永恒的……然而现在我们清楚地知道，天上哪有什么天宫！它不过是人们恣意想象的结果。蓬莱仙岛是传统文学中另一个重要的文学景观。这个起源于海上三神山的传说，不过是人们对于海市蜃楼的一种敬畏和想象。既然是想象，那就可以任情书写、任意勾连描绘。白居易的《长恨歌》正是这样做的：

---

① （唐）杜牧撰，欧阳灼校点：《杜牧集》，岳麓书社2001年版，第1页。

> 忽闻海上有仙山，山在虚无缥缈间。楼阁玲珑五云起，其中绰约多仙子。中有一人字太真，雪肤花貌参差是。金阙西厢叩玉扃，转教小玉报双成。闻道汉家天子使，九华帐里梦魂惊。揽衣推枕起徘徊，珠箔银屏迤逦开。云鬓半偏新睡觉，花冠不整下堂来。风吹仙袂飘飘举，犹似霓裳羽衣舞。玉容寂寞泪阑干，梨花一枝春带雨。含情凝睇谢君王，一别音容两渺茫。昭阳殿里恩爱绝，蓬莱宫中日月长。①

在这里，李、杨爱情的浪漫一经与曼妙的蓬莱仙岛结合，自然就提升到了一个新境界。

完全或基本以"心象"形式存在的文学景观的心灵自由度最大，与之相关的书写往往呈现出典型的浪漫主义色彩。然而我们必须要注意的是，这类文学景观并非完全与地理无涉。虽然我们说在项羽一把火焚毁阿房宫以后，杜牧的书写全凭想象了。但是杜牧绝非向壁虚构，他依然有作为想象依据的其他类似的人文地理景象。杜牧是唐人，他最可能依据的是唐朝的大明宫，当然他还可以阅读史书获得相关宫殿的知识和信息。这就是说，杜牧虽然没有直接的阿房宫的地理物象的支持，却有大量间接的地理物象的支撑。所以，他的《阿房宫赋》不过是借助了文字的感知或其他比附式的合理想象，属于地理因素的移借、重组，仍然有地理的根基。同样，《柳毅传》中的泾河龙宫，《西游记》中的天宫，也不过是作者依靠其神话思维，把地上的王宫搬到了水下或天上，又根据书写特点做了适当修改和加工。上述所引证的事例中，白居易《长恨歌》中的蓬莱仙岛稍显特殊，因为它是人们依据海市蜃楼想象而成的，似乎和地理有了更多关联。然而我们知道，纯粹的海市蜃楼作为一种地理现象，根本没有什么神仙灵气，也没有什么长生不老药的存在，其本质仍然如天宫一般完全属于神话幻想的结果。由此可见，完全以"心象"形式存在的文学景观拥有着间接的地理物象，这人心所营构

---

① （唐）白居易撰，顾学颉校点：《白居易集》第1册，中华书局1979年版，第239页。

出来的"主观之景""意中所想之景"依然有现实的客观存在的地理前提，仍然属于"虚实结合之景"，不过它经由人的想象变得更加稀奇、别致和奇特了。①

四 结语

综上所述，不管文学景观与地理现象存在或多或少、或紧或松、或直接或间接的联系，其存在的地理基础是无法抹杀的，这正应了地理是所有文化根基的理论。既然如此，不管想象如何飞升，我们的文学创作者都应该"读万卷书，行万里路"，把尽可能丰富的地理物象纳入自己的视野，内化为自己的生命体验，让它们活泼有力地参与到自我文学形象的建构之中。在这个意义上，贮纳社会历史内容，寄托人的情感、想象与审美的文学景观，总存在时间维度上认识自然地理景象的科学价值。所以，文学景观的地理基础不容否定，所谓"美"得以延续要"赖于实体"。②

然而这只是问题的一个方面。另一方面，任何文学景观都存在一个心象转化问题，而且相比其地理基础，心象决定着文学地理景观的选取、组合与呈现方式，真正赋予文学景观以精神和灵魂。因此，在这一层面上，地理物象往往成为附着或激发创作者生命情思的某个支点，当创作的灵魂捕捉到所要表达的精神升腾起来的时候，那些地理因素似乎都可以不管了，便有了"应是飞鸿踏雪泥，鸿飞哪复计东西"的味道，或者是庄子所谓的"得鱼忘筌"。时间久了，竟好像人类可以随意构造想象的世界，这便是天宫等完全以心象形式存在的文学景观的奥秘。然而我们现在清楚地知道，它还是有其地理基础的，只不过存在的方式不同寻常罢了。

如此看来，文学景观既存在于现实世界中，具有切实的外观，又存在于

---

① 王兆鹏：《欧阳修对扬州平山堂景观的建构与书写》，《新疆大学学报》（哲学·人文社会科学版）2017年第3期。
② 王兆鹏：《欧阳修对扬州平山堂景观的建构与书写》，《新疆大学学报》（哲学·人文社会科学版）2017年第3期。

文学文本中,以内视的想象的形式存在。然而不管文学景观的地理呈现如何,心象对其而言都是指导性的,故此对于文学景观,我们既要观照其外在实体性的东西,更要观照其内在"虚拟性"的内容,当然还要注意二者之间的联系。在此前提下,关注文学景观之"文学"方显顺理成章,因为任何文学景观都是因"文学的书写与传播"而"传之久远"。①

总之,文学景观乃是"人文"景观与"自然"景观的"交相辉映"②,是"地象"与"心象"的有机统一体。由此可见,文学景观确乎是"刻写在大地上的文学"③。然而如果考虑到今天人类对星际的认识和科幻小说的迅速发展,我们可以换一种说法,就是文学景观乃是"刻写在宇宙星空的文学",当然更是飞翔在宇宙星空的文学。

---

① 王兆鹏:《欧阳修对扬州平山堂景观的建构与书写》,《新疆大学学报》(哲学·人文社会科学版)2017年第3期。
② 王兆鹏:《欧阳修对扬州平山堂景观的建构与书写》,《新疆大学学报》(哲学·人文社会科学版)2017年第3期。
③ 曾大兴:《主持人语》,《新疆大学学报》(哲学·人文社会科学版)2017年第3期。

唐宋城市转型进程中城市
声音景观的文学书写

蔡 燕 李 艳[*]

唐宋之间的城市转型已是史学界共识，历史学者非常感性地把唐宋城市作对比性描述：把考古学绘制的唐代长安城市地图与北宋末张择端的名画《清明上河图》作比较，唐代长安城"'百千家似围棋局，十二街如种菜畦'之规整有序，与后者鼎沸市声恍若可闻的城市景观之间的差异，无疑向我们展示着，城市的跨越性发展是唐宋之间社会转轨过程中最显眼的现象之一"①。唐宋城市转型有着丰富的内容层次，作为文学书写不可能像史家、社会学家进行理性分析记录，而是在作家敏锐地把握这一社会变革动向基础上以文学形象的方式来映现城市转型的影像，恰恰是这种感性书写方式，更为深刻的存留下历史真实。

身处城市，人的每一个感官都会本能地捕捉外界信息，综合之后就是对这个城市的印象，恰恰是城市中移动的活态的因素如城市声响的流动变化所构成的听觉印象现场感，更能够体现一个城市的文化、政治、经济变迁，所以，"依托于听知觉，并同心理、意识紧密相连的声音，是人在城市中每时

---

[*] 蔡燕，曲靖师范学院教授，《曲靖师范学院学报》常务副主编。李艳，云南省曲靖市沾益区清源中学语文教师。本文为国家社会科学基金项目"唐宋城市转型与文学变革关系研究"（15XZW025）阶段性成果。

① 包伟民：《宋代城市研究》，中华书局2014年版，绪论第1页。

每刻都不能脱离的感性工具和桥梁,就此而言,城市和声音的关系自然非比寻常"①。

因为听觉形象的即逝性、不确定性,正史中不会太多眷顾,而文学更多是个体经验抒写,所以存留下对城市的综合体验,其中就包括作家从听觉来感受、辨别城市个性的体验,从而形成独特的城市声音景观。在唐宋城市转型过程中,城市的声音景观也随之发生了系列的变化,从一个独特的层面映现出时代政治、经济、文化风俗、文人心态等方面的嬗变。

在城市声音意象中,最能彰显城市转型发展丰富内涵的是城市声音与聆听者之间形成的聆听关系。"聆听主体对城市声音进行的选择和判断,本质上是对声音与城市关系的考察,这是一个意义发现和价值判断的过程。"②"商女不知亡国恨,隔江犹唱后庭花"(杜牧《泊秦淮》)是士大夫从王朝兴衰视角审听城市声音而形成的声音意象,这是传统士大夫从政治角度审听城市声音的惯性。但除此之外其实尚有多种聆听关系存在,如"曾城填华屋,季冬树木苍。喧然名都会,吹箫间笙簧"(杜甫《成都府》)。笙箫和鸣、人声喧然的声景是杜甫初入成都留下的繁华印象,这样的聆听关系就超越了政治道德的评价。所以,"只有将听觉分析纳入对社会关系的分析,才能从感官角度触摸到社会关系的动态历史变迁,才能理解听觉研究在文化研究里不可替代的价值。不论是回溯历史上的听觉经验还是解读当下的听觉文化,都不能忽略听觉对社会关系的生产和再生产所起的作用"③。

以下选取四类城市声音作为典型声景进行分析,并从聆听关系的变迁中探寻唐宋城市转型的信息。

一 喧闹"市声"的日常化

城市作为人类社会的巨型聚落,区分于乡村的重要标志是人口和财富的

---

① 刘士林:《在声音中发现城市》,《解放日报》2015年10月7日第5版。
② 芦影:《城市音景,以听感心——作为声音研究分支的城市声态考察》,《艺术设计研究》2012年第2期。
③ 王敦:《流动在文化空间里的听觉:历史性和社会性》,《文艺研究》2011年第5期。

集中，唐宋时期的大城市人口都在一百万人以上，在城市这个地理空间中，人口密度最高的无疑是市场，汇聚了众多阶层的人流，利益追逐的讨价还价声、争执声，货物的运输的声音等使这一城市空间像一片鼎沸的海洋，嘈杂的声浪显现着商业交易活跃的生命力。但是，喧闹市声这一空间音响进入文人的关注视野并成为有意味的审美形式，却有待繁荣的城市商业经济溢出封闭市制，也有待于文人对传统雅俗观念的突破。

由于唐宋时期的"市"在空间、时间上都有明显变化，唐宋时期的"市声"含义是有所不同的，在唐代一般是指市场这一特定空间的声音，因为唐代的商业交易被限制在特定的空间和时间内，文人对喧闹市声常以一种过客心态进行抒写。

从地理空间上看，唐诗中有对长安市场的描写，也有对其他城市市镇草市的描写，虽然地点、规模不同，但同样的充满嘈杂喧哗的声音："日御临双阙，天街俨百神。雷兹作解气，岁复建寅春。喜候开星驿，欢声发市人。金环能作赋，来入管弦声。"（张说《和张监观赦》）是长安早市的欢声笑语，与天街的肃穆静寂形成了鲜明的对比；"沙边贾客喧鱼市，岛上潜夫醉笋庄"（方干《越中言事二首》）是越中水边草市交易的喧闹声；"城郭半淹桥市闹，鹭鸶缭绕入人家"（周繇《津头望白水》）是南阳郡白水旁桥市交易兴盛的喧闹声；"长干迎客闹，小市隔烟迷"（元稹《送王协律游杭越十韵》）是热闹非凡的长干市场，客商云集，异常喧闹。"小市常争米，孤城早闭门"（杜甫《题忠州龙兴寺所居院壁》）是荒凉的忠州"小市"争买粮食的嘈杂；"余兄佐郡经西楚，钱行因赋荆门雨。薛薛鏊鏊声渐繁，浦里人家收市喧"（李端《荆门歌送兄赴夔州》）是荆门雨中抢收货物的景象，雨声、人声交汇。

从时间上看，唐诗对早市的描写较多，虽然从史料看，长安市场是"日午"击鼓三百开启市门，日入前七刻击钲三百闭市："凡市以日午击鼓三百声而众以会，日入前七刻击钲三百声而众以散。"① 但是，各路商家买

---

① 李林甫等：《大唐六典》，三秦出版社1991年版，第386页。

卖人市场交易时间其实并不受此限制，往往"鸡鸣而争赴，日午而骈阗。万足一心，恐人我先。交易而退，阳光西徂"①，市场交易往往是从拂晓就开始了，唐诗中对此多有描写："黯黯星辰环紫极，喧喧朝市匝青烟。"（唐彦谦《秋霁丰德寺与玄贞师咏月》）从宵禁中苏醒过来的城市市场的喧闹声在拂晓时刻显得异常吸引人心："粉郭朝喧市，朱桥夜掩津。"（卢纶《送陕府王司法》）水乡的早市又是别一番景象："湖村夜叫白芫雁，菱市晓喧深浦人。"（曹松《别湖上主人》）"晓樯争市隘，夜鼓祭神多。"（司空曙《送夔州班使君》）争先恐后的船只载着货物都想尽快占据有利位置赢得更多的利润，使市场显得拥挤而嘈杂，充满了喧哗与骚动的声音。都城长安由于严格的宵禁制度，夜市受到压制，但其他城市却往往逸出这种严格的规制，表现出商业交易的活跃性，夜市的喧闹更能体现城市生活的特点："蛮声喧夜市，海色浸潮台。"（张籍《送郑尚书出镇南海》）这是南方广州夜市的热闹景象，买卖中讨价还价的"蛮声"与海潮声交融形成了作者对南方市镇的新奇印象。"水门向晚茶商闹，桥市通宵酒客行。"（王建《寄汴州令狐相公》）是汴州地区夜市茶商交易的热烈场景，桥市酒肆中通宵来往的酒客熙熙攘攘。

中唐以后，坊市制和宵禁制度受到冲击，市井民众侵街、夜市与政府城市管制的拉锯对抗，至北宋坊墙倒塌后，街市合一，商业交易的触角延伸到居民区，"市声"就不仅仅是市场的声音，还应包括市井之声，而宋代文人对市声以一种常态心境进行抒写。

士大夫们极力标榜自身高雅的文化趣味，这样的文化姿态往往靠鄙视市井俗趣来建立。贞观元年（627）十月明确下令"五品以上，不得入市"②，所以杜佑把入市观傀儡戏作为"自污"手段③。世家大族在日常行为规范中

---

① （唐）刘禹锡：《观市》，（清）董诰等编：《全唐文》卷608，中华书局1983年版，第2721页。
② （宋）王溥：《唐会要》，中华书局1995年版，第1581页。
③ （唐）韦绚：《刘宾客嘉话录》，《唐五代小说笔记大观》，上海古籍出版社2000年版，上册，第797页。

明确告诫士人经由市井须谨慎回避以免沾染俗气："市井街巷茶坊酒肆皆小人杂处之地，吾辈或有经由，须当严重其辞貌，则远轻侮之患。或有狂醉之人，宜即回避，不必与之较可也。"① 士大夫想通过制度管束、行为修养有效隔绝"市声"的干扰，但这只是士大夫阶层的理想状态，在街市形成后，士人真的能完全回避市井嘈杂鄙俗的浸染吗？在两宋史料记载中，就连官衙学舍这类要求威严清净的场所都屡屡受到商业化的喧闹挤压而难以保持其清净威严，"近市隘嚣，靡宁厥居"，对此，官府要么只能强拆周围商铺，要么搬迁另求清净②。到了南宋，已是"十里山行杂市声"（范成大《题宝林寺可赋轩》），在商业触觉无孔不入，甚至伸向山林的态势下，士人也不可能长年闭锁在深宅大院，何况还有许多功不成名不就的士人没有深宅大院的庇护，浸染市井嘈杂已是在所难免。

  显然，宋代以后，文人的城市生活很难与市井隔绝了。在人的感官中，感觉主体可以能动选择的是视觉形象，而听觉却不具有选择的可能性。日常化、世俗化的"市声"既然无法回避，在雅俗观念极为通脱的宋人那里，细味市声又何乐不为？市声逐渐成为文人关注表现的对象，李清照"帘儿底下，听人笑语"的词句一方面是其生活居所从深庭大院到临街而居的小院陋室变迁反映，同时也是南宋以后文人对市井之声接纳的典型范例。范成大说苏州"商贾以吴为都会，五方毕至，岳市杂扰"③，所以他感慨"长风时送市声来"（《寓直玉堂拜赐御酒》），其细味家乡苏州"市声"组诗《自晨至午，起居饮食，皆以墙外人物之声为节，戏书四绝》同样也是诗意盎然，组诗选取一天中四个时间节点进行抒写。其一写拂晓前的苏州，黑暗中的诗人全凭听觉感知这个城市的样貌：残更板声、街北弹丝诵经声、鹁鸽铃叫卖声："巷南敲板报残更，街北弹丝行诵经。已被两人惊梦断，谁家风鸽

---

① （宋）袁采：《袁氏世范》卷中《处己·言貌重则有威》，天津古籍出版社 1995 年点校本，第 94 页。
② 参见包伟民《宋代城市研究》，中华书局 2014 年版，第 273—279 页。
③ （宋）范成大：《吴郡志》卷 37《县记》，台湾成文出版社 1970 年版，第 1075 页。

斗鸣铃?"鹁鸽铃叫卖与东南民间养鹁鸽为乐的风习有关:"东南之俗,以养鹁鸽为乐,群数十百,望之如锦……寓金铃于尾,飞而扬空,风力振铃,铿如云间之佩。"①"铿如云间之佩"的鹁鸽铃划过拂晓前的苏州城上空,成为市民梦醒之时诗意声音。二绝写晨曦初起的"窗透明"时刻,街市已是一片喧闹:"菜市喧时窗透明,饼师叫后药煎成。"卖菜的、卖饼的、卖汤药的各色生意人的吆喝叫卖声形成连绵不绝的声浪向诗人袭来。三绝写"日满东窗"时渐行渐远的鼓声和频频的敲钟声。四绝中"朝餐欲到须巾裹,已有重来晚市鱼"暗示夜市连着早市的市场情状。陆游也有诗描述街市通宵的热闹景象:"九衢浩浩市声合,……归来熟睡明方起,卧听邻墙趁早朝。"(陆游《访客至北门抵暮乃归》)

只要翻检宋代都市笔记就会发现,街市上昼夜不歇的商业买卖已成常态,北宋东京"至三更,方有提瓶卖茶者,盖都人公私营干,夜深方归也"②。《东京梦华录》在"天晓诸人入市"③部分详尽描述了东京街市"每日交五更"开始的打铁牌子或木鱼报晓声,宰杀猪羊声、车马辘辘声、卖吃食、洗面水、汤药的叫卖声等,吟叫百端,昼夜不绝,周而复始。而到了南宋的临安"杭城大街,买卖昼夜不绝,夜交三四鼓,游人始稀,五鼓钟鸣,卖早市者,又开店矣"④。临安商业经济的繁盛,使得身处其间的文人在一波又一波的声浪中充分感受其繁华喧嚣,范成大所写的虽是自己家乡苏州,但自古苏杭并称"天上天堂,地下苏杭"⑤,苏州商业的繁华在宋代并不亚于杭州。其他城市亦然,钱时《卖葛粉》"市声朝暮过楼栏,喧得人来不耐烦。寂寞山前闻叫卖,如何不作此心观"。节庆之时,叫卖声更是胜于平时,腊月二十四"市间及街坊叫买五色米食、花果、胶芽

---

① (宋)叶绍翁:《四朝闻见录》卷3《鹁鸽诗》,《宋元小说笔记大观》,上海古籍出版社2001年版,第4931页。
② (宋)孟元老撰,伊永文笺注:《东京梦华录》,中华书局2006年版,第357页。
③ (宋)孟元老撰,伊永文笺注:《东京梦华录》,中华书局2006年版,第357页。
④ (宋)刘坤、赵宗乙:《梦粱录外四种》,黑龙江人民出版社2003年版,第123页。
⑤ (宋)范成大:《吴郡志》卷50《杂志》,台湾成文出版社1970年版,第1337页。

饧、萁豆，叫声鼎沸"①。正月，"街坊以食物、动使、冠梳、领抹、缎匹、花朵、玩具等物沿门歌叫关扑"②。

在各色杂货"沿街市吟叫扑卖"③ 中，最富于诗意的当数卖花声。《东京梦华录》记载："是月季春，万花烂漫，牡丹、芍药、棣棠、木香，种种上市。卖花者以马头竹篮铺排，歌叫之声，清奇可听。晴帘静院，晓幕高楼，宿酒未醒，好梦初觉，闻之莫不新愁易感，幽恨悬生。"④ 可见清奇可听的卖花声穿透院墙帘幕，清晨悠然回旋在"宿酒未醒，好梦初觉"的作者耳边，勾起万千意绪，由此开启一天的诗意生活。《梦粱录》也说："卖花者以马头竹篮盛之，歌叫于市，买者纷然。"⑤ 卖花声在诗词中多有精彩描写："卖花担上，菊蕊金初破。说着重阳怎虚过。"（戴复古《洞仙歌》）"重阳怎虚过"是卖花人的叫卖声，从珍惜当下重阳佳节的角度招揽买卖。蒋捷在《昭君怨》中写道："担子挑春虽小，白白红红都好。卖过巷东家，巷西家。帘外一声声叫，帘里鸦鬟入报。问道：买梅花？买桃花？"帘外声声叫卖与帘内买梅花、桃花的犹豫不舍相映成趣。在陆放翁《临安春雨初霁》中，小楼卧听一夜春雨和明朝深巷叫卖杏花的声音一气呵成，人生虽有诸多不尽意，杏花春雨的视觉形象与"清奇可听"的卖花声依然是陆放翁在这个春天最具诗意的临安记忆。与三月三喧天的笙鼓相较，斜阳中卖花声的意味更为悠远："笙鼓喧天兰棹稳，卖花声里夕阳斜。"（王同祖《湖上》）曹组的《寒食辇下》声情画意，袅袅悠悠，卖花声已融入风景："海棠时节又清明，尘敛烟收雨乍晴。几处青帘沽酒市，一竿红日卖花声。"而陈著的《夜梦在旧京忽闻卖花声有感至于恸哭而泪满枕上因趁笔记之》中的卖花声已是宋亡后遗民耳中的凄凉之声："卖花声，卖花声，识得万紫千红名。与花结习夙有分，宛转说出花平生。低发缓引晨气软，此断彼续春风

---

① （宋）刘坤、赵宗乙：《梦粱录外四种》，黑龙江人民出版社2003年版，第58页。
② （宋）刘坤、赵宗乙：《梦粱录外四种》，黑龙江人民出版社2003年版，第13页。
③ （宋）刘坤、赵宗乙：《梦粱录外四种》，黑龙江人民出版社2003年版，第125页。
④ （宋）孟元老撰，伊永文笺注：《东京梦华录》，中华书局2006年版，第737页。
⑤ （宋）刘坤、赵宗乙：《梦粱录外四种》，黑龙江人民出版社2003年版，第26页。

紫……卖花声,卖花声,如今风景那可评……纵有卖声谁耳倾。"

商业叫卖无孔不入:"沿门唱卖声,满街不绝。"① 为了达到更好地吸引人心的效果,叫卖声逐渐朝着艺术化的方向发展,从"叫卖"到"唱卖",从商业行为升华为艺术行为,后来逐渐发展为一种伎艺——"吟叫"。这种艺术化发展一方面是叫卖声形成音乐旋律引人关注,范成大有诗题为《墙外卖药者九年无一日不过,吟唱之声甚适》,说的就是街市上的"唱卖"之声。临安早市上卖食品菜蔬的小贩"填塞街市,吟叫百端,如汴京气象,殊可人意"②。另一方面除了人声叫卖,还佐以乐声产生感荡人心的艺术魅力:"草色引开盘马地,箫声吹暖卖饧天。"(宋祁《寒食诗》)"千门走马快开榜,广市吹箫尚卖饧。"(梅尧臣《出省有日书事和永叔》)"万户管弦春卖酒"(黄裳《长乐闲赋》)"喧哗古都市,沽酒吹玉笙。"(范祖禹《大雪入洛阳》),笙箫管弦声中的叫卖已然成为街市音乐,构成大宋遗民追忆盛世不可或缺的诗意情怀。

综上所述,"市声"作为城市生命脉动只有在唐宋城市转型中时间、空间严格管控松懈之后才有可能得到充分释放,也才可能得到文人审美观照而凝结成文学声景穿越历史回响至今。

二 "官街鼓"权威式微

"官街鼓"是唐代城市管理体系中的典型声音意象,与夜禁制度紧密结合,功能是号令城市的宫门、坊门、城门的开闭,城市百万人口随着街鼓的节律统一行动,以此彰显封建王朝的权威。据《马周传》记载:"先是京城诸街,每至晨暮,遣人传呼以警众。周遂奏诸街置鼓,每击以警众,令罢传呼,时人便之。"③ 从中可看出,唐初并未设街鼓,坊市门、城门启闭信号由令旗指挥,后又设专人传呼警众严格居民起居出行。直至贞观十年

---

① (宋)刘坤、赵宗乙:《梦粱录外四种》,黑龙江人民出版社2003年版,第32页。
② (宋)刘坤、赵宗乙:《梦粱录外四种》,黑龙江人民出版社2003年版,第123页。
③ (后晋)刘昫等:《旧唐书》卷74《马周传》,中华书局1975年版,第2612页。

(636),才由侍御史马周奏请朝廷设街鼓,被太宗采纳后,始设街鼓警众遵守夜禁制度。因鼓声有力远播,也称咚咚鼓:"京城内金吾晓暝传呼,以戒行者。马周献封章,始置街鼓,俗号'冬冬',公私便焉。"①

街鼓作为有唐一代城市地标式声音意象成为城市居民的生活记忆,回响在唐代文人的作品中,从中唐士子王履贞的《六街鼓赋》② 中,我们可以较为细致地了解唐时官街鼓的内涵。赋题为"六街鼓赋",是因为街鼓设置在连接外郭城城门的六条主干道上(南北向三条大街:朱雀大街、启夏门至安兴门、安化门至芳林门;东西向三条大街:延兴门至延平门、春明门至金光门、通化门至开远门),所以街鼓被称为"六街鼓"。

从文中我们可以看出"六街鼓"首先是自然昏晓之声,依时而动,有报时功能。"在昏晓兮"说明鼓声集中在昏晓两个时段响起,"晨应鸡鸣,夕催人归。牛羊下时,迎暮烟而斯发;河汉云没,伴晓色而渐微"。这是农耕社会"日出而作,日落而息"生活节律移用至城市管理中的体现。李贺诗中直呼为"晓声""暮声":"晓声隆隆催转日,暮声隆隆呼月出。"(《官街鼓》)以"隆隆"修饰,一方面有时光飞逝之感,另一方面是状写鼓声之震撼动人心魄;王贞白诗中也有同样的描述:"晓鼓人已行,暮鼓人未息。"(《长安道》)而姚合诗中所写当为"晓鼓":"今朝街鼓何人听,朝客开门对雪眠。岂比直庐丹禁里,九重天近色弥鲜。"(姚合《和李十二舍人直日放朝对雪》)鼓声中,雪光、晓色交映。

其次,是警戒权威之声,彰显的是皇权的威严和封建统治的秩序。街鼓更为重要的功能是戒夜。"日入于酉,俾于行者止。斗回于天,警夫居者起。惟其度数,自合铜龙之漏;节其昼夜,不失金乌之晷。"而且不止于警戒市民犯禁,同时也有"革其非心"的震慑性:"岂独警其当路,亦用革其非心。"因为暮鼓对城市居民生活严格的约束性,所以唐诗中诗人吟咏最多

---

① (唐)刘肃:《大唐新语》卷10《厘革》,《唐五代小说笔记大观》上册,上海古籍出版社2000年版,第303页。

② (清)董诰等编:《全唐文》卷546,中华书局1983年版,第5534页。

的是暮鼓："洛阳钟鼓至,车马系回迟。"(杜审言《夏日过郑七山斋》)"投竿跨马蹋归路,才到城门打鼓声。"(韩愈《晚雨》)"可惜登临好光景,五门须听鼓声回。"(章碣《城南偶题》)登临流连之际,暮鼓声响起,也只能扫兴而归。

再次,是发扬远播的持续之声,"鼓之悬也,所以发扬声音""繁于手,盈于耳""候时而后动。声坎坎而旁殷遐迩,气雄雄而中遏烦惚。通涂广陌,万户千扉"鼓声持久而震撼人心,以其威严和无可置辩的力度宣示城市管理者的权威。"日暮,鼓八百声而门闭……五更二点,鼓自内发,诸街鼓承振,坊市门皆启。鼓三千挝,辨色而止。"① 也就是说,暮鼓"八百声"并非一次性响彻,中间当有间隔。唐传奇《李娃传》中有"久之日暮,鼓声四动",此时,"姥访其居远近。生绐之曰'在延平门外数里。'冀其远而见留也。姥曰'鼓已发矣,当速归,无犯禁'",郑生以居所遥远为由希冀李姥留宿,李姥逐客让其速归,也就是说,鼓声四动后依然有时间让郑生赶至居所而不犯禁,说明暮鼓持续时间之长,"鼓声四动"之后依然会有不间断的鼓声催促行人尽快止行。长安如此,其他城市亦然,《游氏子》(李昉《太平广记》卷352)中所写为"许都城"日暮时间提示"一鼓尽""再鼓将半""直至严鼓"。《张直方》(《太平广记》卷455)所写为洛阳,在"日将夕焉""隐隐闻洛城暮钟,但彷徨于樵径古陌之上。俄而山川暗然,若一鼓将半(至一宅投宿)",虽城市不同,但街鼓持续起落时间长度应该是有统一规定,而晓鼓"三千挝"则持续时间当更长。

还有,街鼓也是盛世平安之声,在唐人看来(至少至中唐),官街鼓声朝暮回荡在城市上空实属世道太平的喜乐之声,所以城市居民"每听喤喤之声,实乐平平之道"。

晚唐五代以后,随着夜禁制度的松懈和崩溃,与之密切相关的街鼓

---

① (宋)欧阳修、宋祁:《新唐书》卷49《百官志》,中华书局1975年版,第1286页。

制也随之式微，按照宋敏求记载，宋太宗时期要求"按唐时的传统，置冬冬鼓"①，但唐代的街鼓制乃是建立在坊市制之上，而宋代坊市制崩毁后，街鼓制也就失去了对城市居民的约束震慑力，虽呼为街鼓，已是流于形式，城市的夜空中或许还会有咚咚的鼓声回荡，但仅剩下报时和报平安的功能，其对城市居民警戒的威慑作用已一去不复返，鼓声中夜市繁盛，人声嘈杂，充溢人间烟火气息，不再是六街茫茫空对月的荒凉空阔。

"二纪（宋仁宗庆历、皇祐年间），不闻街鼓之声，金吾之职废矣。"②宋仁宗中期以后再无街鼓之制，城市居民在城区活动时间也没有了限制。街鼓式微，市民冲破宵禁限制对城市生活方式变革、市民文化和文学的勃兴意义深远。

三 街市娱乐之声的兴盛

"一座城市，无论景象多么普通都可以给人带来欢乐。"③ 但是，在唐代前期，由于严格的坊市制和宵禁制度，民间娱乐活动特别是夜晚严格限定在贵族府邸和里坊内部，城市娱乐的歌管之声幽闭在深宅大院之内，成为上层社会的特权，唐诗中此类抒写不胜枚举："南湖秋月白，王宰夜相邀。锦帐郎官醉，罗衣舞女娇。笛声喧沔鄂，歌曲上云霄"（李白《寄王汉阳》）"东山夜宴酒成河，银烛突煌照绮罗。四面雨声笼笑语，满堂香气泛笙歌。泠泠玉漏初三滴，滟滟金觯已半酡"（李群玉《长沙陪裴大夫夜宴》）"琵琶弦促千般语，鹦鹉杯深四散飞。遍请玉容歌白雪，高烧红蜡照朱衣"（方干《陪李郎中夜宴》）。在这类夜宴中，在灯烛辉映的缤纷灿烂的视觉形象之外，更多的是听觉上的喧腾热闹：笙声、琵琶声的清扬错杂，玉容歌白雪，歌声直上云霄，笑语雨声相杂……但只要注意诗题就会发现，夜宴的主

---

① 宋敏求：《春明退朝录》卷上，上海古籍出版社编：《宋元笔记小说大观》，上海古籍出版社2001年版，第965页。

② 宋敏求：《春明退朝录》卷上，上海古籍出版社编：《宋元笔记小说大观》，上海古籍出版社2001年版，第965页。

③ ［美］凯文·林奇：《城市意象》，华夏出版社2017年版，第1页。

体是"大夫""郎中"一类的官员贵族及其宾客,一般的市井小民是无法涉足的。这类夜宴,多有歌妓舞女佐兴,气氛热烈,题为"妓席""妓筵","公门衙退掩,妓席客来铺……今夜还先醉,应烦红袖扶"(白居易《对酒吟》)"楼中别曲催离酌,灯下红裙间绿袍"(白居易《江楼宴别》)有时还有胡姬佐酒"胡姬春酒店,弦管夜锵锵"(贺朝《赠酒店胡姬》)弦管之声在寂静的夜晚格外热烈张扬。这类官员贵族的声色娱乐往往通宵达旦:"席上未知帘幕晓,青娥低语指东方。"(曹松《夜饮》)"初筵方落日,醉止到鸣鸡。"(储光羲《留别安庆李太守》)这样的情形也符合唐代宵禁制度的管制要求。

随着中晚唐坊市制、宵禁制度的松懈以及北宋的完全崩溃,城市居民在夜晚行动限制的取消,街市娱乐随之兴盛起来,不分昏昼,街市回响着急管繁弦、欢声笑语,声色繁杂、鲜丽,充分体现了城市生活的喧哗与骚动:"新声巧笑于柳陌花衢,按管调弦于茶坊酒肆。"① 城市娱乐的歌管欢笑之声突破时空禁忌,溢出坊市、延展至夜晚,同时娱乐主体从皇宫贵族、官员士子扩展到普通市民,沿街歌楼酒馆新声竞奏,而且有明确的商业服务性质。

"古代社会早期的各种文化与娱乐活动,通常主要是作为特权享受,而不是通过市场来扩展的,一般不发生交易行为。"② 在唐宋城市转型过程中,街市娱乐与商业交易结合,商业利润的追逐推进了街市娱乐的大众化、世俗化,到北宋汴京,"花光满路,何限春游;箫鼓喧空,几家夜宴"③。"箫鼓喧空"的城市娱乐已不再是贵族官员的特权,而是走入了寻常百姓家。南宋临安更是"歌管笑欢之声,每夕达旦,往往与朝天车马相接,虽暑雨风雪,不少减也。"④ 宋人怀着欣喜歌赞繁华景象:"笙歌富庶千门乐,市井喧哗百货通。"(朱淑真《游旷写亭有作》)"九土夜市彻天明,楼红陌紫喧箫笙。"(郑思肖《醉乡十二首》)。市井"歌管笑欢之声"不分寒暑昼夜回荡

---

① (宋)孟元老撰,伊永文笺注:《东京梦华录》,中华书局2006年版,第1页。
② 龙登高:《南宋临安的娱乐市场》,《历史研究》2002年第5期。
③ (宋)孟元老撰,伊永文笺注:《东京梦华录》,中华书局2006年版,第1页。
④ (宋)周密撰,李小龙、赵锐评注:《武林旧事》,中华书局2007年版,第160页。

在城市上空，成为城市生活不可或缺的组成部分，让文人士子流连忘返："玉城金阶舞舜干。朝野多欢。九衢三市风光丽，正万家、急管繁弦。凤楼临绮陌，嘉气非烟。雅俗熙熙物态妍。忍负芳年。笑筵歌席连昏昼，任旗亭、斗酒十千。赏心何处好，惟有尊前。"（柳永《看花回（二之二·大石调）》）让柳永迷恋的是京都万家"急管繁弦""笑筵歌席连昏昼"的街市娱乐热烈张扬。晏几道词虽不似柳永词的直露无忌，但在繁华梦断、儿女情长后以追忆笔调中呈现出来的还是"舞低杨柳楼心月，歌尽桃花扇底风"的声色印象。

市井娱乐之声是繁复多姿种类的交响，从空间而言，有茶坊酒肆妓馆歌管之声，有勾栏瓦肆喧嚣娱乐之声；从时间而言，有不间断地节庆箫鼓之声。宋代茶坊酒肆妓馆遍布城市街巷，其中，酒肆也就是酒店，据《东京梦华录》记载，北宋汴梁有大酒店（"正店"）72个，中小酒店"不能遍数"，每一个酒店都有商业性娱乐歌管表演，歌妓"靓妆迎门，争妍卖笑，朝歌暮弦，摇荡心目"。（柳永《长寿乐》）南宋临安酒肆歌管娱乐更胜于汴京，形式更为多样："每处各有私名妓数十辈，皆时妆袨服，巧笑争妍。……有小鬟不呼自至，歌吟强聒，以求支分，谓之'擦坐'。又有吹箫、弹阮、息气、锣板、歌唱、散耍等人，谓之'赶趁'。"① 总之，酒肆的经营充分利用各色艺人声色繁丽的展示以达到顾客在满足口腹之欲的同时也享受精神愉悦，因为"商品经济的繁荣必然改变追求利润的原始积累方式，而涉入人们的情感，以增强顾客购买欲望，追求高级消费模式，促使消费者的消费心理走向成熟，其标志之一就是顾客在购买商品的同时，享受更多更好的文化艺术消费"②。

宋代饮茶之风很盛，市井茶坊遍布，如汴京朱雀门外"以南东西两教

---

① （宋）周密撰，李小龙、赵锐评注：《武林旧事》卷6《酒楼》，中华书局2007年版，第160页。
② 张楠：《从宋代"瓦肆"市场看我国古代商业音乐文化》，《中国音乐》2006年第4期。

坊，余皆居民或茶坊"①。茶坊的经营方式与酒肆相类似，也即"按管调弦于茶坊酒肆"，茶坊与酒肆的歌管之声成为都城文化经济繁荣的重要表征，也是宋代城市生活的一抹亮色。

如果说茶坊酒肆妓馆歌管之声作为宋代城市日常生活艺术化的表征，勾栏瓦肆的聒噪繁杂的喧嚣则更能表现这个时代城市的世俗格调。作为市井娱乐，士大夫文人一方面把这种人声嘈杂的盛大场面作为盛世表征而满怀深情追忆，另一方面对其评价则多为负面道德批判："甚为士庶放荡不羁之所，亦为子弟流连破坏之门""今贵家子弟郎君，因此荡游破坏，尤甚于汴都也。"② 被勾栏里的商业性娱乐活动吸引而来不仅有市井子弟，还有"贵家子弟郎君"，所谓"破坏"应指"子弟郎君"偏离读书科举正途，浸染流连于勾栏瓦肆。有学者认为，"宋代兴盛起来的曲艺说唱等娱乐活动的积极因素是它所具有的大众性：一座城市中娱乐享受的大众化趋势代表着社会的进步"③。

如前所言，街市声音景观从时间维度看有不间断地节庆箫鼓之声，也就是线性时间声景，它们是具有城市历史和人文特征的声音节点，包括传统节庆、民俗活动、宗教仪式以及具历史意义的、标志性的重大事件等场景出现回响的声音景观。

"爆竹声中一岁除"（王安石《元日》）是春节除岁震撼人心的爆竹声；"元夜笙歌满上都"（王仲修《宫词》其三）是元宵笙歌；"一川箫鼓任同民"（韩琦《壬子三月十八日游御河二首》其一）是寒食节郊游踏青的热闹场面；"玉管金筝入夜调"（宋白《宫词》第七十九首）是"七夕"歌吹之声；"嘈杂笙箫半天响"（周彦质《宫词》其六十一）是中秋佳节的笙箫齐奏；"清歌绕画梁"（寇准《重阳登高偶作》）是重阳节绕梁清歌；"欢传市井声"（王安石《冬至》）是冬至的市井欢声……这种节庆线性声音景观是市井民俗生活中跳跃的华彩乐段，与平日庸常沉重的吟唱形成对比，使得生

---

① （宋）孟元老撰，伊永文笺注：《东京梦华录》，中华书局2006年版，第99页。
② 刘坤、赵宗乙：《梦粱录外四种》，黑龙江人民出版社2003年版，第180页。
③ 吴晓亮：《从城市生活变化看唐宋社会的消费变迁》，《中国经济史研究》2005年第4期。

活音响有了跳跃起伏的节奏。

在众多的节庆中，元宵节尤为盛大热烈。在唐代是民众偶然开禁狂欢的喧闹歌管，对严格的宵禁制度突破有着深远意义①。至宋则是皇家与民同乐的盛大节日："结山当衢面九门，华灯满国月半昏。春泥踏尽游人系，鸣跸下天歌吹喧。深坊静曲走车辕，争前斗盛亡卑尊。靓妆丽服何柔温，交观互视各吐吞。磨肩一过难久存，眼尾获笑迷精魂。貂裘比比王侯孙，夜阑鞍马相驰奔。"（梅尧臣的《和宋中道元夕二首·其一》）因为元宵也是灯节，所以诗作的视觉形象是"月华灯影光相射"（杨无咎《人月圆》）的璀璨绚丽，是"华灯满国""靓妆丽服"的夺人眼目。但倾城出游的盛况还须听觉歌管喧闹：城里歌吹喧天，就连深坊静曲都响彻车辕滚滚而过的隆隆声。宋代元宵诗词的声音景观呈现非常精彩："三千世界笙歌里，十二都城锦绣中"（晏殊《扈从观灯》），"绮罗如画，笙歌递响，无限风雅"（杨无咎《人月圆》），"金鞍驰骋属儿曹，夜半喧阗意气豪"（曾巩《上元》），"火树银花触目红，揭天鼓吹闹春风"（朱淑真《元夜》），辛弃疾著名的元宵词《青玉案·元夕》虽然是"伤心人别有怀抱"，但面对凤箫声动、盈盈笑语的喧腾热闹，词作有层次的展现南宋元宵佳节绚烂的色彩、狂欢的声景。而姜白石的诗中别出心裁的以风雨夜深人散尽后孤灯下卖汤圆的吆喝声反衬前半夜的人声鼎沸，宝马香车拥堵，人流摩肩接踵以致女子多有坠钿，俯拾即是："元宵争看采莲船，宝马香车拾坠钿。风雨夜深人散尽，孤灯犹唤卖汤元。"（姜夔《诗曰》）。

综上所述，由唐至宋，宵禁解除，坊墙倒塌，街市娱乐之声兴起，城市娱乐生活渐趋多元喧闹，市井、市民在城市文化生活中的分量逐渐增加，并成为新兴文学样式产生的驱动力量。

四 寺观清音的世俗化、娱乐化

佛教在两汉之际传入中国，经过魏晋南北朝至唐宋已经充分中土化，加

---

① 参见曹胜高《论晚唐宵禁制度的松弛及其文化影响》，《学术研究》2007 年第 7 期。

之本土化的道教，城市寺观数量巨大，"南朝四百八十寺，多少楼台烟雨中"是杜牧对南朝佛寺数量众多的吟咏，而唐宋寺观的数量相较南朝而言有增无减。而寺观大多建在城边或干脆就在城市中间，如"南山奕奕通丹禁，北阙峨峨连翠云。岭上楼台千地起，城中钟鼓四天闻。"（沈佺期《从幸香山寺应制》）登临洛阳香山寺，城中钟鼓之声也清晰可闻。而京城中建有大量的寺观，宏大壮丽的寺观建筑成为城市景观不可或缺的组成部分，有很多甚至成为城市地标性建筑。唐代长安著名寺院有大兴善寺、大慈恩寺、大荐福寺、青龙寺等，北宋东京著名寺院有相国寺、玉清宫、开宝寺等。

在唐宋众多的寺院道观中，与其宗教仪轨相连的晨钟暮鼓也成为城市声音景观中的重要组成部分，渲染出浓厚的宗教氛围，把诗人诗思引向方外的同时也唤起城市民众对彼岸世界的想象。所以，寺观清音是诗人钟爱的声音景观："姑苏城外寒山寺，夜半钟声到客船"（张继《枫桥夜泊》）寒山寺的夜半钟声对于漂泊的游子而言何尝不是一种心灵的慰藉？"清晨入古寺，初日照高林。曲径通幽处，禅房花木深。山光悦鸟性，潭影空人心。万籁此都寂，但余钟磬音。"（常建《题破山寺后禅院》）古寺万籁俱寂中的"钟磬"声余音缭绕，意在言外。"已从招提游，更宿招提境。阴壑生虚籁，月林散清影。天阙象纬逼，云卧衣裳冷。欲觉闻晨钟，令人发深省。"［杜甫《游龙门奉先寺》（龙门即伊阙，一名阙口在河南府北四十里）］诗人夜宿洛阳龙门奉先寺，睡意蒙眬中听闻寺里晨钟，"令人发深省"。这些诗中的钟磬往往反衬出寺院的静穆庄严，与宗教场所的氛围是协调的。

但是，佛教在唐宋之际发生了重大变革，余英时先生在深刻分析唐宋儒道释三家的变革后，认为中国宗教在中唐以后开始入世转向。① 的确，唐宋时期"以度生如度苦海为宗旨的佛教，并没有能够完全劝化民众去超越人生，反倒是民众的现世精神使佛教出现了入世的转向。佛教的节日成为人们游玩娱乐的时间，佛寺成为了游艺商贸的场所……唐宋之际的社会变革，使

---

① 余英时：《中国近世宗教伦理与商人精神》，余英时：《士与中国文化》，上海人民出版社2003年版，第399页。

佛教从高深的义理之学转而成为大众的实用之学，它广泛深入到城市民众的生活当中，社会影响空前巨大"。①

佛教的下移是其中土化的必然，这种下移与寺庙僧侣和信众两个层面互动密切相关，从寺庙层面来说是"悦俗邀布施"，带有较强的功利色彩。"释氏讲说，类谈空有，而俗讲者又不能演空有之义，徒以悦俗邀布施而已。"② 纯粹的宗教高深义理的讲解"类谈空有"，根本无法吸引信众，这样的"讲说"是无法为寺庙"邀布施"的，所以必须"悦俗"，取悦信众，教义的推广、寺庙的生存发展才有可能。文溆僧是晚唐非常有名的俗讲僧人，他的俗讲甚至吸引唐敬宗前往聆听："宝历二年（826）六月乙卯，上幸兴福寺，观沙门文溆俗讲。"③ 文溆僧的俗讲在当时吸引了大量民众，其俗讲内容"无非淫秽鄙亵之事"，但"愚夫冶妇乐闻其说"，以致民众云集，"填咽寺舍"④。从中可见宗教义理讲释世俗化已经到了什么程度。而道教作为中国本土信仰，"以宗教性格而言，道教又远比佛教为入世"⑤。这一点从韩愈诗歌《华山女》中是不难看出的。另一个层面是城市民众信仰者的功利性和士大夫文人宗教信仰意识的淡薄、随意。城市民众（城市中小工商业者）的社会地位决定他们的未来充满风险，容易成为宗教信仰者，但是也使他们的信仰有较强的功利色彩；而文人士大夫对宗教的心态以颜真卿为代表"予不信佛法，而好居佛寺，喜与学佛者语。人视之，若酷信佛法者然，而实不然也"⑥。这里不排斥有虔诚的信徒，但颜真卿对宗教的非宗教心态在士大夫文人中是很有典型性的。很多时候，文人士大夫进入寺观往往

---

① 王涛：《唐宋之际城市民众的佛教信仰》，《山西师大学报》2007年第1期。
② （宋）司马光撰，胡三省注：《资治通鉴》卷243《唐纪五十九》，中华书局1956年版，第7850页。
③ （宋）司马光撰，胡三省注：《资治通鉴》卷243《唐敬宗纪》，中华书局1956年版，第7850页。
④ （唐）赵璘：《因话录》卷4"角部"，上海古籍出版社1957年版，第94页。
⑤ 余英时：《中国近世宗教伦理与商人精神》，余英时：《士与中国文化》，上海人民出版社2003年版，第408页。
⑥ （唐）颜真卿：《泛爱寺重修记》，（清）董诰等编：《全唐文》卷337，中华书局1983年版，第3419页。

是因为环境的静穆幽僻，或为宗教方外之思所吸引，而并非因为虔诚的宗教情结的驱使。这也是中国古典小说戏曲喜欢把缠绵的爱情故事置于寺观环境中展开的原因。

  正是在这两个层面对宗教的功利性和随意性的互动作用下，寺观一类宗教场所的世俗色彩、娱乐功能渐趋强化，逐渐成为商业交易和大众娱乐的场地，"长安戏场，多集于慈恩；小者在青龙，其次在荐福、永寿尼（寺）"。^① 唐代新型的艺术样式俗讲、变文、百戏等产生于寺院周边，宋代东京相国寺则成为综合的商业买卖、游艺娱乐场所^②。这样，寺观的声音景观不再限于晨钟暮鼓的清寂而变得喧闹欢腾起来，买卖人的吆喝声、人群的嘈杂声、寺观俗讲的喧腾声、杂技百戏表演的喝彩声打破了寺观肃穆庄严的宗教氛围，其中仅以俗讲来看，"百千民拥听经座"（贯休《蜀王入大慈寺听讲》）的盛大场面，给人的听觉印象必然是喧闹不绝的，许浑在《白马寺不出院僧》中直接用表声的"喧"字形容俗讲："寺喧听讲绝，厨远送斋迟。"韩愈在《华山女》一诗中涉及佛道两教争相"悦俗邀布施"的热烈场面，首四句极写寺庙"讲佛经"的盛况，撞钟吹螺的巨大声响回荡在城市上空以致深宫之中皆可听闻，闻声而来的信众如浮萍一般拥挤。"俗讲的程序，一般是先敲钟集众，众人依次进入讲堂，法师随入升座。然后大众合声唱佛名礼拜。又有一僧举声唱梵赞，大众唱和。"^③ 所以俗讲的场面异常喧闹。相形之下，道观里的"黄衣道士"讲说则门可罗雀，转机是女冠华山女儿"悦俗"手段高人一等，以色相讲说"淫秽鄙亵之事"，很快吸引了市井民众趋之若鹜，"扫除众寺人迹绝"，其间不乏信徒，但也吸引了大批轻薄子。道观讲说的盛况带来的是直接的经济效益："抽簪脱钏解环佩，堆金叠玉光青荧。"

  寺观讲经的盛况文人多有记载"无生深旨诚难解，唯有师言得正真。远近持斋来谛听，酒坊鱼市尽无人。"（姚合《听僧云端讲经》）而真正要找

---

① （宋）钱易：《南部新书》戊，中华书局2002年版，第67页。
② （宋）孟元老撰，伊永文笺注：《东京梦华录》，中华书局2006年版，第288页。
③ 吕建福：《俗讲：中国佛教的俗文学》，《世界宗教文化》2005年第2期。

寻安闲的文人士大夫只能避开讲经日方可觅得一份安宁："一住毗陵寺，师应只信缘。院贫人施食，窗静鸟窥禅。古磬声难尽，秋灯色更鲜。仍闻开讲日，湖上少鱼船。"（姚合《赠常州院僧》）俗讲就已经喧闹如斯，其他的民间艺术形式如转变、百戏、游艺等就更为热闹喧腾。

"历史性与社会性不是游离于听觉之外的外壳，而是听觉变迁的内在原因，因为听觉本身就是不断被文化所建构的，包括声音意义的赋予、倾听的方式、声音的内容和听觉的主体。"[①] 以上从市声、鼓声、娱乐之声、寺观之声四种声音景观的文学书写中的聆听关系随着城市时空变化、聆听主体心态嬗变呈现出的世俗化、娱乐化色彩，从一个独特的侧面反映出唐宋城市转型进程中的具体内涵。

[①] 王敦：《流动在文化空间里的听觉：历史性和社会性》，《文艺研究》2011年第5期。

命名与书写：牛首山文学景观的生成机制与地理的关系

韩明亮[*]

地域文学与文化的研究呈现出越来越热的学术趋势，这跟学术思维的转变密不可分，同时也是学术进步的一种体现。但近年来的地域文学研究往往存在着用老方法研究新领域的困境。具体表现为两个问题：一是研究者往往将地域作为文化背景，这样的研究让地域失去了特性和主体性；二是研究者对于地域文学研究的价值定位，即把研究地域文学看作为地方政府的旅游开发作文化基础。这种学术视野是属于"只见树木，不见森林"式的研究。总之，第一种研究思维是没有以地域为主体，从本质上说，这种思路根本不是地域研究；第二种研究在思维上略有创新，但是只注意到地域，而缺乏对地域文学研究的学术意义的准确定位。学术思维从研究对象中走不出来，也便看不清楚研究对象的特点以及价值的高低。因此，今天的地域文学研究亟待一种学术思维的突破。

这种学术思维的突破需要站在不同学科的研究思维的比较高度上去建构一种崭新的视角。格尔兹在 The Interpretation of Cultures 中这样说道："人类学家不研究村庄（部落、集镇、邻里……）；他们在村庄里做研究。"[①] 这是微观史学的研究思路，恰恰对于地域文学的研究思维有着极大的助益。微观

---

[*] 韩明亮：浙江大学文学院博士研究生。
① C. Geertz, *The Interpretation of Cultures*, New York: Basic Books, 1973.

史学当年也面临着地域文学研究的困境和质疑。作为解构宏大叙事的史学研究，微观史学自有其在史学史上的巨大进步，但如果仅仅是用"放大镜"把一个村庄研究得细致入微，这又有什么意义呢？因此，格尔兹提出此论，认为只有把研究的问题放到文化史的主流中才能够捕捉其最本质的特点，从而拥有学术价值。而我们的地域文学研究恰恰需要始终把研究的视野定位在文学史乃至文化史上。总之，只有把地域文学中的学术问题放到文学史的序列当中，它才能够拥有在学术史上的位置和意义。

研究作为地理位置的地域，我们往往把注意点放在地域的内部进行观照，解决了是什么的问题，却最终找不到研究的意义。那是我们研究的学术视野出了问题，要从如何走进地域文学内部，研究它是什么，转向为如何找到它在文学史中的位置。

这里形成了一个有趣的悖论：对于研究有着明确地理位置的地域，我们要再次追问：它在哪儿？

明白了这一点，学术思维就会有巨大的转变，而在这一转变之下，其多样的研究方法也便应运而生。从地理位置的独特性去思考文化现象的发生，是寻找地域文学的文学史序列的重要方法。

这种方法能够有效地把地域之为地域的主体性凸显出来。比如南京的牛首山。作为一座名山，它曾在隋唐时期孕育了牛头宗这一佛教门派，影响深远。在《牛首山志》中记载了这样一段话："精蓝所在，近市则易嚣，僻初则苦寂。惟牛头介二者之间，故僧之杖锡者听约堂主。"[①] 它讲的是牛首山和金陵的距离恰恰处于不即不离的位置，因为不是很远，牛首山可以得到市民的供奉，故而香火鼎盛；另一方面，佛门弟子也因为其距离繁华的金陵城有着不近的距离，乐于在此静修。这两方面的心态都决定着牛头禅寺的繁华，也决定着六朝的崇佛文化必然让牛首山跟佛家结下深厚的联系。地理因素对于文化心态的影响由此可见一斑。换言之，此地域之所以有这样的历

---

① （明）盛时泰：《牛首山志》，南京出版社2012年版，第60页。

史，有这样的人，往往是因其地理因素的独特性。故而，地域之于文学、文化的确是个极其根本的因素。西方的年鉴学派代表人物布罗代尔也提出过三种层面的历史，其最不易改变的层面就是地理层面。这也为我们研究地域以解释文化现象做了一个论据。

再比如，牛头宗作为一个六代而亡的宗派，其衣钵无一例外地传给润州（今镇江）籍贯的人物，而当他的传人突破这一籍贯限制的时候，牛头宗竟然湮灭无存。这又是一个地域对于文化认同有着重要影响的例证。

在这一方法下，我们还能够具体采用对比的方式以观察地域的特点。通过相似文化影响下的地域之间的对比以及相近地域的文化对比，观察其同中之异，这样才能够对该地域的文化特性进行更好的把握。本文将以牛首山地貌名胜的命名为研究对象，对以上方法进行具体实践。

一　千秋功罪：王导命名天阙山

当政局变动的时候，仓皇逃奔的统治者依然要在文化宣传上不能失去话语权，至少要通过对于新事物的解释来给新政权的落地以合理的依据。牛首山的别名——天阙山就作为一种别样的宣传，被刻在历史的荣辱柱上。《文选》收录陆倕的一篇宏文《石阙铭》，其中有："晋氏浸弱，宋历威夷，礼经旧典，寂寥无记，鸿规盛烈，湮没罕称。乃假天阙于牛头，托远图于博望，有欺耳目，无补宪章。"[①] 这里的"假天阙于牛头"讲述了晋氏南迁中的一段历史：

> 山谦之《丹阳记》曰："大兴中，议者皆言汉司徒义兴许彧墓二阙高壮，可徙施之。王茂弘弗欲。后陪乘出宣阳门，南望牛头山两峰，即曰：'此天阙也，岂烦改作？'帝从之。今出宣阳望此山，良似阙。"[②]

[①] （南朝梁）萧统编，（唐）李善注：《文选》，上海古籍出版社1986年版，第2420页。
[②] （南朝梁）萧统编，（唐）李善注：《文选》，上海古籍出版社1986年版，第2420页。

这个故事大意是说，晋室南迁之后，皇帝和大臣纷纷建议应该把汉代许或墓前的双阙搬到皇家，以树立威仪，王导不愿意，正巧看到建康西南方的牛头山（即牛首山），因为它双峰似阙，便对皇帝说，牛头山就是天赐的石阙，又何必再劳民伤财建立石阙呢？就这样，王导成功阻止了晋室建造石阙。

《南史·何胤传》记载了这样的版本："世传晋室欲立阙，王丞相指牛头山云：'此天阙也'，是则未明立阙之意。"① 这里两个版本的不同主要在于和王导辩论的对象。前文说是议者，后文说是晋室，不过从《丹阳记》的故事末尾记载"帝从之"，可见，建立石阙也是皇帝的诉求。

在《丹阳记》中，议者和王导虽然观点不同，但是他们都忽略了一个本质问题。议者认为石阙"高壮"，足以显示威风，而王导反对的意见是认为建立石阙动用民力、物力，是劳民伤财之事。这虽然反映了王导管理政局的厚生和简政思想，但也暴露出王导忽视了石阙作为礼制的象征意义。这一点，主张建立石阙的议者也没有关注到。这也更加佐证了陆倕所说的"晋氏浸弱，宋历威夷，礼经旧典，寂寥无记"的状态。

下面我们来具体论述石阙在礼制上的象征意义。

《文选》的《石阙铭》记载："以为象阙之制，其来已远。《春秋》设旧章之教，《经礼》垂布宪之文，《戴记》显游观之言，《周史》书树阙之梦。北荒明月，西极流精；海岳黄金，河庭紫贝。苍龙玄武之制，铜雀铁凤之工。或以听穷省冤，或以布化悬法，或以表正王居，或以光崇帝里。"② 这里追溯了象阙的历史，也全面阐明了象阙的功用，即体现国家的礼制与威仪。《南史·何胤传》也记载了石阙对于颁布礼制法令的意义。其文曰："阙者谓之象魏，悬法于其上，浃日而收之。象者，法也；魏者，当涂而高大貌也。"③ 象魏是天子、诸侯宫门外的一对建筑，亦名"阙"或"观"，

---

① （明）盛时泰：《牛首山志》，南京出版社2010年版，第50页。
② （南朝梁）萧统编，（唐）李善注：《文选》，上海古籍出版社1986年版，第2419—2420页。
③ （明）盛时泰：《牛首山志》，南京出版社2010年版，第50页。

是国家颁示教令的地方。《周礼·天官·太宰》记载："正月之吉，始和，布治于邦国都鄙，乃县治象之法于象魏。"郑玄注引郑司农曰："象魏，阙也。"① 可见，象阙是一种颁布礼制的建筑物，以天阙山为双阙便让阙失去了礼的功用，也便没有了阙的意义。这里陆倕和何胤都以此来批评王导不识礼制。同时，我们也要看到，那些主张建立石阙的"议者"无非是看到了阙的高壮，同样也是不懂礼制的表现。何胤作为隐居的名士向刚刚即位的梁武帝提出三条意见，其第三条是"树双阙"，后来梁武帝果然这样做了。

刘璠《梁典》曰："天监七年正月戊戌，诏曰：昔晋氏青盖南移，日不暇给。而两观莫筑，悬法无所。今礼盛化光，役务简便，可营建象阙，以表旧章。于是选匠量功，镌石为阙。穷极壮丽，冠绝古今；奇禽异羽，莫不毕备。"② 而陆倕的《石阙铭》就是为此而写。考察这两位评论者的处境和主张，我们更能够明白何、陆二人为何反对王导的厚生简政的举措。

王导把牛首山称作天阙，这一故事的解读远远不是礼制那么简单。当晋室仓皇南渡，来到建康。它面对的首要问题就是如何给百姓解释南渡，如何确立自身的稳定性和权威性。在《世说新语》中也的确记载了元帝面对的尴尬处境。其文曰："元帝始过江，谓顾骠骑曰：'寄人国土，心常怀惭。'荣跪对曰：'臣闻王者以天下为家，是以耿、亳无定处，九鼎迁洛邑，愿陛下勿以迁都为念。'"③

同时，晋室还要在事务上尽可能不让原住民有太大的干扰，当然，这一点几乎无法做到。但王导命名天阙山无疑有着这方面的考量。同时，天阙给晋室一个绝好的理由，即天命所归。晋室的国都定在建康，这本是迫不得已的仓皇之举，但是王导指出牛首山就是晋室的象阙，而且是天造地设的象阙，可见晋室定都建康乃是天命所归，顺天之举。王导的这一命名无形中把牛首山拉入了政治体系之中。同时，牛首山也成为人民心头江南江北的分界

---

① 于茂高主编：《牛首山诗词》，南京出版社2013年版，第13页。
② （南朝梁）萧统编，（唐）李善注：《文选》，上海古籍出版社1986年版，第2421页。
③ 周兴陆辑著：《世说新语汇校汇注汇评》，凤凰出版社2017年版，第163页。

线。奇妙的是，牛首山位于建康都城的西南方，它本身是绝不可能作为一种分界线来看待的。但是，当牛首山被解读为天阙的时候，牛首山便不再是一座山，而成了一种象征，象征着帝都，象征着国家的权力和威仪。这种强大的象征意义又因为天阙之名而变得不可撼动，因为这种象征不是凭空构建，而是天造地设。但是，历史终究洞穿了这一构建的天阙谎言。

王导命名天阙山这一事件从发生之初便饱受争议。王导的命名固然起到了稳定人心和建立国家向心力的功效，但这只是一时的效果。到了南朝齐，何胤就指出了这一构建无法掩盖的缺点，即丧失了礼制的意义。只是齐统治者没有采用何胤的观点，直到梁武帝才在何胤的建议下大力建造了宏伟无比的石阙。

然而，天阙之名却并没有因为东晋的灭亡而风流云散。对于这件事，历史上的题咏出现了三种态度：一是贬低王导之举而达到暗讽时政的目的；二是赞扬王导的努力和不易；三是对于此举的理解之同情。

我们首先来看历代文人对于这一事件的批评立场及其背后的现实考量。

南唐的朱存在《天阙山》中写道："牛头天际碧凝岚，王导无稽亦妄谈。若指远山为上阙，长安应合指终南。"[1]《十国春秋》记载："朱存，金陵人。保大时，常取吴大帝及六朝兴亡成败之迹作览古诗二百章，章四句。地志家多援以为证。"[2] 从这二百章的览古诗中，我们可以推测身处南唐的朱存有着怎样的兴亡感受。而对于王导的批评亦可理解为对于一个长安盛世的呼唤。

南宋马之纯在《天阙山》中说："不知象魏欲何为，布政颁条总在兹。凡有往来须仰视，庶几众庶可周知。后来江左当新造，好向城隅蹑旧规。却指牛头作天阙，此言多少被人嗤。"[3] 马之纯在这里把天阙的礼制意义解释得非常清楚，在这种视角之下，王导的"却指牛头作天阙"的举措难免被

---

[1] 于茂高主编：《牛首山诗词》，南京出版社2013年版，第5页。
[2] （清）吴任臣撰：《十国春秋》卷29，文渊阁四库全书本。
[3] 于茂高主编：《牛首山诗词》，南京出版社2013年版，第12页。

人嗤笑。马之纯著有《周礼随解》，以礼制视角来看待历史也是不足为奇的了。怀有此种视角的还有民国张通之。他的《牛首白云》说："王导曾名为天阙，天阙牛首那能同。岂因两峰若牛首，将欲执此以称难。"①

这种礼制视角和何胤、陆倕的观点是一致的。这种视角我们应该如何看待？在礼制派看来，王导的做法是"有欺耳目，无补宪章"②。他们所期待的是一个礼乐兴隆的盛世，在否定王导做法的同时，也是在表达对当时执政者的劝谏。孔子就说："必也正名乎。"③ 他认为执政者最大的权力是名，国家能够赋予名，"名不正，则言不顺；言不顺，则事不成；事不成，则礼乐不兴"④。名是不能够乱用和滥用的。因为如果名不正，执政者的合法性就会受到质疑，那么无论什么事情都不会做成。所以孔子叹息"尔爱其羊，我爱其礼"⑤。修建石阙的人力、物力就是"羊"，"阙"的象征意义就是礼，依照孔子的想法，即使损耗民力也要建立礼的权威性和合法性。这也是后世无数文人的立场。这种立场的背后含义是期待一个强有力的国家，一个礼乐兴隆、政通人和的社会。

王世贞对王导这一做法也持否定态度。他在《司徒方公陟牛首山有述》上说："胡云表双阙，毋乃文偏安。"⑥ 王世贞一语道破了王导的内心想法。"胡云表双阙，毋乃文偏安。"命名牛首山为天阙山的真实动机是文饰东晋朝廷的合法性，也就是以上承天命的方式取信于民。笔者曾游览过牛首山，正是站在塔顶，一望牛头双峰，笔者才真正理解到牛首山何以能够作为东晋之"天阙"。在这双峰之间是一望无际的平地，目力所及，可以直接望到南京市区和长江。这双峰正如东晋的"大门"，指引出一条通往东晋朝廷的宽敞的大道。王导说这是上天赐予晋室的"阙"，由此为东晋偏安江左以合理

---

① 于茂高主编：《牛首山诗词》，南京出版社2013年版，第184页。
② （南朝梁）萧统编，（唐）李善注：《文选》，上海古籍出版社1986年版，第2420页。
③ （宋）朱熹：《四书章句集注》，中华书局2012年版，第143页。
④ （宋）朱熹：《四书章句集注》，中华书局2012年版，第143页。
⑤ （宋）朱熹：《四书章句集注》，中华书局2012年版，第66页。
⑥ （明）王世贞：《弇州续稿》卷7，文渊阁四库全书本。

的解释，从而取信于民。王世贞并没有从礼制上进行批评，而是以一个史家的眼光洞彻了东晋小朝廷的命名动机，并对此表示一种"俱往矣"的豪迈气势，以凸显明代之皇皇盛世。诗歌结尾以"还看今朝"的姿态赞叹"方籍禹功大，况值尧世难"。

第二种观点是赞扬王导的努力。不当家不知柴米贵。能够感同身受地理解王导之不易的是乾隆皇帝。他的《题文伯仁金陵十八景·牛首山》记载：

> 石阙诚如天阙披，但司马未足当之。岘峰对峙青云表，诔荡铭辞缅陆倕。（其一）①
> 欲因立阙指牛头，卓识由来自不侔。桓彝渡江期管仲，斯人岂祇尚风流。（其二）②

第一首诗歌首先交代牛首的确有天阙之形，不过晋室配不上天阙，潜台词就是"数风流人物，还看今朝"。后面两句是否定了陆倕的《石阙铭》，认为其"诔荡"，纵观历史，纵使梁代建立了宏伟绝伦的石阙，还是走了东晋的老路，难免衰亡的败局。明白这一点，陆倕的礼制观念和《石阙铭》中的高论都变成了一时风光，转瞬即逝。而动用民力也变成了劳民伤财，礼制不在于建立一个建筑物，而应深扎于统治者的内心。

这首《牛首山·其二》很耐人寻味。前两句直接评价王导命名天阙的举措是"卓识"。这种"卓识"当理解为利用天阙加以稳定民心和增强国家的向心力，具体如上文所述。千载之下，唯有乾隆看出了王导的苦心。后两句"期管仲"指的是《世说新语·言语》中的典故：

> 温峤初为刘琨使来过江。于时江左营建始尔，纲纪未举。温新至，深有诸虑。既诣王丞相，陈主上幽越，社稷焚灭，山陵夷毁之酷，有

---

① 于茂高主编：《牛首山诗词》，南京出版社2013年版，第146页。
② 于茂高主编：《牛首山诗词》，南京出版社2013年版，第146页。

《黍离》之痛。温忠慨深烈，言与泗俱，丞相亦与之对泣。叙情既毕，便深自陈结，丞相亦厚相酬纳。既出，欢然言曰："江左自有管夷吾，此复何忧？"①

当时，朝野沉浸在离别故土的悲痛之中，唯有王导奋然向上，维持大局。过江诸人，每至美日，辄相邀新亭，借卉饮宴。周侯中坐而叹曰："风景不殊，正自有山河之异！"皆相视流泪。唯王丞相愀然变色曰："当共戮力王室，克复神州，何至作楚囚相对？"② 乾隆对于王导的评价和其委曲的挖掘正是其自身深切地明白治国之不易。这种评价的确比一心期待礼乐昌盛的文人所作的评价显得更加真切和深刻。

第三种是冷静地站在历史的帷幕背后，明白各家委曲却也只是"读书人，一声长叹！"③

最显著的要算明代的屈大均，他的《秣陵》上说："牛首开天阙，龙岗抱帝宫。六朝春草里，万井落花中。访旧乌衣少，听歌玉树空。如何亡国恨，尽在大江东！"④ 作者面对六朝的兴替感到恍惚，质问这冥冥中的造物：为何让金陵承担这么多的伤痛和无奈？这种质问，也显示出作者怀古生发的一种无力感。

最是眼光独到要数孙星衍。其《牛首山》曰："岧然天阙作南门，渡马人知帝子尊。似此家居撞亦坏，千秋名让谢公墩。"⑤ 孙星衍要算文人中唯一一个看到了王导命名天阙的苦心，即渡马人知帝子尊。说到底，是为了确立皇权的正当性和合法性，那么，最强有力的理由就是天命所归，而天阙就是天命的彰显。但是孙星衍不止于此。他不仅能洞穿历史横切面的种种委曲，他还能纵观整个历史，发出高妙的感慨："似此家居撞亦坏，千秋名让

---

① 周兴陆辑著：《世说新语汇校汇注汇评》，凤凰出版社2017年版，第176页。
② 周兴陆辑著：《世说新语汇校汇注汇评》，凤凰出版社2017年版，第166页。
③ （元）杨朝英辑：《朝野新声太平乐府》卷2，四部丛刊初编。
④ 于茂高主编：《牛首山诗词》，南京出版社2013年版，第152—153页。
⑤ 于茂高主编：《牛首山诗词》，南京出版社2013年版，第174页。

谢公墩。"天阙山也无非是一个你方唱罢我登场的摆设。面对六朝种种的兴衰，命名天阙山也不过是一家一姓的一个瞬间。天阙山对于当时的东晋政权有着近乎封禅的意义，然而，孙星衍认为，千载之下，天阙山比不过谢公墩的高名。这里的典故同样出自《世说新语·言语》：

> 王右军与谢太傅共登冶城，谢悠然远想，有高世之志。王谓谢曰："夏禹勤王，手足胼胝；文王旰食，日不暇给。今四郊多垒，宜人人自效，而虚谈废务，浮文妨要，恐非当今所宜。"谢答曰："秦任商鞅，二世而亡，岂清言致患邪？"①

谢公墩象征着一种高士精神，"悠然远想，有高世之志"，沉浸清言，忘怀得失。从治理国家来看，王导的举措自然是有其衷心，而从一个千载之下看惯兴衰的文人孙星衍来看，王导这一番苦心也是徒然，六朝已经远去，而唯有《世说新语》里保存下来的"高世之志"，让我们悠然远想，神往不已。

以上我们以王导命名天阙山这一历史事件为出发点，系统分析了事件的始末、后世的不同评价和这些评价下的文人心态。可以说，我们以这一牛首山上的文化事件构建出了关于这一事件的心态史。在这一事件的评价史中，我们发现这里存在一种古与今的权力争夺现象。具体说来，古代的历史事件在当时有一个官方构建的理解模式，但是这一理解模式很难取信于后世，因为评价者往往站在自身的文化立场上对历史做出评价。可以说，这种评价是"古为今用"式的评价。葛兆光对于福柯的权力与话语这样分析："不断积累的文献并不是默默不语的资料，而是挟裹了一代又一代人的理解而来的；不断阑入的观念，并不只是朝着精确的方向发展的逻辑，而是包容了时代特点的需要而来的。"② 正因此，这种评价所展现出来的不再只是跟历史相关，而是一种对于现实的明确立场和批判。历史研究不是对于过往的记录，而是

---

① 周兴陆辑著：《世说新语汇校汇注汇评》，凤凰出版社2017年版，第229页。
② 葛兆光：《增订本中国禅思想史：从六世纪到十世纪》，上海古籍出版社2008年版，第35页。

以一种思想和逻辑组织历史事件以形成一种意义的建构。这恰恰是古往今来每一个对历史事件进行臧否的人所做的事，只不过这种评价只是片段式的，不成体系的而已。

二 书写心态与权力竞逐

那么这种历史事件的后世回响也在建立一种属于评价者那个时代的理解模式。层层累积，以至于今。这种理解本身可能包含着对与错，但这一点并不重要，重要的是，这种理解模式对于读者有极大的影响力，可以说，形成一种令人信服的理解历史的模式就是形成一种权力结构。别人可以对于具体的观点不受影响，但很难摆脱这种对于历史的理解模式。也就是说，不管这个说法对与不对，当读者在思考这一问题时，他便已然陷入了这种思考模式之中，也就是说，他已然认可了这种权力。因此，在我们看来，这部凝结在牛首山上的生动的心态史其实是一个古与今不断交互的权力争斗场。赞扬王导的做法意味着建立一种治国不易的历史理解模式，这无异于评价者以历史评价实现取信于民的目的；批评王导的做法意味着评价者服膺于儒家的以礼治国模式，从而以这种史观影响现实。古与今的权力运作在这一事件上被演绎得淋漓尽致。

种种的内部与外部的因素导致一个历史事件的发生。这就像牛首山被王导称作天阙山一样。从外部来说，如果王导没有这种厚生和简政思想，没有联系到东晋皇权的确立，抑或晋元帝坚持建立象阙，这种种的外部原因都会导致历史上没有天阙山；从内部来说，如果牛首山不在建康，抑或牛首山在外形上不似石阙，都会导致牛首山无法拥有天阙之名。历史事件的发生有着内部和外部的因素，而历史事件被一次次的回忆也同样有着现实考量和怀古心绪的双重原因。

如果历史事件不被历代回忆，那么其生命从其诞生便已然夭折。也就是说，历史事件的意义存在于被不断的追忆当中。一千五百年前的一件事可能有着一千五百年的记忆史，而且这种记忆是累积的，多变的。从王导命名天阙山这一事件的后世褒贬之中，我们就可以清晰地看到这一点。也就是说，每一个历史事件都拥有属于它的一部心态史，牛首山就是这样。牛首山上的遗迹和建筑本身就是历史事件的见证者，牛首山的历代文学题咏就凝结着对这些历史事件的文人心态。

这个心态是什么呢？归纳起来，我们可以看到是一种官方意识与民间意识的交织心态史，甚至可以说是一部话语的斗争史。

《福柯说权力与话语》这本书中说："传统历史观着眼于遥远、高贵的事物，将目光投向崇高的时代；而谱系学则要朝向身体，投向社会的底层，恢复历史的本来面目，而不是统治者对其的粉饰和伪装。"① 这里福柯解释了两种历史观和话语体系。一种是传统历史观，它构建了官方的话语；一种是福柯的历史观，他关注底层话语。我们可以借鉴这一思路来考察这三个历史事件。

王导命名天阙山指的是官方话语，他给民众建构了一个堂而皇之的天阙，从而给南迁的晋室赋予了先天的统治合法性。这一高明手段让后世的乾隆皇帝赞不绝口。而陆倕、何胤的批评也是站在官方立场，何胤是给梁武帝建言献策，陆倕是对梁武帝建立石阙大加阿谀。不过陆、何二人是站在官方立场批评同样站在官方立场的王导。历史成了"权力斗争的空间"。

面对后世绵延不绝的关于命名的题咏，我们看到每一个历史事件都有一部心态史。这部心态史存在于历代的题咏和祠堂等遗迹之中。其实，这部心态史就是一个民间话语和官方话语的场域，不管是哪一方占优势，书写本身就是在历史长河当中把这一事件不断地推出水面，回忆本身就在强化，就在抵抗遗忘，就在书写历史。当然，这种书写本身也变成了历史。正如陈寅恪为纪念王国维所写的碑文，陈寅恪的书写固然强化了王国维在文化史上的记忆，但是，换个角度思考，王国维的死对于陈寅恪主张的学者的"独立精神"何尝不是最好的宣传场所？也就是说，书写本身在成为历史，它成了

---

① ［法］福柯：《福柯说权力与话语》，陈怡含编译，华中科技大学出版社2017年版，第34页。

今人借助古人走进历史的一种独特方式。

归纳起来，对于历史事件的书写，权力与话语的运作机制是这样的。一个历史事件有一个官方的书写，这是当时的官方话语。而纵观整个历史，对于这个事件有着一部心态史。这部心态史包含后世的官方话语和民间话语。这两种势力冲击着最初的官方话语，在其内部也进行着撕扯。这种撕扯和冲击的原因是古为今用的书写态度，有着对当下的现实考量。正是这种现实考量，让历史书写变成了一种自我观念的建构，从而大大减弱了话语的权威性，于是又会产生另一种建构自我思想式的书写，最终形成了这样一部奇特的心态史。

从地理位置的独特性去思考文化现象的发生，我们可以看到这一案例蕴含着一种内在的权力张力：东晋的南迁背景下对于天阙的命名凝结着南与北的对立，这种对立折射出的是国家与国家、自我与他者的多重心理定位。这种交错为争夺历史权力的话语留下了一个开放的空间，进而形成一部独特的心态史。这一切都要建立在牛首山这一特殊的地理位置。

让我们站在更高的层面思考历史事件与文化记忆的关系。历史事件的发生固然有着具体的时间和地点，但如果它对于人类没有一个精神层面的意义，那么它纵使是实实在在发生过的事件，依然无法拥有一个明确的文化史位置。对于这一点尼采在《瓦格纳在拜洛伊特》中有过生动的描述：

> 事件要成其伟大，必须同时具备两个方面：成事者的伟大官能和受事者的伟大官能。事件本身无所谓伟大，哪怕是整个星座消失，民族毁灭，幅员辽阔的国家创建，雷霆万钧、损失惨重的战争爆发：历史的和风吹拂在凡此种种之上，犹如吹拂开飘絮游丝。[1]

历史事件所包含的精神层面的意义并非随着事件的诞生而诞生，而是需

---

[1] [德]尼采：《悲剧的诞生》，周国平译，生活·读书·新知三联书店1986年版，第109页。

要后世不断地书写最终形成一个稳定的意义,可以说这是一种世代累积型的意义言说。没有这种言说,历史事件就无法在人们的心目中具有清晰的图景,也不会在文化史序列中拥有一席之地。换言之,历史事件就等于没有发生过。直到千百年后,有人对它进行解释,它才可能真正诞生。在这一理解下,谁拥有解释权,谁就拥有了至高无上的权力。那是让历史发生的权力。言说意义并非为了历史事件,而是为了形成干预现实和创造未来的思想力量。历史事件被赋予意义,就会成为文化记忆的一环。文化记忆因为蒙着历史这一神圣的外衣进而让意义具有坚不可摧的力量。陈胜的一声"王侯将相,宁有种乎"正是捕获到了文化记忆的历史之维,才会焕发出如此强劲的思想力量。

三 "三重证据法":景观文献与阅读史

牛首山文学中有 47 首诗歌写到了佛法感"兽"的典故。佛法感"兽"是牛首山独特的文化书写现象,它来自牛头禅的思想和关于法融的历史传说。在这些诗歌中,关于百鸟献花的书写有 28 首,属于佛法感"兽"的主流;关于驯兽的书写有 14 首;关于散花飞雨的书写有 14 首;关于"振锡"的书写有 4 首。对于这个统计,笔者需要做个说明,第一,这 47 首诗歌中存在着同一首诗包含两个方向的典故书写,这也是后世书写中极具特色的一种书写取径。第二,散花飞雨的书写与百鸟献花的典故具有衍生性的关系,同时,这种书写取径跟佛祖讲法有着很深的渊源。这也是我们把散花飞雨的书写算作佛法感"兽"的原因。第三,在描写佛法感"兽"的诗歌中包含对于"振锡"的书写,之所以把它单独拎出来,是为了在后文以阅读史的视角对作者就典故的取舍现象进行说明。

佛法感"兽"为何会成为历代牛首山题咏中的高频典故?为了解决这个问题,我们要追溯到法融的历史传说和牛头禅的佛教思想中去。

法融的本事被详细地记录在四个文本中,它们分别是刘禹锡的《牛头山第一祖融大师新塔记》、李华的《润州鹤林寺故径山大师碑铭》、《祖堂集》和《景德传灯录》。下面分别就这四个文本来分析佛法感"兽"这一典故的本事。

刘禹锡的《牛头山第一祖融大师新塔记》中说:"徙居是山,宴坐石室,以慧力感通,故旱麓泉涌,以神功示现,故皓雪莲生,巨蛇摧伏,群鹿听法。"① 这里出现了顿锡泉涌、皓雪莲生和驯兽的本事。

李华的《润州鹤林寺故径山大师碑铭》记载道:"融大师讲法则金莲冬敷,顿锡而灵泉涌溢。"② 又讲到牛头禅师鹤林玄素圆寂时说:"十里花雨,四天香云……涅槃之夕,椅桐双枯,虎狼哀号,声破山谷……及发引登原,风雨如扫,慈乌覆野,灵鹤徊翔,有情无情,德至皆感。"③ 又云:"喻金刚之最坚,比狮子之无畏。"④ 这里出现了后世题咏中的顿锡泉涌、金莲冬敷、散花飞雨、桐树自凋、虎狼哀号、慈乌覆野、灵鹤徊翔和金刚狮象的本事。

这两则材料对比下来,我们发现它们都写到了顿锡泉涌、皓雪莲生的本事。这是其相同点。其不同点也很明显。刘禹锡的文本多了驯兽的本事,而李华的文本在法融的记录中并没有驯兽的本事,而是讲述牛头宗后学鹤林玄素时才描写了佛法感"兽"的画面,并以一个抽象化的表述,即德至皆感,为总结。这是佛法感"兽"的思想内涵。佛法感"兽"的记录一方面凸显出书写对象的佛法至德;另一方面,这也是其佛法正宗的证明。

《祖堂集》记载道:"乃谓众曰:'从今一去,再不践也。'既出山寺门,禽兽哀号,逾月不止;山间泉池,激石涌砂,一时填满;房前大桐四株,五月繁茂,一朝凋尽。"⑤ 我们发现《祖堂集》中写到了禽兽哀号、激石涌砂、桐树自凋的本事。这和李华在《润州鹤林寺故径山大师碑铭》中描写鹤林

---

① (唐)刘禹锡撰,陶敏、陶红雨校注:《刘禹锡全集编年校注》卷17,中华书局2019年版,第1897—1898页。
② (唐)李华:《李遐叔文集》卷2,文渊阁四库全书本。
③ (唐)李华:《李遐叔文集》卷2,文渊阁四库全书本。
④ (唐)李华:《李遐叔文集》卷2,文渊阁四库全书本。
⑤ (南唐)释静、释筠编撰,孙昌武、[日]衣川贤次、[日]西口芳男点校:《祖堂集》,中华书局2007年版,第138页。

玄素圆寂时的场景非常相近，其中云："十里花雨，四天香云……涅槃之夕，椅桐双枯，虎狼哀号，声破山谷。"①

《景德传灯录》中的《金陵牛头山六世祖宗》一文记载法融晚年将要离开牛首山的故事时也说："将下山，谓众曰：'吾不复践此山矣。时鸟兽哀号，逾月不止。庵前有大桐树，仲夏之月，忽自凋落。'"② 这三个文本都写到了禽兽哀号、桐树自凋。那么，这一典故到底是不是可信的法融资料呢？它的传播路径又是怎样的？

这个问题要从时间顺序上分析。这三个文本的时间顺序是李华的《润州鹤林寺故径山大师碑铭》编订在唐代，《祖堂集》编订在五代，但这个材料的来源极有可能有更早的出处。而《景德传灯录》最晚，编订在宋代。根据前文的考证，《景德传灯录》和《祖堂集》关于法融的材料可能来自同一文本。那么，关于这一禽兽哀号、桐树自凋的本事的传播途径很有可能是《景德传灯录》抄自《祖堂集》。而《祖堂集》是把李华的《润州鹤林寺故径山大师碑铭》中鹤林玄素圆寂的场景抄来，变成了法融离开牛首山的场景。原因有二。第一，刘禹锡和李华的这两个最早的法融文本都没有写到法融的经历中有禽兽哀号、桐树自凋的故事。这一故事的最早来源是李华描写鹤林玄素圆寂时的文字。第二，在李华的这篇文章中鹤林玄素的圆寂描写之后就是关于法融的介绍。《祖堂集》的编订者或者关于法融的这则材料来源的作者很有可能是在阅读了李华这篇文章之后，受到了鹤林玄素圆寂这段文字的影响，故给法融离开牛首山添加一段"德至皆感"的渲染。

总的来说，根据现有资料分析，《祖堂集》和《景德传灯录》中关于法融离开牛首山时禽兽哀号、桐树自凋的描写是一则虚构文献，是出自李华的《润州鹤林寺故径山大师碑铭》中关于鹤林玄素圆寂时的描写。

令人奇怪的是，刘禹锡的《牛头山第一祖融大师新塔记》、李华的《润州鹤林寺故径山大师碑铭》以及《祖堂集》这三个早期版本都没有佛法感

---

① （唐）李华：《李遐叔文集》卷2，文渊阁四库全书本。
② （宋）释道原：《景德传灯录》卷4，四部丛刊三编。

"兽"的主流书写，即百鸟献花。这一本事在后世书写中最为广泛，上文已经以表格化进行了具体说明。那么，这一主流本事来自哪儿呢？

《景德传灯录》中《金陵牛头山六世祖宗》记载法融出家悟道的故事时说，"遂隐茅山投师落发。后入牛头山幽栖寺北岩之石室，有百鸟衔花之异"①。这是我们见到的发生在法融身上的百鸟献花的最早文献。可见，百鸟献花这一后世主流书写的来源就是《景德传灯录》。在其他三种更早文献都没有记载百鸟献花的基础上，我们有理由相信，这一本事的诞生出自《景德传灯录》中关于法融材料的书写者。也就是说，百鸟献花同样是一个伪造出来的故事。由此进一步证明了第二章节佛教中的虚构文献在文人广泛接受下对于文化史所起到的重要作用这一论点。

关于法融驯兽的记载主要出自《续高僧传》和《景德传灯录》。唐代文献《续高僧传》《润州牛头沙门释法融传十六》记载：

> 山有石室，深可十步，融于中坐。忽有神蛇长丈余，目如星火，举头扬威于室口。经宿见融不动，遂去，因居百日。山素多虎，樵苏绝人，自融入后，往还无阻。又感群鹿依室听伏，曾无惧容。有二大鹿直入通僧，听法三年而去。故慈善根力，禽兽来驯。乃至集于手上而食，都无惊恐。②

宋代文献《景德传灯录》记载：

> 县令张逊者，至山顶谒问师："有何徒弟？"师曰："有三五人。"逊曰："如何得见？"师敲禅床，有三虎哮吼而出，逊惊怖而退。后众请入城居庄严旧寺，师欲于殿东别创法堂。先有古木，群鹊巢其上，工人将

---

① （宋）释道原：《景德传灯录》卷4，四部丛刊三编。
② （唐）释道宣：《续高僧传》下册，中国书店2018年版，第71页。

伐之。师谓鹊曰："此地建堂汝等何不速去。"言讫，群鹊乃迁巢他树。①

洪燕妮在《牛头禅研究》中也注意到这一问题，即"在牛头宗禅僧的传记中，屡屡出现关于'鸟兽感应佛法'的相关记载"。如法融的百鸟献花，牛头慧忠的"三虎为徒"，鹤林玄素的禽兽哀号，乃至明末的牛首山僧人铁汉和尚也与两只猿猴一同生活。研究这些现象的发生，我们在历史传说之外，也要把目光投向牛头禅思想中的"佛性遍在"与"草木成佛"。

从牛头禅思想来看佛法感"兽"的源头，我们要从牛头宗最有特色的草木有无佛性的辩论说起。《绝观论》上对草木成佛故事这样记载：

> 缘门问曰："道者为独在于形灵之中耶？亦在于草木之中耶？"
> 入理曰："道无所不遍也。"
> ……
> 问曰："若草木久来合道，经中何故不记草木成佛，偏记人也？"
> 答曰："非独记人，亦记草木。经云：'于一微尘中，具含一切法。'又云：'一切法亦如也，一切众生亦如也。'如，无二无差别。"②

这一论辩涉及了两个命题：一是"道无所不遍"，即是佛性遍在之意；二是草木成佛。洪燕妮提出，这些佛法感"兽"的例子"都表达了牛头宗禅关于世界的基本认知与理想信念——'佛性遍在'。正是因为'佛性遍在'，故鸟兽亦听佛法，亦通佛法，亦可教化，亦成佛道"③。

佛性遍在与草木成佛是一体的。前者是后者的基础，后者是前者的自然结果。佛性遍在与草木成佛的思想的理论依据是什么？牛头宗这里以佛经之

---

① （宋）释道原：《景德传灯录》卷4，四部丛刊三编。
② 洪燕妮：《牛头禅研究》，东方出版社2015年版，第333页。
③ 洪燕妮：《牛头禅研究》，东方出版社2015年版，第109页。

语进行论证。《大方广佛华严经》上说："于一微尘中显现一切法界。"① 这里展示了"一"与"一切"的关系。"一"中包含了一切，于草木中亦可"显现一切法界"，故佛性遍在。《维摩诘经》上云："夫如者，不起不灭。一切人皆如也，一切法亦如也，众圣贤亦如也，至于弥勒亦如也。"② 洪燕妮对此解释道："万法平等无二，那么众生与草木之间则没有分隔，众生可受记，与众生没有分隔的草木自然亦可受记。"③ 因此，草木亦可成佛。这一思想基础衍生出来历代牛头宗禅僧的种种佛法感"兽"的故事。同时，这一草木成佛的思想亦是牛头禅的核心思想之一。

在探讨百鸟献花何以成为佛法感"兽"的主流书写路径时，我们发现了文人对这一典故接受的特殊渠道，即作为文献的景观。我们注意到牛首山上有一处风景名胜名叫献花岩，而这一命名就是取自百鸟献花的典故。换言之，文人游历此处，自然由献花岩之名联想到百鸟献花，从而完成了对于这一虚构文献的知识阅读和接受。同时，作为名胜的献花岩，又会常常吸引文人的创作，那么，作为融合了牛头禅理、法融故事和景观命名三重意蕴的百鸟献花典故自然是这种创作的用典首选了。也就是说，景观自身成了文献，同时，景观又是一种催生书写的动力。文人在景观这里实现了典故的追忆、书写和再创造。

按照这个思路，我们查找牛首山的地方志，在《献花岩志》中果然发现了关于献花岩、伏虎洞、神蛇洞和象鼻洞的记载。《献花岩志》记载献花岩，这样说："佛宫之西，去山岭甚迩，有石窟如室。入深丈余，广寻，上石穹窿，下平土无石。《神僧传》云：'唐贞观十七年，法融来修戒定。二十一年，岩下讲《法华经》时，素雪满阶，获奇花二茎，状如芙蓉，灿同金色。'《大藏经》云：'又有百鸟衔花翔集，即此岩也。岩之外有石额，题

---

① 《华严经》卷39，《大正藏》卷9，第648页。
② 《佛说维摩诘经》，《大正藏》卷14，第523页。
③ 洪燕妮：《牛头禅研究》，东方出版社2015年版，第110页。

"献花岩"三字，盖近时人立者。'"① 此书记载伏虎洞说道："岩之东，上芙蓉峰，下有石窟。比岩差小。亦云法融谈经处，尝有二虎伺于门。"② 记载神蛇洞，说道："岩之西，自径而降，草莽蒙翳，中一石穴，深不可测。常有蛇出，长丈余，目如星火。相传亦法融时之驯蛇也。"③ 这些带有法融故事的命名凝结了一个个鲜活的典故，它们作为一种独特的文献，让游览的诗人在饱览风景的同时，获取这些典故知识，进而将这种典故带入文学的世界。

四 地理景观到文学景观的生成机制

从景观文献这里，我们要反思的是，过往的研究往往只关注纸本传世文献抑或王国维提出的"地下文献"，然而，这并没有充分挖掘研究中的可使用文献。这里笔者提出在这二重证据之外的又一重证据，即景观文献。

王国维总结了中国古史的特点，即"传说与史实混而不分"，和疑古学派的历史价值及其问题，基于当时新材料的涌现，提出"吾辈生于今日，幸于纸上之材料外，更得地下之新材料。由此种材料，我辈因得以补证纸上之材料，亦得证明古书之某部分全为实录，即百家不雅驯之言，亦不无表示一面之事实，此二重证据法，惟在今日始得为之。虽古书之未得证明者，不能加以否定，而其已得证明，不能不加以肯定，可断言也"④。这一纸上传世文献和地下出土文献的结合研究的方法影响深远，至今仍被史学界奉为研究方法之圭臬。同时，对于这一方法的思辨从未停止。

学者宁可提出，"文献、考古和现实调查三者的结合互相印证，或者可以称之为'三重证据法'，它能大大促进对于历史真相的认识"⑤。他又进一步提出一个设想，"把这种实验和模拟当现实调查之中分出来，把它作为文

---

① （明）陈沂撰：《献花岩志》，南京出版社2010年版，第13页。
② （明）陈沂撰：《献花岩志》，南京出版社2010年版，第13页。
③ （明）陈沂撰：《献花岩志》，南京出版社2010年版，第13页。
④ 王国维：《古史新证——王国维最后的讲义》，清华大学出版社1994年版，第1—3页。
⑤ 宁可：《从"二重证据法"说开去——漫谈历史研究与实物、文献、调查和实验的结合》，《文史哲》2011年第6期。

献、实物、调查之外的认识历史的第四个途径，也许可以仿王国维的先例称为'四重证据法'"①。

笔者认为对于研究方法的思辨应当守正出新。我们必须明确的是王国维的二重证据法始终是对于文献使用的方法之反思，而不是普遍意义上的史学研究方法之总结。调查和实验模拟固然有利于史学研究的推进，但是这已经超出了文献使用方法之范围，而进入史学研究方法的总结这一课题。这种总结是跟王国维没有丝毫关系的。因此，我们在对"二重证据法"进行反思与创新时，必须牢牢把文献作为我们思考的基点。我们所要探究的是如何更有效和更广泛地使用多种形式的文献，以解决史学中的问题。

我们一方面把二重证据法放在文献的使用这一领域上，同时我们又要进一步探索在文献使用中是否还有其他的文献利用的视野。宁可的调查法潜藏一种关于史学文献的启发。他这样说："光有这二者（纸本传世文献与考古实物）还不行，还要靠现实生活中残留的原始社会的东西，特别是对一些地方的还处于原始社会的人群或次原始状态的人群的调查了解。"② 这里给我们极大启发的是"现实生活中残留的原始社会的东西"这一视角。笔者结合牛首山文学的研究实践，将这种现实生活中残留的带有历史文献价值的东西称为景观文献。

景观文献包含呈现在我们眼中的形形色色的风景名胜。这包括景观的地理因素，如牛头双峰的地貌是我们解读天阙山之名的重要基础和文化因素；也包括景观的命名，景观文献的名字无不包含一段文化历史，这历史或者直接反映在它的命名中，如这里的献花岩，再如牛首山的别名天阙山等。这种景观文献是真正活着的历史。我们在考虑作者的阅读史时，不能不考虑到游览本身对于作者在诗歌创作上的知识积累。很形象的说明，如王世贞的

---

① 宁可：《从"二重证据法"说开去——漫谈历史研究与实物、文献、调查和实验的结合》，《文史哲》2011年第6期。
② 宁可：《从"二重证据法"说开去——漫谈历史研究与实物、文献、调查和实验的结合》，《文史哲》2011年第6期。

《游牛首诸山记》中讲述到牛首山僧人作为导游仔细介绍某处与法融的历史故事，其中说道："道旁一深洞延袤将二丈，塑融像其中。僧盖云：'此融未见信大师坐处也！'刘禹锡所称'皓雪莲生，巨蛇摧伏，群鹿驯听'，正其时耶！"这便是景观文献的巨大功用。王世贞见到这一景观，联想到刘禹锡的记载，由此获得对于千年前的一种景仰和心情。这是景观文献和纸本文献互证的结果。

我们研究地域，研究牛首山，就是要给这有着具体地理位置的景观寻找其文化史上的位置。把景观作为一种文献，我们才能够以这活生生的历史"踪迹"追踪到纸本中死了的历史。笔者曾游览过牛首山，正是站在塔顶，一望牛头双峰，笔者才真正理解到牛首山何以能够作为东晋之"天阙"。在这双峰之间是一望无际的平地，目力所及，可以直接望到南京市区和长江。这双峰正如东晋的"大门"，指引出一条通往东晋朝廷的宽阔的大道。如果我们不到牛首山，这种理解是不会被感受到的。而这种景观作为一种特殊的文献传递出来的知识是鲜活的，是可以直接与古人沟通的。

景观文献的提法虽然不见诸各家，但这一研究视角并非吾之独创。西方年鉴学派创始人布罗代尔在其代表作《地中海》中提出三种层次的历史研究，分别是地理层面、制度层面和事件层面。而地理层面的变化最为缓慢。诚然，即使过了一千五百年，我们站在牛首山上依然能够看到王导眼中的风景。笔者对于景观文献的思路创新恰恰来自布罗代尔的思考基础上。

布罗代尔在《菲利普二世时代的地中海和地中海世界》这本名著中把历史研究分为三个层次。第一层次是"人同他周围环境的关系史，是一种缓慢流逝、缓慢演变、经常出现反复和不断重新开始的周期性历史"[1]；第二层次是"社会史，亦即群体和集团史"[2]；第三层次是"个人规模的历史，

---

[1] ［法］费尔南·布罗代尔：《菲利普二世时代的地中海和地中海世界》，唐家龙、曾培耿等译，商务印书馆1996年版，第8页。
[2] ［法］费尔南·布罗代尔：《菲利普二世时代的地中海和地中海世界》，唐家龙、曾培耿等译，商务印书馆1996年版，第9页。

是保尔·拉孔布和弗朗索瓦·西米昂撰写的事件史。这是表面的骚动，是潮汐在其强有力的运动中激起的波涛"①。笔者受到布罗代尔第一层次历史研究的启发，即关注人与环境的关系。放到古代文学的研究中，我们应当在这种独特的人与环境的"对话"中，把握作者的内心。王兆鹏称之为另一层面的"论世"。这种地理形貌的考察有一个很重要的研究前提，即作为景观文献的地理，其演进的周期是最长的，也就是说，人事变换，山川无改。

既然地理层面的历史变迁非常缓慢，那么，我们便可以重览古人足迹，通过景观告诉我们的知识，去对读古人对于这一地理风物的看法，由此理解古人言说背后的思想。王兆鹏对于欧阳修《朝中措》词的研究便是如此。他通过实地调查，发现"词中所写的平山堂，是庆历八年（1048）欧阳修利用废旧僧房改造的简易建筑，是正前方没有墙壁的敞轩式虚堂。因特殊的地理位置，平山堂可将江南诸山尽收眼底，欣赏到不同时令不同天气环境中美妙的远近山色"②，由此，王兆鹏提出，词的研究要关注"作品现场的地理环境、地形地貌"③，"深入现场、亲临其地，才能获得身历其境的审美感受，才能真正透彻深入地理解词人的艺术匠心和词作的精妙境界"④。

总结起来，首先，百鸟献花和驯兽的书写的确有着景观文献的支撑，这也解释了为何历代文人在众多的典故中单单选取了百鸟献花和驯兽作为重点的书写对象。

其次，鸟兽哀号，草木尽凋这一典故之所以在后世并没有得到广泛书写，原因有二。一是景观文献催生了佛法感"兽"书写，而降低了鸟兽哀

---

① ［法］费尔南·布罗代尔：《菲利普二世时代的地中海和地中海世界》，唐家龙、曾培耿等译，商务印书馆1996年版，第9页。
② 肖鹏、王兆鹏：《欧阳修〈朝中措〉词的现场勘查与词意新释》，《北京大学学报》2018年第1期。
③ 肖鹏、王兆鹏：《欧阳修〈朝中措〉词的现场勘查与词意新释》，《北京大学学报》2018年第1期。
④ 肖鹏、王兆鹏：《欧阳修〈朝中措〉词的现场勘查与词意新释》，《北京大学学报》2018年第1期。

号,草木尽凋的书写。其二,鸟兽哀号,草木尽凋的产生场景制约了后世的书写空间。这一场景产生于法融离开牛首山的时刻。大部分后世书写很少涉足这一场景。

最后,景观文献是我们研究文化书写的重要路径。景观文献和纸本传世文献存在一个相互影响和转化的关系。一方面,纸本文献创造景观文献,正是有了佛教文献中关于法融百鸟献花等典故的记载,牛首山上才会催生出献花岩等风景名胜的称谓。另一方面,景观文献也在创造纸本文献。正是有了这样具有丰富佛教元素内涵的地名称谓,牛首山才会有如此之多关于这些佛教因素的文学题咏,从而进一步丰富了牛首山文学宝库。

净慈景观的佛教阐释与文学书写

张子川[*]

"楼台高下满仙风,疑是蓬莱象帝宫。湖面涵虚云漾漾,山腰藏景石珑珑。松筠影出红尘外,钟梵声来碧落中。薄暮将归起余思,落霞飞鹜正横空。"[①] 苏颂所述正是同友人蒋颖叔畅游南屏山净慈寺之景致。净慈,位于西湖南山路之南屏山上,"显德元年(954)建,号慧日院"[②]。后法眼宗大宗匠永明延寿在此驻锡,作《宗镜录》百卷。延寿入化,宋太宗改赐"寿宁禅院",后改"净慈报恩光孝禅寺",后人多称"净慈寺"。净慈居南屏,与居北山的灵隐相峙,共分西湖之灵秀、佛缘。寺外"翠屏罗峙,俯瞰湖波,蹲踞端重,左右峰峦,环拱掩映",寺中则"大雄巨殿,庄严法相……周旋室庐,罗络拥从"[③],更有宗镜堂、永明塔、金鲫池、神运井等古迹灵踪。千载以降,宿老飞锡,龙象蹴踏,文人士子亦络绎而来,南屏秀色,净慈楼阁,斑斑于僧家语录,士子文集。是以,净慈寺虽在方外,而不远红尘,虽处宗门,却诗连文苑,净慈诸般景致,照摄着禅门智慧与文苑高致。

---

[*] 张子川,江西省社会科学院助理研究员。
[①] (宋)苏颂:《苏魏公文集》卷8《次韵蒋颖叔游西湖入南屏山》,《文渊阁四库全书》第1092册,第179页。
[②] (宋)王象之编纂:《舆地纪胜》卷2,中华书局1992年版,第112页。
[③] (明)朱镛:《重修净慈禅寺碑记》,《净慈寺志》卷1,杭州出版社2006年版,第147—148页。

此种交织着佛学与文学之景观,以往学者涉及不多,笔者权抛引玉之砖,以就教于方家。

一 净慈的地理方位

净慈之所以被宿老龙象,文人士子一再吟咏,凡过往西湖,多寻访南山盛景,凡往来南屏,自然不会不到净慈。因此,在探讨净慈的佛教与文学书写这一问题前,弄清楚净慈的地理方位成为必然。

从地理方位上来看,净慈位于西湖南山路,在南屏山上,慧日峰下。南屏山,为九曜山支脉,《淳祐临安志》卷8载:"松竹森茂,间以亭榭,中穿一洞,崎岖直上,石壁高崖,若屏障然,故谓之南屏。"① 盖是山,重嶂叠巘,形似屏风,又在西湖南山,故名"南屏"。《南屏净慈寺志·序》:

> 南屏山,净慈寺之主山也。去郡城西南五里,而遥高四十余丈,延袤可八里许,即九曜山分支。……南屏,实九曜秀衍融结,以栖祖席而窟仙灵者。高峦拔地,连峰刺天,巨石作天,缥色螺砢嵌碕,杉松篁筱,参差交络,时有丹霞白云游曳其上。远望之,宛若云母龟甲,列成屏障,故南屏取目焉。净慈倚其麓,仿佛负扆,高甍凌虚,垂檐带空,闳靓雄丽,甲于武林诸刹,实湖南第一山也。②

南屏山有峰,曰慧日,"在净慈寺后,今有慧日阁"③。峰上,有"慧日峰"摩崖,乃宋人陈思恭刻,据《两浙金石志》所载,"绍兴丁丑岁冬至日陈思恭命工□,□□□□□右,在西湖慧日峰。摩崖篆字,径一尺五寸,款字正书,径一寸。'日'字作古文,'峯'字只存上山字"④。虞淳熙《慧日

---

① (宋)施谔撰:《淳祐临安志》卷8《山川》,成文出版社1983年版,第4916页。
② (明)释大壑:《南屏净慈寺志》卷1《形胜》,杭州出版社2006年版,第12页。
③ (宋)潜说友纂修,(清)汪远孙辑补:《咸淳临安志》卷23《山川二》,成文出版社1970年版,第264页。
④ (清)阮元:《两浙金石志》卷9《宋慧日峰三大字》,浙江古籍出版社2012年版,第198页。

峰记》详述是峰得名之由来:"慧日峰所以名,九曜借光也。陈思恭采一石,负宗镜之光者,被慧日名。"① 登是峰,可广见湖上风物,遍览城中之景,湖舟数叶,游人蚁集,箫鼓隐隐,声如蜩螗。

缘山径而上,至慧日峰,隐隐可见两侧洞穴,若莲花、石佛、幽居者,大小不一,各具情态。其中,莲花洞最是著名,"慧日峰之支,为莲花洞。绀石西引,碧薏缃藕,千房万窍,恍夏云之奇。米颠琴台、孙放鹤樊,在其下"②。其洞穴幽邃,后世寻幽探胜者众多。《西湖游览志》卷3载:"净慈寺后为莲花洞、居然亭。莲花洞巧石层敷,若芙蓉之灿烂。居然亭在洞口,登兹则湖山风景,扬睫无遗矣。"③ 莲花洞高近天居,位于净慈之后,晚钟声声,梵呗悠悠,不禁令人有遁出尘世之意也。

又有幽居洞,传为葛洪修炼之所,故名仙人洞。据《南屏净慈寺志》,"幽居洞在寺西一里许。相传葛仙翁修炼之所。窦穴玲珑,林峦锦绣,触日新眺,中可布两席。左有小石门,伛偻而上,可登琴台"④。《(康熙)钱塘县志》亦称,"幽居洞,在净慈寺西,墼庵之上,俗称仙人洞。洞门容垂檐,登山者取径焉"⑤。盖净慈寺在幽居洞之东,掩映在苍山翠色之间。幽居洞旁,面湖临水,雷峰在目。

净慈寺周围,有小有天园,为南屏殊胜处。宋时尝为兴教寺,明人汪之萼建别业于此,名之曰"墼庵"。《湖山便览》载:"小有天园,旧名墼庵,郡人汪之萼别业。……有泉自石罅出,汇为深池,游人称赛西湖。乾隆十六年,圣驾临幸,御题曰'小有天园'。"⑥ 清高宗尝六次驾幸"叠蒙赐题联

---

① (明)虞淳熙:《虞德园先生文集》卷7《慧日峰记》,《四库禁毁书丛刊·集部》第43册,北京出版社1997年版,第274—275页。
② (明)虞淳熙:《虞德园先生文集》卷7《慧日峰记》,《四库禁毁书丛刊·集部》第43册,北京出版社1997年版,第275页。
③ (明)田汝成:《西湖游览志》卷3《南山胜迹》,上海古籍出版社1958年版,第33页。
④ (明)释大壑:《南屏净慈寺志》卷1《形胜》,杭州出版社2006年版,第22页。
⑤ (清)魏峴修,(清)裘琏等纂:康熙《钱塘县志》卷2《山川上》,上海书店1993年版,第65页。
⑥ (清)翟灏等辑:《湖山便览》卷7《南山路·小有天园》,成文出版社1983年版,第561—562页。

额及画幅，前后并有御制诗"①。

小有天园中，摩崖极多，堪称一绝，其中最为著名者，为司马温公"家人卦""中庸""乐记"，米海岳"琴台"。《梦粱录》，"司马温公书家人卦，刻之于石，见存其迹矣"②。《武林旧事》则称，"唐人摩崖八分《家人卦》《中庸》《乐记》篇，后人于石旁，刊'右司马温公书'六字，其实非公书也"③。又《武林梵志》载："司马光……尝游南屏山，手书隶字《家人卦》，并《中庸》《乐记》二篇，镌于石壁。"④ 其中《中庸》为"道不远人"章，《乐记》盖"礼乐不可斯须去身"一段，据《西湖志纂》所考，宋代王洧有"涑水摩崖半绿苔，春游谁向此中来"之句，遂成定论⑤。倪印元《过南屏，观司马温公家人卦摩崖》，对周密"唐人八分书"说加以驳斥，认为"《左传》别刊赤山岸，隶法入汉同于斯。"并注"太子湾有摩崖《左传》，晏子曰：君令而不违。以下凡五字，隶法与此卦同"⑥。琴台，"在慧日峰西半里，穿幽居洞，左小石门，拾级而上百五，怪石耸秀，有元章米芾刻大楷书'琴台'二字，径三尺，今不存"⑦，幸而后雍正九年（1731），汪氏营构南山亭，掘石而见之。

过小有天园，便可往雷峰，雷峰亦南屏之支脉也，正对南屏。康熙南巡时，将南屏晚钟与雷峰西照并列之，为南山盛景中之二绝。《咸淳临安志》，雷峰"在净慈寺前，乡人雷氏筑庵居之，故名，又谓之中峰"⑧。亦有人认

---

① （清）龚嘉儁修，李榕纂：民国《杭州府志》卷33，成文出版社1974年版，第791—792页。
② （宋）吴自牧：《梦粱录》卷11《诸山岩》，《文渊阁四库全书》第590册，第87页。
③ （宋）周密：《武林旧事》卷5《湖山胜概》，《文渊阁四库全书》第590册，第224页。
④ （明）吴之鲸：《武林梵志》卷8《宰官护持·司马光》，《大藏经补编》第29册，第632页。
⑤ （清）梁诗正、（清）沈德潜等纂：《西湖志纂》卷4，《文渊阁四库全书》第586册，第435页。
⑥ （清）阮元、杨秉初辑，夏勇整理：《两浙輶轩录》卷38《过南屏，观司马温公家人卦摩崖》，浙江古籍出版社2012年版，第2731页。
⑦ （明）释大壑：《南屏净慈寺志》卷1《形胜》，杭州出版社2006年版，第31页。
⑧ （宋）潜说友纂修，（清）汪远孙辑补：《咸淳临安志》卷23《山川二》，成文出版社1970年版，第264页。

为当为"回峰",盖南屏山,前峰以上势回抱得名。吴越王妃建塔其上。本名回峰塔,俗作雷峰,以"回""雷"声近致误。宋有道士徐立之,筑室塔旁,世称回峰先生。雷峰上,有雷峰塔,《湖山便览》载:"雷峰塔,吴越王妃黄氏建,以藏佛螺髻发,亦名黄妃塔。或以语音致讹,呼为黄皮塔,始以千尺十三层为率,以财力未充,姑建七级。后复以风水家言,止存五级。塔内以石刻《华严经》,围砌八面,岁久沉土。明人有剧得者,小楷绝类欧阳率更书法。"① 盖因雷峰、雷峰塔在南屏山麓,距慧日峰又不远,后世游南屏者,多往来于慧日、雷峰之间,若袁启旭《泛舟至雷峰,登南屏绝顶,下憩净慈寺》。

净慈所在的南屏山,翠峰林立,若慧日、雷峰;多有洞窟,若幽居洞、莲花洞。文人往来游赏者亦多,其所留墨迹,若司马温公"家人卦"、米南宫"琴台"等。净慈寺,便在慧日峰间,幽居洞侧,面朝雷峰,下瞰明湖,钟声梵呗与屏山盛景交相辉映,引得文人高士往来频繁。南屏山上,多有雅士栖居之所,若明代孙一元卜居之高士坞、李流芳之南山小筑、黄汝亨之寓林、虞淳熙之读书林,文人逸士或栖居于此,或来此游访,亦自然免不了到访净慈,交谊寺僧,留题宝刹。

二 净慈的景观布局

净慈创刹千载,数经毁建,今之所见《净慈寺志》中,即有程珌、虞集、朱镛、江澜、玄烨、熊学鹏、秦瀛之重修碑记。然虽其殿宇有修葺,规模有增减,却若辘轳旋转,成坏相续,寺中景观有旧日陈迹,亦有后人佳构。这些景观,随着时间的推移,而日渐沉积。笔者今以《净慈寺志》之记载,将诸多景观之布局,略述于下。

净慈寺前有左右二坊,高五丈余,书"南山""翠屏",后由明代太监

---

① (清)翟灏等辑:《湖山便览》卷7《南山路·小有天园》,成文出版社1983年版,第569—570页。

孙隆迁至万工池左右（按：万工池在净慈寺前，乃宋时本山住持圆照宗本扩建本山，群工用水之处），复书"湖南佛国""震旦灵山"。穿坊门而入寺，则可见天王殿、大雄殿，殿阁嵬然，金碧烨然。天王殿中供弥勒佛铜像，其后则绘护法韦陀，左右壁绘灵山、净土二会，并塑金刚，虞淳熙"四十早归来，田衣入此门"①，即指此处。

大雄殿最是轩豁宏丽，朱镛《重修净慈禅寺碑记》，述此殿广大庄严，谓"其中则岿然大雄巨殿，庄严法界，肖释尊像三，抟土范金为饰，崇七十尺，广称之诸天，翊护咸秩，惟章其左"。盖世尊宝相，高广宏大，饰以金彩，见之者宛如身在西天。玄津大壑《南屏净慈寺志》对大雄殿，描述最详：

> 大雄殿五楹，高十三丈，即净慈正殿也。飞檐、鸱尾、藻井、虹梁结构庄严，气象闳伟。中奉大如来像身，青螺绀目，趺坐宝莲，金色晃耀，焰网腾煜，妙相无比。迦叶、阿难立侍左右，梵王、帝释旁列其前。又十地菩萨暨十八诸天，周绕拱卫，俱相好殊，特妙丽光明，瞻仰肃敬。其北壁则补陀大士蹋鳌首，翔立巨浪中，神观如生，慈威具足。②

大雄殿后，有毗卢阁，宋理宗尝御书"华严法界"额，乾隆五年（1740），易为藏经殿，上供钦赐《龙藏》。其后为忏堂，乾隆时住持雪隐际珍尝于此率诸方信众，礼无量寿忏，参与者有邵志纯、黄淳耀、项一鸣、潘庭筠等。忏堂后，又有报本堂、祖山堂、大悲阁、宗镜堂等堂室。

宗镜堂，为演法堂，永明延寿住本山时，于此著《宗镜录》，因改是名。后历经毁建，万历间住持圆崑复建，而后玄津大壑迁永明灵骨，塔于堂

---

① （明）虞淳熙：《虞德园先生诗集》卷7《慈门》，《四库禁毁书丛刊·集部》第43册，北京出版社1997年版，第617页。
② （明）释大壑：《南屏净慈寺志》卷2《建置·大雄殿》，杭州出版社2006年版，第37—38页。

后，修葺一新，供奉永明延寿禅师像于其中，觉范洪有《宗镜堂记略》，憨山清亦有《净慈寺宗镜堂记》，中峰明本、莲池袾宏、紫柏真可等后世龙象巨擘，皆歆慕之。晚明净慈僧大壑尝居于此，黄汝亨《金明寺重建禅堂募缘疏》中称："余过南屏，小憩永明师宗镜堂，有僧寮十余众，瓣一片香，向玄津法师投体稽首，而请说法。"① 此地僻静安宁，又有松风荷香，景致绝佳。

以天王殿、大雄殿、藏经殿、忏堂、宗镜堂为轴线，东西两侧亦分布诸多殿阁，大雄殿西侧有三大士殿、罗汉殿，东侧则有伽蓝殿、祖师殿。三大士殿，即供奉观音、文殊、普贤，殿见图观音三十二应真相，平山处林首建，而后希古师蹟、古渊智源、筠泉性莲重修之，清时已毁。伽蓝殿，供护教明王、六甲诸神，金碧璀璨，尤称壮丽。祖师殿，三楹，内供达摩、清凉文益、天台德韶、定慧道潜、永明延寿五祖。

左右殿阁中，罗汉殿金碧辉煌，华梵绚丽，尤胜大雄殿，为西湖南山胜景，观之者以为在诸天梵境。此殿广四十九楹，昔时永明道潜开山时，塑金铜十六大士（按：或称十八，盖宋初之时，有谓十六大士者），净慈罗汉便闻名东南。后高宗临幸，令佛智道容重建，遂塑十六大士，并五百罗汉，各高数丈，以田字殿贮之。罗汉殿中罗汉，多有灵异之处，《湖壖杂记》载："净慈寺罗汉，其始止十八尊，吴越王梦十八巨人，而范其相……僧道容增塑至五百尊……殊荣异态，无一雷同。焚香者按己年齿随意数之，遇愁者愁，遇喜者喜。"② 又《钱塘遗事》卷1《净慈罗汉》载："阿湿毗尊者，独设一龛……临安妇人祈嗣者，必诣此炷香默祷，并以手摩其腹，云有感应。"③ 虞淳熙《重修三大士罗汉殿疏》称，"子孙繁衍之符，真由阿湿毗致"④。

---

① （明）黄汝亨：《寓林集》卷32《金明寺重建禅堂募缘疏》，《四库禁毁书丛刊·集部》第42册，北京出版社1997年版，第679页。
② （清）陆次云：《湖壖杂记》，《净慈寺罗汉堂》，中华书局1985年版，第9页。
③ （元）刘一清：《钱塘遗事》卷1《净慈罗汉》，上海古籍出版社1985年版，第32页。
④ （明）虞淳熙：《虞德园先生文集》卷19《重修三大士罗汉殿疏》，《四库禁毁书丛刊·集部》第43册，北京出版社1997年版，第448页。

罗汉堂一侧，有钟楼，悬巨钟，声闻西湖。南屏钟声自宋时便声斐海内，张择端、陈清波皆有《南屏晚钟图》[①]，另有周密《木兰花慢·南屏晚钟》、张矩《应天长·南屏晚钟》、陈允平《齐天乐·南屏晚钟》诸词。然彼时所谓南屏晚钟，非专指净慈一刹之钟声，盖因南山隆起，内多空穴，钟声一起，声音在山石间激荡，传之悠远。然自东屿德海重建钟楼，经同庵夷简化募重修，南屏晚钟之声名方由净慈独占。宋濂《净慈寺新铸钟铭并序》中记，此钟由"比丘安静、善立化敛所致"，用铜"二万斤"，宋濂之铭有"新作巨钟，声震太空。一音普被，如佛住世。乘戒圆融，胜劣无滞。人天龙鬼，莫不能闻"[②]。南屏晚钟之名，遂声斐海内。钟楼对面，又有鼓楼，康熙六十年（1721）毁，亦为其所复建之，与钟楼相峙于天王殿后。

寺中禅堂、方丈室、关帝庙、斋堂、库房、香积厨，分列大雄殿之左右，各居其所，皆檐转鸾翎，阶排雁齿。香积厨内有巨釜，传为后梁贞明时之古物，"不知其重若干，然以三十余人之力计之，则去数千斤不远矣。但其厚可二寸许，断难炊米"[③]，沈一贯有《重修香积厨疏》。寺中另有井四眼，为双井、神运井、圆照井，皆有神异。双井在大雄殿前左右两墀，据《净慈寺志》记宋时"寺僧艰汲，负担湖滨。绍定四年住持石田法薰以锡杖扣殿前地，出泉脉，甃为双井，涵清激素，阳旱不涸，净众沾给上作二亭覆之。岁久亭圮，万历癸巳内监孙隆仍建两亭，雄丽与殿相称"[④]。郑清之《双井记》则称："薰弗为画，亟召工具畚锸，剧佛殿之前隙，为双井对峙。未寻，而液未丈而溜，及泉而溃涌，既甓而湻泓，不与时亏溢。"[⑤]盖此地为法薰禅师选址无疑。神运井在香积厨内，又名运木井，盖云昔时济颠僧尝于此运木，而重修净慈寺。传此井泉脉与江相通，故又名通江。

[①]（清）卞永誉《式古堂书画汇考》卷32、（明）田艺蘅《留青日札》卷35。
[②]（明）宋濂：《芝园后集》卷2《净慈寺新铸铜钟铭》，《宋濂全集》第5册，浙江古籍出版社2014年版，第1558页。
[③]（明）释大壑：《南屏净慈寺志》卷2《建置·香积厨》，杭州出版社2006年版，第62页。
[④]（清）释际祥：《净慈寺志》卷1《兴建·双井》，杭州出版社2006年版，第167页。
[⑤]（宋）郑清之：《双井记》，《净慈寺志》卷1《兴建·双井》，杭州出版社2006年版，第169页。

圆照井在罗汉殿后，传为大旱时，北宋本山住持圆照宗本卓锡于此，而金色鳗鱼随泉涌出。盖宗本禅师所建也，井栏处有"圆照井"三字，为宋刻楷书。

净慈寺中另有御书题墨多处，皆有供奉，若"净慈寺"额，"云间树色花千满，竹里泉声百道飞"联，在山门处，山门前又有"南屏晚钟"碑亭，皆康熙御制。另有康熙御制碑文，亦小心供奉。又有碑亭、舫室，在方丈室前后，皆为名家摹写御书，一则"觉海澄清"，一则"一尘不染"。乾隆十六年（1751），赐净慈匾联，题"正法眼藏"，并"慧日高擎猊座自安圆觉相，慈云近接蕊幢时转妙明机"。诸多御书，并摹写御书，或有碑亭，或入堂室，皆小心供奉，寺僧居于是，安能不敬谢天恩，而殷勤悟法哉。

此外，寺中亦有昔时陈迹，今已不存，若千佛阁、永明室、慧日阁、三宗室，皆宋时旧迹，或有御书，或为古德接引处，不过已踪迹难考。净慈寺中另有圆照楼、丛玉轩、天镜楼等景致绝佳处，昔皆已废弃。周尚意等著《文化地理学》对"文化景观"这样定义，是"人类活动的成果，是人与自然相互作用的地表痕迹，是文化赋予一个地区的特性"[①]。这种人类文化活动的成果会随着时间的推移而逐渐沉积。这些积淀的文化景观，共同构成了净慈寺僧日常生活的环境，为来访文士之所目见，也是宣说佛法和文学创作的地理空间。

三　净慈景观的佛教阐释

净慈自初祖永明延寿宣法，后世古德龙象往来驻锡，住持155代，皆传扬净慈家法。净慈家法，即心即佛，触目现前，"门前一湖水""南屏山""慧日峰""宗镜堂""雷峰塔"，皆被宿老左右抽取，阐发禅理。由是，南屏山色，西湖金波，亦蒙上了一层高僧的禅学体悟，成就了寺中独具特色的"净慈风光"。

---

① 周尚意等：《文化地理学》，高等教育出版社2004年版，第301页。

净慈风光中最典型的便是永明延寿所提出的"门前一湖水"。净慈寺在慧日峰上,俯瞰西湖,所谓一湖水,即西湖。尝有僧请益于永明延寿,"僧问:'如何是永明妙旨?'师曰:'更添香著。'"并颂偈,"欲识永明旨,门前一湖水。日照光明生,风来波浪起"①。"永明"取自宋初净慈寺名"慧日永明禅院",如何是"永明妙旨",即与"如何是祖师西来意""如何是佛法大意"一般无二,皆是问第一圣谛如何。永明延寿巧妙以净慈寺前西湖水来譬喻,"门前"有触目现前之意,"一湖水"澄澈明净,恰如自性佛心,"日照光明生,风来波浪起"则体现出延寿对于禅法随缘任运,应机变化,生动活泼的理解,又蕴含着佛法不假他求,乃是在日用之间,仿佛日出水生光,风来湖翻浪一般,与"神通并妙用,运水与搬柴"有异曲同工之妙。明僧玉芝法聚《镜莲偈》称此偈"实宗镜直指,苟非悟在言外,则未易升其堂也"②。后世净慈诸禅德皆发现了此偈之中蕴含的微言大义,多据此说法:

僧问:"净慈如何是奇特事?"只向道,"门前一湖水。"③

"欲识永明旨,门前一湖水。日照光明生,风吹波浪起。"师云:"诸人还见祖师么?"卓拄杖,"要识是非。面目见在。"④

汉月法藏在净慈开法时,还据此偈再示一偈,云:"欲识南屏旨,山头云乍起。一缕入钱塘,微茫作海水。"⑤与永明延寿之偈有同工之妙。楚石

---

① (宋)释道原辑,朱俊红点校:《景德传灯录》卷26《杭州慧日永明寺智觉禅师延寿》,海南出版社2011年版,第917页。
② (明)释法聚:《镜莲偈并引》,《南屏净慈寺志》卷7,杭州出版社2006年版,第186页。
③ (宋)释元肇:《淮海元肇禅师语·临安府净慈报恩光孝禅寺语录》,《卍新纂续藏经》第69册,第780页。
④ (明)释智及:《愚庵智及禅师语录》卷3《杭州路净慈报恩禅寺语录》,《卍新纂续藏经》第71册,第670页。
⑤ (明)释法藏:《三峰法藏禅师语录》卷4《住杭州净慈寺语》,《明版嘉兴藏》第34册,第143页。

梵琦《送净慈海藏主》诗中有句，"永明门前一湖水，更有荷花香十里。三世如来说不到，一大藏教提不起"①。季潭宗泐《悟空叟住浙江万寿诸山疏》中亦有，"门前一湖水，见永明宗旨"② 之句。了庵清欲《赠净慈戬藏主》则云："一大藏教永明旨，山色湖光照窗几。永明宗旨一大藏，梵语唐言提不起。"③ 皆取意禅人彻悟心源，明白道在日用现前，触目皆是之理。

西湖乃天下名胜，"门前一湖水"澄澈明净，更是与自性相通。由是在禅德说法偈颂之中，多借此一湖水，敷衍说法。天童如净便道："一番雨，一番风，风雨湖山图画中。莫有全机，领略底么，风摇水色琉璃滑，雨泼山光翡翠浓。"④ 山色风雨入西湖，森罗万象皆倒影，唯有此心如湖水，自性清净，不染外尘。天童如净更是借苏轼《饮湖上初晴后雨》诗来说法：

  十五日已前，湖光潋滟晴方好。十五日已后，山色空濛雨益奇。正当十五日，若把西湖比西子，淡妆浓抹总相宜。还有祖师西来意么？中秋月似鸾台镜，赢得多才一首诗。咄！⑤

十五日已前、已后，正当十五日，是禅宗尝参之话头，意谓彻悟心源之后，须放下拣择，时间圆融无碍。而如净借苏轼之诗，说自性佛心似皎似中秋月，明如鸾台镜。淮海元肇说法，亦多借西湖说法，"南山丛林，各得其所。左昐如得水龙，右顾如靠山虎。山僧赢得倚栏干，冷看西湖沸烟雨"⑥。

---

① （明）释梵琦：《楚石梵琦禅师语录》卷17《送净慈海藏主》，《卍新纂续藏经》第71册，第637页。
② （明）释宗泐：《全室外集》卷9《悟空叟住浙江万寿诸山疏》，《文渊阁四库全书》第1234册，第849页。
③ （元）释清欲：《了庵清欲禅师语录》卷6《赠净慈戬藏主》，《卍新纂续藏经》第71册，第367页。
④ （宋）释如净：《天童如净禅师语录》卷上《临安府净慈禅寺语录》，《大正藏》第48册，第125页。
⑤ （宋）释如净：《天童如净禅师语录》卷上《临安府净慈禅寺语录》，《大正藏》第48册，第125页。
⑥ （宋）释元肇：《淮海元肇禅师语·临安府净慈报恩光孝禅寺语录》，《卍新纂续藏经》第69册，第780页。

山僧便是自性,西湖上浓烟暗雨,不过外在的森罗万象,在山僧心中一一映照,一一泯灭。断桥妙伦则云:"一自休戈见太平,跨龙仙去彩霞轻。感恩惟有西湖水,夜夜清波蘸月明。"①

上述诸多净慈寺僧,或住持,或法嗣,在说法论禅之时,偏爱借寺前一湖水来阐述佛心。西湖水与净慈禅法相交涉、相激荡,遂使千载净慈,万千衲子,其诗偈法语皆有了湖水澄澈,明月皎洁,自有一番天然清净禅意;湖上浓烟暗雨,则仿佛大千世界,万象森罗,在住持老僧心中,一一泯灭。

除却"门前一湖水"外,净慈所处之南屏山亦是净慈释子时常叹咏说法之机。南屏山,在西湖之南,常以南山号之,故而诸禅德每到九月十日,或重阳节上堂说法,多借陶渊明"采菊东篱下,悠然见南山"之语衍开说法。若偃溪广闻便道:"采菊东篱下,悠然见南山。与么说话,十个有五双。尽道南山错举,即今人人总在南山者里。"②又如淮海元肇:"采菊东篱下,悠然见南山。竖主丈,鳖鼻蛇头擎一角。卓一下,白额虎体露元斑。靠主丈,几多眼目精明者,空把黄花子细看。"③皆是借其中"南山",讲佛法大意,深藏自性,勿用苦苦寻求,不过只在目前,悠然可见。此处"南山",正如那西湖水,巍巍高耸,却无须刻意攀登,只缘身在此山中。断桥妙伦有偈:"一句话,有准绳,无柄把。惟有陶靖节知缝罅,悠然见南山,笑傲东篱下。"④断桥伦公谓临济狮子儿见得真法,明彻自性,豪迈气魄,正是临济本色。此外,住持净慈之老宿,开法之时,多用"南屏山"点明传法居处。偃溪广闻入净慈山门时便道:"南屏山高,西湖水急。还闻偃溪水声么?"⑤大川

---

① (宋)释妙伦:《断桥妙伦禅师语录》卷下《住临安府净慈报恩光孝禅寺语录》,《卍新纂续藏经》第70册,第561页。
② (宋)释广闻:《偃溪广闻禅师语录》卷上《住临安府净慈报恩光孝禅寺语录》,《卍新纂续藏经》第69册,第737页。
③ (宋)释元肇:《淮海元肇禅师语·临安府净慈报恩光孝禅寺语录》,《卍新纂续藏经》第69册,第780页。
④ (宋)释妙伦:《断桥妙伦禅师语录》卷下《住临安府净慈报恩光孝禅寺语录》,《卍新纂续藏经》第70册,第564页。
⑤ (宋)释广闻:《偃溪广闻禅师语录》卷上《住临安府净慈报恩光孝禅寺语录》,《卍新纂续藏经》第69册,第735页。

普济上堂:"龙象蹴踏,非驴所堪。释迦老子,二千年前,漏泄南屏事,贬向二铁围山了也。今日莫有为这老子出气者么?如无,和南屏眉须堕落。"①此中南屏事,便如"祖师西来意""本来面目"一般。

可见,南山隐现于净慈释子心中,令人心驰神往。无须反复求索,而是柳暗花明,悠然可见。南山有时也显示出高耸巍巍,不可攀缘之状,便如驻锡净慈的古德龙象一般,德隆望尊,机锋峻烈,独据险关。古林清茂《寄净慈断江首座》:"南屏山中第一座,顶□一著超诸方。恰如韶阳见灵树,任以大法提宗纲。有时借得上方座,更不作礼须弥王。"②称赏净慈首座,连带着将南屏山推奖得巍峨峻拔。

除了南屏山、西湖水,慧日峰亦是净慈禅伯寻常说法,往来诗偈多有提及者。圆照宗本《寄福州逊长老》:"慧日峰前学道时,一言曾契祖师机。如今已续传灯后,贵得吾宗无尽期。"③石田法薰《为远首座下火》先说一偈:"钟山后板曾分座,慧日峰前又聚头。梦里翻身忽知有,横吹玉笛过沧洲。"④愚庵智及《震藏主归吴,兼柬万寿行中法兄,次全室韵》中有句:"我昔叨居慧日峰,当场蹴踏多象龙。子方年少擅英俊,力探此道尝游从。"⑤不过以上诸句皆云慧日峰乃是参禅学法之地。有时"慧日峰"之慧日,还引申为自己证得的自性佛心,无见先睹《成知客之净慈》,"不逼生蚕茧不成,丈夫立志要坚贞。南屏山里参尊宿,慧日煌煌照世明"⑥。"慧日"一词,一语双关,既指南屏山上慧日峰,又指参学得法之后,佛性如

---

① (宋)释普济:《大川普济禅师语录·住临安府净慈报恩光孝禅寺语录》,《卍新纂续藏经》第69册,第762页。
② (元)释清茂:《古林清茂禅师拾遗偈》卷5《寄净慈断江首座》,《卍新纂续藏经》第71册,第258页。
③ (宋)释宗本:《慧林宗本禅师别录·寄福州逊长老》,《卍新纂续藏经》第73册,第88页。
④ (宋)释法薰:《石田法薰禅师语录》卷4《为远首座下火》,《卍新纂续藏经》第70册,第354页。
⑤ (明)释智及:《愚庵智及禅师语录》卷8《震藏主归吴,兼柬万寿行中法兄,次全室韵》,《卍新纂续藏经》第71册,第691页。
⑥ (元)释先睹:《无见先睹禅师语录》卷下《成知客之净慈》,《卍新纂续藏经》第70册,第586页。

慧日,光芒万丈,焰烁世间。

与"慧日峰"相类者,还有宗镜堂。古林清茂《送信禅人之南屏》中有句:"若从宗镜堂前过,一喝须分主与宾。"①宗镜堂前过,一句分主宾,须是由宗镜堂前,照见本来面目。由是"宗镜"二字,正是取永明延寿"举一心为宗,照万法如镜"之意。谓信禅人往南屏参学,正是要明心见性,以心为宗,以心为镜,鉴照万法,分别主宾。元僧平石如砥尝送人参净慈灵石如芝,诗云:"南山万叠锦云屏,宗镜堂高不易登。热喝噴拳须照顾,从来老子没乡情。"②南山锦绣,象龙往来,宗镜高悬,禅法高峻,行的是临济禅,有拳有喝,只有见到本地风光,才可逃过反复勘验,尊宿钳锤。偃溪广闻说法,"明头合,暗头合,尽情打入宗镜光中。尔时雷峰塔,与慧日阁,交头偶语,不觉不知。被镜光一烁,于是议论蜂起。统一为多,统多为一"③。慧日阁、雷峰塔被借来形容未尝悟道的衲子,而宗镜堂则只取以心为宗,鉴照万法之意。从这个角度来说,宗镜堂亦失去了其传法场所之本来面目,被抽象成一种禅学智慧,用来点拨门内甍徒。

季潭宗泐《寄新净慈易道和尚》:"十年高致在南屏,此日开堂徇众情。力举丛林新法令,大宏乃父旧家声。吹毛倒握风雷吼,宗镜高悬日月明。千里何须寄圆相,门前湖水带霜清。"④融南屏山、宗镜堂、西湖水于一炉,左抽右取,盛赞新任净慈住持易道夷简禅法高妙,禅心澄净。石田法薰道:"未入南屏门,湖天荡漾,鱼鸟忘机。既入南屏门,楼阁峥嵘,金碧夺目。坐底见立底,立底见坐底。妙圆通悟,正在兹时。"⑤未入山门时,随缘任

---

① (元)释清茂:《古林清茂禅师拾遗偈·送信禅人之南屏》,《卍新纂续藏经》第71册,第272页。
② (元)释如砥:《平石如砥禅师语录·送栖维那参净慈灵石和尚》,《卍新纂续藏经》第70册,第546页。
③ (宋)释广闻:《偃溪广闻禅师语录》卷上《住临安府净慈报恩光孝禅寺语录》,《卍新纂续藏经》第69册,第735页。
④ (宋)释宗泐:《寄新净慈易道和尚》,《净慈寺志》卷20,杭州出版社2006年版,第445页。
⑤ (宋)释法薰:《石田法薰禅师语录》卷1《临安府净慈报恩光孝禅寺语录》,《卍新纂续藏经》第70册,第322页。

运,入得山门时,慧日常明。澄澈的湖水明月,秀美的南山景色,耸立的慧日高峰,庄严的宗镜法堂,或高耸峻拔,若宿老德望,高不可攀,或澄澈明净,若自性佛心,不染纤尘。宗镜高悬,慧日常光,雷峰塔映西湖水,宗镜堂传永明旨,净慈寺中的景观,早已超脱寻常的地理景观,而是被抽象为某种禅学感悟,被净慈老宿以触目现前,随意变化,游戏神通之法自由使用,于是南山秀色也自然笼罩上一层洞彻明白的禅宗智慧。

四 净慈景观的文学书写

净慈位于西湖南山绝胜处,据佳山秀水,又有诸多高僧往来,禅德智慧,辉映山川。文人士子,多往来于此。苏子瞻病中犹独游净慈相见圆照宗本,称其"卧闻禅老入南山,净扫清风五百间"①;杨诚斋于净慈借宿,晓出便见"接天莲叶无穷碧,映日荷花别样红"②;谢应芳赠诗净慈住持悦堂希颜称"丞相频来谈般若,老禅端坐结跏趺"③;丁复则称清远怀渭诗才超群,"笔濡华盖山前月,光动石头城上云"④。自创刹以来,往来净慈,诗交衲子,题咏于斯者,不可胜数。这些作品皆是"一个时代的思绪,是一个时代人的智慧,更是一个民族历史的情感律动"⑤,而被反复吟咏的净慈景观亦是如此。然而这些景观,在文人士子眼中欣赏的角度不同,其所述写的景观,也呈现出诸般情状。

净慈作为五山名刹,湖南佛国,在来此的文人逸士眼中首先是一个神圣的宗教空间。是以在对净慈景观的文学书写中,不少都显示出对这一神圣的

---

① (宋)苏轼:《苏轼诗集》卷10《病中独游净慈,谒本长老,周长官以诗见寄,仍邀游灵隐,因次韵答之》,中华书局1982年版,第474页。
② (宋)杨万里撰,辛更儒笺校:《杨万里集笺校》卷23《晓出净慈寺送林子方》,中华书局2007年版,第1160页。
③ (元)谢应芳:《龟巢稿》卷3《代简净慈寺颜长老》,《文渊阁四库全书》第1218册,第63页。
④ (元)丁复:《桧亭集》卷9《送渭清远上人谒虞学士求墓志五首》其一,《文渊阁四库全书》第1208册,第388页。
⑤ 杜雪琴:《文学景观之生成起点与发展过程——以江南三大名楼为例》,《文学地理学》(第7辑),中国社会科学出版社2019年版,第220页。

梵宫宝刹一再叹咏。寺中诸般景致，如恢宏的佛殿，庄严的佛像，充满智慧的高僧，将净慈勾画成庄严的梵宫宝刹，令人心摄神伏。"古佛毗耶愿海深，万间弹指变黄金。分明兜率诸天境，庆赞阎浮施主心。堂上鼓钟声大地，域中龙象尽知音。自应雪夜传衣处，不独神光在少林。"①元明之际诗人张昱见新修净慈之状，而作此《修净慈寺成，贺简以道长老》，认为净慈似诸天盛境，金碧辉煌，寺中有古佛高座，提唱宗纲，堂上钟声一响，则丛林震荡，其宗风承袭，不逊于二祖慧可于少林雪夜受衣。董其昌《南屏净慈寺赠萧方伯九生二首》其一，"宦辙优昙现，禅宫慧日悬。棠分龙钵雨，笏柱鹫峰烟"②。是亦将净慈比喻为灵山胜境。黄省曾述写净慈大雄殿，诸佛林立，金躯巍然，望之令人心折，"灵纪倏攀仰，表刹在瞻造。金躯俨峨容，宝宇廓层峤"③。更有甚者，将净慈之所在南屏山，视为湖南佛国，如王在晋有诗句："莲花几朵涌峰头，佛国湖南第一丘。"④彭孙贻《再至南屏山》亦云："倚棹湖南寺，南屏隐石关。松阴应真殿，佛国永明山。"⑤

在净慈寺诸多殿阁中最为著名者，便是罗汉殿，来净慈者多来瞻礼五百罗汉应真，史鉴《记南屏山玉泉寺紫云洞》尝记，"游净慈寺，寺甚大，佛殿罗汉堂尤宏敞，新整五百应真像，皆面相向背相负环坐，无端游者多周行其间"⑥。此五百罗汉像，"塑像咸出一僧，而仪貌种异，神气如生"⑦。宋曹勋《净慈创塑五百罗汉记》称："创建五百大士，释迦中尊，金碧相鲜，

---

① （元）张昱：《可闲老人集》卷4《修净慈寺成，贺简以道长老》，《文渊阁四库全书》第1222册，第611页。
② （明）董其昌：《容台诗集》卷2《南屏净慈寺赠萧方伯九生二首》其一，《四库禁毁书丛刊·集部》第32册，北京出版社1997年版，第39页。
③ （明）黄省曾：《五岳山人集》卷7《叔禾枉舆湖上便同理棹，寻南山下净慈寺》，《四库全书存目丛书·集部》第94册，第590—591页。
④ （明）王在晋：《越镌》卷3《秋日游净慈寺》，《四库禁毁书丛刊·集部》第104册，北京出版社1997年版，第303页。
⑤ （清）彭孙贻：《茗斋集》卷6《再至南屏山》，《四部丛刊》本，第59页。
⑥ （明）史鉴：《西村集》卷7《记南屏山玉泉寺紫云洞》，《文渊阁四库全书》第1259册，第840页。
⑦ （明）田汝成：《西湖游览志》卷3《南山胜迹》，上海古籍出版社1958年版，第30页。

丹膺有度，行列拱对，环向序居。"①《太湖备考》尝提及，"紫金庵十八罗汉，系雷潮装塑，诸佛各现妙像，轩渠睇睨；奕奕有神，相传与西湖净慈罗汉，塑出一手，惟此供养深山，不敌西湖名显耳"②。此五百罗汉，出自宋时名工雷潮之手。宝相庄严，各具情态，往来文士，无一不因此而震撼。王世贞《游净慈寺》："拥刹芙蓉翠欲翔，拂云双练吐寒香。十千乾闼婆天乐，五百阿罗汉道场。"③在寺庙这一庄严的宗教空间，神圣传说在空间内被完整复现为数目众多的罗汉塑像，形成巨大的视觉冲击，并在周围缭绕的檀香与梵响中完成了升华，将罗汉殿塑造为一个无比神圣庄严的空间。王伯稠《武林杂咏》其五："琳宫高压碧崔巍，五百阿罗金像开。苦海若生舍宝愿，即空诸苦见如来。"④王稚登《净慈寺简管建初》诗中有句："下马湖边寺，来参五百尊。白莲依净社，朱塔对慈门。"⑤皆是言，梵刹高广，矗立西湖南山，金碧辉煌，直压过苍翠山色，五百罗汉宝相庄严，如至灵山。如此类者，尚有虞淳熙《罗汉》、曹洪业《游净慈寺，观五百罗汉》、沈友儒《重修罗汉殿记》、彭启丰《净慈寺观五百罗汉像》诸篇什。

如果说对净慈寺的文学书写中侧重金碧楼观，金装法相，是将净慈视为神圣的宗教空间。更多的游子文士，来净慈的目的则是访问寺中高僧，耽于禅悦者来此与宿老谈禅论诗。是以，净慈不仅是远隔尘世的宗教空间，也是僧俗交游的世俗空间。净慈与寺中支院，多有清幽处，或为退席老僧之居处，或为支院僧众之所居，或为住持待客之所，时常有文士往来于此。若丛玉轩，张昱有《玉轩在净慈方丈后，有盐运使李员峤画墨竹一林，儒学提

---

① （宋）曹勋：《松隐集》卷30《净慈创塑五百罗汉记》，《文渊阁四库全书》第1129册，第502页。

② （清）金友理撰，薛正兴校点：《太湖备考续编》卷2，《江苏地方文献丛书》，江苏古籍出版社1998年版，第694—695页。

③ （明）王世贞：《弇州四部稿·诗部》卷40《游净慈寺》，《文渊阁四库全书》第1279册，第504页。

④ （明）王伯稠：《王世周先生诗集》卷17《武林杂咏·其五》，《四库禁毁书丛刊·集部》第139册，北京出版社1997年版，第151页。

⑤ （明）王稚登：《王百谷集十九种·客越志》卷下，《四库禁毁书丛刊·集部》第175册，北京出版社1997年版，第233页。

举赵松雪题名"丛玉",参政姚江村作记,宪副邓善之书,板刻在轩楣》,诗曰:"河东使君竹成癖,落墨满林烟雨新。雪壁自期留后日,碧纱谁与护轻尘?百年聚散同残梦,一代风流不数人。赖是主僧知敬客,不辞骑马到来频。"① 李员峤,即李侗,为元时著名书画家,尤擅墨竹,《元史》无传。此轩,有李侗墨竹,赵孟頫题名,又有姚燧之记,邓善之书,名家手笔,荟萃于斯。后世文人多来此观览,马臻《净慈寺丛玉轩》中有句"招提雄压南屏山,李侯笔底丛竹幡。风香细度白薝卜,秋影森立青琅玕"②,则是细观李侗之笔法,窗外翠竹疏影隐约可见。黄溍《南屏丛玉轩分韵得白字》"列座陪墨君,觞咏终日夕。昔闻有三笑,今喜成六客"③,则是六人聚于丛玉轩中,观赏书画,分韵赋诗。至明初,丛玉轩犹存,姚广孝尝于此听住持清远怀渭操琴,有《丛玉轩听清远琴》诗,丰坊则尝宿于此,有《宿丛玉轩赠澄湛堂》。

　　净慈寺中文人往来最频繁者,莫过于净慈支院万峰山房。在明末至清中期,二百年间,净慈老宿与文人士子结香严社,后又结南屏诗社,来访此地的文人士子不可胜数。清代净慈寺僧让山篆玉《吴贡士焯同施进士瀹、厉孝廉鹗、丁处士敬过山房纳凉》,诗中有句:"山围菌阁昼惝惝,坐听高谈不厌深……多情鱼鸟增幽兴,随意茶瓜清暑吟。"④ 记吴焯、施瀹、厉鹗、丁敬等人来万峰山房访友,友人即让山篆玉。彼时让山篆玉与文士结社南屏,人数多达92人⑤,为杭郡文坛盛事。夏日炎炎,净慈寺则得湖南清幽之绝胜,多有文人过访纳凉,吴颖芳《万峰山房纳凉分韵》,诗曰:"冒暑

---

① (明)张昱:《张光弼诗集》卷6《玉轩在净慈方丈后,有盐运使李员峤画墨竹一林,儒学提举赵松雪题名"丛玉",参政姚江村作记,宪副邓善之书,板刻在轩楣》,明天启元年赵琦美家抄本。
② (元)马臻:《霞外诗集》卷6《净慈寺丛玉轩》,《文渊阁四库全书》第1204册,第121页。
③ (元)黄溍,王颋点校:《黄溍集》卷1《南屏丛玉轩分韵得白字》,浙江古籍出版社2013年版,第38页。
④ (清)释篆玉:《话堕集》卷1《吴贡士焯同施进士瀹、厉孝廉鹗、丁处士敬过山房纳凉》,《四库未收书辑刊》第10辑,第21册,第6页。
⑤ 李最欣:《"南屏诗社"再考论》,《杭州研究》2015年第4期。

来逃暑，新隄穿藕花。热风初地歇，凉翠一屏遮。谈伴真成数，香林即是家。虎跑泉味好，喜为瀹春芽。"① 施学韩《净慈寺纳凉》："层层树影寺门斜，一径沿缘到法华。引我清凉有修竹，助人欢喜是荷花。团蒲几处从僧乞，野鹭何心入梦赊。"② 曹贞吉有诗云："高峰南北两屏开，人语衣香傍水隈。一路松杉围古塔，净慈寺里纳凉回。"③ 所述皆是修竹婆娑，树影森森，凉翠如屏，荷香四溢，更有如篆玉、明中、主云、小颠等净慈寺僧殷勤应接，有香茗供饮，瓜果供食，高谈畅饮。在这些诗作中，净慈的宗教属性隐去，而是以僧俗交涉，胜友盈门的世俗空间形象出现。

除了是受信徒瞻仰礼拜的宗教空间、僧俗交涉的世俗空间，净慈寺还是文人士子的游赏之地，文人来此流连山水，不由解脱尘甫，凡心泯灭，生出隐逸山林之渴望。不少游览净慈的诗文中，他们都将净慈视作脱出红尘、无忧无虑的隐逸空间。苏轼倅杭，案牍劳形之外，多来净慈与寺僧畅谈佛法。彼时净慈住持为圆照宗本，苏轼尝作诗寄之，诗曰："卧闻禅老入南山，净扫清风五百间。我与世疏宜独往，君缘诗好不容攀。自知乐事年年减，难得高人日日闲。欲问云公觅心地，要知何处是无还。"④ 子瞻游览净慈时，与圆照宗本探论禅法，"欲问云公觅心地，要知何处是无还"，包含着苏轼对于禅宗"本地风光"之证悟。由是南屏山上清风五百间，是尘俗难扰的清净地，"清风五百间"便成文人士子的忘忧之所，"清风五百间"亦成诗坛公案矣。元人白珽《净慈禅寺》便道："奎额昭回龙屈盘，入门已觉厌尘寰。何当白发三千丈，来寄清风五百间。"⑤ 诗人一入山门，便有厌俗弃世

---

① （清）吴颖芳：《万峰山房纳凉分韵》，《两浙輶轩录》卷26，浙江古籍出版社2014年版，第1831页。
② （清）施学韩：《净慈寺纳凉》，《两浙輶轩录》卷27，浙江古籍出版社2014年版，第1881页。
③ （清）曹贞吉：《珂雪集·都门晤沈大行，因忆湖上之游》其五，《四库全书存目丛书·集部》第240册，第395页。
④ （宋）苏轼：《苏轼诗集》卷10《病中独游净慈，谒本长老，周长官以诗见寄，仍邀游灵隐，因次韵答之》，中华书局1982年版，第474页。
⑤ （元）白珽：《湛渊集·净慈禅寺》，《文渊阁四库全书》第1198册，第96页。

之感，欲栖居南山，在苍山秀色与明湖金波间享受避世出尘之乐。明代田艺蘅《南屏避暑居然亭作》："闲客寻闲便得闲，藕花一径入南山。好诗日积三千首，广殿风清五百间。宗镜堂空香烬灭，翠芳园废藓痕斑。前朝水石居然在，散发深松且闭关。"① 诗人踏入南屏是消忧寻闲的，在就为尘劳的诗人眼中，南屏净慈广厦五百间，尽是清风扫过，无忧无虑，在这种环境下，诗人见到宗镜堂、翠芳园的衰颓，没有丝毫物是人非之忧叹，处处所见皆新鲜。清人毛师柱《净慈寺》诗曰："旧说南屏路，清风五百间。我来春正好，相对意方闲。塔影峰头日，松声画里山。晚钟催客棹，谁更示无还。"② 诗人于南屏山中游赏，入净慈，便不由想到苏轼"清风五百间"之公案，由是所见春色、塔影、松风种种皆万般可爱，待到晚钟催人回返，心中依依不舍。

南屏宗镜堂，环境清雅幽静，文人雅士多来游赏，程嘉燧《宗镜堂玄津上人房》："开士安禅处，居然十笏强。崖阴扶砌辣，松隐卧阶长。菱芡莲花气，茶瓜冰雪香。时应瞻塔庙，兼得问津梁。"③ 此地僻静安宁，又有松风荷香，景致绝佳，诗人与净慈衲子探论佛法，自然涤荡俗心，绝息尘念，有隐遁之志。

彭孙贻《坐宗镜堂返眺南屏》诗曰："竹柏引人坐，萧条风满林。高松青不已，湖月澹无心。山静有啼鸟，僧闲自解吟。寥寥人外语，禅宿岂知音。"④ 坐宗镜堂上，绝俗缘，息凡心，唯见竹柏松月，清新自省，超然世外。邹迪光《宿宗镜堂》诗中感受亦大类如此，诗中有句："忆昔寿禅师，于此布法席。言诠虽已繁，圆镜乃归一。我来祇树下，仿佛天竺国。碧筱吐笙簧，青松韵琴瑟。饥分茵陈饭，手展贝多帙。违风发檀旃，香气何醴

---

① （明）田艺蘅：《香宇续集》卷18《南屏避暑居然亭作》，《续修四库全书》第1354册，第201页。
② （清）毛师柱：《端峰诗选·五言律·游净慈寺》，《四库未收书辑刊·集部》第8辑，第22册，第663页。
③ （明）程嘉燧著，沈习康点校：《程嘉燧全集》卷12《宗镜堂玄津上人房》，上海古籍出版社2015年版，第151页。
④ （明）彭孙贻：《茗斋集》卷2《坐宗镜堂返眺南屏》，民国上海涵芬楼影印本。

馥。……徙倚澹忘归,山空落红日。"① 大抵不离松风竹韵,素斋香茗,檀香佛经,令人息觉尘想,隐遁世外。无怪屠隆《南屏》诗中多有如"不闻朝市风尘急,自爱僧寮岁月闲"② "学道心犹荡梵天,精修肯证辟支禅"③诸句。

"山川间气笃而生伟人,而人杰地灵,则山川复因人而增重……西湖名流辈出,或选胜而来,或抱奇而处,山高水长,有令人流连向往不能置者。"④ 净慈所处之南屏,据湖南盛景之半,殿阁云连,法幢巍树,来往之参学释子,说法之古德龙象,辐辏络绎,诸僧将净慈寺中种种景观,以自身禅悟智慧点化,随意抽取,启悟后学衲子。而往来高人雅士,或瞻礼宝刹,或方外访友,或寻幽探胜,净慈也随着诗人目的之不同,情绪之不同,而变化出万千情状。然毋庸置疑,"文章借山水而发,山水得文章而传"⑤,净慈景观的佛教阐释与文学书写,记录着曾经栖居、游赏于此的人们的情绪、思想,得高僧禅机智慧和文人锦绣辞章装点的净慈景观,早已超出了宗教与文学的范畴,成为中华民族恒久的文化艺术风景,在时间的淘洗下越发历久弥新。

---

① (明)邹迪光:《宿宗镜堂》,《南屏净慈寺志》卷2《建置·宗镜堂》,杭州出版社2006年版,第55页。

② (清)屠隆:《南屏四首·其一》,《净慈寺志》卷25《艺文四》,杭州出版社2006年版,第1637页。

③ (清)屠隆:《南屏四首·其二》,《净慈寺志》卷25《艺文四》,杭州出版社2006年版,第1638页。

④ (清)傅王露:《西湖志》卷19,《四库全书存目丛书·史部》第241册,齐鲁书社1997年版,第844页。

⑤ (清)尤侗:《百城烟水序》,《百城烟水》卷首,江苏古籍出版社1999年版,第1页。

文学地理考证

北宋著名词人柳永葬地之考辨

曾大兴[*]

柳永的一生,有着太多的传奇,太多的不幸,太多的谜。例如,关于他的最后归宿问题,就是一个至今未解之谜。

柳永是什么时候死的?死在何处?葬在何处?又是什么人埋葬了他?关于这些问题,可以说是众说纷纭。仅仅是关于他的葬地问题,就有四种不同的意见。

第一种意见认为,柳永的葬地在枣阳,也就是今湖北省襄阳市所管辖的一个县级市——枣阳市境内。例如南北宋之交的学者杨湜就在他的《古今词话》这本书中写道:

> 柳耆卿……终老无子,掩骸僧舍,京西妓者鸠金葬于枣阳县花山。……其后遇清明日,游人多狎饮坟墓之侧,谓之吊柳七。[①]

"耆卿",就是柳永的字。"掩骸僧舍",就是讲他死了之后,无钱无人安葬,尸骨被装在一口薄薄的棺材里,临时安放在当地的一间寺庙。"京西",就是京西南路。北宋时的枣阳县属于随州管辖,随州又属于京西南路管辖。"鸠金",就是凑钱,集资,你出一点,我出一点。所谓"京西妓者

---

[*] 曾大兴,广州大学文学地理学研究院教授。
[①] (宋)杨湜:《古今词话》,唐圭璋编:《词话丛编》第1册,中华书局1986年版,第25页。

鸠金葬于枣阳县花山"，就是讲京西南路一带的歌女们凑钱，把柳永安葬在枣阳县的花山。

还有南宋学者曾敏行也在他的《独醒杂志》这本书中写道：

柳耆卿风流俊迈，闻于一时。既死，葬于枣阳县花山。远近之人，每遇清明日，多载酒肴饮于耆卿墓侧，谓之"吊柳会"。①

曾敏行的说法和杨湜的说法是一致的，也是认为柳永死后葬在枣阳县的花山，也是一到清明节，他的那些粉丝们，无论远近，都会自发地带上酒食，在他的坟墓旁边举行悼念活动，称为"吊柳会"。

杨湜和曾敏行的说法很凄凉，也很浪漫，可以称为"枣阳说"。

第二种意见认为，柳永的葬地在襄阳，也就是今湖北省襄阳市。南宋著名学者祝穆在他的《方舆胜览》这本书里写道：

柳耆卿，崇安白水人，长于词。……遂流落不偶，卒于襄阳。死之日，家无余财，群妓合金葬之于南门外。每春月上冢，谓之"吊柳七"。②

"南门"，就是指襄阳府城的南门。"柳七"，就是柳永。他在同祖父的兄弟中排行第七，故称"柳七"。祝穆认为，柳永不是葬在枣阳县的花山，而是葬在襄阳府城的南门外。也是歌女们凑钱把他埋葬的。每年春天，也有一个悼念活动，叫作"吊柳七"。

这个说法，可以称为"襄阳说"。

需要说明的是，北宋时的襄阳府与附近的随州，都属于京西南路。随州所管辖的枣阳县离襄阳府很近，中间只隔一条河，当时叫滚河，今天叫

---

① （宋）曾敏行：《独醒杂志》卷4，施蛰存等辑：《宋元词话》，上海古籍出版社1999年版，第325页。
② （宋）祝穆撰，祝洙增订：《方舆胜览》上册，中华书局2003年版，第197页。

白水。而从元代开始，枣阳就归襄阳管辖了。"襄阳说"和"枣阳说"，除了埋葬地点稍有不同外，其他内容基本是一致的，都是讲歌女凑钱葬柳永，而且在每年的清明节都会去给他上坟，举行"吊柳会"或者"吊柳七"。

柳永是北宋时期的一个大词人，一个大音乐家，一个天下闻名的公众人物。这样的一个公众人物死了之后，居然无钱安葬，灵柩被临时安放在一间寺庙里，最后还是歌女们凑份子把他安葬的。歌女们自发地安葬了柳永之后，还在每年的清明节去给他扫墓，在他的墓地举行"吊柳会"。这个"吊柳会"可不是一般性地送点儿花圈，摆点儿酒食，放点儿鞭炮，烧点儿纸钱，可能还有音乐活动，例如演唱他生前创作的歌曲等。因为很热闹，内容很丰富，所以就吸引了附近的老百姓。这样久而久之，就成了当地的一个民俗活动。

"襄阳说"和"枣阳说"，在今天听起来，也是有点"雷人"的。在宋代那样一个资讯不发达、许多小道消息都难以求证的时代，那就更"雷人"了。所以"襄阳说"和"枣阳说"，在历史上就传播得很广，一直传到清代。

需要指出的是，"襄阳说"应该是来自"枣阳说"，最早持"枣阳说"的是《古今词话》的作者杨湜，此人比《独醒杂志》的作者曾敏行的时代要早，曾敏行又比《方舆胜览》的作者祝穆的时代要早。

其实"枣阳说"是经不住推敲的。

（一）杨湜讲柳永"终老无子"，这一点就不符合事实。事实上，柳永是有儿子的。柳永的儿子还不是一般的儿子，而是一个进士出身的儿子，一个做过朝廷命官的儿子，名叫柳涗。柳永不仅有儿子，而且还有孙子，名叫柳彦辅。黄庭坚《书赠日者柳彦辅》云："柳彦辅是耆卿之孙，决王公贵人生死祸福。"[①] 所谓"日者"，就是算命看相的人，怎么能说柳永"终老无

---

① （宋）黄庭坚：《书赠日者柳彦辅》，《豫章黄先生文集》卷10，四部丛刊本。

子"呢？

（二）这个说法缺乏实证。据清代学者叶名澧讲，枣阳并没有柳永的墓，也没有花山。例如清代的《湖北通志》就未载枣阳有柳永墓，也未载所谓花山（见叶名澧《桥西杂记》）。

事实上，襄阳也没有柳永墓。"襄阳说"是由"枣阳说"衍变而来的。"枣阳说"不能成立，"襄阳说"也不能成立。今天研究柳永的学者，似乎没有人相信"枣阳说"和"襄阳说"。

那么这里就有一个问题，"襄阳说"和"枣阳说"是怎么出来的呢？古人讲"空穴来风"，有了洞穴，才会有风进来。也就是说，任何消息和传说，都不会是没有原因的。笔者认为原因有两点。

一是柳永生前到过襄阳，甚至枣阳。根据柳永的作品来判断，他生前到过江夏，也就是今天的武汉；还到过九嶷山，在今湖南省永州市宁远县境内。他要到这两个地方，按照当时的交通路线，应该是从首都开封出发，经南阳到襄阳，然后沿汉水到夏口，再由夏口沿长江到洞庭湖，最后沿湘水到九嶷山：

开封→南阳→襄阳→汉水→夏口→长江→洞庭湖→湘水→九嶷山

也就是说，他去夏口和九嶷山，襄阳是必经之地。

襄阳这个地方，历来是一个南北交通要道。早在汉代，就是一座很有名的城市。柳永是当时最有影响的大词人和大音乐家，是一个天下闻名的公众人物，他到了襄阳这样一座历史文化名城，可能会小作停留。比如看一看当地的名胜古迹，会一会襄阳的粉丝，或者搞一个"柳永作品音乐会"，等等。而襄阳离枣阳也很近，过了白水，就到了枣阳地界。所以柳永既然到了襄阳，也就有可能到了枣阳。

总之，柳永在襄阳，不会是一般性的路过，他可能会小作停留，可能会做点什么，可能有些轰动效应，就像今天的那些文艺明星到了某个城市一样，可能会给当地人留下很深的印象。

二是柳永生前，具体来讲，就是在他中进士之前，做官之前，和歌女的关系是比较密切的。柳永所走的那条创作道路，是一条与歌女、乐工合作的创作道路。宋人叶梦得《避暑录话》一书记载：

> 柳永，字耆卿。为举子时，多游狭邪，善为歌辞。教坊乐工每得新腔，必求永为辞，始行于世。于是声传一时。①

"举子"，就是由各地通过乡试选拔上来的人。宋代的进士考试要过三道关。首先是参加由各地（州或府）举行的乡试，乡试合格，称为举人，再到京城参加由礼部举行的会试，会试合格，称会元，然后才有资格参加由皇帝亲自主持的殿试，殿试合格，才称进士。进士的头三名，就是状元、榜眼、探花。柳永在科举方面非常坎坷，至少当了30年的举子，直到50岁左右才考中进士。

那么，他在这30年的"举子"生涯里，靠什么来维持生活呢？可以说，主要就是靠写词，以写词为生。他是中国文学史上第一个专业词人。

所谓"教坊"，就是国家的音乐机构。这个音乐机构有歌女，也有乐工。乐工就是我们今天所说的音乐人。他们的工作主要是搜集、整理和创作乐曲，演奏乐曲。所谓"新腔"，就是最新的流行歌曲的曲谱。

这段话的意思，就是讲教坊的乐工们，每得到一个新的流行歌曲的曲谱，就要请柳永来填词。只有这样，这支歌曲才能传唱开来。也就是说，再新再好的曲子，如果不是柳永来填词，这支歌曲就传唱不开，没有影响力。

那么柳永又是一个什么态度呢？宋翔凤的《乐府余论》一书写道：

> 耆卿失意无俚，流连坊曲，遂尽收俚俗言语，编入词中，以便伎人传习。一时动听，散播四方。②

---

① （宋）叶梦得：《避暑录话》卷下，《四库全书》本。
② （宋）宋翔凤：《乐府余论》，唐圭璋编：《词话丛编》第3册，中华书局1986年版，第2499页。

"失意无俚",就是失意无赖,政治上失意,生活上没有依靠。"坊曲",就是歌儿舞女们居住的地方,也就是歌舞场所。"俚俗言语",就是市井上流行的大众口语。"伎人",就是艺人。

柳永在政治上失意,生活上没有依靠,就去歌舞场所,为艺人填写歌词。由于这些歌词是由艺人来唱的,而且是唱给普通老百姓听的,为了适应艺人的演唱需要,以及普通老百姓的审美需求,柳永就大量收集当时市井中的大众口语,写进词中。

由于他的词不是关在书斋里写的,不是为了自娱自乐,而是为了艺人的演唱而写的,他的词适应了艺人的演唱需要,以及普通老百姓的审美需求,既富有音乐感,又富有大众性,所以就大受欢迎,传遍四方。

由于柳永的词大受欢迎,所以那些乐工、歌女们,就都来找他填词。那么,柳永本人又得到了什么回报呢?

一是赢得了很高的声誉。无论是皇帝、宰相、文武大臣,还是读书人和普通老百姓,都喜欢他的词。不仅汉族人喜欢他的词,连少数民族和外国人也喜欢他的词。叶梦得的《避暑录话》一书写道:

余仕丹徒,尝见一西夏归朝官云:"凡有井水饮处,即能歌柳词。"①

丹徒就是今江苏省镇江市丹徒区,在南宋的时候,是镇江府的一个县。叶梦得是南宋人,他在丹徒做过官。西夏,在今天的宁夏、甘肃一带,当时是一个少数民族政权,叫西夏国。叶梦得这段话的意思是说,他当年在丹徒做官的时候,有一个由西夏归顺宋朝的官员对他讲:只要是有井水的地方,就有人唱柳永的词。

有井水的地方,就是有人烟的地方。只要是有人烟的地方,就有人唱柳永的词。可见柳永的词传播得是非常广的。后来人们讲到金庸的时候,有这

---

① (宋)叶梦得:《避暑录话》卷下,《四库全书》本。

样一句话——"有华人处有金庸"。我们谁也不能否认金庸小说的广泛影响，但是，柳永在文学史上的影响，其实比金庸还要大。柳永的词不仅在华人中有最广泛的影响，就是在外国，也有很大的影响。例如在朝鲜、日本、越南等国，都有人唱柳永的词。可以肯定地说，在中国文学史上，没有哪一位作家像柳永那样，有如此广泛的影响。

柳永所得到的另一个回报，就是经济上的资助。

在经济上资助柳永的人是什么人呢？就是那些因为唱他的词而走红的歌女们。宋人罗烨的《醉翁谈录》一书记载：

耆卿居京华，暇日遍游妓馆。所至，妓者爱其有词名，能移宫换羽，一经品题，声价十倍。妓者多以金物资给之。①

"妓"这个字，在古代又写作"伎"。"伎"，就是伎艺；而"伎女"，就是歌女和舞女，就是艺术工作者，和今天日本的艺伎是一个意思。"伎馆"，就是歌舞场所。"移宫换羽"，就是音乐创作。

这段记载的意思是，柳永在京华开封，主要是备考、应考、求官，闲暇的时候，就去那些歌舞场所。歌女们对他非常崇拜，知道他不仅是一位大词人，而且还是一位大音乐家，只要经过他的品题，也就是经过他的评论和褒奖，马上就增值了，而且是十倍的增值。歌女们增值之后，出场费就很高了，收入就很可观了，于是她们就用金钱、用物质来资助柳永。

古往今来，写歌的人都没有唱歌的人有钱。像大家熟悉的《十五的月亮》这首歌，在20世纪80年代就很流行，曾经获得"第一届当代青年喜爱的歌曲一等奖"。唱这首歌的人，出场费就很高，据说一般都有五六万元人民币。而写这首歌的人，也就是石祥先生，他当时拿了多少稿费呢？十六元人民币！所以民间有这样一句话："《十五的月亮》十六元。"

---

① （宋）罗烨：《新编醉翁谈录》丙集卷2，古典文学出版社1957年版。

柳永作为一位大词人和大音乐家,在宋代也是很缺钱的,也是很穷的。他做了30年的举子,没有功名,没有官职,没有俸禄,靠什么为生呢?其实主要就靠写歌。歌女们唱了他的歌,很快就可以走红;歌女们经过他的评论和褒奖,很快就身价十倍。于是歌女们就在经济上资助他。

如果他生前根本就没有得到过歌女们的资助,怎么可能在他死后,会有歌女们凑钱埋葬他这一说呢?

还有,如果他生前根本就没有到过襄阳,乃至附近的枣阳,没有在那里留下任何影响,怎么可能会有人说他的葬地在"襄阳"或者"枣阳"呢?

这就叫空穴来风。没有洞穴,怎么会有风进来呢?

第三种意见认为,柳永的葬地在仪征,也就是今江苏省扬州市管辖的一个县级市。这个地方在宋代叫扬子县,属于真州管辖。后来改名仪真县。清朝雍正年间,为了避雍正皇帝胤禛之讳,又把这个真假的"真"改为征途的"征"。清代著名诗人王士禛在《池北偶谈》一书里写道:

仪征县西,地名仙人掌,有柳耆卿墓。予真州诗云:"残月晓风仙掌路,何人为吊柳屯田?"[1]

王士禛的这个说法,得到清代某些人(如宋茗香)的附和,但是也遭到更多人(如吴衡照、凌廷堪、吴骞、赵翼)的质疑。例如凌廷堪,他是乾隆年间的一位著名的音乐学家,做学问非常严谨。为了搞清楚柳永的葬地究竟在不在仪征,他还做了一次实地考察。他在柳永《雨霖铃》这首词下注云:

真州城南访柳三变墓,询之居人,并无知者。[2]

---

[1] (清)王士禛:《池北偶谈》卷21,汀州张氏励志斋本。
[2] (清)凌廷堪:《梅边吹笛谱》,凌廷堪撰,纪健生校点:《凌廷堪全集》第4册,黄山书社2009年版,第233页。

柳三变就是柳永最初的名字。凌廷堪的考察结果表明，王士禛的说法是靠不住的。

那么，为什么会有仪征这一说呢？我们知道，仪征离扬州只有 30 里路。扬州是一座历史悠久的文化名城。唐代的扬州，是中国最大的城市；北宋的扬州，是淮南东路的首府，其繁华程度并不亚于唐代。据柳永的作品来考察，他是到过扬州的。正因为他到过扬州，所以也就有可能到过附近的扬子县。据说宋真宗曾经下诏，在这里铸造了四位远祖皇帝的金像，由于仪容逼真，就把这里赐名为"仪真"，后来又上升为"真州"。柳永是宋真宗、仁宗时代的人，以他那艺术家的好奇性格，既然已到扬州，怎么可能不顺便去一下扬子县，去看一看那里的四尊金像呢？由于生前到过仪征，才有死后葬在仪征之说。

第四种意见认为，柳永的葬地在镇江，也就是今江苏省镇江市。这个地方在北宋叫润州，在南宋叫镇江府，治所在丹徒县，也就是今镇江市丹徒区。宋人叶梦得的《避暑录话》一书写道：

> 永终屯田员外郎。死旅，殡润州僧寺。王和甫为守时，求其后不得，乃为出钱葬之。①

这个王和甫，就是王安石的弟弟，叫王安礼，字和甫。据《嘉定镇江志》记载，王和甫任润州知州，是在宋神宗熙宁八年，也就是公元 1075 年。

叶梦得的这个说法，得到《万历镇江府志》的证实。这本府志的第 36 卷，记载柳永的葬地就在丹徒境内的北固山下，并且还引用了丹阳人葛胜仲写的一篇《陈朝请墓志》作为佐证。

《陈朝请墓志》介绍了王安礼葬柳永的经过：

---

① （宋）叶梦得：《避暑录话》卷下，《四库全书》本。

> 王安礼守润，欲葬之，藁殡久无归者。朝请市高燥地，亲为处葬具，三变始就窀穸。①

联系叶梦得《避暑录话》中的那一段记载，事情的经过应该是这样的：王安礼来做润州知州，得知柳永的灵柩还停放在一间寺庙里，但是又找不到他的后人，于是就决定出钱安葬他。具体办事的人则是陈朝请。陈朝请买了一块地势比较高、土质比较干燥的葬地，又亲自为他置办了棺材，这样柳永才得以入土安息。

尤其值得注意的是，《万历镇江府志》还介绍了从地下挖出来的一块墓碑，上面有一篇柳永的墓志铭，以及一把陪葬的玉箆：

> 近岁水军统制羊滋命军兵凿土，得柳《墓志铭》并一玉箆。及搜访摩本，铭乃其侄所作。篆额曰："宋故郎中柳公墓志铭"。文皆磨灭，止百余字可读，云："叔父讳永，博学，善属文，尤精于音律。为泗州判官，改著作郎。既至阙下，召见仁庙宠进入庭，授西京灵台令，为太常博士。"又云："归殡不复有日矣。叔父之卒，殆二十余年云。"②

这个墓志铭，据说就是柳永的侄子、宋代著名书法家柳淇写的。这个墓志铭不仅证实了叶梦得的说法，而且还交代了柳永去世的大致时间。如上所言，王安礼任润州知州，是在宋神宗熙宁八年，也就是公元 1075 年。他出钱葬柳永，应该就是在这个时间。柳淇写墓志铭，也应该就是在这个时间。墓志铭说："叔父之卒，殆二十余年云。"由这个时间往上推二十余年，应该是 1053 年前后，也就是宋仁宗皇祐五年前后。

由此看来，柳永葬在镇江，应该是可信的。在镇江北固山上，至今还有一座柳永墓。

---

① 《万历镇江府志》卷 36，引自唐圭璋《词学论丛》，上海古籍出版社 1986 年版，第 609 页。
② 《万历镇江府志》卷 36，引自唐圭璋《词学论丛》，上海古籍出版社 1986 年版，第 609 页。

镇江在六朝时叫京口。在南宋镇江府丹阳县人所撰《京口耆旧传》（撰人不详）中，有一篇柳永之子柳涚的小传。传云：

> 柳涚，丹徒人。擢庆历六年进士第，为陕西司理参军，以政绩闻，特改大理寺丞。①

撰者把柳永之子柳涚归入京口耆旧，可能就因为柳永的墓地就在京口（镇江）。

有墓地，有墓志铭，又有陪葬品，这些实物，都与文献记载相合，按说柳永葬在镇江，应该是没有疑问了。但是也有一个无法回避的问题，就是柳永的儿子，身为进士和朝廷命官的柳涚，为什么不亲自葬父，而要让父亲的灵柩在一个寺庙里停放20多年，最后由王安礼来出钱安葬呢？

高熙曾先生讲，柳涚是郑獬推荐的人，而郑獬是反对王安石变法的，后来受到王安石的打击。《宋史·郑獬传》说，郑獬死后，家贫子弱，无力安葬，他的灵柩也是被放在寺庙里10多年。高先生因此认为，柳涚既是郑獬推荐的人，可能也受到王安石的打击，不能回乡葬父。②

但是这个说法是经不住推敲的。因为王安石变法，始于宋神宗熙宁二年（1069），而柳永去世，是在宋仁宗皇祐五年（1053）前后。也就是说，柳永死后16年，王安石才开始变法。这16年间，不存在王安石打击郑獬和柳涚的问题。

柳永这个家族，从他的父亲开始，到他的孙子这一代，至少出了8个进士，12个朝廷命官。这是一个非常讲孝道的家庭。当年柳永的祖父柳崇在济州（柳永叔父柳宣时任济州团练推官）去世的时候，柳永的父亲柳宜正在沂州公干，他得到噩耗，号啕大哭，连夜冒着风雪，步行赶到济州葬父。③ 柳

---

① 《京口耆旧传》，钦定《四库全书》本，第12页。
② 高熙曾：《柳永事迹考辨》，《天津师范学院科学论文集刊》1957年第1期。
③ 参见王禹偁《建溪处士赠大理评事柳府君墓碣铭并序》，《小畜集》卷30，武英殿聚珍本。

永的父亲这样恪守孝道，柳永的儿子为什么这样不守孝道呢？

也许柳涗未能亲自葬父的原因，在柳淇所作《墓志铭》中已有交代，只是这一部分文字已经"磨灭"了。谁知道呢？

宋词是一代之文学，柳永是一代文学之名家。这样一位为宋词的发展做出了重大贡献的天才人物，不仅终生坎坷，而且最后还掩骸僧舍20余年。这样的不幸遭遇在中国文学史上是非常少见的。

文人流动与文学

汉唐丝路纪行文学的动态书写与空间表达

唐 星[*]

一 引言

本文所研究之"汉唐丝路"主要指西汉至唐代陆上丝绸之路中国西北段，包括丝绸之路"关陇道""河西道""西域道""灵州道""吐谷浑道""夏州道""回鹘道"等。所探讨的"纪行文学"仅指真实记录行旅见闻感怀的文学作品。

汉唐时期丝绸之路纪行文学的发展具有阶段性特征，据其在创作数量、经验积累、体式形态等方面的变化，大致可将其具体发展过程分为初始期、发展期和繁荣期。

汉唐丝路纪行文学初始期概自西汉至西晋，该时期丝路纪行文学作品开始创制，体式并未定型，创作数量有限。其中张骞的创作对丝路纪行文学主要文体与风格的确立均产生了重要影响，班勇通过增加语言描写对丝路"行记体"创作有所推进，曹植与张载则将三国晋时盛行的纪行赋创作之风引入，对丝路纪行文学文体的丰富具有重要意义。汉唐丝路纪行文学发展期概自东晋至初唐，该时期丝路纪行文学创作经验渐多，创作数量增加，体式

---

[*] 唐星，青海民族大学文学与新闻传播学院副教授。本文系国家社会科学基金重大招标项目"历代北疆纪行文学文献的整理与研究"（19ZDA281）；国家社会科学基金西部项目"汉唐丝路多民族文学空间建构与国家认同研究"（21XZW027）；青海民族大学高层次人才（博士）项目"南北朝丝绸之路文学空间研究"（2021XJG03）阶段性成果。

逐渐定型。其中以法显、宋云为代表的晋隋作家对丝路纪行文学中行记（行传）体、诗歌体、疏诏体进行探索，初唐作家群则集中对丝路纪行诗进行探索。汉唐丝路纪行文学繁荣期概自盛唐至晚唐，该时期丝路纪行文学创作经验成熟，创作数量猛增，体式臻于完善。其中著名作家参与丝路纪行文学创作热情高涨，如杜甫、白居易、王维、王昌龄、刘禹锡、李商隐、岑参、高适等皆有相关创作，普通作家丝路纪行文学创作意识亦不断增强。

尽管汉唐时期丝路文学交流频繁，纪行文学创作兴盛，开展汉唐丝路纪行文学研究具有重要学术意义，但目前学界对该领域关注不够，研究成果甚为有限。在有限的研究成果中又多系个案研究，如对汉唐丝路纪行经典作品《大唐西域记》《佛国记》的文学研究及对高适河西纪行诗、岑参边塞诗的研究，尚缺乏宏观研究，且有研究扎堆情况，致使热门研究对象越来越热乃至出现重复研究现象。因此，当前丝路纪行文学研究实际仍处于起步阶段，迫切需要进行扎实文献整理和系统全面研究。

二　汉唐丝路纪行文学的动态书写

（一）　汉唐丝路空间域态人物流动分类①

汉唐时期长安至西域的丝路上人物流动频繁，且身份各异，有文士、僧侣、官吏、使者、质子、商贾、将卒、役夫等，不同时期又有亲征帝王、和亲公主、随行官将等，这些人物的流动集体促进丝路纪行文学的创作与发展。尤其是官吏、僧侣、文士，堪称汉唐丝路纪行文学创作的主要实践者。

汉唐时期有大量官吏离开旧籍故里沿丝绸之路宦游客居，这些官吏中不乏能文擅写者，有些水平极高，或即当时有名文士，创作有不少文学作

---

① 本文所论人物流动实涉文学家之动态分布，关于动态分布相关论述，参见曾大兴《文学地理学概论》，商务印书馆2017年版，第107页。

品。据笔者不完全统计，汉唐时期有文学作品留存并在丝路沿线宦游、任职的官吏、文士大致有192人，虽然这些人物目前所存文学作品并无丝路纪行之作，但因其在丝路沿线流动故不排除其当时进行丝路纪行创作的可能性。

具体而言，本文所涉汉唐丝路纪行文学创作者沿丝路流动的目的并不相同，大致可做如下分类：

取经求法：法显、支僧载、竺法维、释智猛、昙无竭、释法盛、释昙景、宋云、慧生、道荣、玄奘、慧超、悟空（前半程为出使）；

出使行役：张骞、王维、储光羲、陶翰、吕温、李涉、储嗣宗、张震、佚名诗人二人（一为敦煌 P. 2555 卷陷蕃组诗 60 首作者，另一为同卷陷蕃组诗 12 首作者）；

行幸征伐：曹植（扈从曹操出征）、吕光、拓跋焘、杨广、薛道衡（扈从杨广出幸）、李世民；

从军谪戍：骆宾王、陈子昂、岑参、高适、李益、李昌符（似从军）、王贞白；

迁官宦游：班勇、来济、崔希逸、高骈；

科考归省：张载（似省亲）、欧阳衮（似科考）、杜甫、李廓、卢纶、白居易、李商隐；

行旅漫游：宇文逌、卢照邻、员半千、王昌龄、李端、耿湋、武元衡、韦应物、朱庆馀、李远、喻凫、马戴、韩琮、温庭筠、刘沧、许棠、韩偓、杜荀鹤、张蠙、黄滔、于邺、杨夔、佚名诗人一人（敦煌 S. 6234 + P. 5007 + P. 2672 卷《焉耆》等诗作者）。

（二）汉唐丝路纪行文学纪实性动态叙事

汉唐丝路纪行文学中散文体作品纪实性动态叙事，多记述人物流动的时间、方向、速度、过程及参与人员情况，既有共性特征，亦各有特色。

如《宋云行纪》中记述文本作者宋云与文本所涉人物慧生的流动轨

迹完全一致，不似《法显行传》中多次出现殊途改道情况，故其人物流动情况相对简单。具体而言，宋云与慧生从洛阳出发，一路向西行四十日抵赤岭，继向西行二十三日度流沙至吐谷浑国，再西行三千五百里至鄯善城，又西行一千六百四十里达左末城，继而西行一千二百七十五里到末城，接着西行二十二里抵捍䗮城，又西行八百七十八里至于阗国，后于神龟二年（519）七月二十九日入朱驹波国，八月初抵汉盘陀国界，再西行六日登葱岭山，复西行三日到钵盂城，继行三日至不可依山，似又行四日方到汉盘陀国都城，后越过葱岭。可见宋云等由洛阳出发，似经长安，入关陇道——吐谷浑道——西域道，其间长时段动态分布居多，唯自进入汉盘陀国界后在葱岭行进的过程属短时段动态分布，至于其所经之地如吐谷浑国、鄯善城、左末城、末城、捍䗮城、于阗国、朱驹波国、钵盂城、汉盘陀国都等是否停留、停留多久等情况未见记述，并不清楚。

之后玄奘《大唐西域记》的记述仅有文本作者的个人流动记述，这比《法显行传》《宋云行纪》都要简省，但人物流动的过程更加具体、清晰。大致来说，文本可分为玄奘的西向流动与东向流动两个阶段，西向流动阶段即玄奘去往天竺求法时在丝路中国段的流动情况，具体为：玄奘出高昌故地到阿耆尼国，西南行二百余里经一小山、二大河至平川，继续行七百余里抵屈支国，又西行六百余里度小沙碛达跋禄迦国，复西北行三百余里经石碛到凌山；东向流动阶段即玄奘由天竺返归时在丝路中国段的流动情况，具体为：玄奘登葱岭入朅盘陁国，继而东下经岭谷溪径，行八百余里出葱岭到乌铩国，复北行山碛旷野五百余里抵佉沙国，又东南五百余里经徙多河、大沙岭达斫句迦国，后东越岭谷行八百余里至瞿萨旦那国，仍东行度大流沙行四百余里进入睹货逻故国，复东行六百余里到折摩驮那故国，继东北行千余里抵达纳缚波故国。文本对玄奘所经之地如阿耆尼国、屈支国、跋禄迦国、朅盘陁国、乌铩国、佉沙国、斫句迦国、瞿萨旦那国等是否停留、停留多久等情况亦未见记述，不过据文中记述详略情况，玄奘似在阿耆尼国、屈支国、跋禄迦国、揭盘陀国、乌铩国、佉沙国、斫句迦国、瞿萨旦那国有所停留，而其在屈支国、揭盘陀国、乌铩国、瞿萨旦那国可能停留时间较长。此外，文本对高昌以前、纳缚波故国以后的人物流动情况缺乏记载。

而慧超《往五天竺国传》中同样仅有文本作者的个人流动记述，但人物流动过程比《大唐西域记》的记述要简略许多。具体来说，慧超从葱岭步行一月抵疏勒，继东行一月达龟兹国，又南下约二千里到于阗国，后于开元十五年（727）十一月上旬入安西，复东行□□到焉耆国。这是慧超自天竺东归时的流动情况，从现有文本来看，慧超抵达龟兹后并未继续顺路东进，而是绕道南下于阗，后又从于阗北返安西。故慧超在丝路中国段主要沿西域道中路、南路和大碛路流动，长时段动态分布居多，至于其经行疏勒、龟兹、于阗、安西、焉耆是否停留、停留多久等情况同样未见记述。另外，文本中慧超到安西以后流动情况的记述现已残缺。

此外，由悟空口述、圆照撰定的《悟空入竺记》中所涉流动人物增多，人物流动情况较《往五天竺国传》变得复杂，文本口述者悟空与文本所涉其他人物的流动轨迹具有一致性。大致来说，文本类似于《大唐西域记》亦可分为西向流动与东向流动两个阶段，西向流动阶段即悟空与中使张韬光等40余人西使罽宾时在丝路中国段的流动情况，具体为：天宝十载（751）辛卯之祀悟空等人出发，取道安西路，经疏勒国入葱岭。东向流动阶段即悟空东返归唐时在丝路中国段的流动情况，具体为：悟空返至疏勒停住五个月，前行至于阗停六个月，继至威戎城、据瑟得城，后至安西屈支城，住有一年多，又至乌耆国停三个月，进至北庭州停留，译经若干日，贞元五年（789）九月十三日与中使段明秀、庭州道奏事官牛昕、安西道奏事官程锷等取道回鹘路，贞元六年二月抵长安。因此悟空在丝路中国段主要沿西域道中路、南路、大碛路、北路和回鹘道流动，中途停留时间较长，流动时断时续。文本对悟空等人西行入安西路前和东归入回鹘路后的流动情况缺乏记述。

（三）汉唐丝路纪行文学意象化动态表达

汉唐丝路纪行文学中诗体作品采用意象化的动态表达，除对人物流动的时间、方向、速度、过程记述外，着重对人物流动过程中的心理变化、情志状态进行表现，多采用移步换景手法，呈现出朦胧性、审美化特征。

这类作品中，岑参的丝路纪行诗所涉人物流动情况最为典型。据廖立《岑参诗笺注》考证，岑参分别于天宝八载（749）初赴安西、天宝十三载初赴北庭，岑参的丝路纪行诗即作于这两次赴边往返途中。岑参初赴安西的具体流动状况大致如下：天宝八载诗人似从长安出发①，经咸阳，沿关陇道—关中路西行度陇山②，过分水岭③，循关陇道—陇右路西行经渭州④，复西行入河西道，出玉门关度莫贺延碛⑤，经大沙海⑥，沿西域道中路抵安西都护府所在龟兹镇。岑参到安西后曾往他所行役，之后东返，这期间的流动情况可大致梳理如下：天宝九载诗人由安西出发往西州行役，似先沿西域中道东进经铁门关并夜宿⑦，后抵焉耆镇⑧，继东北行经火山⑨，后东进抵西州。诗人抵西州后的流动情况记载不详，难以确判诗人之后是继续东进还是径直回返。据廖立《岑参诗笺注》考证，诗人曾于天宝九载行役中又过酒

---

① 这里虽无诗歌记载，但按常理推断应该如此。
② 岑参《初过陇山途中呈宇文判官》一诗云："一驿过一驿，驿骑如星流。平明发咸阳，暮到陇山头。"
③ 岑参写有《经陇头分水》一诗。
④ 岑参写有《西过渭州见渭水思秦川》一诗。
⑤ 廖立认为岑参经阳关度流沙时写有《日没贺延碛作》《碛中作》等诗，笔者并不认同。岑参《日没贺延碛作》一诗中云："沙上见日出，沙上见日没。悔向万里来，功名是何物。"其《度碛》一诗又云："黄沙碛里客行迷，四望云天直下低。为言地尽天还尽，行到安西更向西。"
⑥ 岑参《碛中作》一诗云："走马西来欲到天，辞家见月两回圆。今夜不知何处宿，平沙万里绝人烟。"其《碛西头送李判官入京》一诗又云："一身从远使，万里向安西。汉月垂乡泪，胡沙费马蹄。寻河愁地尽，过碛觉天低。"
⑦ 岑参《宿铁关西馆》一诗云："马汗踏成泥，朝驰几万蹄。雪中行地角，火处宿天倪。塞迥心常怯，乡遥梦亦迷。那知故园月，也到铁关西。"
⑧ 岑参《早发焉耆怀终南别业》一诗云："晓笛引乡泪，秋冰鸣马蹄。一身虏云外，万里胡天西。"
⑨ 岑参《经火山》一诗云："火山今始见，突兀蒲昌东。""我来严冬时，山下多炎风。"

泉并作有《过酒泉忆杜陵别业》一诗，中有"昨夜宿祁连，今朝过酒泉。黄沙西际海，白草北连天。愁里难消日，归期尚隔年。阳关万里梦，知处杜陵田"①。据此可判，诗人曾流动至祁连山一带，回返时路过酒泉。由于资料有限，不知是否到达张掖或武威？不知此段流动是否与之前西州段流动有所关联？天宝十载诗人东返，据常理推断其应由安西出发，但不排除由行役之所出发的可能性，且难以确判诗人具体流动过程，但从诗人《入关先寄秦中故人》"秦山数点似青黛，渭水一条如白练。京师故人不可见，寄将两眼看飞燕"②来看，诗人似沿渭水东归，途经秦岭、安夷关③。

至于岑参初赴北庭的具体流动状况大致如下：天宝十三载（754）诗人从长安出发，沿关陇道向西经陇山④，复向西经临洮⑤，后似沿河西道、西域北道抵北庭都护府所在庭州。岑参至北庭后曾随师西征，但具体流动情况难以确判。后约于天宝十四载，诗人由轮台出发使交河⑥，抵交河后的流动情况记载不详，诗人是继续东进还是径直回返难以确判。同年诗人又两次行役：一次经苜蓿烽、胡芦河出使玉门关⑦；另一次出使凉州，西返时路过燕支山⑧。关于这两次出使行役之间的关系及其与出使交河之间的关系，因资料有限难以确判，故岑参在北庭的出使行役流动过程难以完整叙述。另外，岑参由北庭东返长安的流动情况亦难确判。

与岑参齐名的同时代诗人高适的丝路纪行文学作品中亦有意象化的动态书写。如其诗中叙写其曾于天宝十一载从长安出发，沿关陇道西度陇山⑨，

---

① （唐）岑参撰，廖立笺注：《岑参诗笺注》下册，中华书局2018年版，第485页。
② （唐）岑参撰，廖立笺注：《岑参诗笺注》下册，中华书局2018年版，第775页。
③ 廖立认为此诗系岑参过陇山陇关时作，此说较为笼统，并不确切。
④ 岑参《赴北庭度陇思家》一诗有"西向轮台万里馀""陇山鹦鹉能言语"句。
⑤ 岑参《发临洮将赴北庭留别》一诗云："闻说轮台路，连年见雪飞。春风曾不到，汉使亦应稀。白草通疏勒，青山过武威。"
⑥ 岑参《使交河郡，郡在火山脚，其地苦热无雨雪，献封大夫》一诗中有"奉使按胡俗，平明发轮台。暮投交河城，火山赤崔巍"句。
⑦ 岑参《题苜蓿烽寄家人》一诗中有"苜蓿烽边逢立春，胡芦河上泪沾巾"句。
⑧ 岑参《过燕支寄杜位》一诗中有"燕支山西酒泉道，北风吹沙卷白草"句。
⑨ 高适《登陇》一诗云："陇头远行客，陇上分流水。流水无尽期，行人未云已。"参见（唐）高适撰，刘开扬笺注《高适诗集编年笺注》，中华书局1981年版，第248页。个别标点笔者据诗意有改动。

继西北行入金城，似在城内停留游览①，复西北行经昌松②，继续前行终抵凉州。诗人到凉州不久又向东南流动，行经百丈峰③，复向东南进发，直至临洮④。

此外，该时期敦煌文献中亦有关于丝路纪行意象化动态书写的文学作品，如敦煌 P. 2555 卷 60 首陷蕃组诗所涉诗人的流动情况颇值得关注。据其所载，诗人于冬日从敦煌郡出发，向西经马圈后又向南过阳关⑤，复东行经墨离海⑥，越溪过涧⑦，进而取吐谷浑道，进至青海湖，似因病暂留⑧，后继续前行，夜翻赤岭⑨，过白水戍⑩，终抵临蕃城⑪。

而敦煌 S. 6234、P. 5007、P. 2672 三个写卷拼合组成的唐代佚名诗集中，佚名诗人的流动也较为明显，其流动情况似应如下：诗人似受礼聘从平凉出发（写有《平凉堡》一诗），似向西过陇山，经秦州、渭州、河州、鄯州，至嘉麟（写有《嘉麟县》一诗），继入凉州（写有《凉州》一诗），向西经番禾（写有《番禾县》一诗），抵甘州（写有《甘州》一诗），过金河戍（写有《金河》一诗），达敦煌（写有《敦煌》一诗），复过寿昌（写有

---

① 高适曾写有《金城北楼》一诗，时间长短难以确判。
② 高适《入昌松东界山行》一诗云："鸟道几登顿，马蹄无暂闲。崎岖出长坂，合沓犹前山。"
③ 高适《登百丈峰二首》第一首有"朝登百丈峰，遥望燕支道"句。
④ 高适写下《自武威赴临洮谒大夫不及因书即事寄河西陇右幕下诸公》一诗，中有"浩荡去乡县，飘飘瞻节旄。扬鞭发武威，落日至临洮"句。
⑤ P. 2555 卷写有《冬出敦煌郡入退浑国朝发马圈之作》一诗，中有"西行过马圈，北望近阳关。回旨见城郭，黯然林树间"句。
⑥ P. 2555 卷亦写有《至墨离海奉怀敦煌知己》一诗，中有"朝行傍海涯，暮宿幕为家。千山空皓雪，万里尽黄沙"句。
⑦ P. 2555 卷亦写有《夏日途中即事》一诗，中有"何事镇驱驱，驰骋傍海隅。溪边论宿处，涧下指餐厨"句。
⑧ 停留时间长短难以确判，其间写有《青海卧疾之作（二首）》《青海望敦煌之作》。
⑨ P. 2555 卷写有《夜度赤岭怀诸知己》一诗，中有"山行夜忘寐，拂晓遂登高"句。参见徐俊《敦煌诗集残卷辑考》，中华书局 2000 年版，第 710—711 页。"虽"字从王重民校。
⑩ 诗人在《晚次白水古戍见枯骨之作》一诗中写道："深山古戍寂无人，崩壁荒丘接鬼邻。意气丹诚□□□，惟余白骨变灰尘。""此日羁愁肠自断，□□到此转悲辛。"
⑪ 其间诗人写下诗歌《晚秋至临蕃被禁之作》。对于此卷所载诗歌，王志鹏认为："诗中所记前后历时两年，冬离敦煌，夏卧疾于青海湖畔，晚秋抵临蕃城被禁，在吐蕃度过一年多时光。"参见王志鹏《敦煌佚名组诗六十首的地域特征及文学情思》，《西夏研究》2015 年第 3 期。

《寿昌》一诗），经西州（写有《西州》一诗），至焉耆①，似又从焉耆出发至铁门关行役或考察。②

以上例举系汉唐丝路纪行文学中动态表达较为细致的组诗，尚有若干单篇丝路纪行诗亦涉人物流动，尽管其中所载人物流动信息并不丰富，但亦足以对其所涉人物的流程与流向做出大致判断。如卢照邻《晚渡渭桥寄示京邑游好》中有"我行背城阙，驱马独悠悠""途遥日向夕，时晚鬓将秋。滔滔俯东逝，耿耿泣西浮""一赴清泥道，空思玄灞游"③，关涉诗人从长安出发沿丝路关陇道向西流动至咸阳渭桥的情况，所涉人物流动速度较为缓慢；白居易《醉中归盩厔》中有"金光门外昆明路，半醉腾腾信马回"④，关涉诗人沿丝路关陇道向西流动归盩厔的情况，所涉人物流速亦较缓慢。

还须指出的是，汉唐丝路纪行诗关涉人物流动叙写似乎承袭丝路纪行文的纪实性特征，只是受诗歌文体影响诗意化增强而纪实性有所减弱。如敦煌P.2555卷佚名陷蕃组诗12首中《至淡河同前之作》："念尔兼辞国，缄愁欲渡河。到来河更阔，应为涕流多。"⑤人物流动感较明显，但对具体流动过程进行虚化处理，致使具体流动过程与流动方向难以确判，系因重在情绪表露而对具体流动有所遮蔽，着力于所见所感的表达。李益《度破讷沙二首》其二："破讷沙头雁正飞，鸊鹈泉上战初归。平明日出东南地，满碛寒光生铁衣。"⑥可以感觉到人物的流动，而且是群体性流动，但人物流动的具体性已被彻底消解，流动的人物群体在诗中已成为意象化的存在，与周围环境一道组成一幅日出黄沙铁衣行军的动态图画。

总的来说，汉唐丝路纪行文学文本作者的动态分布会使其身处客籍文化

---

① 诗人写下《焉耆》一诗，中有"万里聘焉耆，奔程踏丽龟"句。
② 诗人写有《铁门关》一诗。荣新江先生对该佚名组诗诗人的流动情况亦有所提及，其认为诗人从河西东部的凉州番和县启程，笔者并不认同。参见荣新江《丝绸之路也是一条"写本之路"》，《文史》2017年第2辑，第102页。
③ 丁成泉辑注：《中国山水田园诗集成》第1卷，湖北教育出版社2003年版，第183页。
④ （唐）白居易撰，谢思炜校注：《白居易诗集校注》第3册，中华书局2006年版，第1023页。
⑤ 徐俊：《敦煌诗集残卷辑考》，中华书局2000年版，第756页。
⑥ （唐）李益撰，范之麟注：《李益诗注》，上海古籍出版社1984年版，第101页。

环境，对提升创作水准具有重要意义，文本人物的流动速度与流向受自然气候与人文气候影响，对其流动的描写有助于增强文本的故事性和吸引力，突出文本的动态感。

三　汉唐丝路纪行文学的空间表达

（一）客观性的空间描绘

1. 以人文地理空间为主的文学空间描绘

文学空间，这里是指文学作品的地理空间，"是存在于作品中的由情感、思想、景观（或称地景）、实物、人物、事件等诸多要素构成的具体可感的审美空间"①。

以人文地理空间为主的客观性文学空间描绘主要见于法显《佛国记》，文本中尤以对于阗国空间的书写最为典型，具体书写如下：

>彼国人民星居，家家门前皆起小塔，……作四方僧房，……国主安堵法显等于僧伽蓝。……三千僧共犍槌食。入食堂时，威仪齐肃，次第而坐，一切寂然，器钵无声。净人益食不得相唤，但以手指麾。……其国中十四大僧伽蓝，不数小者。从四月一日，城里便扫洒道路，庄严巷陌。其城门上张大帏幕，事事严饰，王及夫人、采女皆住其中。瞿摩帝僧是大乘学，王所敬重，最先行像。离城三四里，作四轮像车，高三丈余，状如行殿，七宝庄校，悬缯幡盖。像立车中，二菩萨侍，作诸天侍从，皆金银雕莹，悬于虚空。像去门百步，王脱天冠，易著新衣，徒跣持华香，翼从出城迎像，头面礼足，散华烧香。像入城时，门楼上夫人、采女遥散众华，纷纷而下。如是庄严供具，车车各异。一僧伽蓝则一日行像。四月一日为始，至十四日行像乃讫。行像讫，王及夫人乃还

---

① 曾大兴：《文学地理学概论》，商务印书馆2017年版，第143页。

宫耳。其城西七八里有僧伽蓝，名王新寺。……可高二十五丈，雕文刻镂，金银覆上，众宝合成。塔后作佛堂，庄严妙好，梁柱、户扇、窗牖，皆以金薄。别作僧房，亦严丽整饬，非言可尽。①

文本对于阗国进行了较全面、细致、客观的空间书写。文本中描绘了一个佛寺林立的丝路佛教国家空间。其中星罗棋布的民居，家家门前立起的小塔，点缀其中的14座大寺和数不清的小寺，及其西七八里处金光灿烂的王新寺，构成了一个地景群整体。在这样一个大空间的宏观擘画中，间以微观叙写，其中有两个场景最富特色，即僧人过堂和四月行像。僧人过堂发生在一个相对密闭的小空间——名为瞿摩帝的僧伽蓝中，但人数众多，有三千僧人和若干净人，整个场面整齐有序、安静庄严，几可称为静态空间的书写。四月行像则发生在一个开放的大空间——王城内外，春时转暖，四方沙门云集，国王大臣全程参与，几乎是全城出动，城外大道，城内街道、伽蓝，人数极多，人们如法供养，虔诚布施，整个场面盛大隆重、热闹有序，可称为动态空间书写。而对其圣物法会、法器伽蓝的描写则使得空间层次趋于丰富，更加具体可感。

就整个于阗国文学空间而言，其中出现的人物主要有僧人、净人、国王、王后、宫女等，均虔诚信仰佛教，尤其是大乘佛教，严守丛林仪规和法会轨范，重视佛教节日；出现的实物既有犍槌、器钵等流行实物，又有四轮像车这样地域特色鲜明的地方实物；发生的事件均为社会事件，具有宗教色彩；其中人物心态平和，情感欢欣愉悦，思想纯净虔诚，民风淳朴友好，作者情感态度暗含赞叹、欣喜、钦佩与欣赏，思想上流露出对佛陀正法的希求，对教门戒律的肯定，和弘扬教法的坚定信心；行文语言细腻、生动、准确，空间内在无语言描写，故地域特色不明显；结构上动静书写结合，宏观与微观书写相杂；审美层面给人以祥和安宁、和谐美好的感受。

---

① 章巽校注：《法显传校注》，上海古籍出版社1985年版，第13—14页。

2. 自然与人文地理空间混合下的文学空间描绘

汉唐丝路纪行文学作品中自然与人文地理空间混合下的文学空间描绘较有特色，体现了作者对所经历空间的现实观察与审美想象。

目前张骞《出关记》的空间书写难以看到全貌，仅就其《具言西域地形》一段的书写来看，则属自然地理空间与人文地理空间混合样态下的文学空间描绘。文本对"大宛"国的空间描绘较为简略，如："大宛在匈奴西南，在汉正西，去汉可万里。其俗土著，耕田，田稻麦。有蒲陶酒。多善马，马汗血，其先天马子也。有城郭屋室。其属邑大小七十余城，众可数十万。其兵弓矛骑射。其北则康居，西则大月氏，西南则大夏，东北则乌孙，东则扜鱼鰛、于寘。"① 空间描写的细节性不强，特色亦不鲜明，但其属于对现实空间的客观书写，可以在脑海中进行大致的空间复原。文本另有一段对西域水空间的简略描绘，如："于寘之西，则水皆西流，注西海；其东，水东流，注盐泽。盐泽潜行地下，其南则河源出焉。多玉石，河注中国，而楼兰、姑师邑有城郭，临盐泽。盐泽去长安五千里。匈奴右方居盐泽以东，至陇西长城，南接羌，鬲汉道焉。"② 由于西域地区环境多干旱缺水，因此对水的现实需求感强烈，基于此文学作品亦对西域水源多加描绘。这段对西域水空间的描绘，随着于寘水向西、向东流动，其与"西海""盐泽"组成一个动态大空间，其在干旱的西域大环境中显得格外耀眼，不但具有现实意义，还具有象征意义。可以说这里的西域水空间书写增强了这一时期纪行文学的现实空间感，唤起之后丝路纪行文学的客观性空间表达乃至空间审美想象。

此外，文本对人文地理空间的描绘与对自然地理空间的描绘相比更为简略，如其对城郭的描绘，仅"有城郭屋室。其属邑大小七十余城""而楼

---

① 严可均：《全上古三代秦汉三国六朝文》，新版校点本，第1册，河北教育出版社1997年版，第497页。
② 严可均：《全上古三代秦汉三国六朝文》，新版校点本，第1册，河北教育出版社1997年版，第497页。

兰、姑师邑有城郭，临盐泽"寥寥几句，立体感不强，难以唤起审美感觉，亦不可能进行细节性想象，与后世法显在《佛国记》、玄奘在《大唐西域记》中对人文地理空间描写的精细、生动不可同日而语。当然这既是纪行文学文体发展的结果，也受作者身份、写作目的的影响。《出关记》文本的作者作为使者身份，其本身文学修养可能有限，且为政治服务又要求准确、简洁、明了，故而显得简略。而《佛国记》《大唐西域记》的作者为僧人身份，且是学识渊博的高僧，在当时便是有学问者的代表，又受印度文学、佛经文学影响，重视辞藻修饰，注重文本的文学性，而其弘扬佛法的目的也使其对空间描绘更加注重，越发细腻。当然，在纪实的总体要求下，文本虚构想象受到限制，这就对作者的手法和技巧提出更高要求，文本既要具有真实感不能虚幻，又要富有文采以吸引人，作者在具体的书写过程中无疑会有一定的难度，这也是纪行文学作品在文学性发展上面临的一个问题。而解决问题的一种方法便是在客观描写的基础上，通过主观感受来加强阐发。

班勇《西域风土记》中亦有较为客观的空间书写，如"西域内属诸国，东西六千余里，南北千余里，东极玉门、阳关，西至葱岭。其东北与匈奴、乌孙相接。南北有大山，中央有河。其南山东出金城，与汉南山属焉。其河有两源，一出葱岭东流，一出于阗南山下北流，与葱岭河合，东注蒲昌海。蒲昌海一名盐泽，去玉门三百余里"①。此段空间书写的方位感明确，对距离、里程的书写进一步加强，对道路的叙述甚为明晰，基于实际行走体验的感觉明显，不过其与张骞《出关记》一样，空间描绘中缺乏人物活动。而拓跋焘《西征凉州与太子晃诏》中有"姑臧城东西门外，涌泉合于城北，其大如河。自余沟渠流入泽中，其间乃无燥地。泽草茂盛，可供大军数年"②。对姑臧城的空间进行较为客观的书写，但主要是对城外自然空间的

---

① （南朝宋）范晔撰，（唐）李贤等注：《后汉书》，中华书局1965年版，第2914页。
② 严可均：《全上古三代秦汉三国六朝文》，新版校点本，第8册，河北教育出版社1997年版，第191页。

书写。至于《宋云行纪》中对汉盘陀国空间的描写,如"自发葱岭,步步渐高。如此四日,乃得至岭;依约中下,实半天矣!汉盘陀国正在山顶。自葱岭已西,水皆西流。世人云是天地之中。人民决水以种""城东有孟津河,东北流向沙勒。葱岭高峻,不生草木。是时八月,天气已冷,北风驱雁,飞雪千里",可以说是景观的组合构成了整体空间,空间的真实感增强。

另,李商隐在《行次西郊作一百韵》中有"蛇年建丑月,我自梁还秦。南下大散岭,北济渭之滨。草木半舒坼,不类冰雪晨。又若夏苦热,燋卷无芳津。高田长槲枥,下田长荆榛。农具弃道旁,饥牛死空墩。依依过村落,十室无一存。存者皆面啼,无衣可迎宾"[1],其对途中行进的空间尤其是长安西郊农村人居空间进行描绘,将自然空间、人文空间相融合,画面感很强,空间感突出。《宋云行纪》中亦有类似空间描写,如"从鄯善西行一千六百四十里,至左末城。城中居民可有百家,土地无雨,决水种麦,不知用牛,耒耜而田",对左末城空间进行描写。但《宋云行纪》中的空间描写与李商隐在《行次西郊作一百韵》中的描写相比,虽然均属客观描写,具有真实感,但毕竟太过简略,细节性不强。

可以说,丝路纪行文学的空间叙述在汉唐时期呈现出客观性、真实性逐渐增强的趋势,但这种客观性的书写对于文学空间的审美想象而言,实际是有所制约的。

(二)诗意化的空间表达

文学空间的诗意化书写既有可能想象又可能写实,但不论其是实写还是虚写,均注入了情感、带有想象的色彩,因此诗意化的空间书写有时与诗歌的意境相融。

1. 文学空间的扩大

城路空间的扩大。岑参《过酒泉忆杜陵别业》一诗对行途酒泉路中的空

---

[1] (唐)李商隐撰,刘学锴、余恕诚集解:《李商隐诗歌集解》第1册,中华书局2004年版,第253—254页。

间进行描绘。其中"黄沙西际海,白草北连天"① 两句对黄沙漫漫西达海边、白草茫茫北接天际的现实空间进行描绘,视野开阔,空间由行途向四处无限延展,极广、极远,直到天地相连、陆海相接,形成立体感,境界阔大。诗中的空间描写具有视觉冲击力,能够触发人的想象,进而提升了诗歌的韵味,有利于主题的表达。其《早发焉耆怀终南别业》则对行途焉耆路中的空间进行描绘。尤其"晓笛引乡泪,秋冰鸣马蹄。一身虏云外,万里胡天西"② 四句,写出胡地广袤、路面结冰的自然空间,随着诗人在秋寒中踏马万里远行,空间也在向西延展,哪怕到虏云之外、地尽之处,虽然天地相接却仍无尽头。这里的空间亦具有动态感,同样因时空合一而呈现出无限性,能够触发人的空间想象。而其《发临洮将赴北庭留别》对行途临洮路中的空间进行描绘。诗中的空间书写将想象空间与现实空间相混合,"闻说轮台路,连年见雪飞"③ 两句先虚写途中白雪纷飞、天寒地冻,接着"白草通疏勒,青山过武威"两句实写眼前的白草与青山,随着诗人的行进,绵延的青山未曾断绝,而茫茫的白草则将空间拉远,直通遥远的西域。这里的空间亦具有动态感,空间与时间混合而不断延展扩大,但是由于诗人此行的目的地是北庭,因此空间的延展是有限的,尽管如此,亦可激发读者对诗人笔下空间的想象。

此外储嗣宗《随边使过五原》对行途五原路中的空间进行描绘。诗中的空间一上来就具有延展性,"偶逐星车犯虏尘,故乡常恐到无因"④ 两句活画出诗人追逐星车在塞外奔腾,风尘滚滚由远及近的动态空间画面。"五原西去阳关废,日漫平沙不见人"进一步写诗人行到五原继续向西,穿行在日头漫漫、平沙万里、人烟断绝的胡地空间中,空间随着诗人的行进而向西延展,直到远方。张蠙《过萧关》则对行途萧关路中的空间进行描绘。

---

① (唐)岑参著,廖立笺注:《岑参诗笺注》下册,中华书局2018年版,第485页。
② (唐)岑参著,廖立笺注:《岑参诗笺注》下册,中华书局2018年版,第619页。
③ (唐)岑参著,廖立笺注:《岑参诗笺注》下册,中华书局2018年版,第486—487页。
④ (清)彭定求等编,中华书局编辑部点校:《全唐诗》(增订本),第9册,中华书局1999年版,第6943页。

"陇狐来试客,沙鹘下欺人。晓戍残烽火,晴原起猎尘"① 四句描绘的空间是地广人稀,地上陇狐乱窜,空中沙鹘逐人,而随着诗人的晓行夜宿,空间亦在延展扩大,直与猎尘、烽火融为一体。

沙碛空间的扩大。岑参《度碛》一诗对行途中的沙碛空间进行描绘。"黄沙碛里客行迷,四望云天直下低"② 两句写诗人客行黄沙石碛中,空间开阔,随着诗人"四望",空间由地下转到天上,且向四方延伸,直到地脚天边云天相接之处,形成暂时的静态空间。"为言地尽天还尽,行到安西更向西"进而写随着诗人不断前行,空间发生动态变化,沿着沙路向西一直延展,其在天地之间不断扩大,直指茫茫前方和遥遥无期的未来。这里空间已与时间合一,具有无限性,呈现出不断扩大的非闭合形态,易于触发人们的空间想象。其《碛中作》同样写行途中的沙碛空间,这里的空间则黄沙万里,人烟断绝,真是"平沙万里绝人烟"③,而这沙平地广的空间,却给人一种"走马西来欲到天"的感觉,随着诗人自西向东骑马行进,亦不断向东延展,直至与天相接。而其《日没贺延碛作》仅"沙上见日出,沙上见日没。悔向万里来,功名是何物"④ 寥寥四句,却描绘出行途中沙碛空间的具象特征,即沙路漫漫,辽远空旷,在无数个日出日落中,随着诗人的万里行程而不断扩大。这里的空间具有动态感,在时空合一中展现出无限延展性,给人以强烈的空间感受。

2. 文学空间的缩小

空间缩小到人。岑参《碛西头送李判官入京》一上来用"一身从远使,万里向安西"⑤ 两句写诗人万里赴边将空间拖得很长;接着"汉月垂乡泪,胡沙费马蹄"两句将天上明月与地上黄沙带入,长度与高度相叠,空间由

---

① (清)彭定求等编,中华书局编辑部点校:《全唐诗》(增订本),第10册,中华书局1999年版,第8144—8145页。
② (唐)岑参著,廖立笺注:《岑参诗笺注》下册,中华书局2018年版,第779页。
③ (唐)岑参著,廖立笺注:《岑参诗笺注》下册,中华书局2018年版,第770页。
④ (唐)岑参著,廖立笺注:《岑参诗笺注》下册,中华书局2018年版,第732页。
⑤ (唐)岑参著,廖立笺注:《岑参诗笺注》下册,中华书局2018年版,第441页。

扁平变立体；此后"寻河愁地尽，过碛觉天低"两句写诗人过沙碛，空旷广袤与天相接被甩在身后逐渐拉远、缩小，作为个体存在的诗人形象却越来越突出；直至末两句"送子军中饮，家书醉里题"写出诗人军中置酒送别，阔大的空间被缩小成酒桌席上这样的小空间。这里的空间同样具有动态感，但因空间最后收缩到个人身上而呈现出有限性，不过仍然能够触发读者的空间想象。诗人这种空间书写方式后来可能被柳宗元所借鉴，其《江雪》一诗的空间书写方式便与此相类似，只是柳氏对这种方式的使用已臻入化境，营造出浓厚的意境和强烈的艺术表现力。

同样，王昌龄《旅望》："白草原头望京师，黄河水流无尽时。穷秋旷野行人绝，马首东来知是谁？"① 一上来即以茫茫白草原形成一个阔大的草原空间，草原空间的尽头与黄河流水相接，空间由面到线开始缩小，最终缩小到马首东来的诗人身上。这里的空间动态感减弱，尚未完全静态，因空间最后收缩到个人身上而呈现出有限性，不过亦可触发读者的空间想象。敦煌写卷佚名陷蕃诗人《至墨离海奉怀敦煌知己》起句"朝行傍海涯，暮宿幕为家"②，先写诗人傍海（湖）而行的开阔地面水空间，进而通过"千山空皓雪，万里尽黄沙"两句将地面水空间拉起与千万座白雪皑皑的山峰相融，使平面空间变得立体化，然后又落回到地面与数万里茫茫无尽的黄沙相合。可以说诗人将空间中的地理生态丰富化、层次化，甚至色彩化，形成蓝、白、黄错落有致的立体自然空间。但随着诗人路途将近，"戎俗途将近，知音道已赊。回瞻云岭外，挥涕独咨嗟"则点出空间开始收缩，最后收缩到已跳出云岭之外的诗人身上。至于王维《使至塞上》则先以"征蓬出汉塞，归雁入胡天"③ 两句写出地上飞蓬与胡天归雁组成天地相合的立体空间，进而通过"茫茫大漠孤烟直上云天"和"暗暗长空圆日渐落长河"实现天地联动，随后笔锋一转，将这个阔大的空间收缩到近处相逢的"候骑"身上。

---

① （唐）王昌龄著，胡问涛、罗琴校注：《王昌龄集编年校注》，巴蜀书社2000年版，第37页。
② 徐俊纂辑：《敦煌诗集残卷辑考》，中华书局2000年版，第705页。
③ （唐）王维撰，陈铁民校注：《王维集校注》，中华书局1997年版，第133页。

这里的空间同样具有动态感，但因空间最后收缩到个人身上而呈现出有限性，同样可触发读者的空间想象。

　　空间缩小到物。岑参《入关先寄秦中故人》前两句"秦山数点似青黛，渭水一条如白练"① 通过远观，将秦山与渭水全部纳入空间之中，以点与线串起一个山水阔大辽远的行途空间，后两句"京师故人不可见，寄将两眼看飞燕"通过近观，将这个阔大的空间缩小到飞动的燕子身上。高适《登百丈峰二首（其一）》第一、二句"朝登百丈峰，遥望燕支道"② 先写出诗人登百丈峰，并以百丈峰为中心与周围环境组成孤高开阔的空间；后通过第三、四句"汉垒青冥间，胡天白如扫"写出诗人身处半空之中，将这个空间向上向下延展，直至与汉垒、胡天相接，形成天上、地面与半空有层次的空间；最后通过"唯见鸿雁飞，令人伤怀抱"两句，将这阔大的空间陡然收缩到飞翔的鸿雁身上。这里的空间动态感减弱，因空间最后收缩到动物身上而呈现出有限性，不过仍然能够触发读者的空间想象。

　　崔希逸《燕支行营二首（其一）》前两句"天平四塞尽黄砂，塞冷三春少物华"③ 先写天平地阔、四方辽远、黄沙茫茫的宏大空间；后两句"忽见天山飞下雪，疑是前庭有落花"将空间缩小，收缩到营地前庭飘落的雪花之上。敦煌写卷佚名陷蕃诗人《焉耆》："万里聘焉耆，奔程踏丽龟。碛深嗟狐媚，山远象蛾眉。水路分三郡，风流效四夷。故城依绝域，无日不旋师。"④ 先写诗人因万里奔腾而形成的线性空间，然后将线性空间扩大，与辽阔无边的沙碛、远方连绵的山峦、三叉分流的河水相组合，形成开阔辽远、高低起伏的立体空间，最后将空间收缩到绝域孤立的故城之上。这里的空间动态感进一步减弱，因空间最后收缩到外物之上而呈现出有限性，却仍可触发读者的空间想象。

---

　　① （唐）岑参撰，廖立笺注：《岑参诗笺注》下册，中华书局2018年版，第775页。
　　② （唐）高适撰，刘开扬笺注：《高适诗集编年笺注》，中华书局1981年版，第250页。个别标点笔者据诗意有改动。
　　③ 徐俊纂辑：《敦煌诗集残卷辑考》，中华书局2000年版，第314页。
　　④ 徐俊纂辑：《敦煌诗集残卷辑考》，中华书局2000年版，第657页。

总的来说，汉唐丝路纪行文学中的空间并非全是真实的空间描绘，存在虚写，多能触发阅读者的空间想象。其中呈现扩大之态的空间多具有动态感，因达到时空合一而具有无限性。呈现缩小之态的空间则动态感减弱，但尚未达到静态，因空间最后收缩到人或物之上而具有限性。因此，汉唐丝路纪行文学作品中的空间既是客观的地理空间，又是现实的行旅空间，更是糅合情感的诗化空间。

四　结论

纪行文学在汉代以前即已出现，但尚属雏形，作品多想象之辞，故文学性较强而纪实性稍弱。两汉时期纪行文学尚不发达，创作数量很少，具有典型文体意义的纪行文学作品尚未出现。三国两晋时期纪行文学创作数量大增，文、赋类纪行文体基本定型。南北朝时期纪行文学创作数量进一步增多，诗歌类纪行文体大量出现。隋唐时期文、赋类纪行文体趋于成熟，诗歌类纪行文体定型，具有古体、近体多种创作样式。五代两宋时期，纪行文学进一步发展。辽金元时期，纪行文学进入繁荣期。明清时期，纪行文学进入鼎盛期。现当代以来，随着交通工具的便捷和人们出行体验的增多，纪行文学创作数量暴增，逐渐走向普遍化、大众化，题材空前扩大，几乎遍及国内外各地，体裁上打破旧有文体定式趋于多样化，如图文体、散记体、日志体、微博体等，已与近代及以前的纪行文学创作大不一样，可以说纪行文学进入到一个新的发展时期。纪行文学展现了中国文学古今演变的一面，对于研究文人文学与民间文学的深层关系、文学的雅俗演化问题等有重要的参考意义。

而丝绸之路的开辟则使丝路纪行文学书写成为可能。写作者们在沿丝绸之路行进的过程中，沿途自然风光、人文风俗往往使人感怀强烈，进而引发写作者对未来与生命的深层思考。汉唐时期，丝路纪行文学的写作者们在沿丝路往还奔走的过程中写下了大量富有现实生命体验的作品。

汉唐丝路纪行文学，从西汉初期的体式探索、数量稀少，经过近千年的发展，到唐代末期已呈现体式成熟、数量众多的繁荣之态。这期间，张骞的创作对丝路纪行文学主要文体与风格的确立均产生了重要影响；班勇通过增加语言描写对丝路"行记体"创作有所推进；曹植与张载则将三国晋时盛行的纪行赋创作之风引入，对丝路纪行文学文体的丰富具有重要意义；晋隋作家对丝路纪行文学中的行记（行传）体、诗歌体、疏诏体进行了探索；初唐作家群则集中对丝路纪行诗进行探索；从盛唐到晚唐的著名作家参与丝路纪行文学创作的热情高涨，普通作家丝路纪行文学创作的意识增强。进而涌现出一批较有代表性的作家与作品，如岑参、高适、李益、许棠等，及法显的《佛国记》、玄奘的《大唐西域记》、慧超的《往五天竺国传》乃至《宋云行纪》《悟空入竺记》。

前文所述汉唐丝路纪行文学的流动性与空间性颇为突出，实际上其不但富有地气，而且很有人气。其对于人的认识既有现实感，又有哲学感。现实感源于作者的个人体认，源于作者对自我身份的反复确证，如原始身份、客游身份、创作的主体身份等，同时也有对他人的观察与表现。这一层面是多样的、精彩的，因为与其书写地区的种族成分之复杂与民风特色之多样有关。而哲学层面的人，则是作者对于人这一生命个体，其当下与未来、此生与来生的思考。由于现实自然环境的复杂，尤其是对生命带来威胁的艰险环境之多，丝路沿线宗教信仰的兴盛，加之作者现实命运的变化，这一层面的表现往往也是复杂却引人注目的。

因此，汉唐丝路纪行诗可以看作行旅者对于自己心灵的歌唱。汉唐时期，行旅者笔下的丝绸之路既是真实的道路，也是审美对象，其往往在行进的途中将丝路体验与心灵感受倾注于纸上。而汉唐丝路纪行文则多反映出写作者的自我内求。由于汉唐丝路纪行文多是写作者求法、出使途中的副产品，因而带有写作者追求自我内在超越和个人价值实现的精神气质，而这种精神气质日后也逐渐成为丝路精神的重要组成部分。

舟行的修辞:范成大出蜀返吴的
江行体验与人生隐喻

杨 挺[*]

乾道七年(1171)八月,范成大以集英殿修撰出知静江府(桂林)、广西经略安抚使[①],由吴地赴桂,诗人曾有一段行程是沿长江而行。淳熙元年(1174)年底,诗人以新四川制置使改管内制置使[②],自桂林抵成都,其间亦有数段行途舟行。淳熙五年(1178)四月,诗人拜参知政事,兼权修国史日历[③]。已宦居成都3年的范成大由蜀返吴。五月二十九日诗人离开成都,(游青城、江原之后)至新津、眉州,沿江而东,过三峡、经荆楚,返回吴地。相比而言,范成大由蜀返吴的"江行"行程最为完整,其内涵也最为丰富,因此我们将此一行程书写作为"舟行修辞"的范例而进行探讨[④]。

---

[*] 杨挺,西南民族大学中国语言文学学院教授,此文为国家社会科学基金项目"空间诗学视域下的宋代文人行旅与纪行诗研究"(18XZW006)阶段性成果。
[①] 于北山:《范成大年谱》,上海古籍出版社2006年版,第149页。
[②] 于北山:《范成大年谱》,上海古籍出版社2006年版,第185页。
[③] 于北山:《范成大年谱》,上海古籍出版社2006年版,第275页。
[④] 法国学者米歇尔·德·塞托在《行走于城市》一文中提出"道路修辞"的概念,认为走路即是和空间组织的互动,创造出阴影和模糊的东西。它使自己的不同参与和引用(社会模型、文化用法、个人动力)渗入其中。([法]米歇尔·德·塞托:《日常生活实践·1:实践的艺术》,方琳琳、黄春柳译,南京大学出版社2015年版,第178页)。德·塞托认为行程与叙述一样,都是一种句法,其中充满提喻和省略。本文借鉴德·塞托的概念,提出"舟行的修辞"这一说法。

众所周知，由蜀返吴的旅途之中，范成大不惟写下《吴船录》，记其沿途所历，亦作诗以记其行踪，表达其江行体验，抒发其人生感慨①。对于范成大的江行踪迹及其文学创作，学界已有不少的探讨。其中，程杰认为范成大乃以笔记为诗，其纪行诗遂具散漫倾向②。徐立泛论范成大纪行诗的文学思想与史料价值③。罗小华指出范成大纪行诗所存在复合主题（如爱国、悯农等）④。罗超华除对于范成大入、出蜀路线进行考证之外，还对入、出蜀途中所作诗歌的情感类型（思归、离别、忧虑、愉悦等）进行概括⑤。申东城主要对范成大蜀中诗艺术特色进行分析，并指出其蜀中创作所具有的开创意义⑥。齐颖对范成大"纪行四集"（出蜀返吴亦在其中）进行整体考察，主要倾力于其纪行诗作的文体特色，特别对纪行诗的联章组诗多有关注⑦。王健生则从类别（诗体、路数）、特色（写法上的一些变化）、理趣表现等方面，对南宋纪行诗进行宏观的研究，着重辨析其发展态势，并采撷其精丽之处，加以评析（范成大纪行诗属于重点关注的对象）⑧。总体上看，既有的范成大纪行诗研究，或考其史实，或辨其诗体，或概述其情感类型，或分析其艺术手法。其实，范成大纪行诗中的地理（空间）体验与其人生隐喻之间具有紧密而多元的关联，值得我们作深入的探讨。

---

　　① ［日］大西阳子在《范成大纪行诗与纪行文的关系》［张采民译，《南京师大学报》（社会科学版）1992年第2期］中认为，传世《石湖诗集》其中的卷次极可能原本就是独立刊行的纪行诗集。如从成都回吴郡途中所作的纪行诗则对应《石湖诗集》中的卷18和卷19。日本松元慎校阅的和刻本《石湖蜀中诗》（《和刻汉诗集成》第15辑，东京：汲古书院1977年版）收诗正与《石湖诗集》卷18、卷19相对应，却未包含诗人帅蜀在任时所作诗歌，可为辅证。
　　② 程杰：《论范成大以笔记为诗——兼及宋诗的一个艺术倾向》，《南京师大学报》（社会科学版）1989年第4期。
　　③ 徐立：《范成大纪游诗文简论》，《四川师范大学学报》（社会科学版）1992年第5期。
　　④ 罗小华：《范成大山川行旅诗的复合主题》，《江苏广播电视大学学报》2006年第5期。
　　⑤ 罗超华：《论范成大入、出蜀途中所作诗歌》，《四川文理学院学报》2013年第1期。罗文提到，范成大诗歌情感随道路而一起一伏（第38页），可见他对江行体验与感情类型的关联已经有所察觉，惜其未有进一步之考察。
　　⑥ 申东城：《范成大巴蜀诗与唐宋诗歌嬗变论略》，《中华文化论坛》2013年第4期。
　　⑦ 齐颖：《范成大纪行诗研究》，硕士学位论文，华中师范大学，2016年，第55—65页。
　　⑧ 王建生：《论南宋初纪行诗的新变》，《中华文化论坛》2020年第5期。

一 溯源与反思：人生几展办此役，远游如许神应哈（都江堰—青城山）

据诗人《吴船录》所载："石湖居士以淳熙丁酉岁（四年，1177）戊辰（五月二十九日）离成都。是日，泊舟小东郭合江亭下。"① "六月己巳朔（初一）。发孥累，舟下眉州彭山县，泊。"诗人使妻孥小先行舟下彭山停泊，自己则"单骑转城，过东、北两门，又转而西"。

西行途中，"自侍郎堤西行秦岷山道中，流渠汤汤，声震四野，新秧勃然郁茂。前两旬大旱，种几不入土，临行，连日得雨。道见田翁，欣然曰：'今岁又熟矣。'"诗人心情不错，有诗曰："秋苗五月未入土，行人欲行心更苦。路逢田翁有好语，竞说宿来三尺雨。行人虽去亦伸眉，翁皆好住莫相思。流渠汤汤声满野，今年醉饱鸡豚社。"② 诗题亦有注："西蜀夏旱，未行前数日连得雨，父老云：'今岁又熟矣。'"蜀地久旱得雨，田父奔走相告。在他临行之时，逢此喜事，甚感惬意。行五十里至郫县界，"观者塞途，皆严装盛饰，帘幕相望。盖自来无制帅行此路者。自是而西，州县皆然"③，诗人以制帅之身西行，而土人异之，夹道而观。诗人入崇宁界，有诗云："桑间三宿尚回头，何况三年濯锦游。草草郫筒中酒处，不知身已在彭州。"④ 三年成都为宦，诗人对蜀地颇有感情。

庚午（六月初二），诗人早顿安德镇，而后行四十里，至永康军（今都江堰市）。"一路江水分流入诸渠，皆雷轰雪卷，美田弥望，所谓岷山之下沃野者正在此"⑤，诗人对江渠极尽赞美之辞。又登怀古亭，有诗："朝来写

---

① 范成大著，孔凡礼点校：《吴船录》，《范成大笔记六种》，中华书局2002年版，第187页。本文行文所涉范成大行踪，如某日至某地，皆以《吴船录》为据，不再一一注明出处，读者可按日检索。或有须借《吴船录》所记故实以辅证诗歌意旨者，则于脚注标明书名和页码。
② 范成大著，富寿荪标点：《范石湖集》卷18《初发太城留别田父》，上海古籍出版社2006年版，第247页。本文所引范成大诗作，皆出此集。以下引述，或只注书名、卷次、篇名与页码。
③ 范成大著，孔凡礼点校：《吴船录》，《范成大笔记六种》，中华书局2002年版，第187页。
④ 《范石湖集》卷18，上海古籍出版社2006年版，第247页。
⑤ 《吴船录》："庚午（初二）。二十里，早顿安德镇。四十里，至永康军。……辛未（初三）。登城西门楼。"（第188页）

得故人书,双鲤难寻雁亦无。付与离堆江水去,解从郫县到成都。"① 借江水流踪,表达"行而有信"的旨趣。诗人"俯观离堆",有《离堆行》诗。此诗中,诗人对都江堰水利工程褒赞有加:"自从分流注石门,西州粳稻如黄云"②,认为此水利工程对川西的富庶具有奠基性的作用,但对于每年祭江神的仪式,则认为太过铺张了。

李冰作为蜀守,领导修建了这一伟大工程,这令诗人为之叹服。其诗中写道,雪山融水,化为岷江,奔涌到此。"我家长川到海处,却在发源传酒杯"③,诗人感叹自己家乡(苏州)在长江入海处,自己却在长江源头为宦。"人生几屦办此役,远游如许神应哈!"自己如此远游,或许神灵会笑话。来到崇德庙这个供奉李冰的地方,令诗人深感惭愧。"东归短棹昨已具,明日发船挝鼓催。滩平放溜日千里,已梦鲙鲈如雪堆。"归期在即,诗人的心早就飞到了家乡:"丹枫系缆一回首,玉垒浮云安在哉。"诗人将至青城,再度绳桥,有《戏题索桥》诗,其中有"何时将蜀客,东下看垂虹"④,可见索桥使诗人想到吴地的垂虹桥,流露出迫不及待的归乡之情⑤。

六月初四,诗人泊青城山,往游青城观,有《玉华楼夜醮》。诗前有小序叙其奇遇:

> 青城观殿前大楼,制作瑰丽,初夜有火炬出殿后峰上,羽衣云:"数年前曾一现"。已而如有风吹灭之,比同行诸官至,则无见矣。予默祷云:"此灯果为我来者,当再明,使众共观之。"语讫复现。⑥

---

① 《范石湖集》卷18《怀古亭》,上海古籍出版社2006年版,第247页。
② 《范石湖集》卷18《怀古亭》,上海古籍出版社2006年版,第247—248页。
③ 《范石湖集》卷18《崇德庙》,上海古籍出版社2006年版,第248页。
④ 《范石湖集》卷18《崇德庙》,上海古籍出版社2006年版,第248页。
⑤ 《方舆胜览》卷2:"垂虹桥,在吴江县,即利往桥。东西千余尺,用木万计。前临具区(按指太湖),横绝松陵,湖光海气,荡漾一色,乃三吴之绝景。桥之中有亭曰垂虹。"(祝穆撰,祝洙增订,施和金点校:《方舆胜览》,中华书局2003年版,第37页)
⑥ 《范石湖集》卷18,上海古籍出版社2006年版,第249—250页。

其诗有"知我万里遥相投,暗蜩奏乐锵鸣球,浮黎空歌清夜遒",意指此火炬似为诗人专设。"半生缚尘鹰在韝,岂有骨相肩浮丘?山英发光洗羁愁,行迷未远夫何尤!笙箫上云神欲游,挹我从之骖素虬。"诗人感叹自己半生游宦,不得自由。遂萌仙游之愿。"癸酉(六月初五)。自丈人观西登山,五里至上清宫。"① 又有《上清宫》诗曰:"但觉星辰垂地上,不知风雨满人间。蜗牛两角犹如梦,更说纷纷触与蛮。②"借用《庄子·则阳》中触蛮之战的典故,诗人表达了出仕为宦的无意义。可以看出,游历都江堰、青城山,促使诗人对自己的人生意义进行反思:灌口水渠,作为长江源头,每每牵引起他的乡思;对李冰不朽功勋的称颂,引发为官蜀中却少有建树的自省。③ 可见,源头的追溯对人生反思具有激发的作用。

二 离合与聚散:江流好合人好乖,明日东西南北路(新津—泸州)

"乙亥(初七)。十五里,发青城县。""丙子(初八)。二十里,早顿周家庄。……十里,至蜀州。""丁丑(初九)。三十里,早顿江原县。"诗人离开青城山,经蜀州(今四川崇州),而后前往新津。有《新津道中》诗:"雨后郊原净,村村各好音。宿云浮竹色,清溜走桤阴。曲沼擎青盖,新畦艺绿针。江天空阔处,不受暑光侵。"④ 新津的清丽景色与田园风光,令诗人颇感惬意。又"四十里,宿新津县"。"成都及此郡送客毕会。邑中借居,僦舍皆满,县人以为盛。"陆游亦陪同到此,有诗曰:"风雨长亭话别离,忍看清泪湿燕脂。酒光摇荡歌云暖,不似西楼夜宴时。"⑤ 范成大次其韵,曰:"送客多情难语离,仆夫无情车载脂。平生飘泊知何限,少似新

---

① 范成大著,孔凡礼点校:《吴船录》,《范成大笔记六种》,中华书局 2002 年版,第 191 页。
② 《范石湖集》卷 18,上海古籍出版社 2006 年版,第 250 页。
③ 可资参读的是,诗人过泸州,其《江安道中》诗,有"泸水舟闲迷古渡,马湖碑缺伴荒山。威名功业吾何有,无事飘飘犯百蛮"之句(《范石湖集》卷 19,上海古籍出版社 2006 年版,第 266 页),诗人想要寻找诸葛亮渡泸之处,亦引发其对为政一方的自省。
④ 《范石湖集》卷 18,上海古籍出版社 2006 年版,第 252 页。
⑤ 陆游著,钱仲联校注:《剑南诗稿校注》卷 8《新津小宴之明日欲游修觉寺以雨不果呈范舍人二首·其一》,上海古籍出版社 2005 年版,第 649 页。

津风雨时。"① 人生漂泊，恰似馆舍风雨。故友送别，足见深情厚谊。

去眉州青神县，一程为中岩，其后为慈姥岩。诗人有诗曰："山灵知我厌尘土，唤起蛰雷鏖午暑。松风无力雨丝长，散作毿毿雪尘舞。岩前悬溜珠帘倾，安得吹来添玉觥？诗成酒尽肠亦断，休唤佳人唱渭城。"② 诗人亦觉难舍蜀地僚友。其中与陆游离别尤为难舍。其《次韵陆务观慈姥岩酌别二绝》其一："送我弥旬未忍回，可怜萧索把离杯。不辞更宿中岩下，投老余年岂再来！"③ 陆游送范成大东归，同行十余日，未忍返回。其二："明朝真是送人行，从此关山隔故情。道义不磨双鲤在，蜀江流水贯吴城。" 意喻江水可贯吴蜀，情义绵延不绝。

"（六月十一）辰初，以小舟下彭山，己、未已到，与孥累船会。即解维，午后（十二点多），至眉州城外江，即玻璃江也。冬时水色如此。方夏，潦怒涛涨，皆黄流耳。江上小山名蟆颐，川原平远似江、浙间。" 诗人有诗："玻璃江头春渌深，别时浵浵流到今。只言日远易排遣，不道相思翻苦心。乌头可白我可去，菖花易青君易寻。人生若未免离别，不如碌碌无知音。"④ 诗人正话反说：早知人生有离别，不如平生庸碌无为；人生无知音，自不经此难舍难分。又留诗再赠："宦途流转几沉浮，鸡黍何年共一丘。动辄五年迟远信，常于三伏话羁愁。月生后夜天应老，泪浇中岩水不流。一语相开仍自解，除书闻已趣刀头。"⑤ 范成大感慨，与陆游每五年辄别，又常以六月离合。冥冥之中，似有命数。不过，听说陆游亦将有东归之召，范成大遂稍以自解。

"乙酉（十七）。泊嘉州（今四川乐山）"，"跻石磴，登凌云寺"。其后

---

① 《范石湖集》卷18《次韵陆务观编修新津遇雨，不得登修觉山，径过眉州三绝》，上海古籍出版社2006年版，第252页。
② 《范石湖集》卷18《慈姥岩与送客酌别，风雨大至，凉甚。诸贤用中岩韵各赋饯行诗，纷然攀笺。清饮终日，虽无丝竹管弦，而情味有余》，上海古籍出版社2006年版，第253页。
③ 《范石湖集》卷18，上海古籍出版社2006年版，第253页。
④ 《范石湖集》卷18《玻璃江一首戏效陆务观作》，上海古籍出版社2006年版，第254页。
⑤ 《范石湖集》卷18《余与陆务观自圣政所分袂，每别辄五年，离合又常以六月，似有数者。中岩送别，至挥泪失声，留此为赠》，第254页。

诗人观赏了万景楼、凌云寺（即乐山大佛所在）、方响洞等处。在问月堂，诗人与好友们酹别。有诗："半明灯火话悲酸，此会情知后会难。四海宦游多聚散，一生情事足悲欢。鬓丝今夜不多黑，酒量彻明无数宽。醉梦登舟都不记，但闻风雨满江寒。"① 当时喝了酒，是怎么登舟的都记不得了，只记得风雨满江，无限凄怆。

"丁亥（十九日）、戊子（二十日）、己丑（二十一日）、庚寅（二十二日）、辛卯（二十三日），泊嘉州。遣近送人马，归者十九。留家嘉州岸下，单骑入峨眉。……自郡城出西门，济燕渡水，汹涌甚险。此即雅州江（按即青衣江），其源自巂州邛部合大渡河，穿夷界千山以来。"诗人有诗曰："围野千山暑气昏，大峨烟霭亦缤纷。玉峰忽起三千丈，应是兜罗世界云。"② 诗人"过渡，宿苏稽镇"，有《苏稽镇客舍》诗："送客都回我独前，何人开此竹间轩？滩声悲壮夜蝉咽，并入小窗供不眠。"送行的故友渐次返程，诗人宿于客舍中，晚上滩声、蝉鸣亦染悲情，诗人彻夜难眠。③

七月初一，"复寻大路出山。初夜，始至县中"④。初二发峨眉，晚至嘉州。初三、初四，皆泊于嘉州。"癸卯（初六）。发王波渡，四十里至罗护镇。……百里至犍为县。县有江楼，甚高爽，下临长川。"诗人有《犍为江楼》诗曰："河边堵立看归篷，三老开头暮欲东。涨水稠滩连峡内，浅山浮石似湘中。无人驿路榛榛草，有客江楼浩浩风。种落尘消少公事，胜裁新语寄诗筒。"人们堵立两岸，围观诗人归舟。江水上涨，前路艰险。不过，对于诗人来说，能够卸任东归实在是一件感到轻松的事情。"甲辰（七月初

---

① 《范石湖集》卷18《问月堂酹别》，上海古籍出版社2006年版，第255页。
② 《范石湖集》卷18《过燕渡望大峨，有白气如层楼，拔起丛云中》，上海古籍出版社2006年版，第256页。
③ 诗人游峨眉山，亦时有人生感慨。其《初入大峨》诗，有曰"山中缘法如今熟，世上功名自古痴"，"山中"与"世上"对举，可见其自我检讨。诗作亦多以行途喻宦途。其中《大扶拐》"珍重山丁扶我过，人间踽踽独行难"，《小扶拐》"平生行路险艰足，如今雪鬓应难绿"，皆就其行路艰难以寓人生劳苦。《八十四盘》"说同行侣莫惆怅，人间捷径站嵚巇"，《婆罗坪》"峰头事事殊尘世，缺甃跳梁笑井蛙"，谓登临之乐自与尘世相别，感慨凡尘之人往往困于生活琐细而不自知。《思佛亭晓望》"千岩万壑须寻遍，身是江湖不系舟"，诗人性好岩壑，流露漂泊之中亦有寻访的快乐。
④ 范成大著，孔凡礼点校：《吴船录》，《范成大笔记六种》，中华书局2002年版，第207页。

七)。发下坝。百里,至叙州宣化县",诗人有《宣化道中》:"瘦草萧疏已似秋,盘陀山骨束江流。两崖若不顽如铁,争得狂澜拍岸休。"① 江流至此,山骨收束。两崖似铁,狂澜拍岸。"百二十里,至叙州,才亭午",有《将至叙州》。诗曰:"乱山满平野,涨水豪大川。仄径无辙迹,疏林有炊烟。山农旦烧畲,蛮贾暑荷毡。穷乡足荒怪,打鼓催我船。"② 穷乡僻壤,民风奇异,道路艰难,船鼓在催促诗人东行。

"丙午(初九),泊泸州。"③ 诗人登上南定楼,有诗曰:"归艎东下兴悠哉,小住危阑把一杯。楼下沄沄内江水,明朝同入大江来。"④ 诗人在南定楼上倚栏把酒,看到楼下滔滔内江水⑤,想明日将与之共入大江,不禁心潮澎湃。"戊申(七月十一日)。发泸州。百二十里,至合江县。……蜀中送客至嘉州归尽,独杨商卿父子、谭季壬德称三人送至此,逾千里矣。乃为留一宿以话别。"范成大为二人题扇相赠,《题谭德称扇》:"蛮风吹雨瘴江肥,短草荒山鸟不飞。尽是泸南肠断句,如今分与故人归。"《题杨子容扇》:"双竹轩窗听读书,垂天云翼要搏扶。与君只作三年别,射策东来过石湖。"⑥ 诗人对于故友返程,仍为不舍,但此时离成都已至千里,不得不别。只好希望他们将来能去石湖作客。又作诗,叙其厚谊:"合江亭前送我来,合江县里别我去。江流好合人好乖,明日东西南北路。千里追随不忍归,一杯重把知何处?临岐心曲两茫然,但祝频书无别语。"⑦ 从成都合江亭相送,至此泸州合江县,送行故友终作别而去。诗人感叹,江流好合,而故友相离。如此千里相随,深情厚谊,言何以当。诗人暗誓,以后当书寄频

---

① 《范石湖集》卷19,上海古籍出版社2006年版,第265页。
② 《范石湖集》卷19,上海古籍出版社2006年版,第265页。
③ 范成大著,孔凡礼点校:《吴船录》,《范成大笔记六种》,中华书局2002年版,第213页。
④ 《范石湖集》卷19《泸州南定楼》,上海古籍出版社2006年版,第266页。
⑤ 《吴船录》亦载:"(南定楼)下临内江。此水自资、简州来合大江,城上有来风亭,瞰二江合处,于纳凉最宜。"(第213页)案此内江乃今日之沱江,流经简阳、资阳、内江,而于泸州注入长江。
⑥ 《范石湖集》卷19,上海古籍出版社2006年版,第267页。
⑦ 《范石湖集》卷19《谭德称、杨商卿父子送余,自成都合江亭相从至泸南合江县始分袂水行逾千里作诗以别》,上海古籍出版社2006年版,第267页。

频，以示不忘。① 离合江县数里，诗人即有诗相寄，其《发合江数里，寄杨商卿诸公》曰："临分满意说离愁，草草无言只泪流。船尾竹林遮县市，故人犹自立沙头。"② 再叙其难舍之情。

我们可以发现，新津、嘉州、叙州、泸州，皆为江流汇合之地：新津为都江堰之内江（走马河）再汇于外江（金马河），嘉州为青衣江、大渡河与岷江汇合，叙州为岷江与金沙江汇合，泸州为沱江汇入长江之处。连续的江流汇合，恰是蜀地故友送行的路段，引发诗人人生聚散离合的感慨。

三 清浊与炎凉：水从岷来如浊泾，夜榜黔江聊濯缨（涪州—万州）

"己酉（七月十二日）。发合江。二百四十里，至恭州江津县。"诗人乘舟过江津县。有《过江津县睡熟，不暇梢船》："西风扶橹似乘槎，水阔滩沉浪不花。梦里竹间喧急雪，觉来船底滚鸣沙。"③ 经过江津县时，诗人睡着了。船底鸣沙的声音，犹如林间喧雪，伴着诗人的清梦。"庚戌（七月十三日）。发泥培。六十里，至恭州。自此入峡路。大抵自西川至东川，风土已不同，至峡路益陋矣。"进入峡路，诗人也进入另一种心态。

诗人舟行至恭州（今重庆市），夜泊。其《恭州夜泊》诗云："草山硗确强田畴，村落熙然粟豆秋。翠竹江村非锦里，青溪夜月已渝州。小楼高下依盘石，弱缆西东战急流。入峡初程风物异，布裙跣妇总垂瘿。"④ 虽然也有江村翠竹，但已经不是成都的风景了。到了此地，风物为之一变：盘石硗确，青溪夜月，还有那些赤脚布裙的妇人，总是垂着瘿子。这给诗人留下了

---

① 值得追记的是，九年后杨商卿访范成大于吴门，诗人有《富顺杨商卿使君向与余相别于泸之合江，渺然再会之期。后九年乃访余吴门，则喜可知也。今复分袂，更增惘然，病中强书数语送之》诗，曰："合江县下初语离，共说再会如何时？寿栎堂前哄一笑，人生聚散真料理。青灯话旧语未终，船头叠鼓帆争风。草草相逢复相送，直恐送迎皆梦中。……我今老病塘蒲衰，君归报政还复来。万里傥存明月共，更期后梦如今梦。"（《范石湖集》卷24，上海古籍出版社2006年版，第336—337页）可见其深情所至。
② 《范石湖集》卷19，上海古籍出版社2006年版，第267页。
③ 《范石湖集》卷19，上海古籍出版社2006年版，第267页。
④ 《范石湖集》卷19，上海古籍出版社2006年版，第268页。

穷山恶水的印象。

"辛亥（七月十四日）。发恭州。嘉陵江自利、阆、果、合等州来合大江。百四十里，至涪州乐温县。"范成大有诗记之曰："暑候秋逾浊，江流晚更浑。瘴风如火燉，岚月似烟昏。城郭廪君国，山林妃子园。"① 天气极热，气浊江浑，令人难以忍受。"七十里，至涪州排亭之前，波涛大汹，溃淖如屋，不可梢船。过州，入黔江泊。此江自黔州来合大江。大江怒涨，水色黄浊。黔江乃清泠如玻璃，其下悉是石底。自成都登舟，至此始见清江。"诗人有《涪州江险不可泊，入黔江舣舟》诗，曰：

黄沙翻浪攻排亭，溃淖百尺呀成坑。坳洼眩转久乃平，一涡熨帖千涡生。篙师绝叫驱川灵，鸣铙飞渡如奔霆。水从岷来如浊泾，夜榜黔江聊濯缨。玻璃彻底镜面清，忽思短棹中流横，钓线随风浮月明。②

由于大江险不可泊，于是诗人舟转入黔江（即涪陵江，现称为乌江）停泊。江水由浊转清，江面亦由涛转静。此时清风明月，颇为可人。诗人忍不住想要短棹行舟，垂钓中游。大江（长江主流）与黔江之间，清浊静动的切换契合了诗人由奔宦转向归闲的心境变化。

在涪州（今重庆市涪陵区），诗人观赏了妃子园，有诗："露叶风枝驿骑传，华清天上一嫣然。当时若识陈家紫，何处蛮村更有园。"③ 诗人指出，如果唐朝宫廷知道莆田陈家紫实为荔枝极品，就不至于从涪州进贡荔枝④。那么，在涪州也不会有一个叫妃子园的地方。值得注意的是，荔枝虽生长在炎热的地域，但食之却可解暑。我们可以诗人东归后赴宁波时所作《新荔

---

① 《范石湖集》卷19《大热泊乐温，有怀商卿、德称》，上海古籍出版社2006年版，第268页。
② 《范石湖集》卷18，上海古籍出版社2006年版，第268页。
③ 《范石湖集》卷18《妃子园》，上海古籍出版社2006年版，第268页。
④ 《吴船录》："自眉、嘉至此，皆产荔枝。唐以涪州任贡。杨太真所嗜，去州数里，有妃子园，然其品实不高。今天下荔枝，当以闽中为第一，闽中又以莆田陈家紫为最。川、广荔枝生时，固有厚味多液者，干之肉皆瘠，闽产则否。"（第215页）

枝四绝》看到隐含的寓意。其一："荔浦园林瘴雾中，戎州沽酒擘轻红。五年食指无沾处，何意相逢万壑东。"①范成大自称，与荔枝结缘正在戎、涪间。自离蜀地之后，中间有五年，都未得品尝荔枝。当重新看到荔枝，就有一种与故人重逢的感觉。其二："海北天西两鬓蓬，闽山犹欠一枝筇。鄞船荔子如新摘，行脚何须更雪峰。"诗人感叹自己海北天西，皆得身历，只是闽山未得亲至。如果能得到新摘的荔枝，就径得清凉，而不必行脚至雪峰避暑了。值得注意的是后两绝："甘露凝成一颗冰，露秋冰厚更芳馨。夜凉将到星河下，拟共嫦娥斗月明。"言荔枝虽然生于炎热，食之却得清凉。"趋泊飞来不作难，红尘一骑笑长安。孙郎皱玉无消息，先破潘郎玳瑁盘。"此诗以杨贵妃之喜食荔枝起意，与前引"露叶风枝驿骑传，华清天上一嫣然"一样，都暗示着杨贵妃曾经独得专宠，而最后却香消玉殒，血染尘埃的凄凉结局。可见观赏妃子园，诗人实经历了冷热与清浊的双重体验。

"壬子（七月十五日）。发涪州。百二十里，至忠州丰都县。去县三里，有平都山仙都道观，本朝更名景德。冒大暑往游，阪道数折，乃至峰顶。碑牒所传，前汉王方平、后汉阴长生皆在此山得道仙去。"诗人作《丰都观》诗，诗中提到，丰都故实中著名者有二：一是得仙的王方平与阴长生；二是鬼王城。值得注意的是，诗人记述两个景观的意趣正好相反："自从仙都启岩扃，明霞流电飞阳晶"②指的是飞升天堂的仙人，而"晖景下堕铄九冰，塞绝苦道升无形"，则为下堕地狱的亡灵。"我来秋暑如炊蒸，汗流呀气扶枯藤。摩挲众迹不暇评，聊记梗概知吾曾"，诗人的口吻虽颇有"到此一游"的随意，但诗中对王、阴飞升与鬼城下堕的两相比较，却隐含了某种人生遭际起伏的隐喻。

"（忠州）又行五十里，至万州武宁县。八十里，至万州"。③甲寅（七月十七），诗人早游西山及岑公洞。作《万州西山湖亭秋荷尚盛》诗："丛

---

① 《范石湖集》卷21，上海古籍出版社2006年版，第302页。
② 《范石湖集》卷19，上海古籍出版社2006年版，第269页。
③ 范成大著，孔凡礼点校：《吴船录》，《范成大笔记六种》，中华书局2002年版，第216页。

荟忽明眼，山腰滟湖光。列岫绕云锦，深林护风香。西山即太华，玉井余秋芳。隔江招岑仙，共擘双莲房。"诗人表示，他想要与岑仙相邀，共同欣赏秋荷，表现出对岑公的向往。诗人入蜀之时，曾由巫山舟行至万州，至此转而陆行。当时作《万州》诗，有"营营谋食艰，寂寂怀砖诉。昔闻吏隐名，今识吏隐处"①，极写营营谋食的热切与求告无门的孤寂。② 诗人东归，此时虽值盛夏，洞中亦凄凉如秋。可见身入此洞，确实有入世之热切与避世之清凉的体验切换。综而观之，从恭州到万州，由于气候暑热，诗人颇思清凉，遂多兴起入世之热切与避世之清凉的人生感怀。

四 翻覆与坦然：阴晴何常有朝暮，夜雨少休明复来（夔峡—巫峡）

"乙卯（七月十八日）。过午，风稍息，遂行。百四十里，至夔州"，泊舟鱼复浦，有诗。诗中写道，月出赤甲山，山形如龙。长风浩浩，月影落江。"天高夜静四山寂，唯有滩声喧水门"③，四山静寂，唯有滩声喧耳。又有《夔门即事》诗，"祥暑骄阳杂瘴氛"④，言其地之险恶。"人入恭南多附赘"，言其人之丑怪。"竹枝旧曲元无调，麹米新笒但有闻"，言其地之人情物产之寡陋。"试觅清冷一杯水，筒泉须自卧龙分"，言其水性之恶。诗人入蜀之时，曾有诗作《夔州竹枝歌九首》⑤。在前三首诗中，诗人把夔州描述成一个风景优美、物产丰富、生活自足的地方。其四、其五、其六，则写当地风土人物：孀妇趁墟、农妇背儿采茶、百衲畲山等。其七"白帝庙前

---

① 《范石湖集》卷16，上海古籍出版社2006年版，第221页。
② 陆游东归之时，有《游万州岑公洞》，对此洞的原委交代得更为清楚："大业征辽发闾左，军兴书檄煎膏火。此时也复有闲人，自引岩泉拾山果。后六百岁吾来游，洞中正夏凄如秋。乳石床平可坐卧，水作珠帘月作钩。十年神游八极表，浮名坐觉秋豪小。试问岑公迎我不？鹤飞忽下青松杪。"（陆游著，钱仲联校注：《剑南诗稿校注》卷10，上海古籍出版社2005年版，第785页）隋朝大业年间发兵征辽，当时军情紧急如火。不过，像岑公这样的人，却遁世隐居于此，不与世事，自得清凉。
③ 《范石湖集》卷19《鱼复浦泊舟，望月出赤甲山，山形断缺如鼍龙》，上海古籍出版社2006年版，第270页。
④ 《范石湖集》卷19，上海古籍出版社2006年版，第270页。
⑤ 《范石湖集》卷16，上海古籍出版社2006年版，第220—221页。

无旧城，荒山野草古今情。只余峡口一堆石，恰似人心未肯平"，喻人心之不平。其八"滟滪如朴瞿唐深，鱼复陈图江水心。大昌盐船出巫峡，十日溯流无信音"，则喻江行之凶险。其九"当筵女儿歌竹枝，一声三叠客忘归。万里桥边有船到，绣罗衣服生光辉"，以喻女子之婉媚。前后比较，足见诗人对夔州的总体印象更转为恶。

诗人入蜀之时，为避江险，巫山到夔州段，乃舍舟而陆行，诗人仍有《滟滪堆》想象性地描写了滟滪堆之险恶及舟师过此的惊险。"舟师欹倾落胆过，石孽水祸吁难全"①，表达了身历其险，性命堪忧的体验。不过，诗人未能身历其险，却深以为憾②。此次东返，诗人乘舟而下，正可弥补此憾。诗人作有《瞿唐行》，极力渲染之：

> 川灵知我归有程，一夜涨痕千丈生。中流击楫汹作气，夹岸籁旗呀失声。不知滟滪在船底，但觉瞿唐如镜平。凿峡疏川狠石破，号山索饮飞泉惊。白盐赤甲转头失，黑石黄嵌拼命轻。草齐增肥无泊处，竹枝凝咽空余情。人间险路此奇绝，客里惊心吾饱更。剑阁翻成蜀道易，请歌范子瞿唐行。③

诚如《吴船录》所谓："盖天下至险之地，行路极危之时，傍观皆神惊，余已在舟中，一切付自然，不暇问，据胡床坐招头处，任其荡兀。"④"人间险路此奇绝，客里惊心吾饱更"，诗人在此不仅表达一种途遇艰难，反得奇绝的体验，也传达了不计得失的人生态度。

夔峡之后，再过巫峡。"戊午（七月二十一日）。乘水退下巫峡，滩泷稠险，溃淖洄洑，其危又过夔峡。"刚才提到上行入峡之时，巫山县至夔

---

① 《范石湖集》卷16，上海古籍出版社2006年版，第219—220页。
② 范成大著，孔凡礼点校：《吴船录》，《范成大笔记六种》，中华书局2002年版，第217页。
③ 《范石湖集》卷19，上海古籍出版社2006年版，第271页。
④ 范成大著，孔凡礼点校：《吴船录》，《范成大笔记六种》，中华书局2002年版，第217—218页。

州,诗人选择的是陆行①。此次沿江下行,诗人乘舟而东,要直接面对巫峡的险滩。"七十里,至巫山县宿。县人云:'昨夕水大涨,滟滪恰在船底,故可下夔峡。至巫峡则不然,则须水退十丈乃可。'是夕,水骤退数丈,同行者皆有喜色。"与夔峡须水涨方可舟行相反,巫峡则须水退方可行舟。经过巫峡之时,诗人有《刺濆淖并序》写江中旋涡。诗中有曰:"峡江饶暗石,水状日千变。不愁滩泷来,但畏濆淖见。人言盘涡耳,夷险顾有间。仍于非时作,未可一理贯。"②写江中旋涡出没无常,夷险有间。"安行方慰毂,无事忽翻练。突如汤鼎沸,翕作茶磨旋。势迫中成洼,怒霁外始晕。已定稍安慰,倏作更惊眩。"夸饰平静之中隐藏着无尽的危险。"篙师瞪褫魄,滩户呀雨汗。逡巡怯大敌,勇往决鏖战。幸免与赍入,还忧似蓬转。惊呼招竿折,奔救竹笮断。九死船头争,万苦石上牵。旁观兢薄冰,撇过捷飞电。"写旋涡令舟师丧胆,滩户雨汗,势如鏖战。有意思的是诗人的态度,"前余叱驭来,山险固尝遍。今者击楫誓,岂复惮波面。澎澎三峡长,貤貤一苇乱。既微掬指忙,又匪科头慢。天子赐之履,江神敢吾玩?但催叠鼓轰,往助双橹健。"

诗人自感已经遍历艰难,对此旋涡不必惊怪。可以看出,濆淖不仅意寓着巫峡的地理之险,似乎也是风险宦途的写照。当然,诗人坦然面对的态度也流露出他的立场坚定。

巫峡令人难忘的不仅是水道的艰险,还有巫山云雨的神秘和奇谲。入蜀之时,《将至巫山遇雨》诗曰:"峡行水落惟忧雨,通昔淋浪怨行旅。千山万山生白烟,阳台那得云如许?笺词腾告翠帷仙,丐我一晴翻手间。放开十二峰头色,重赋碧丛高插天。"③感叹巫峡之中,雨晴无常。另有《自巫山遵陆以避黑石诸滩,大雨不可行,泊驿中一日,吏士自秭归陆行者亦会》

---

① 《范石湖集》卷16《巫山县》题下有自注:"自此复登陆,至夔门县,前掉石滩最险,登岸以过舟,谓之盘滩。"(第218页)
② 《范石湖集》卷16,上海古籍出版社2006年版,第215—216页。
③ 《范石湖集》卷16,上海古籍出版社2006年版,第214—215页。

诗记其事："巫山信是阳云台，客行五日云不开。阴晴何常有朝暮，夜雨少休明复来。"① 感叹巫山的江雾缭绕，阴晴朝暮，瞬息万变。

值得玩味的是，被常人乐道的神女传说，诗人数次作诗，力辩其诬。诗人早年曾有诗题《巫山图》，曰："千年遗恨何当申，阳台愁绝如荒村。高唐赋里人如画，玉色頩颜元不嫁。"② 表示神女传说纯属虚构，不可据信。入峡之时，诗人作《巫山高》再申其意。其序曰："余旧尝用韩无咎韵题陈季陵《巫山图》，考宋玉赋意，辨高唐之事甚详。今过阳台之下，复赋乐府一首。世传瑶姬为西王母女，尝佐禹治水，庙中石刻在焉。"诗中有"楚客词章元是讽，纷纷余子空嘲弄。玉色頩颜不可干，人间错说高唐梦"③，表示后世径以儿女之事以解之，实不察宋玉作赋之初衷。此次，诗人舟行出峡，又作《后巫山高》续申其意：

> 凝真宫前十二峰，两峰娟妙翠插空；余峰竞秀尚多有，白壁苍崖无数重。秋江漱石半山腹，倚天削铁荒行踪。造化钟奇矗瑶巘，真灵择胜深珠宫。朝云未罢暮云起，阴晴竟日长冥蒙。瑶姬作意送归客，一夜收潦仍回风。仰看馆御飞楫过，回首已在虚无中。惟余乌鸦作使者，迎船送船西复东。④

"仰看馆御飞楫过，回首已在虚无中"，再次表达诗人的人生理解：巫山云雨的阴晴翻覆，以及神女传说的淫言媟语，终究是虚幻，诗人需要保持的是一种历经艰险、洞察世事之后的达观。

---

① 《范石湖集》卷16，上海古籍出版社2006年版，第218—219页。
② 《范石湖集》卷9《韩无咎检详出示所赋陈季陵户部〈巫山图〉诗，仰窥高作，叹息弥襟。余尝考宋玉谈朝云事，漫称先王时，本无据依，及襄王梦之，命玉为赋，但云："頩颜怒以自持，曾不可乎犯干。"后世弗察，一切溷以媟语，曹子建赋宓妃亦感此而作，此嘲谁当解者？辄用此意，次韵和呈以资抚掌》，第116页。
③ 《范石湖集》卷16，上海古籍出版社2006年版，第215页。
④ 《范石湖集》卷19，上海古籍出版社2006年版，第272页。

五 逼仄与广大：城郭如村莫相笑，人家伐阅似渠稀（归州）

"（七月二十一日，归州）州东五里，有清烈公祠，屈平庙也。"诗人有《夜泊归舟》诗，曰："旧国风烟古，新凉瘴疠清。片云将客梦，微月照江声。细和悲秋赋，遥怜出塞情。荒山余阀阅，儿女擅嘉名。"[①] 诗人感叹归州虽然地处荒陋，却有儿女（屈原、宋玉和王昭君）得擅盛名。又有《秭归郡圃绝句二首》，其一："花竹萧骚小圃畦，官居翻似隐沦栖。巴山四合秋阳满，杜宇黄鹂相对啼。"其二："孤城逼仄复逼仄，前山后山青欲来。市声萧条衙鼓静，惟有叱滩喧万雷。"[②] 从地势上看，这实在是一个逼仄的地方。街上很安静，但滩声却很雄壮。

其实，诗人入蜀过秭归县，曾有诗曰："永日贪程客，长年吊古诗。悲秋荒故宅，负石惨空祠。峻壁鸦翻倦，高畲麦秀迟。穷山熊绎国，逼仄建邦时。"[③] 感慨熊绎于此逼仄之地开邦建国而能成其大。《吴船录》亦载："峡路州郡固皆荒凉，未有若归之甚者。满目皆茅茨，惟州宅虽有盖瓦，缘江负山，逼仄无平地。楚熊绎始封于此，筚路蓝缕，以启山林，其后始大，奄有今荆湖数千里之广。"[④]

又有《昭君台》诗曰："天生尤物元无种，万里巴村出青冢。高台望思台已荒，东风溪涨流水香。婵娟钟美空万古，翻使乡山多丑女。灸眉作瘢亦不须，人人有瘿如瓠壶。"[⑤] 感慨地处僻陋而有昭君之婵娟钟美。又《归州竹枝歌二首》其一："东邻男儿得湘累，西舍女儿生汉妃。城郭如村莫相笑，人家伐阅似渠稀。"其二："东岸舻船抛石门，西山炊烟连白云。竹篱茅舍作晚市，青盖黄旗称使君。"[⑥] 亦认为虽地处荒陋，城郭似村，却是隐

[①] 《范石湖集》卷19，上海古籍出版社2006年版，第271页。
[②] 《范石湖集》卷19，上海古籍出版社2006年版，第272页。
[③] 《范石湖集》卷16《秭归县》，上海古籍出版社2006年版，第213页。
[④] 范成大著，孔凡礼点校：《吴船录》，《范成大笔记六种》，中华书局2002年版，第220页。
[⑤] 《范石湖集》卷16，上海古籍出版社2006年版，第213页。
[⑥] 《范石湖集》卷16，上海古籍出版社2006年版，第213页。

名藏贵。杜甫《咏怀古迹五首》其三有曰:"群山万壑赴荆门,生长明妃尚有村。一去紫台连朔漠,独留青冢向黄昏。"① 写昭君生于穷陋而最终青史留名,但其诗更多着眼于昭君之怨恨。因此范成大的立意更值得重视。②

诗人入峡之时,曾有《嘲峡石并序》一诗,题注曰:"峡山江滨,乱石万状,极其丑怪,不可形容,举非世间诸所有石之比,走笔戏题,且以纪异。"其诗则有曰"或云峡多材,奇秀郁以积"③,表达奇秀郁积,反以多材的哲理。此诗还提到"绝代昭君村,惊世屈原宅。东家两儿女,气足豪万国",可见在范成大看来,无论是物因奇而秀,还是人因奇而杰,他们都有共同的特点:出生荒陋而得擅盛名。

诗人入峡之时,曾有《麻线堆》咏叹归州峡口之险:"云木荡胸起,郁峨一峰危。上有路千折,连缕如萦丝。是为麻线堆,厥险天下稀。逼仄容半足,颠坠宁复稽。腾猱尚愁苦,游子将安之。"④ 而后记述德宝、悲智等僧众修治峡道事迹:

> 浮屠德宝者,悲智绪等慈。随山刊古木,寻凿得长矶。舆梁捷飞度,布石绵阶梯。自从新路改,重趼无赍咨。县有孙少府,琬琰劖文词。勿云此事小,惟有行人知。况观峡山路,由来欠平治。官吏既弗迹,谁肯深长思。天险固自若,当令略成蹊。土工运畚锸,石工操凿椎。烈火败硗确,筑沙填隙蠛。多用百夫力,远无五旬期。但冀米盐给,不烦金币支。非客敢窃议,道傍询旄倪。身虽雪山戍,亦愿助毫厘。工费嗟小哉,政须贤有司。

而后对峡州守管鉴,归州守叶默、倅熊浩,夔漕沈作砺等地方官进行劝

---

① 杜甫著,仇兆鳌注:《杜诗详注》卷17,中华书局1979年版,第1502页。
② 《吴船录》:"归为州僻陋,为西蜀之最,而男子有屈、宋,女子有昭君。阀阅如此,政未易忽。"(第221页)
③ 《范石湖集》卷16,上海古籍出版社2006年版,第216—217页。
④ 《范石湖集》卷16,上海古籍出版社2006年版,第209—210页。

勉:"岂吾金闺彦,不如林下缁。悬知议克合,了此一段奇。"称赏僧众于此逼仄之处,修治而得道的奇伟之举。①

此次出峡,再经黄牛峡。诗人有诗曰:"物生不朽系所逢,欧词苏笔苍苔封。山高水长翁之风,石马亦与翁无穷。"② 诗人认为物生不朽,乃机缘巧合。黄牛石马得欧词苏笔赐予风韵③,共传不朽。其间蕴含了即使身逢穷厄,亦有不朽之遇的哲理。"黄牛峡尽,则扇子峡",诗人又有《扇子峡》诗,中有"兹行看山真饱谙,今晨出峡仍穷探"④,又曰"聊将涤砚濡我笔,恍惚诗律高巉岩",不惟对峡中奇峰,穷探不已,亦显江峡艰险对其诗律奇崛其实颇有滋养。总体而言,在诗人看来,归州一段行程,物因奇而秀、人因奇而杰、事因奇而伟、诗因奇而工,诗人其实反复申明其虽居逼仄而可致广大的人生理解。

六 梦历与游仙:山川相迎复相送,转头变灭都如梦(荆州—江州)

出峡之后,诗人舟行至江陵(今湖北荆州),江面转为平阔。入蜀之时,诗人由荆州上溯,曾有《发荆州》诗,曰:"初上篷笼竹筝船,始知身是剑南官。沙头沽酒市楼暖,径步买薪江墅寒。自古秦吴称绝国,于今归峡有名滩。千山万水垂垂老,只欠天西蜀道难。"⑤ 其言下之意,赴蜀为官,似乎是命定使然。如今离蜀返吴,诗人重过此地,有诗写其感受:"千峰万峰巴峡里,不信人间有平地。渚宫回望水连天,却疑平地元无山。山川相迎复相送,转头变灭都如梦。归程万里今三千,几梦即到石湖边。"⑥ 惊心动魄的三峡,令诗人怀疑人间是否还有平地。如今到了平静的荆渚,又令诗人

---

① 范成大著,孔凡礼点校:《吴船录》,《范成大笔记六种》,中华书局 2002 年版,第 221—222 页。
② 《范石湖集》卷 19《黄牛峡》,上海古籍出版社 2006 年版,第 273 页。
③ 范成大著,孔凡礼点校:《吴船录》,《范成大笔记六种》,中华书局 2002 年版,第 222 页。
④ 范成大著,孔凡礼点校:《吴船录》,《范成大笔记六种》,中华书局 2002 年版,第 273 页。
⑤ 《范石湖集》卷 15,上海古籍出版社 2006 年版,第 203—204 页。
⑥ 《范石湖集》卷 19《荆渚中流回望巫山无复一点戏成短歌》,上海古籍出版社 2006 年版,第 274 页。

转而怀疑平地之上是否还有山陵。山川迎送，转头变灭，犹如梦中。归程万里，尚余三千，还须几梦，才可以回到家乡。真可谓，旅程如幻，人生如梦。舟行体验与人生感悟再次发生共鸣。

"辛巳（八月十四）。晨出大江，午至鄂渚。泊鹦鹉洲前南布堤下。"诗人有《鄂州南楼》诗，曰："谁将玉笛弄中秋？黄鹤归来识旧游。汉树有情横北渚，蜀江无语抱南楼。烛天灯火三更市，摇月旌旗万里舟。却笑鲈乡垂钓手，武昌鱼好便淹留。"①舟泊南楼，对于诗人来说，乃旧地重游。时逢中秋，三更时节，夜市尚兴，灯火通明。万里舟行，旌旗飞扬。《吴船录》亦载："南市在城外，沿江数万家，廛闬甚盛，列肆如栉。酒垆楼栏尤壮丽，外郡未见其比。盖川、广、荆、襄、淮、浙贸迁之会，货物之至者无不售，且不问多少，一日可尽，其盛壮如此。""壬午（八月十五）。晚，遂集南楼。楼在州治前黄鹤山上。轮奂高寒，甲于湖外。下临南市，邑屋鳞差。岷江自西南斜抱郡城东下。天无纤云，月色奇甚。江面如练，空水吞吐。平生所遇中秋佳月，似此夕亦有数，况复修南楼故事，老子于此，兴复不浅也。"②"却笑鲈乡垂钓手，武昌鱼好便淹留"，诗人兴致不浅，又对自己随遇而安有一丝自嘲。

"甲午（八月二十七）。泊江州，登庾楼，前临大江，后对康庐，背、面皆登临奇绝。"诗人有《江州庾楼夜宴》诗，曰：

> 岷江漱北渚，庐阜窥南窗。名山复大川，超览兹楼双。何必元规尘，自足豪他邦。使君秫田熟，新凉笃酒缸。落景澹碧瓦，长虹吐金釭。客从三峡来，噩梦随奔泷。小留听琵琶，船旗卷修杠。请呼裂帛弦，为拊洮河腔。曲终四凭栏，倦游心始降。明发挂帆去，晓钟烟外撞。③

诗人身处庾楼之上，远望江景。自感从三峡而来，噩梦已经随江流而

---

① 《范石湖集》卷19，上海古籍出版社2006年版，第274页。
② 范成大著，孔凡礼点校：《吴船录》，《范成大笔记六种》，中华书局2002年版，第226页。
③ 《范石湖集》卷19，上海古籍出版社2006年版，第275页。

去。宴饮座中有人弹琵琶，作裂帛之声，弹洮河之腔。曲终之时，诗人凭栏四望，倦游之意顿生。诗人只想明天就挂帆而去，过上一种烟外晓钟、远离喧嚣的生活。

"乙未（八月二十八）。泊江州。……三十里，至太平兴国宫。……入山五里，至东林寺，晋惠远师道场也。"诗人有《东林寺》，其诗曰："谈易翻经宰木春，三生犹自袅烟熏。客尘长隔虎溪水，劫火不侵香谷云。老矣懒供莲社课，归哉忺读草堂文。山头一任天灯现，个事何曾落见闻。"① 到东林寺，诗人自感年迈，不愿再谨守佛门之课，只想欣读乐天之诗。他回想起在青城山玉华楼夜醮时，天灯祷而复现，认为其间确实蕴含了某种神秘的启示。"丙申（八月二十九）。离东林。饭太平宫前草市中。过清虚庵，在拨云峰下。晚，入城。"诗人有《病倦不能过谷帘、三峡，寄题》，诗曰："白龙青峡紫烟炉，山北山南只半涂。说与同来绿玉杖，他年终补卧游图。"② 诗人表示，以后一定会补游于此。③

"戊戌（九月初二）。风小止。巳时发江州，回望庐山渐束而高，不复迤逦之状。过湖口，望大孤如道士冠立碧波万顷中，亦奇观也。九十里，至交石夹，宿。"④ 诗人舟行过湖口，望大孤山，有诗："庐阜冈势断，江流㳽相通。大孤如小冠，插入䲔沦中。我欲蜕浊浪，往驭扬澜风。晃晃银色界，滢滢水晶宫。濯足望八荒，列宿罗心胸。客帆讵表驻，搔首苍烟丛。"⑤ 此地为庐山山势渐断处，江流浩荡依然相通。大孤山就像一顶帽子一样，插入深广的水流之中。诗人想要脱离浊浪，去驾驭那驱动波涛的风。诗人乘舟，

---

① 《范石湖集》卷19，上海古籍出版社2006年版，第275页。
② 《范石湖集》卷19，上海古籍出版社2006年版，第276页。
③ 东归之后，诗人屡屡忆及庐山之游，其《送举老归庐山》："二千里往回似梦，四十年今昔如浮。去矣莫久留桑下，归欤来共煨芋头。"（《范石湖集》卷22，上海古籍出版社2006年版，第313页）又《次韵举老见嘲未归石湖》："半世吟客舍柳，长年忆后园花。为报庐山莫笑，云丘今属谁家。"（《范石湖集》卷22，上海古籍出版社2006年版，第319页）可见"终补卧游图"确为其夙愿。
④ 范成大著，孔凡礼点校：《吴船录》，《范成大笔记六种》，中华书局2002年版，第232页。
⑤ 《范石湖集》卷19《湖口望大孤》，上海古籍出版社2006年版，第276页。

似乎进入到水光银色、晶莹清澈的水晶宫。此时此刻，诗人自感洗足而望八荒，星宿列于心胸。诗人似乎进入一种天地合其德，日月合其明的境界，直欲客帆停驻于此。只是搔首之间，小舟已经进入苍烟之中。① 可以看出，自荆州到江州一段行程，由于江势变得平缓，诗人感觉转头变灭的江程犹如梦幻，而后归隐与游仙的愿望变得前所未有的强烈。

七　阻艰与老病：行路阻艰催老病，骚骚落雪满晨梳（彭泽—常州）

"己亥（九月初三）。发交石夹。东望小孤如艾炷，午后过之。"诗人有《澎浪矶阻风》诗，曰："浦口舟藏寻丈悭，篙师抱膝朝暮闲。逆风来从水府庙，浊浪欲碎小孤山。太白犹高缺蟾堕，长江未尽归鬓斑。短歌聊复怨行路，当有听者凋朱颜。"② 诗人因阻风而滞留澎浪矶，逆风从水府庙刮过。江上浊浪滔天。诗人感叹，金星孤悬，缺月下堕。江流源源未尽，自己却已经两鬓斑白。此处意境与孔子"逝者如斯夫"暗合。人生易逝之叹与旅途行难之慨，交相激发。"庚子（九月初四）。风未止。强移船数里，至马当对岸小港中泊。"移舟至马当洑，再遇风阻。诗人有诗："拍岸回流逆上矶，枯杨折苇静相依。趁墟渔子晨争渡，赛庙商人晚醉归。重九信来风未恐，大千行行昨俱非。羁愁万斛从头数，带眼今秋又减围。"③ 风浪阻舟，波涛汹涌，江水拍岸。岸边枯杨与折苇静静相依。赶集的渔人争着在早晨渡江，参加赛庙的商人喝醉了酒可以晚些归来。风浪可谓重阳之信使，其实不必惧怕。只是大千世界不停地逝去，昨天的一切到今天都变得不一样。诗人自叹，羁旅之愁又开始了；今年秋天，自己更加地消瘦了。在此，东流的江水

---

① 李白曾有《下寻阳城泛彭蠡，寄黄判官》诗："浪动灌婴井，寻阳江上风。开帆入天镜，直向彭湖东。落影转疏雨，晴云散远空。名山发佳兴，清赏亦何穷。石镜挂遥月，香炉灭彩虹。相思俱对此，举目与君同。"（王琦注：《李太白全集》卷14，中华书局1977年版，第681页）。范成大《湖口望大孤》袭此体，同此韵，或以此显示其对李白仙踪的追迹。
② 《范石湖集》卷19，上海古籍出版社2006年版，第276页。
③ 《范石湖集》卷19《马当洑阻风，居人云非五日或七日风不止，谓之重阳信》，上海古籍出版社2006年版，第276—277页。

与易逝的人生构成一种谐振。

"辛丑（九月初五）。风少缓，移舟五六里，风复作波斯夹。泊夹中，浪犹汹涌。"① 诗人放舟，但风势仍然不够。诗人再作诗二首，其一曰："万里江随倦客东，马当山嘴勒孤篷。无才解赋珠帘雨，谁肯相赊一席风。"② 万里江行，宦旅已经倦怠。如今舟泊马当山，风向难遂人愿。其二曰："禁江上口柏山东，三日荒寒系短篷。却忆宫亭湖里去，随人南北解分风。"诗人希望风势能懂得人的心思：就像宫亭湖的神灵，对南北不同航向的人，能给不同的风势③。"壬寅（九月初六）。泊波斯夹。日暮，风息月明，欲行。船人哄云小龙见于岸侧。竞往观，则已夜。"诗人有《守风嘲舟子》："夺命稠滩百战余，守风端坐恰乘除。日长饱饭佳眠觉，闲傍芦花学钓鱼。"④ 写船夫端坐等着顺风的到来。日长腹饱，正是睡觉的好时候，他闲着无事，傍着芦花学钓鱼。这位曾经在密集的险滩上行舟的船夫呈现出的那种经历艰险而后平淡处之的从容和闲适，似乎为诗人所钦佩。"癸卯（九月初七）。发波斯夹，至皖口。北岸淮山相迎，绵延不绝。灊、皖、琅琊，云物缥缈，生平未曾着脚处也。南岸自牛矶、雁汊行几二百里，至长风沙下口，宿。"诗人舟行至佛池口，又遇大风。有诗："碧苇无思连天生，青山有情终日横。风声汹怒木朝拔，川气流光珠夜明。谁能坐守白头浪，我欲往骑金背鲸。俯仰之间抚四海，可怜步步愁江程。"⑤ 芦苇连天，青山横断。风声汹怒，水气流光。诗人不欲坐守船头，想要骑鲸而行⑥，俯仰之间，安抚四海，只是

---

① 范成大著，孔凡礼点校：《吴船录》，《范成大笔记六种》，中华书局2002年版，第232页。
② 《范石湖集》卷19《放舟风复不顺，再泊马当，对岸夹中马当水府》，上海古籍出版社2006年版，第277页。
③ 王应麟《通鉴地理通释》卷5："彭蠡：在江州浔阳县。……《六典注》：一名宫亭湖。俗谓之鄱阳湖。"（丛书集成初编本，商务印书馆1936年版，第81页）《方舆胜览》卷19："西有宫亭神，能分风上下。"（祝穆撰，祝洙增订，施和金点校：《方舆胜览》，中华书局2003年版，第336页）
④ 《范石湖集》卷19，上海古籍出版社2006年版，第277页。
⑤ 《范石湖集》卷19《佛池口大风复泊》，上海古籍出版社2006年版，第277页。
⑥ 李白《赠张相镐二首》："拥旄秉金钺，伐鼓乘朱轮。虎将如雷霆，总戎向东巡。诸侯拜马首，猛士骑鲸鳞。泽被鱼鸟悦，令行草木春。"（王琦注：《李太白全集》卷11，中华书局1977年版，第594页）范成大借用此典，或表其安邦定国之志。

阻舟于此，寸步难行。诗人先扬后抑的情绪表达让我们感受到现实阻碍的突兀与真实。

九月初八，诗人舟行至池州。有《九月八日泊池口》："斜景下天末，烟霏酣夕红。余晖染江色，潋滟琥珀浓。我从落日西，忽到大江东。回首旧游处，曛黄锦城中。药市并乐事，歌楼沸晴空。故人十二阑，岂复念此翁。"① 天色已晚，日色偏斜。江水潋滟，色如琥珀。诗人自叹，从落日之西边（指蜀地），突然就来到了大江之东。回首旧游所历：夕照之下曛黄的锦城、晴空之下喧嚣的药市。故人或正在听曲，还有谁会记得我呢？诗人离开蜀地已远，又生思念之心。"乙巳（九月初九）。泊池州。入城，登九华楼，作重九。风雨陡作，懒至齐山，望之数里间。一土山极庳小，上有翠微亭，特以杜牧之诗传耳。九华稍秀出，然不逮所闻。夜移舟出江，却入南湖口，泊非水亭。"诗人有《池州九日，用杜牧之齐山韵》："年年佳节歌式微，秋浦片帆还欲飞。万里蜀魂思远道，九歌楚调送将归。杯中山影分秋色，木末江光借夕晖。细捻黄花一枝尽，霏霏金屑满征衣。"② 这一天是重阳节了。诗人更加思念故乡。诗人舟行至秋浦，片帆欲飞。自蜀地万里归来，想念着远方的道路。楚调九歌声中，自己终于要归至家乡。杯中的山影添了一份秋色。夕晖之下，水光荡漾，映照上了树梢。诗人将菊花上的花瓣捻尽，看那金色的花丝落满自己的征衣。杜牧《九日齐山登高》："江涵秋影雁初飞，与客携壶上翠微。尘世难逢开口笑，菊花须插满头归。但将酩酊酬佳节，不用登临恨落晖。古往今来只如此，牛山何必独沾衣。"③ 与杜牧强作解不同，范成大表达自己万里得归，恰逢重阳，诗中透露出对家乡的思念与对岁月的感悼，苍凉之中又有一丝欣喜。"丙午（九月初十）。离池州。十数里风作，泊清溪口。"诗人舟行至清溪口，再次遇到逆风。有诗："恰从秋浦挂篷篠，又泊清溪十里余。愁水愁风吹帽

---

① 《范石湖集》卷19，上海古籍出版社2006年版，第278页。
② 《范石湖集》卷19，上海古籍出版社2006年版，第278页。
③ 杜牧：《樊川诗集注》卷3，上海古籍出版社1962年版，第209—210页。

后，作云作雨授衣初。远寻草市沽新酒，牢闭篷窗理旧书。行路阻艰催老病，骚骚落雪满晨梳。"① 诗人再遇阻风，只好在十里外的清溪停泊了下来。诗人到草市去打酒，然后整理随行携带的书籍。早上起来梳头，发现梳子上夹满了白发。行路艰难与人生老病，交相感染。

"壬戌（九月二十六）。发镇江。久去江、浙，奔走川、广，乍入舫舰，萧然有渔钓旧想，不知其身之自天末归也。癸亥（九月二十七）。昼夜行。甲子（九月二十八）。至常州。乙丑（九月二十九）。泊常州。丙寅（九月三十）。发常州。平江亲戚故旧来相迓者，陆续于道，恍然如隔世焉。"诗人有诗曰："望见家山意欲飞，古来燕晋一沾衣。回思客路岂非梦，乍听乡音真是归。新事略从年少问，故人差觉坐中稀。不须更说桑榆晚，霜后鲈鱼也自肥。"② 望见家乡的山，诗人意兴飞扬，他已经迫不及待了。回想自己的客路漫长，恍若梦中。听到家乡话，才明白这次是真的回来了。家乡已经物是人非了：新近发生的事，大概可以从年轻人那里问到；昔时故旧健在的已经不多。无须再说什么桑榆晚景，以后的生活自然是霜后钓鲈。③ 诗人盼望这一天的到来已经很久了！自彭泽而后，至常州一段，由于舟行多遇阻风，诗人多感叹自己的宦途沧桑，并自悼身体的衰老。舟行艰难、宦途沧桑与人生衰老建立起某种对应的关系。

八 旅途与人生：吴波沄沄蜀山苍，人生行路如许长（苏州）

阊门是苏州的西门，也是诗人向西出发的起点。归吴之后，阊门则成为他送别故友赴蜀的地标。如胡子远前往汉川为官，诗人作诗相送："锦官楼上一樽酒，万里阊门折杨柳"④，昔时的起点变成了终点，昔时的终点又变成

---

① 《范石湖集》卷19《离池阳十里清溪口，复阻风》，上海古籍出版社2006年版，第278页。
② 《范石湖集》卷19《将至吴中亲旧多来相迓，感怀有作》，上海古籍出版社2006年版，第279页。
③ 《吴船录》："冬十月丁卯（十月初一），朔。雨中，行不住。戊辰（十月初二）。未至浒墅十里所，泊。己巳（十月初三）。晚，入盘门。"（第235页）
④ 《范石湖集》卷20《阊门行送胡子远著作守汉川》，上海古籍出版社2006年版，第291页。

了起点。"吴波沄沄蜀山苍,人生行路如许长",在诗人记忆中,由吴地前往蜀地,即是一江相连。"房湖风月开春台,石湖水云归去来",汉州有房湖,苏州有石湖,这种地理的比附,也是诗人表达其对行程怀念的一种方式。

诗人或让赴蜀友人代为问候蜀地故旧。如刘唐卿西归蜀地,诗人有诗送之:"四海西州旧故多,烦君问讯各如何?心期本自无南北,万里天波一月波。"① 诗末有注曰:"末句戏用蜀语,以见久要不忘之意",可见诗人与蜀地故旧的情谊深厚。又有故交文处厚归蜀,诗人因作诗寄蜀地父老:"下峡东归十五年,因君话旧意茫然。烦将远道悠悠梦,直到天西暑雪边。"② 诗人离蜀已经15年了,对于蜀地,意绪已经有所渺茫。但还是希望远道悠悠之梦,能重到蜀地。"灌口江源不断流,峨眉山月几番秋。江山好处吾能记,为问江山记客否?"诗人深情地问,自己还记得蜀地山水,不知道蜀地山水是否还记得自己。

或作诗寄送蜀地故友。如《寄蜀州杨道人》:"老来万事总萧然,犹忆西州暑雪边。为报岷峨山水道,如今真个得归田。"③ 他想要告诉蜀地的杨道人,自己现在真的已经归居了。又如《次韵蜀客西归者来过石湖并寄成都旧僚》:"走遍尘埃倦鸟还,故乡元在水云间。黄粱饭里梦魂醒,青篛笠前身世闲。鸥鹭飞来俱玉立,松篁岁晚各苍颜。岷峨交旧如相问,铁锁无肩任客攀。"④ 诗人以诗寄蜀地旧僚,殷切向他们展示自己的归隐生活。

晚年,诗人得到一块石头,因其形似峨眉山,再次引发了对蜀地的思念。并作《小峨眉歌》诗,其小序曰:"近得灵壁古石,绝似大峨正峰,名之曰小峨眉。东坡常以名庐山,恐不若此石之逼真也。"诗中有曰:"我昔西游踏禹迹,暑宿光相披重貂。十年境落卧游梦,摩挲壁画双鬓凋。⑤"诗

---

① 《范石湖集》卷24《送刘唐卿户曹擢第西归六首》其六,上海古籍出版社2006年版,第336页。
② 《范石湖集》卷33《重送文处厚,因寄蜀父老三首》,上海古籍出版社2006年版,第444页。
③ 《范石湖集》卷20,上海古籍出版社2006年版,第280页。
④ 《范石湖集》卷20,上海古籍出版社2006年版,第281页。
⑤ 《范石湖集》卷25,上海古籍出版社2006年版,第347—348页。

人借这块石头表达对蜀地的怀念。

诗人晚年所作《白髭行》，有曰"俛仰行年四十九，万里南驰复西走"①，西走与南驰，构成了范成大一生宦游的主要经历。又《甲辰除夜吟》："我言平生老行李，蓐食趁程中夜起。当时想象闭门闲，弱水迢迢三万里。如今因病得疏慵，脚底关山如梦中。"② 在诗人的记忆中，宦地与家乡之间，迢迢弱水成了连接的纽带。晚年因病闲居，性情疏懒，昔时的脚底关山，依然犹如梦中。"瘴云度岭浓如墨，边雪窥窗冷欲冰"③，蜀地边雪窥窗的冰冷与赴桂越岭时的黑云，都成为他难以忘怀的记忆。我们可以看出，诗人对人生的总结，其实是以其旅程来进行标记和计量的。

结　语

整体看来，范成大出蜀返吴的纪行写作体现出明显的"行程"意识。首先，诗人的行程有明确的起点与终点：他将都江堰（或泛化为蜀地）视为此行程的起点，而将阊门（或泛化为吴地）视为行程的终点。其次，范成大出蜀返吴的旅程书写表现出分段意识。我们可将范成大此一行程中的地理体验与人生隐喻列为表1：

表1　范成大出蜀返吴地理体验与人生隐喻对应关系简表

序号	行程	地理体验	人生隐喻	构成关系
一	都江堰、青城山、峨眉山	追溯江源	仕途反思	趋同性
二	新津—泸州	江流离合	友朋聚散	趋同性
三	涪州—万州	气候炎凉	人生进退	趋同性
四	夔峡—巫峡	江程翻覆	人生达观	超越性
五	归州	地势逼仄	人生广大	超越性
六	荆州—江州	山川迎送	人生梦幻	趋同性

---

① 《范石湖集》卷24，上海古籍出版社2006年版，第342页。
② 《范石湖集》卷25，上海古籍出版社2006年版，第349页。
③ 《范石湖集》卷26《丙午新正书怀十首》其十，上海古籍出版社2006年版，第363页。

续表

序号	行程	地理体验	人生隐喻	构成关系
七	彭泽—常州	舟行阻风	身体老病	趋同性
八	苏州	江程回顾	人生总结	趋同性

我们从表中可以看出，地理体验与人生隐喻存在紧密的对应关系。如诗人到都江堰与青城山，身处江源，不惟使作者顿生乡思，亦多出仕之自省。由新津而至泸州，沿途多江流汇合，使诗人多离合与聚散的感慨。恭州至万州一段，由于天气炎热，欲得清凉，诗人多世态炎凉与人生进退的反思。经过夔峡、巫峡之时，其江途险绝与气候万变，使其诗多宦途翻覆与人生达观的自诫。至归州，诗人由赞叹屈原、宋玉、王昭君的盛名，而称扬一种逼仄可致广大的开拓精神。出峡之后，江流转平，山川迎送，诗人多人生梦幻的体悟及对游仙的向往。彭泽至常州，舟行多阻风，诗人多叹行路艰难，而自悼人生之老病。归居苏州，诗人时常怀念蜀地人物与山水，多有旅途回顾与人生总结。值得特别提出的是，地理体验与人生隐喻除具有趋同关系之外，还存在着反向的超越关系。如巫峡的阴晴翻覆，本喻指宦途的反复无常，但诗人却以坦然面对的态度来超越这种思维定式。又如归州地势逼仄，但诗人多称扬屈原、宋玉、王昭君等人的秀杰来呈现居逼仄而致广大的进取精神。可见在范成大的纪行诗中，地理体验与人生体悟之间存在启示/暗示与精神超越等不同的关系。

最后，如果我们将范成大出蜀返吴的地理体验与人生隐喻视为一个整体的"行程"，就会发现这个行程就像一部音乐，有序曲、变奏、高潮、尾声，其间有曲调的起伏、节奏的急缓等变化。我们也可以认为，整个行程就是一场叙事，其间有旅行的起因、经过（历险、波折）、结果与回声。可以认为，范成大的出蜀返吴纪行诗体现出人类活动空间与文学之间的互动①，由此我们的探讨在某种程度上也就有了"地理批评"的尝试意义。

---

① 参见［法］米歇尔·柯罗《文学地理学》，袁莉译，福建教育出版社2021年版，第99页。

林则徐《回疆竹枝词》的南疆形象书写研究

杨 波 崔佳敏[*]

林则徐，中国近代著名政治家、思想家、诗人。少年家境清贫，一路从秀才到举人再到进士，仕途中曾任湖广总督、陕甘总督和云贵总督。林则徐在近代史上留下"虎门销烟"最为光彩的一笔，但也是因为虎门销烟，林则徐在道光二十一年（1841）因"夷务"之事被革职发往新疆伊犁，道光二十二年十一月初九到达伊犁。从1842年12月至1845年9月，近3年时间，林则徐从北疆到南疆，深入了解新疆当地的风俗人情，开垦田地，兴修水利，体恤民情，为促进新疆发展、巩固边防和促进民族的融合交流做出了突出贡献。在新疆期间，尤其是在艰难跋涉过南疆八城，实地进行勘地之后，林则徐写下了反映南疆风情、民俗的《回疆竹枝词》30首，在清代西域诗，甚至在历代西域诗中以独特的内容、充满地域色彩的语言、清新晓畅的格调而独树一帜。本文以林则徐《回疆竹枝词》为主要研究对象，以诗歌中创造的"南疆形象"为阐释焦点，分析《回疆竹枝词》的南疆形象及审美特征。

一 《回疆竹枝词》的创作背景

形象学，顾名思义就是关于形象的学问，这也是形象学之初探讨的中心

---

[*] 杨波，喀什大学人文学院教授；崔佳敏，喀什大学文艺学研究生。本文为国家社会科学基金项目"20世纪中叶前汉语书写中的喀什形象研究"（16BZW176）阶段性成果。

问题。随着比较文学形象学的发展，学界对形象的研究不再局限于材料中对异国现实的单纯描绘。当代形象学把它定义为"文学的'形象'是人们对异国的看法与感受的一个总体，这些看法与感受是在一个文学化也是社会化的过程中获得的。事实上，形象是对一种文化现象的描述，塑造（或赞同、宣扬）该形象的个人或群体揭示出并表明了自身所处的文化、社会、意识形态空间。"① 形象的研究所依靠的文献资料并不仅仅限于文学作品，其他诸如史书、舆地之学、社会心理学等都是重要的资料来源，所有影响形象形成与变化的因素都可以归入形象的研究范畴。形象研究的开放性决定了它在后续发展中的跨学科性和文化转向的趋势。显然，形象学研究与人种学家、人类学家、社会学家、心态史家的诸多研究相交会。

有清一代，游历新疆的知识分子数量大增，其中被贬谪的官员占比较大，他们带到新疆的还有来自东部地区特有的文化教育背景，他们用"他者"的眼光审视新疆，了解新疆各族群众的风俗民情，有感而发，寄情诗词。"目前可考亲历西域并且撰写西域竹枝词的诗人共27人，上至乾隆三十三年（1768），下至光绪二十六年（1900），其中乾隆朝9人，嘉庆朝10人，道光朝5人，光绪朝3人，凡1138首。"② 这一时期的代表作有：祁韵士的《西陲竹枝词》、曹麟开《塞上竹枝词》、汪廷楷《回城竹枝词》，其中最重要的当属一代明吏林则徐的《回疆竹枝词》。他们眼中的新疆形象、南疆形象与社会集体想象物又有怎样的关联，是局限于社会集体想象物，还是跳脱出了这个影响范围进行创新，是值得探讨的。

竹枝词本系巴渝（今四川东部）一带的民歌，是流行于当地、可以配上乐舞为群众喜闻乐见的一种歌词。朱自清先生引《词律》中云："《竹枝》之音，起于巴蜀，唐人所作，皆言蜀中风景。后人因效其体，于各地为之"，

---

① 孟华：《比较文学形象学》，北京大学出版社2001年版，第197页。
② 负娟、李中耀：《清代西域竹枝词及兴盛原因考论》，《新疆大学学报》（哲学·人文社会科学版）2019年第4期。

认为《竹枝》已成了一种叙述风土的诗体了。①刘禹锡根据民歌改作新词，歌咏巴山蜀水间的民间生活风俗和男女恋情，也曲折地流露出他遭受贬谪后的幽怨愤懑之情。王士禛也认为"竹枝泛咏风土，琐细诙谐皆可人，大抵以风趣为主，与绝句迥别"②。周作人认为朱尊彝《鸳鸯湖棹歌》出，乃更有名，竹枝词盛行于世，实始于此。由于朱尊彝的影响巨大，之后写作竹枝词的诗人日盛，大家在创作或者编纂的竹枝词前往往加上地名，以示写作的乃是某地的风土人情等。林则徐的《回疆竹枝词》记录了他历经"回部八城"（库车、乌什、阿克苏、和阗、叶尔羌、喀什噶尔、喀喇沙尔、英吉莎），以勘地之名，全面了解南疆各地社会生活状况，不仅记录了自己的所见所闻，同时构建了"南疆形象"。

二 《回疆竹枝词》中的南疆形象

《回疆竹枝词》在光绪丙戌福州本宅刊本《左云山房诗钞》卷7中记有24首，2002年出版的《林则徐全集》中补缺6首，形成现在共30首的《回疆竹枝词》。从主题学角度看，《回疆竹枝词》涉及南疆的历史状况、制度沿革、农业生产、历法宗教、艺术文化、衣食住行、建筑风格、医疗状况、婚嫁丧葬等，与同时代西域诗人相比，内容更丰富，审美表现蕴藉，展示了一个生动而全面的南疆形象。

1. 对独特婚俗的包容与书写

归化于今九十秋，怜他伦纪未全修。
如何贵到阿奇木，犹有同宗阿葛抽。③

---

① 陈家洋、彭远方：《周作人的民间文化情怀》，《西南交通大学学报》2009年第4期。
② 陈家洋、彭远方：《周作人的民间文化情怀》，《西南交通大学学报》2009年第4期。
③ 本文所引林则徐《回疆竹枝词》均引自《林则徐全集》，海峡文艺出版社2002年版，第6册。

这首诗反映了南疆的一些历史上遗留的婚俗制度，"伦纪"即人伦纲纪，"阿奇木"即维吾尔的官职，阿奇木伯克。这首诗的原意是新疆已经由中央王朝平叛统一快90年了，但却仍然可怜他们的人伦纲纪还没有完全讲究。为什么像尊贵到阿奇木这样的人，还有出自同一宗族的妻子？诗歌一方面记录了当地的婚俗，但另一方面诗人还在这些社会现象的记录中，有效地隐藏了自己的一种态度。诗中"怜""犹有""如何"这些动词、虚词的运用可以充分表现出诗人的内心感受和情感。在林则徐看来"同宗联姻"是不讲究伦理纲纪的表现，在"他者"文化的影响下使林则徐认为回部的某些风俗习惯有待改变。

再如：

> 宗亲多半结丝萝，数尺红丝发后拖。
> 新帕盖头扶马上，巴郎今夕捉央哥。

巴郎是维吾尔音译，指儿子或男孩，在此指新郎。这首诗的意思是维吾尔人多在宗亲之间通婚，新娘子披红挂彩顶盖头，由人扶上马，在手鼓唢呐的吹奏下被接到新郎家当夜入洞房。《中华全国风俗志》记载"新娘出轿，系在大门外，由送亲男人左右扶，新娘俯首屈躬而入"[①]，"艳服乘舆而来……送亲迎亲，则又请男家之全福者为之"[②]。由此可知南疆回部婚俗与中原婚俗在形式上有一定的差异。林则徐看到了当地婚俗的特点，在这里以"好奇"的眼光审视这一习俗，但并未像前一首诗歌中那样隐含一种判断或态度，从另一个侧面反映出林则徐对不同地域不同民族的包容态度。

2. 对耕作中朴素生态意识的书写

在南疆农业生产状况的记录中，林则徐独具慧眼地看到了南疆的"轮耕"或"歇耕"：

---

① 胡朴安：《中华全国风俗志》下册，上海科学技术文献出版社2011年版，第425页。
② 胡朴安：《中华全国风俗志》下册，上海科学技术文献出版社2011年版，第148页。

> 不解耘耕不粪田，一经撒种便由天。
> 幸多旷土凭人择，歇两年来种一年。

《中华全国风俗志》下篇中批评了这种耕作方式，"其愚而可笑如此"①。中国自古就是农业大国，传统耕作方式最主要的特点就是精耕细作。林则徐无意之中将南疆的"轮耕"或"歇耕"技术与中原耕耘"耘锄"和"粪田"相比，以己文化背景为参照记录他文化，不免带有个人的感情色彩。但林则徐的批评是温和的，"幸多旷土凭人择"，之所以"歇两年来种一年"，是因为地广人稀。而从某种意义上说，这些描写其实也记载了南疆各族人民朴素的生态意识，"轮耕""歇耕"是为了保护地力。在这方面南疆显然迥异于中原地区的耕作方式。

3. 对历法宗教情况的书写

> 太阳年与太阴年，算术斋期自古传。
> 今尽昏昏忘岁月，弟兄生日问谁先。

这首诗歌的大致意思是伊斯兰教历有太阳历与太阴历之分，根据日历推算斋期自古有之。回历比公历每年少 10—11 日，月份在一年四季中无法固定，导致当地的人民没有清晰的"年、月"概念，甚至兄弟之间谁先过生日也记不清楚了。"昏昏"即模糊不清的意思。"问谁先"也表现了无历法而人们的生活受到影响。

4. 对迥异于中原的艺术文化特征的书写

> 字名哈特势横斜，点画虽成尚可加。
> 廿九字头都解识，便矜文雅号毛拉。

---

① 胡朴安：《中华全国风俗志》下册，上海科学技术文献出版社 2011 年版，第 48 页。

维吾尔族的文字书写是从右向左，总共有 29 个字母，字体倾斜，上下标点。还有音乐艺术方面，如：

城角高台广乐张，律谐夷则少宫商。
苇笳八孔胡琴四，节拍都随击鼓镗。

维吾尔族自古就是一个能歌善舞的民族，每逢佳节喜事，维吾尔族总是在城角楼台演奏音乐。夷则旋律和谐，与汉族的五声音阶宫商角徵羽相比，少了宫商。独有的八个孔的苇笳和四根弦的胡琴都随当地特有的鼓声弹奏，形成独具特色的音乐表现形式。

5. 对凸显地域风格的衣食住行的书写

桑椹才肥杏又黄，甜瓜沙枣亦糇粮。
村村绝少炊烟起，冷饼盈怀唤作馕。

贫苦的维吾尔人家的干粮就是桑椹杏子，甜瓜沙枣，村村户户都极少有炊烟冒起，人们把怀里的冷饼叫作"馕"，用馕来充饥。这首诗，一方面写出了南疆地区生活艰辛；另一方面也对南疆地区独特的日常资源带来的丰富的水果进行了记录。"才"和"又"这两个虚词传达了作者对南疆瓜果品种繁多且一茬接一茬的惊讶，同时以甜瓜、沙枣为食，说明水果产量高、价格低，能满足普通百姓的日常需求。

豚彘由来不入筵，割牲须见血毛鲜。
稻粱蔬果成抓饭，和入羊脂味总膻。

"由来"写到回部出于宗教的原因不食猪肉，表明作者对当地风俗的尊重。"抓饭"作为本地常见的饭食品种，和入羊油、大米、蔬果而成，味道总是有些膻，这种饮食极具民族特色。与内地精细多样的饮食相比，这也体现了南疆贫苦人民的艰苦生活。需要注意的是，在衣食住行上，此时的南疆还存在着较大的贫富差距，"富者有用糖、油和面，煎烙为饼。亦有用面包羊肉，如内地之合子者"①，"贫者湛面为汤，富者以马湩茜酒"②，"赤脚经冰本耐寒，四时偏不脱皮冠"。林则徐就曾在上书道光帝的奏折中提道："其衣服褴褛者多，无论寒暑，率皆赤足奔走。"③ 生活的艰辛表现在日常的饮食起居上，林则徐上书朝廷也是希望能引起重视，杜绝当地官员对百姓的剥夺勒索，让人民可以安居乐业。

住房建筑方面，林则徐的《回疆竹枝词》记载了穷人和富人居住的两种不同的建筑风格。第一种"厦屋虽成片瓦无，两头榱角总平铺。天窗开处名通溜，穴洞偏工作壁橱。"由于当地干旱少雨，贫苦的维吾尔人家所居住的房屋多为土坯砌成，平顶无瓦，屋内也是在墙壁上凿洞做成了壁橱的样子。"虽"和"总"两个虚词充分表现了林则徐初到南疆，对南疆的建筑风格十分新奇的心情。干旱少雨的气候和灰色无瓦的房子，对于那些没有亲自到过南疆的人来说，这无疑拓展了读者的阅读体验和审美视野。而富人居住的则有高楼，"亦有高楼百尺夸，四周多被白杨遮。圆形爱学穹庐样，石粉围成满壁花"。

6. 对简陋的医疗状况的担忧与书写

在反映南疆医疗状况上，维吾尔医疗条件的落后也反映在诗中：

河鱼有疾问谁医？掘地通泉作小池。
坦腹儿童教偃卧，脐中汩汩纳流澌。

这是维吾尔族一种治疗肚子疼的传统，让儿童仰卧在水里，让水流冲洗

---

① 丁世良、赵放：《中国地方志民俗资料汇编》，书目文献出版社1987年版，第42页。
② 林竞：《亲历西北》，新疆人民出版社2010年版，第274页。
③ 林则徐：《林则徐全集》，海峡文艺出版社2002年版，第511页。

腹部。"问谁医"也恰当含蓄地表现了林则徐对当地人民简陋的生活条件的关怀和同情。

作为一名政治家，林则徐在贬谪新疆期间，到南疆勘地，调研屯田、水利之事，履行着"苟利国家生死以，岂因祸福避趋之"的豪言，表现出强烈的爱国主义和民族责任感，南疆八城勘地半年多，所经大小台站二百四十多个，行程一万多里，对南疆社会、民情有了全面的了解，诗人以"竹枝词"的民歌形式将经过的山河湖泊、城镇村庄、民风习俗一一作了记录。民族文化的不同和身份的特殊使他在记录南疆风貌的同时，时刻保持高度的反省意识和与民同忧的责任感，这种态度也使得他笔下的"南疆形象"不是以"猎奇"的心态进行描写，更是摆脱了清代之前一些行记、诗歌中对南疆记录中带有偏见的"误读"的影响。

三 《回疆竹枝词》中的形象内涵及其审美特点

竹枝词是一种极具地域特色的民歌体，诗风清新活泼，历代文人的吟咏又带动了竹枝词雅俗融合。清代以西域为吟咏对象的诗人们，充分认识到了竹枝词的文体特征，选择以竹枝词的形式描画新疆形象，一时成为风气。曹麟开的《塞上竹枝词》、祁韵士的《西陲竹枝词》、福庆的《异域竹枝词》、林则徐的《回疆竹枝词》等都成为代表。这些竹枝词以短小精悍的民歌形式承载了浓郁的地方民俗特色，集中体现了中华民族大家庭中不同地域文化的碰撞融合和交流交融，无论是以"塞上""西陲"，还是以"异域""回疆"命名，其实都是对家国范围中边疆地区作为多元文化汇聚、交流的再认识，而其中文学想象的创造、家国情怀的抒发更凸显了以"竹枝词"为代表的清代西域诗审美特点，更新了之前人们对"南疆形象"的套话，丰富了南疆形象。

林则徐的《回疆竹枝词》呈现了一个多元而独特的审美文化形态。

（一）维语入诗而不显突兀的独特语言风格

原生态的竹枝词本不讲究严格的押韵或平仄要求，文人创作竹枝词后,则更加追求自然。在30首回疆竹枝词中,林则徐采用了大量维语入诗,让人耳目一新,也表现出文化的多样性。如:"爱曼都祈岁事丰,终年不雨却宜风。""爱曼"维吾尔语中即官员之意。"亢牛娄鬼四星期,城市喧阗八栅时。""八栅"维吾尔音译就是今天所说的巴扎,一种集市、市场。"字名哈特势横斜,点画虽成尚可加。""哈特"即维吾尔语"字"的意思。"百家玉子十家温,巴什何能比阿浑。""玉子"即维吾尔语数字"百"的意思,"温"即维吾尔语数词"十",意为维吾尔人十户称为"温",百户设一名玉子伯克,但这些头领都不能和"阿浑"相比。维语的大量入诗使诗词的创作颇具新奇性,在阅读和接受上会让人产生新的审美体验。除此之外,林则徐还融合了传统语言的精髓,如反映婚丧嫁娶风俗的:"宗亲多半结丝萝,数尺红丝发后拖"中,"丝萝"最早出自《诗·小雅·颊弁》中的茑与女萝。菟丝和女萝是一种蔓生植物,后来常比喻为爱情。《古诗十九首》中曾说:"与君为新婚,菟丝附女萝。菟丝生有时,夫妇会有宜。"林则徐将充满异域风情的语言和古典诗词的含蓄相结合,拓展了竹枝词语言表达的可能性,拓宽了受众的阅读视野,增加了新的美感。林则徐大胆的诗歌实践是中华民族大家庭成员中文化交流交融的一次有效实践。

(二)简明平易的白描书写

描写简明平实,情感表达含蓄,是林则徐《回疆竹枝词》在创作风格上显著的特色。如祁韵士的《西陲竹枝词》之《葡萄》中,"紫浆凝处似琼膏,玉露垂涎马乳高。风味宜人留齿颊,即随桑落酿仙醪"。在这首诗中,诗人描写语言华美,色彩丰富,写出了新疆葡萄的色泽鲜艳,芳香甜美,重描写和主观抒情。再如纪昀的《乌鲁木齐杂诗》中"金碧觚棱映翠岚,崔嵬紫殿望东南。时时一曲升平乐,膜拜闻呼万岁三"[1] 两句中,运用浓郁的

---

[1] 孙致中、王沛霖等:《纪晓岚文集》,河北教育出版社1991年版,第597页。

色彩进行描写。相比之下，林则徐的叙事更为简易平实，读者读起来简明易懂，语言通俗、朴实，更真实地再现南疆形象。如："爱曼都祈岁事丰，终年不雨却宜风。乱吹戈壁龙沙起，桃杏花开分外红。"全诗娓娓道来，似乎只是在讲述塔克拉玛干沙漠周围的气候环境，语言平淡无奇而透露出真实可信，最后一句"桃杏花开分外红"却又平地突起，使读者猛然醒悟，原来这是首"诗"。平易的诗风犹如林则徐南疆勘地踏在塔里木河两岸一个个坚实的脚印，也传达出林则徐超越个人想象而创造出的南疆形象的平实特征。

（三）南疆形象书写中的朴素人道主义精神和民族情怀

文学作品的审美价值不能缺少情感要素，情感性是文学作为审美艺术区别于其他意识形态的重要特征。文学文本的创作过程，正是作者的审美情感物化的过程，"情曈昽而弥鲜，物昭晰而互进"，有感情的驱动作用，才能表达出超越主体的理想、创造出意蕴丰富的形象。林则徐作为一个胸怀民族大义和家国情怀的政治家，爱国爱民、为国效力是他思想情感中不变的基点，"苟利国家生死以，岂因祸福避趋之"[1]。"休休岂屑争他技，蹇蹇俄惊失匪躬。下马有坟悲董相，只鸡无路奠桥公。伤心知己千行泪，洒向平沙大幕风！"[2] 自己身处塞外却心牵社稷，报国无门，伤心痛哭。即使被贬新疆，林则徐也是坚持自己的理想，在遥远的边疆开垦土地、兴修水利、改屯兵为操防，反映解决民族关系问题，年事已高却尽职尽责。

林则徐《回疆竹枝词》中对民俗、历法、农业、医疗、建筑、艺术的书写以及对百姓民生的关注是一种朴素人道主义的书写，也是充满民族情怀的书写。林则徐因"夷务"而被贬，他满怀不甘地到了伊犁，但并没有就此沉沦，而是克服疾病，阅读邸报，密切关注时局变化，捐修水利，勘地南疆，"回疆"在他的笔下是国家领土的一部分，回民与其他地区民众一样有要求公正的权利。所以，林则徐在南疆形象的书写中并没有依照以往的

---

[1] 周轩、刘长明：《诗词选注》，新疆大学出版社2009年版，第1页。
[2] 周轩、刘长明：《诗词选注》，新疆大学出版社2009年版，第55页。

"套话"进行模仿或复制,而是以自己独特的眼光和审美取向,对南疆形象、回疆形象、回民形象进行了形象拓展。

林则徐的一生,大部分人最看重的还是他作为"政治家"的身份,林则徐贬戍新疆的历程,在新疆的开垦治理,所作出的贡献,却没有诸如"虎门销烟"那么影响巨大。他在贬谪新疆期间创作的《回疆竹枝词》反映了南疆社会现实层面的物质生活和精神生活,反映了创作者的真实心态和少数民族的生活习俗,起到了文化传播和文化传承的作用。《回疆竹枝词》也向我们展示了一幅新疆地方风志图,显示了新疆各民族文化是中华民族文化的一部分,与中华文化息息相关,血脉相连,不可分割。

四 结语

林则徐的南疆形象书写涉及南疆回部的衣食住行、文化艺术、婚丧嫁娶、医疗建筑等方面。体现了在不同文化交流的语境下"他者"的文化心态,诗人在概括形象的同时,主体的文化背景影响了所塑造的南疆形象,通过"他文化"映射出"己文化"。通过对《回疆竹枝词》的整理研究,不仅可以感受到清代中后期各民族文化的交流情况,向后人展现了当时的边疆生活图景,其历史和文化价值得到了充分挖掘。另一方面,通过对《回疆竹枝词》审美特点的研究以及跨文化交流背后的文化心理模式的研究,有利于我们更好地理解竹枝词的文化内涵,把握其构建"他者"形象的艺术创造方法与审美倾向。